En el corazón de Australia

AF274420

En busca de la felicidad
Margaret Way

Editado por Harlequin Ibérica.
Una división de HarperCollins Ibérica, S.A.
Avenida de Burgos, 8B - Planta 18
28036 Madrid

© 2024 Harlequin Ibérica, una división de HarperCollins Ibérica, S.A.
N.º 66 - 5.8.24

© 2003 Margaret Way
En busca de la felicidad
Título original: Runaway Wife
Publicada originalmente por Harlequin Enterprises, Ltd.

© 2003 Margaret Way
Recuperando la felicidad
Título original: Outback Bridegroom
Publicada originalmente por Harlequin Enterprises, Ltd.

© 2003 Margaret Way
Un futuro feliz
Título original: Outback Surrender
Publicada originalmente por Harlequin Enterprises, Ltd.
Estos títulos fueron publicados originalmente en español en 2004

I.S.B.N.: 978-84-1074-024-2
Depósito legal: M-12903-2024
Impreso en España por: BLACK PRINT
Fecha impresión para Argentina: 1.2.25
Distribuidor exclusivo para España: LOGISTA
Distribuidor para México: Distribuidora Intermex, S.A. de C.V.
Distribuidores para Argentina: Interior, DGP, S.A. Alvarado 2118. Cap. Fed./
Buenos Aires y Gran Buenos Aires, VACCARO HNOS.

MIXTO
Papel procedente de
fuentes responsables
FSC® C159065

Y A NUNCA se sentía segura. Aunque se esforzaba por llevar una vida normal, siempre tenía miedo.

La noche anterior, después de una de los imprevisibles e inmotivadas agresiones de Colin, se dio cuenta de que tenía que irse a algún lugar donde él no pudiera encontrarla. Tenía que tomar una decisión y mantenerse firme, recuperar su maltrecha autoestima. Para ella, que había crecido en un hogar lleno de amor, el comportamiento de Colin resultaba incomprensible.

Se habían casado hacía casi un año. La boda había sido un gran acontecimiento social, pero la vida real no podía estar más lejos de la glamurosa imagen pública que proyectaban. La ilusión de estar casada había desaparecido muy pronto. Su matrimonio era una pesadilla. Su sueño de tener un compañero afectuoso, seguridad e hijos, se había venido abajo.

Su flamante y joven esposo, un eminente cirujano cardiovascular, había resultado ser un desequilibrado, aunque nadie que lo conociera como figura pública lo hubiera imaginado. Salvo, quizá, su madre. Laura siempre había sospechado que Sonia Morcombe sabía que su hijo tenía un lado oscuro, pero prefería ignorarlo, lo cual no era difícil: Colin era brillante en todo lo demás, y muy respetado en su profesión.

Pero Colin le había enseñado a temer en lugar de a amar. Por culpa de sus cambios de humor, sus exigencias sexuales y sus constantes humillaciones había dejado de amarlo. También por culpa de él, había perdido a la mayoría de sus amigos, lo que la había ido aislando poco a poco y alejándola de personas en las que confiar que podrían haberla ayudado.

La música se había acabado para ella. Él le había prohibido continuar con sus estudios. Su función como marido era «cuidar» de ella y tomar todas sus decisiones. Inteligente, manipulador, se creía investido de autoridad para gobernar su vida. Ella tenía que depender de él para todo. Vivía para controlarla.

Después de cada ataque de furia, al verla llorar amargamente, insistía en que la quería. Según él, era todo culpa de ella. Su infancia llena de mimos la había convertido en un ser patético. Lo enfermaba oír hablar de lo unida que se sentía a su padre. Eso no podía ser más que una obsesión poco natural.

«La nenita de papá».

A Laura le dolía tanto desprecio, pero no borraba los maravillosos recuerdos que tenía de su padre. Un hombre, que al contrario de Colin, inspiraba amor.

Colin siempre le recordaba que él era importante porque salvaba vidas, mientras que ella lo único que sabía hacer era tocar el piano. ¿Para qué servía eso?

Comparada con él, su educación era muy limitada. Sin sofisticación, incapaz de tener una conversación de cierto nivel... No era más que un bello objeto decorativo adquirido por él.

–Nunca me dejarás, Laura. No sabrías funcionar por ti misma. Me necesitas para sobrevivir.

Ella sabía que eso era una amenaza. Deseaba ser más fuerte, pero tenía muy poca experiencia de la vida.

Había muchas formas de expresar amor, pero empujarla contra la pared o hacerle el amor con tanta violencia que la hacía llorar de dolor no eran manifestaciones de amor.

Hasta aquella noche, Colin siempre había tenido

buen cuidado de no dañarle la cara, la cara que «adoraba», como él decía.

Colin era delgado pero fuerte. Medía algo menos de metro ochenta. Ella era menuda, de alrededor de metro sesenta, y había adelgazado mucho por las constantes pérdidas de apetito. Había aprendido de su madre, una mujer hermosa y elegante, a ser una buena cocinera y una buena anfitriona, en definitiva, una buena ama de casa, pero Colin nunca la había valorado por ello. No había forma de darle gusto. Ni siquiera en la cama, lo que no dejaba de ser irónico, pues la buscaba incesantemente. También el sexo era una forma de controlarla.

–Menos mal que eres guapa, Laura, porque eres totalmente inútil en la cama. No tienes ni idea de cómo darle placer a un hombre. Debería leer algún libro al respecto. Pareces una monja frígida.

Y era verdad. Era frígida. Con él. Se sentía totalmente ajena mental y físicamente al acto sexual. No sabía si aquello era parte del matrimonio o una violación. Se sentía humillada, ultrajada y su mente no dejaba de maquinar formas de escapar; aunque vivía con el temor de que él la pudiera encontrar en cualquier parte.

Se habían conocido por casualidad y desde entonces, su vida tranquila y dedicada al estudio había dado un vuelco. Él la había colmado de atenciones: restaurantes selectos, rosas rojas, bombones, champán, libros que quería que ella leyera, y que él mismo no había leído. Había sido tan encantador y atento, era tan guapo y tan culto que su relación avanzó a toda velocidad.

Cuando se dio cuenta de que sólo estaba buscando una persona que llenara el hueco que había dejado en su vida la prematura muerte de su padre, cuando ella tenía diecisiete años, era ya demasiado tarde. Ya había cedido demasiado poder.

Se casó virgen porque quería estar segura de entregarse a alguien que la amara de verdad... Ahora se daba cuenta de que había sido muy inocente.

Ella estudiaba entonces piano. Era una instrumentista motivada y disciplinada. Sus padres siempre se habían sentido orgullosos de ella y de sus logros, y ella se había esforzado para agradecérselo. La muerte de su padre supuso un tremendo golpe para su madre y para ella, que era hija única.

La tragedia la hizo madurar de repente.

Sorprendentemente, su madre aceptó la pérdida mucho antes que Laura. No podía soportar vivir sola, había sido muy feliz en su matrimonio y quería ser feliz de nuevo. Terminó encontrando un hombre bueno y cariñoso y se volvió a casar. No fue una traición a su primer marido, que siempre ocuparía un lugar en su corazón. Simplemente, necesitaba las alegrías que proporciona un matrimonio feliz

La madre se había ido a vivir a un bellísimo rincón de Nueva Zelanda. El matrimonio quería que Laura fuera con ellos, pero ella no quiso interferir. Siempre podría visitarlos.

Laura había terminado sus estudios en el conservatorio y había comenzado su doctorado en música en la universidad. Daba clases particulares para adquirir experiencia y ganarse un dinero extra, aunque su padre le había dejado la vida solucionada.

Conoció a Colin en un concierto de piano de una magnífica pianista extranjera. Colin comentó que ninguna mujer podría aspirar a ser tan buena como un hombre. Eso debería haberle servido de aviso. Debería haber dicho a ese machista que se limitara a hablar de cirugía.

Cosas del destino, los dos fueron solos a ese concierto. Colin se sentó junto a ella sonriente en el intermedio para preguntarle su opinión y la invitó gentilmente a tomar una copa de champán en el vestíbulo.

Era la primera vez que alguien ligaba así con ella, pero todo parecía de lo más respetable, pues se trataba de un prestigioso médico.

Después del concierto fueron a tomar café a un lugar de moda. Ella se abrió con él como nunca lo había hecho con nadie. A sus veintidós años estaba muy sola. Al haber sido una hija única muy mimada por sus padres, su vida entera había sido solitaria.

Se dio cuenta tarde de eso. En aquellos momentos, era muy vulnerable. Echaba de menos a sus padres, y Colin parecía entenderla. Por su relación con su padre, le atraían los hombres mayores. Y además a Colin le encantaba la música.

Pronto se enteró de que Colin había fingido su amor a la música. Sólo fue al concierto porque un amigo le dio la entrada. Era un hombre culto, debió de pensar, e ir a conciertos daba buena imagen.

Su encuentro había sido, según él, cosa del destino. Ella pensó que se refería a que estaban hechos el uno para el otro. Antes de casarse le decía lo hermosa que era constantemente... Aunque lo que tenía en mente era lo fácil que sería controlarla y el placer que supondría atormentarla.

Si no se hubiera casado tan joven... si su padre no hubiera muerto... si su madre no estuviera tan lejos... si... si... si...

Ella no estaba preparada para un compromiso. Era muy inocente. Pero Colin la había conquistado incondicionalmente. Colin tenía pasados los treinta y había decidido que era una buena edad para casarse. Ella era diez años más joven.

Colin consiguió convencerla de que se casaran en sólo tres meses. Los padres de él la aceptaron en apariencia como una hija política adecuada. Alguien a quien él pudiera dominar y moldear a su antojo.

La madre de ella y su marido viajaron desde Nueva

Zelanda quince días antes de la boda para conocer al novio. La madre quedó encantada con su futuro yerno. Colin sabía ser encantador. Craig no fue tan expresivo. Se limitó a comentar que era evidente que Colin estaba muy enamorado de su adorable prometida y de su talento.

Tuvieron una boda suntuosa, organizada hasta el último detalle por Sonia Morcombe.

Los abusos empezaron ya en el viaje de novios. Ella se quedó entonces estupefacta. Le parecía que la iba a matar, aunque lo único que él quería era llevarla a la cama.

Que no coqueteara con todos los hombres que se encontrara. Que no fuera provocativa en las conversaciones. Que no sonriera ladeando la cabeza. Las acusaciones eran constantes y su genio estaba siempre a punto de estallar. El pánico e, increíblemente, el remordimiento la abrumaban. ¿Provocaba a los hombres sin darse cuenta?

Ella sabía que resultaba atractiva a los hombres. Era muy guapa, e incluso su amiga Ellie bromeaba con ella sobre su sonrisa.

—Muy sexy, Laura.

Ella no entendía a qué se refería.

Una hora después de consumado el abuso, Colin volvía a ser cordial e incluso cariñoso. Cómo si nada hubiera ocurrido. Parecía mentira que fuera el mismo hombre. Según él, era normal que el marido castigara a su mujer. Para que aprendiera.

Laura se esforzaba por complacerlo, al mismo tiempo que se despreciaba a sí misma por no hacerse valer. ¿Cómo podía decir que la amaba cuando actuaba como si la odiara? No sabía a quién pedir ayuda. Se sentía como una verdadera huérfana, derrotada, deprimida.

De momento no había bebés a la vista.

—Somos felices los dos como estamos.

Lo decía sonriendo radiante. Parecía creerse sus palabras.

Tenía que huir. No podrá permitir que los abusos continuaran. No sería fácil, pero estaba decidida.

Ya una vez lo había intentado, buscando refugio en una amiga, pero Colin consiguió convencerla de que Laura estaba atravesando «una mala racha». Esta vez estaba preparada.

No podía abandonar la casa y alquilar un apartamento, porque él la encontraría y le «enseñaría una lección». Una parte de ella creía que él sería capaz de matarla si le comunicaba su deseo de alejarse de él. Tenía que ir lo bastante lejos, donde él no pudiera encontrarla. Y no había lugar más remoto que el agreste interior de Australia. Conocía el nombre de una mujer que podría quizá ayudarla a superar el miedo paralizante con el que vivía. Una mujer no mucho mayor que ella, muy inteligente y generosa. Era doctora y estaba a cargo del Hospital de Koomera Crossing, en Queensland.

Se llamaba Sarah Dempsey. La había conocido en uno de los muchos actos sociales a los que ella y Colin habían acudido en su papel de pareja perfecta. A Laura le pareció una mujer extraordinariamente fuerte y sensible. El tipo de mujer que podría ayudarla a recuperar su vida. O al menos proporcionarle la protección que tanto necesitaba hasta que se sintiera lo suficientemente fuerte para valerse por sí misma.

CAPÍTULO 1

SARAH le proporcionó una lista de casas en alquiler en el pueblo. Sería su propia decisión. La doctora había ido con ella a elegir el coche de segunda mano que conducía. Podría haber comprado uno nuevo, porque llevaba mucho dinero consigo, sacado de su cuenta privada, pero no quería llamar la atención.

Sarah la había ayudado mucho a ser aceptada en el pueblo presentándola como una vieja amiga. En muy pocos días, se había convertido en su amiga y confidente. Laura supo desde el momento en que la vio en el hospital que su decisión de ir a Koomera Crossing había sido acertada. Sólo de hablar con alguien tan cualificado para escuchar se sentía mejor consigo misma.

Estaba más tranquila, pero nunca se libraba de la sensación de estar en peligro. Varias veces al día, imaginaba el rostro de Colin furioso. Sabía que ya la estaría buscando, probablemente mediante una agencia de detectives, pero su huida había sido sorprendentemente hábil. ¿Cómo era posible que hubiera llegado a pensar que era inútil cuando, antes de conocerlo a él, todo el mundo la consideraba brillante? Tal era el doloroso poder destructor del macho dominante.

Con la ayuda de Sarah, estaba dejando de culparse por el fracaso de su matrimonio. Estaba empezando a darse cuenta de cómo Colin había conseguido socavar su autoestima casi por completo. Sarah pensaba que Colin era un sociópata, que se consideraba por encima de las normas sociales, y que era él quien necesitaba ayuda psicológica.

Laura era joven e inexperta. Aún lloraba a su padre, echaba de menos a su madre y no estaba preparada para enfrentarse a un hombre como Colin Morcombe.

Sarah la animaba a que, en cuanto se sintiera más fuerte y segura, hiciera algo para liberarse de sus lazos con Colin, a que se divorciara y rehiciera su vida.

Parecía sencillo, pero para Laura, como para todas las víctimas de abusos, no lo era.

Había dado un primer paso alejándose. Pero ¿por cuánto tiempo? Colin la seguiría. ¿No la había tratado de convencer, casi con éxito, de que no había escapatoria?

En estas cosas pensaba Laura mientras conducía su coche en busca de un lugar para vivir. Koomera Crossing era un pueblo de postal: muy limpio y organizado con pintorescos edificios coloniales, aunque la mayoría de las casas eran humildes para lo que ella estaba acostumbrada.

La casa familiar en la que había crecido era una mansión elegante rodeada de un enorme jardín, un lujoso oasis tropical que era el orgullo de su madre.

Con Colin vivía en un sobrio edificio moderno con vistas del río y de la ciudad. Nunca lo había sentido como su hogar. Lo había diseñado un amigo arquitecto de Colin. Hablaron mucho de espacios limpios y abiertos, del flujo de energía y del proceso creativo, cosas de las que ella no sabía nada. Cuando ella había intentado dar su opinión, los dos hombres la habían ignorado. El cliente era Colin, no su mujer. Las necesidades de ella, calidez, colorido, comodidad, eran superfluas.

Lo tradicional fue descartado. Para regocijo de Colin, se diseñó una gigantesca mole blanca. Geométrica y ostentosa.

–Que sea todo blanco –sugirió Colin, como si ella tuviera voz en ese asunto–. Hay que ser más moderno, cariño. Olvídate de ese estilo rancio a *Lo que el viento se llevó* al que estás acostumbrada. A muchas mujeres les gustaría vivir en un lugar así. Si quieres algo de color, para eso está el acero y el cristal. El cristal tiene un tono verde azulado.

Las casas que veía desde su coche, casas de campo con diminutos porches, hubieran cabido perfectamente en su salón de enormes sofás y pinturas abstractas en carboncillo sobre blanco.

–Desafiante –había dicho Colin, que se creía un experto en arte.

–¿Para qué queremos un salón tan grande? –se atrevió a decir ella.

–Para poder invitar a gente, estúpida. Si es que alguna vez te atreves a hacer de anfitriona.

En realidad nunca recibían visitas.

–Pobrecita mía, vivir así –había dicho su amiga Ellie, echando un rápido vistazo al interior. –Viniendo de donde vienes... debe de ser muy diferente, ¿no?

–Desafiante –dijo riendo, imitando el tono lleno de confianza en sí mismo de Colin.

Sabía que no podía engañar a su amiga. Ellie era muy independiente y segura de sí misma y sabía contestarle a Colin. Fue de las primeras en ser tachada de la lista.

A Laura no le importaba cómo fuera su nueva casa siempre que fuera limpia y segura.

Veinte minutos más tarde, ya había encontrado lo que quería. Una vivienda modesta en una calle diminuta. Era una casa de madera y hierro con un pórtico para protegerla del sol y de la lluvia. Aunque en realidad casi nunca llovía en aquella zona desértica.

La casa estaba pintada de blanco, con persianas amarillas. Estaba rodeada de una verja de madera, cubierta de buganvillas cuajadas de flores, lo que daba al lugar un aspecto acogedor. Los anteriores inquilinos habían plantado en el diminuto jardín margaritas, unas brillantes flores rosas, elegantes lilas y capullos anaranjados y blancos, que se movían al viento.

No tenía garaje. En realidad, la casa entera era más pequeña que el garaje de seis coches de Colin. Ella tenía un Volvo, «un coche seguro para una conductora espantosa».

¿En qué había consistido su matrimonio? ¿Era sexo? Para encontrarla frígida, había pasado mucho tiempo en la cama con ella...

Laura salió del coche con las llaves de la casa en la mano. No se atrevía a desviar la mirada por miedo a que la vigilaran. La casa contigua era una mansión colonial rodeada de palmeras perfectamente cuidadas.

Abrió la verja sin hacer ruido. Miró con sereno placer el jardín, que era ya suyo. Subió las escaleras que conducían al pórtico.

Abrió con la llave la puerta sin dificultad y entró llena de curiosidad, sintiéndose como Alicia en el País de las Maravillas. Un pasillo de suelo encerado unía la puerta principal con la trasera. Avanzó por el pasillo mirando dentro de las habitaciones. Salón a la izquierda, comedor a la derecha. Al otro lado del salón había un dormitorio bastante grande con un cuarto de baño. Al otro lado del comedor, había una pequeña cocina reformada. El cuarto de la lavadora estaba fuera, unido a la casa por un sendero. La luz era tan cegadora que se tuvo que poner las gafas de sol. En la parte trasera de la casa había otro jardín con aún más vegetación. Había espliego por todas partes. Arrancó una ramita y se lo llevó a la nariz.

«Este lugar es solamente mío. Es maravilloso».

Regreso por el sendero y se sentó en una piedra a disfrutar de la libertad y el sosiego que no había conocido en su matrimonio. Los aromas del jardín y aquel sol eran como un bálsamo para su corazón herido. Levantó los brazos hacia el sol.

«Dios mío, ayúdame. No pudo esconderme eternamente»

No había muebles. No necesitaba muchos. Empezó a planear llena de ilusión cómo acondicionar la casa.

También tenía que trabajar en ella misma. Intelectualmente sabía que iba a estar bien. Emocionalmente, temía por su vida. Las estadísticas apoyaban sus temores. Un maltratador es impredecible y peligroso.

«Estoy en medio de ninguna parte», pensó aliviada, «¿quién podría encontrarme aquí, en este vasto paraje, asombrosamente primitivo, que parece no haber cambiado en los últimos miles de años?».

Se había enamorado de aquel pueblo del interior, un pequeño asentamiento en aquel desierto. Más allá de los lindes de la aldea, el agreste campo australiano. Lo que había visto la había hechizado. El feroz tono rojo de la tierra y de las piedras, el indescriptible azul cobalto del cielo raso, los mil tonos de verde de los campos y de las charcas que salpicaban el paisaje.

La sensación de amplitud y libertad empezaban a hacer mella en ella. Estaba menos disgustada, menos timorata. Había dado un gran paso. Un viaje de miles de kilómetros empezaba por un primer paso. Podía ser lo que ella quisiera, empezar de nuevo. Llegaría el día en que se divorciara de Colin, pero primero tenía que cambiar ella. Tenía que aprender a verse como una mujer capaz de sortear dificultades. Tenía que aprender a vivir sin miedos.

Algún día, quizá antes de lo que ella pensaba, sería libre.

Se echó el pelo para atrás y volvió a la casa. Su entusiasmo por cómo decoraría la casa fue creciendo. Estaba exultante. Hacía mucho que no se sentía así.

Sacó una libreta de su bolso y se puso a escribir en ella.

CAPÍTULO 2

EL RUIDO de la puerta de un coche al cerrarse lo devolvió a la realidad. Escribir su biografía no estaba resultando tan positivo. Los recuerdos lo hacían sufrir, aunque escribir lo ayudaba a mantener la cordura.

Era Evan Thompson, muy conocido en el pueblo como un hombre misterioso y solitario. Él se reía de esa fama. Thompson no era su verdadero apellido. Llevaba una vida secreta como carpintero, oficio que había aprendido de su padre, que había querido así canalizar las múltiples habilidades del niño.

Su padre, Christian, había muerto en un atentado terrorista en los Balcanes.

En una vida anterior su nombre había sido Evan Kellerman, corresponsal de guerra famoso por arriesgar la vida para conseguir un reportaje fiel a la realidad. Había cubierto la guerra de Bosnia y había permanecido en la zona hasta su desmilitarización.

Sabía contar las historias con algo más que el habitual enfoque político y militar, con las vivencias cotidianas del hombre en un clima de violencia.

El terrorismo se llevó a su padre y a una mujer atractiva pero traicionera que había sido amante de Evan: Monika Reiner. Sin que Evan ni sus socios lo supieran, Monika espiaba para el enemigo. Usando su belleza y sus contactos para infiltrarse en las filas de los que luchaban por la libertad, dejó a su paso un rastro de muerte. Todo por su ambición de dinero y poder.

Ella dio el aviso del recorrido que iba a hacer su padre el día en que murió. El sentimiento de culpa estuvo a punto de destruirlo.

Se levantó sobresaltado. Desde la ventana del dormitorio vislumbró a la joven que había salido del coche y que se dirigía a la casa de al lado.

Abrió un poco la cortina para ver el jardín vecino. La mujer caminaba despacio, como flotando en el aire. Su corazón se paralizó y contuvo la respiración.

Se parecía a Monika, elegante y felina. Era muy hermosa. Sus largos cabellos negros flotaban en el viento. Era menuda y delgada, como Monika. Su piel era de un blanco radiante. Evan apretó los puños, se sentía atrapado en el pasado.

Fue a la cocina a prepararse un café bien cargado. En cuanto acabara su libro, intentaría volver a llevar una vida normal. Todo lo normal que fuera posible después del infierno que había vivido.

Sabía que podía retomar su profesión en cuanto quisiera. Las agencias lo llamaban constantemente, pero él no sabía si sería capaz de volver a esa vida, con el ruido de las armas dentro de su cabeza. El inmenso e inmutable campo australiano le había ofrecido la serenidad necesaria para escribir y recuperarse de sus heridas.

Taza en mano, Evan fue al balcón trasero de la casa para seguir observando a la muchacha.

Allí estaba, arrancando una ramita de espliego para olerla. Quiso marcharse de allí, pero no pudo. Parecía tan inocente caminando entre las flores y admirándolas...

Él sabía que la casa vecina se alquilaba, pero no parecía un lugar adecuado para aquella chica sofisticada con ropa de diseño, que parecía tener la palabra «dinero» escrita en la frente. ¿Qué haría allí?

Aún más extraño era el placer que parecía experimentar en aquel jardín trasero. Evan estaba desconcertado. Caminaba despreocupada pero resultaba tan cautivadora como una modelo que estuviera haciendo un posado.

«¿Por qué hago esto?», pensó. Esa belleza era como cebo en el anzuelo. Sin embargo no se movió de donde estaba.

No hubiera sabido explicarlo, pero sentía que había algo perturbador en aquella muchacha. Se lo decía su instinto. Su instinto le había salvado la vida más de una vez, aunque también le había hecho sentir culpable por sobrevivir cuando seres cercanos no lo habían conseguido.

Las mariposas revoloteaban entre los arbustos. Era algo mágico. Ella las miraba como en trance. Sin poder evitarlo, Evan sintió cierta hostilidad hacia la joven. Quizá por su parecido con Monika. Pero aquella mujer era distinta. Seguro que no había sido testigo de nada malo.

Siguió observándola mientras se sentaba en el banco de piedra y levantaba los brazos hacia el sol. Era grácil como una bailarina. Se le ocurrió que era posible que se hubiera dado cuenta de que tenía público, pero era imposible. No podía creer lo que estaba haciendo. Espiando a una desconocida no era propio de él, solía mantenerse aislado de los demás.

Excepto por Harriet Crompton, la maestra del pueblo y todo un personaje. Harriet se había ganado su simpatía, hasta el punto de convencerlo de formar un cuarteto musical bastante bueno en el pueblo. Él tocaba el violonchelo y Harriet la viola.

Su madre, que era concertista, le había enseñado a tocar el piano, pero él se decantó desde pequeño por el chelo. Aunque nunca se había dedicado de lleno a la música, había conseguido un cierto dominio del instrumento. Como decía su madre, era cosa de familia.

La joven había entrado en la casa hacía diez minutos y no salía. Sabía que la casa no tenía muebles. Volvió a su escritorio, pero algo inexplicable lo empujó a ir a la casa de al lado a hacer un par de preguntas a esa chica. Algo le decía que esa chica traería problemas. O los tenía.

Siguió su instinto y fue hasta la casa. La puerta estaba abierta, pero tocó para que ella acudiera. Apoyó la mano temblorosa en la jamba de la puerta. Él esperaba que una pareja tranquila alquilara la casa, no aquella joven inquietante. No era el lugar ni el momento oportuno. ¿Sería el destino?

Oyó sus pasos acercándose. Apareció en la puerta con una media sonrisa, como si esperara a alguien. Sus relucientes ojos verdes irradiaban algo que él enseguida identificó como pánico. ¿Por qué estaría tan nerviosa? Él no era tan imponente. Aunque le habían dicho muchas veces que sí lo era.

Estuvo a punto de dar su verdadero nombre, pero no se movió, quería que primero ella se tranquilizara. No se le había ocurrido pensar que la iba a asustar, pero así había sido.

—Evan Thompson. Vivo al lado, en la casa colonial.

—Laura... Graham —respondió ella dubitativa.

Evan se dio cuenta inmediatamente de que ella también le había dado un nombre falso.

Laura se dio cuenta inmediatamente de que éste era el solitario de quien Harriet le había hablado.

—Disculpe que la haya asustado.

Sonó demasiado formal, pero es que no podía apartar de ella la mirada. Sólo se parecía a Monika en los cabellos oscuros y la piel blanquísima. Pero Monika nunca parecía asustada, ni siquiera cuando estaba rodeada de los camaradas de la gente a la que había traicionado.

—Es que no esperaba a nadie —dijo Laura por fin,

consciente del escrutinio al que estaba siendo sometida.

–Si quiere, me voy.

–¡Oh no! Perdone que parezca tan nerviosa.

–Me preguntó por qué. Yo no le doy miedo, ¿verdad?

Harriet lo había descrito muy bien. Cerca de los cuarenta, voz profunda, tremendamente atractivo aunque melancólico. Espeso cabello oscuro, ojos también oscuros, alto, de complexión fuerte. Le pareció que mostraba cierta hostilidad hacia ella.

–En absoluto –contestó ruborizándose y tratando de ocultar su nerviosismo–. Pensé que era otra persona.

–¿Le gusta la casa?

–Mucho –dijo ya más tranquila.

–¿Piensa alquilarla?

–¿No quiere que la alquile? –dijo leyéndole el pensamiento.

–Al contrario. No me importa quién se mude aquí, siempre que haya tranquilidad. ¿Me permite preguntarle si vivirá sola?

Laura lo miró atentamente, intentando buscar una respuesta. Su presencia era imponente pero no amenazante. Duro, con experiencia, pero no era de los que levantaba la mano a una mujer. Seguro que le parecía algo repulsivo.

–No es ningún crimen, ¿verdad?

–Sí, si pone música pop muy alta –dijo con una sonrisa que iluminó el recibidor.

–No sé mucho de música pop –confesó sonriente–. Soy pianista, pero no tengo piano. Seguro que lo agradecerá.

–No lo crea. Yo crecí en un ambiente musical. Mi madre es violonchelista.

–¿Es conocida?

–Supongo que sí.

–Yo quise ser pianista.

–¿Y qué pasó?

–No salió bien. Por cierto –dijo para cambiar de tema–, soy amiga de Sarah Dempsey.

–Una mujer muy bella, y una gran doctora. Este pueblo tiene suerte de tenerla. La conocí en su fiesta de compromiso. Conozco más a su prometido, Kyall McQueen. Una pareja extraordinaria. ¿Se conocen de la escuela? No sé por qué he dicho eso. Usted es bastante más joven...

–La edad no es cuestión de años cumplidos. Se siente en el interior.

–¿Sí? ¿Y qué siente usted en su interior?

–Que me están interrogando tranquilamente.

–«Interrogar» y «tranquilamente» son conceptos que se excluyen mutuamente.

–¡Vaya! ¿Ha estado usted en el ejercito? ¿O en el Servicio Secreto?

Lo decía en broma, pero su presencia era la de un soldado en alerta.

–¿Por qué se le ha ocurrido eso? –preguntó desconcertado.

–¿Tengo razón?

–No podría estar más equivocada. Soy un humilde carpintero.

–Usted no se considera humilde.

–Dígame entonces quién soy.

–Una víctima de alguna batalla.

¡Dios mío! ¿Había dicho eso realmente?

–Señora Graham, me ha descubierto.

De repente, se estaba estableciendo cierta intimidad entre ellos.

–Si cree que sabe algo sobre mí, permítame preguntarle si ha venido a este desierto a empezar una nueva vida –dijo con un tono falsamente neutro.

–Lo he enojado.

–No, sólo le devuelvo el desafío.

Aquella mujer había sabido atravesar barreras con facilidad asombrosa. Poca gente sabía hacerlo.

—No lo molestaré, señor Thompson, si eso es lo que lo preocupa.

—No parece del tipo de mujer que moleste a los hombres. Perdóneme. Estoy seguro de que seremos buenos vecinos. Siempre que nos limitemos a darnos los buenos días por encima de la verja. Además, este no parece el tipo del lugar al que usted está acostumbrada.

—No menos que usted y su casa colonial. Estaba haciendo una lista con los muebles que necesitaré cuando usted llamó.

—Hay una tienda de muebles de segunda mano en la calle principal. La casa tiene una estructura sólida, pero necesitará encender la chimenea de vez en cuando. Las noches en el desierto pueden ser muy frías. ¿Nadie la echará de menos?

—Mi vida puede esperar —dijo decidida—. ¿Y usted? ¿No tiene una historia que contar?

—¿Es usted vidente? —dijo con aspereza—. Tiene ojos de bruja. Aunque a lo mejor es sólo una niña mimada que se ha fugado de casa.

—Si lo fuera —dijo ella palideciendo—, ¿me protegería?

Evan se quedó callado, consciente de la confianza que se iba estableciendo entre ambos.

—Lo veremos cuando llegue el momento. No debe tener miedo de mí, señorita Graham. No sé quién es usted, pero sé que corre algún riesgo.

—¿Es usted brujo también?

—Puede que seamos iguales en eso. Ocultamos algo. No le diremos nada a nadie.

—No tengo ni idea de cómo hemos empezado esta conversación —dijo ella sinceramente sorprendida.

—Yo sí —dijo él amablemente—. A veces, la gente encuentra atajos para conocerse.

–A mí me parece muy raro, de todas formas.

–No tenga miedo. La verdad es que cuando la vi antes en el jardín, usted no parecía saber lo que era el miedo. Parecía tan inocente...

–¿Qué lo ha hecho cambiar de opinión?

–Hay demasiada intensidad en usted. Lo veo en sus ojos.

–Así que en realidad es usted psiquiatra –dijo ocultando con humor su turbación–. ¿Un escritor serio? ¿Un premiado periodista? Usted también transmite intensidad.

–Ésa es una de las cosas que debo ocultar.

–Nos hemos revelado muchas cosas esta noche.

–Es cierto. No estoy acostumbrado a conocer jovencitas tan perceptivas. Resulta enigmática. Es usted demasiado joven para tener tanta experiencia. ¿Qué años puede tener? ¿Veintiuno? ¿Veintidós?

La mirada de Evan descendió por aquel cuerpo esbelto. Laura llevaba una falda blanca de algodón y una ligera camisa mezcla de algodón y encaje. Refinada. Virginal.

–Más bien veintitrés.

–Una niña.

–No creo –dijo apretando los puños. Era lo bastante adulta para haber vivido experiencias terribles.

–¿Sabe lo que es el dolor? –preguntó él, dándose cuenta de su reacción.

–Mucha gente experimenta dolor. A lo mejor el mío es diferente del suyo. ¿Cuál es su caso?

–Señorita Graham, tendré que conocerla mucho mejor antes de hablar de ello –contestó él sarcásticamente–. Además, estoy seguro de que usted tampoco está dispuesta a contarme su historia.

–¿Reportero de investigación? Algo me dice que debería conocerlo.

Su presencia era demasiado imponente para ser una persona normal.

–No, no me conoce –repuso rápidamente–. De todas formas, no somos enemigos, ¿verdad?

–Espero que no, señor Thompson. Me sentiré mucho más segura teniéndolo cerca.

–Me sorprende usted.

–Es usted quien me sorprende –respondió ella con ironía–. Sólo esperaba una breve presentación. ¿Siempre es así con los desconocidos?

–Usted no es una desconocida –repuso él encogiéndose de hombros desdeñoso–. Yo tampoco contaba con que usted me gustara.

–Así que no me equivoqué. Venía usted con cierta hostilidad.

–Es posible. Por un momento, me recordó a una persona.

–¿Alguien que ha salido de su vida? –su sonrisa se desvaneció al ver su expresión.

–Efectivamente. Pero, aparte de unas pocas coincidencias, no se parecen en nada.

–Me alegro de oírlo. Me tenía preocupada, hasta que ha sonreído.

–¿Una sonrisa le basta?

–Sí –dijo ella casi aliviada.

A Laura le parecía que aquel hombre tan corpulento llenaba el espacio a su alrededor. A Colin, con su imperiosa necesidad de ser el macho dominante, le faltaba la presencia que tenía aquel hombre, a pesar de su arrogancia y atractivo masculino.

–Tengo un par de horas libres –dijo él casi sin darse cuenta–. ¿Quiere que la ayude a elegir muebles?

–¿Quiere eso decir que me acepta como vecina? –preguntó ella radiante.

–Acepto el hecho de que es usted una persona muy vulnerable.

–¿Está acostumbrado a personas vulnerables?

–Ni soy médico, ni psiquiatra ni científico aeroespacial, pero sé lo que es el dolor. ¿Le apetece almorzar? Podemos ir a ver muebles después.

¡Vaya con el solitario de Evan Thompson!

—Sólo intenta ser amable, ¿verdad?

A él le importaba la gente. Igual que a ella.

—La amabilidad no tiene nada que ver. Simplemente tengo hambre.

—De acuerdo, me encantaría. ¿Por qué no me llama Laura? —añadió, con una sonrisa que hubiera enfurecido a Colin.

—Muy bien, pero entonces tú me llamarás Evan —contestó él embelesado extendiendo la mano. Laura le dio la suya después de titubear unos instantes.

Era firme, pero cálida. La mano de Laura se perdió en la enormidad de la de Evan.

—No ha estado tan mal, ¿no? —preguntó él inquisitivo—. ¿No pensarías que te iba a aplastar los dedos? Tienes unas manos delicadas pero fuertes —añadió después de examinarlas un rato—. ¿Eras buena pianista?

—Eso decían.

—¿Estudios de conservatorio?

—Sí, los completé —respondió con los nervios a flor de piel—. Incluso empecé mi doctorado.

—¿Y qué pasó?

—La vida.

—¿Una historia de amor desgraciada?

—Terriblemente desgraciada —contestó abrumada—. Pero no pienso contarte más.

—Hay cosas peores que una historia de amor desgraciada.

CAPÍTULO 3

ERA DÍA de mercado en el pueblo. Los puestos callejeros vendían su mercancía: frutas y verduras de todo tipo, encurtidos, pasteles y tartas caseras, y también artesanía. Las dos cafeterías del pueblo, una con cortinas jaspeadas en rojo, la otra con una llena de volantes rosas y blancos, estaban a rebosar de gente.

–¿Te apetece que compremos unos emparedados y hagamos un picnic en el parque? –sugirió Evan mirándola.

Ni siquiera le llegaba a los hombros. Más bien al corazón. Era tan menuda que le daba la impresión de que podría agarrarla y metérsela en un bolsillo.

–¿Por qué no? –sonrió ella–. Koomera Crossing es tan bonito... No esperaba que fuera un lugar tan pintoresco y lleno de paz. El aire es tan puro que desentumece el corazón.

–¿Tenías el corazón entumecido? –preguntó él mirándola con profundidad.

–Digamos que me siento muy cómoda y relajada –dijo ella desviando la mirada hacia el parque lleno de niños pequeños jugando con los balones que les había tocado en las rifas–. Esos árboles nos protegerán del sol mientras comemos.

–Vamos a dar que hablar a la gente –dijo él divertido.

Había notado que la gente murmuraba a su paso.

–Conoces esta ciudad mejor que yo –dijo, feliz de que la gente los saludara–. No quiero causarte algo que no te guste.

–¿Qué importancia tiene?

–A veces es difícil dar gusto a la gente –se limitó a decir ella.

–¿Como a tu novio?

Acostumbrado a la guerra y a sortear las balas, ella le parecía tan joven e inocente...

–Habíamos quedado en no hablar de eso.

–Tienes razón. Quédate aquí disfrutando del sol mientras voy por los emparedados y el café. ¿Solo o con leche?

–Capuccino, si tienen.

–Mira, aquí hay capuccinos, vieneses, expressos, dobles, cortados...

–Perdona, ya veo que hay de todo en el pueblo –interrumpió ella sonriendo.

Era un auténtico placer sentirse tan a gusto con un hombre.

–No tardo –dijo Evan alejándose.

Vislumbró a la chismosa Ruby Hall observándolos con la nariz pegada a la ventana de la tienda. Evan la saludó con la mano e, inmediatamente, ella despegó la cara del cristal.

La tienda había sido de la doctora Dempsey y de su madre viuda. Sarah ayudó a regentarla hasta que se fue a ejercer la medicina. Ruby empezó entonces a trabajar allí, y tenía por costumbre importunar a la gente con preguntas chismosas. Y lo que no averiguaba se lo inventaba.

Evan había asistido al entierro de la señora Dempsey, como casi todo el pueblo. Poco después Sarah ocupó el puesto del director del hospital, Joe Randall, miembro de una de las más antiguas familias de terratenientes de la zona.

Se sentaron en sillas de madera a la sombra de los árboles cuajados de orquídeas y de los alcornoques.

–Tus ojos son del mismo color que este arroyo –dijo él con naturalidad–, de un verde radiante.

¡Qué voz tan profunda! Cálida y masculina. Le pareció notar un cierto acento extranjero.

–Es precioso. Y los emparedados están deliciosos. Pan reciente, mucho jamón, lechuga y mostaza casera. Es perfecto.

Se sentía segura con aquel desconocido.

–No te olvides de tu capuccino. Ni de los pasteles.

–¿Uno para cada uno?

–Los dos para ti. Estás muy delgada.

Laura se sentía cautivada por el sol, el agua, el canto de las urracas, los gritos de los niños y aquel hombre fascinante que parecía entender sus pensamientos más ocultos.

–¿Qué tienes pensado hacer contigo misma mientras estés aquí?

–¿Hacer conmigo? –repitió sorprendida–. No lo había pensado. Estar aquí es ya suficiente. Sarah ha sido fantástica. He estado viviendo en su casa hasta que encontré un sitio para mí.

–¿En la casa encantada? ¡Qué afortunada! –dijo Evan riendo.

–Sí, ya me enteré, a los diez segundos de llegar aquí. Pero los fantasmas no me asustan tanto como la gente de verdad.

Él la miró fijamente. A su bello y bronceado rostro sólo le faltaba un pendiente para parecer el de un pirata.

–A ver si lo entiendo. ¿Tu novio te asustaba?

Era evidente que ni se le ocurría imaginar que estuviera casada. Debía de parecerle demasiado joven e inexperta.

–¡Diantre! Yo no he dicho eso.

–¿Diantre? Hacía siglos que no oía esa expresión.

–Mi padre la usaba –su mirada se nubló–. Murió en un accidente de coche. Yo lo adoraba.

Evan asintió con la cabeza. Se sentía identificado en su dolor.

–Yo también echo mucho de menos a mi padre –explicó él fijando su mirada en los pájaros que jugaban en las ramas de los árboles–. Estábamos muy unidos.

–¿También murió? –preguntó ella dulcemente.

–En accidente de coche –mintió él.

–¿Eres hijo único?

Laura trató de imaginarlo de niño, pero no pudo. Era demasiado adulto y grande. A su lado se sentía como una muñeca.

–¿Igual que tú? Continúa con la investigación. Estoy acostumbrada a que me examinen.

–¿Quién? ¿Las mujeres del pueblo? –preguntó ella ruborizándose.

–Las mujeres siempre buscan pareja –contestó él esbozando una sonrisa.

–Y tú no necesitas una.

¡Parecía tan independiente!

–Claro que sí. Pero antes tengo que poner orden en mi vida.

–¿Has tenido malas experiencias?

–No quiero hablar de eso, Laura.

–No estoy conociendo demasiadas cosas de ti.

–Yo tampoco. Pero eres tan lista que me extraña que no me leas la mente.

–Hago lo que puedo. ¿Te gusta la música? ¿O sólo lo finges? No, tú no harías eso.

–Nunca mentiría en algo así.

–¿Y en otras cosas?

–Todos tenemos secretos, Laura. Algunos son verdaderas pesadillas.

Laura cerró los ojos y se llevó la mano al pecho.

–¿Por qué has hecho eso? –preguntó él sorprendido.

–No lo sé. Un acto reflejo. No soy una persona valiente. A veces siento pánico.

–Eres como yo. Estamos en un punto en nuestras vidas en el que necesitamos este campo abierto para respirar. Hablando de música, Harriet Crompton, la maestra...

–La conozco. Sarah nos presentó. Es todo un personaje.

–Sí –asintió divertido–. Harriet me ha convencido de formar parte de la orquesta del pueblo. También toco el violonchelo en el cuarteto de cuerda.

–¿De verdad? Ya me parecía a mí que te parecías a Beethoven... No, en serio. Me parece genial. Lo que pasa es que pareces más un hombre de acción...

–No dejas de hacer conjeturas. Ya te he dicho que soy carpintero. Si quieres te hago algo. Una silla. Una mesa. O un joyero. ¿Has traído las perlas y los diamantes? Seguro que tienes algunos.

–¿Por qué dices eso? –preguntó Laura con voz temblorosa.

–No sé de dónde vienes, Laura. Pero pobre no eres.

–Resulta extraño que hablemos con tanta franqueza, ¿no? –dijo ella ocultando el rostro detrás de su cabello–. Apenas hace una hora que nos conocemos.

–No te extrañe. La verdad es que la gente siempre viene a mí con sus problemas.

–Yo no te he contado los míos.

–Un poco sí. Está claro que no sabes elegir a tus novios. ¿Por qué huyes? ¿Es de los que no acepta un «no» por respuesta?

–Cambiemos de tema, por favor –suplicó ella.

–Está bien. No estás a dieta, ¿verdad?

–¡Dios mío! Pero si me comí los emparedados.

–Pues ahora cómete los pasteles. He pagado por ellos y no pienso tirarlos.

–Está bien –dijo tomando uno de los pasteles–. Parece que ya has encontrado tu papel –añadió maliciosamente.

–¿El de hermano mayor? Me siento como un viejo a tu lado.

–¿A los treinta y siete, treinta y ocho años?

–Hace mucho que dejé de ser joven. Creo que deberíamos ir al mercadillo de muebles. También tienen cosas nuevas. ¿Cómo vas a pagar? Tengo ganas de ver si el nombre de tu tarjeta coincide con el que me diste –añadió divertido.

–Pienso pagar en efectivo.

–¿Llevas todo tu dinero en efectivo? –preguntó perplejo–. Sabes que los bancos no pueden proporcionarle a nadie información privada, ¿verdad?

–La gente puede averiguar cualquier cosa si se lo propone. No debes preocuparte por mí, hermano mayor.

–Sí que debo. Al fin y al cabo eres mi vecina.

–Y eso me hace sentir mejor.

No se sentía tan segura desde que perdiera a otro hombre fuerte, lleno de fuerza y bondad: su padre.

Elegir los muebles resultó muy divertido. Recorrieron el enorme almacén buscando lo que iba en cada sitio.

–¿Busca casa, señorita? –preguntó el dependiente, que constantemente se interponía entre Laura y el mueble que querían ver.

–La señorita ha alquilado la casa de los Lawson –intervino Evan–. No hace falta que nos enseñes nada, Zack. Te llamaremos cuando veamos algo.

–Tengo gente que quiere tus sillones. Todo un éxito. Tienes talento, Evan. Creo que podría vender cualquiera de las cosas que haces. A la gente de aquí le encantan tus diseños. Si subieras el precio, la gente seguiría pagando.

–Muchas gracias, Zack, lo pensaré.

–Somos socios, ¿no? Tú lo haces, y yo lo vendo. A la gente le encantan tus baúles. Tessy Mathews me compró uno para su boda.

–¡Qué bien! Si hubiera sabido que era para su boda, se lo hubiera regalado.

–La gente no valora lo que se le da gratis.

–Eres muy listo, Zack –rió Evan guiando a Laura hacia la sección de segunda mano.

–Te llevas bien con la gente, ¿no?

–¿Por qué no? Siempre he sabido tratar con todo tipo de personas.

A su mente acudieron imágenes de hombres armados a los que había entrevistado. Patriotas algunos. Otros, simples chiflados.

–Pero tienes fama de solitario. Y debe de ser difícil mantener esa fama, con todas las mujeres del pueblo tratando de sacarte de tu soledad.

–¿Quién te ha dicho eso?

–Lo he visto yo. En la mirada de la gente en el mercado. Y Harriet también lo mencionó.

–Harriet es como esa tía seria que todo el mundo tiene. ¿Así que ella te dijo que las mujeres se morían por mi compañía?

–Me gusta estar contigo. Eres tan bondadoso...

–Maldita sea, ni que fuera tu padrino. ¿La bondad es lo único que valoras en un hombre?

–Toda mujer quiere a un hombre que sea bondadoso con ella y con sus hijos.

–Y tu novio no respondía a esas expectativas.

–Así es –asintió ella apesadumbrada.

–Pero lo echas de menos.

–Contéstame una cosa –contraatacó Laura–. No se lo diré a nadie. ¿Estás casado?

–No, nunca lo he estado –contestó Evan mirándola fijamente.

–¿Y eso?

–Durante muchos años viví sin saber dónde iba a estar al día siguiente. Siempre viajando.

–¿De carpintero? –observó ella escéptica.

–Cuando tenía tiempo.

–¿Lo echas de menos?

–¿El qué? –preguntó mirando distraídamente un escritorio.

–Lo que hacías. No soy tan inocente, sé que te viste en situaciones de peligro.

–Vaya, estropeaste mi tapadera.

–No piensas vivir aquí siempre, ¿verdad? –dijo ella consciente de lo atraída que se sentía hacia él.

–Lo mismo que tú. La verdad es que me sorprende que hayas llegado a un lugar tan remoto.

–Me encanta –dijo ella ensoñadora–. Los espacios abiertos, la libertad... he decidido caminar por todo el Desierto Simpson. Con unos camellos, como aquella escritora.

–Robyn Davidson en *Tracks*.

–Eres muy culto, ¿no? ¿Eres escritor?

–Dejemos las cosas claras. Soy carpintero.

Laura pensó por su mirada que iba desencaminada. Temió haberse sobrepasado.

–Perdona, no quería ser entrometida –dijo ella palideciendo–. Era broma...

–¡Oye! –dijo él dándose cuenta de su reacción–. Perdona si he sido demasiado brusco. ¿Quién te ha hecho daño, Laura?

–¿Por qué lo quieres saber? De verdad, todo va bien.

–Claro, por eso te has puesto a temblar. Quedaría entre nosotros. Así podría ser tu guardián para que ese novio tuyo no te localizara. Totalmente gratis. Bueno, en todo caso podrías invitarme a cenar. ¿Sabes cocinar?

–Antes creía que sí. Ahora no lo sé.

—También tu autoestima ha sufrido.

—¿Por qué lo dices?

—Está tan claro como si hubiera aparecido en la primera plana de los periódicos.

—Lo estás haciendo otra vez —dijo mirándolo con curiosidad—. Eres reportero. Un corresponsal en el extranjero. Y hay algo más.

—Dime el qué.

—A lo mejor no es el mejor momento, ahora que estás ayudándome a elegir muebles.

—Dispara. No te lo tendré en cuenta.

—Está bien —un escalofrío le recorrió la espalda—. Tengo la impresión de haberte visto antes. ¿Llevabas barba?

—Cualquier hombre se ha dejado alguna vez barba, aunque sea de dos días.

—No, yo digo barba poblada con bigote.

—Cielo, eso lleva años.

—Es que no dejo de imaginarte con barba. ¿En la portada de un libro?

—Frío, frío.

En realidad, había publicado un libro sobre su viaje a la Antártida. Con una foto suya con barba... en la contraportada.

—Era simple curiosidad —dijo sentándose en un sillón granate que había sacado él para ella.

—Y yo que pensaba que no eras nada más que una cara bonita.

«Si llevara las cicatrices de mis heridas en la cara, sería horrible».

Él la miró así sentada y sonrió.

—Eres muy inteligente. Cuando tengas más años y más seguridad, serás un peligro. Ya lo hemos visto todo —añadió señalando el último pasillo—. ¿Qué te parece?

—Me gusta este sillón. Es muy cómodo. Y también aquella mesa. ¿Es cedro?

–Sí. Quedará muy bien.

–¿Piensas hacerle algo?

–Si tengo tiempo. ¿Qué más?

–El dormitorio, aunque es un poco caro. Las sillas no me gustan. Son demasiado funcionales.

–¿Tu novio y tú hablabais ya de muebles?

–¿Cómo sabes que no estoy casada? –preguntó encantada de tener su atención.

–No sé. Pareces tan inocente...

–No lo soy. Quizá esté representando un papel.

Él se quedó en silencio unos instantes, reflexionando sobre sus palabras.

–No creo. Creo que eres una jovencita a la que han adorado toda su vida y que ahora se ve en una situación difícil a la que no sabe enfrentarse, pero de la que quiere salir con todas sus fuerzas. ¿Tu novio quería dominarte?

–Completamente –contestó Laura temblando.

–Así no se puede ser feliz. Por eso estás a gusto conmigo.

–Sí –dijo ella ruborizándose.

–Te atraen los hombres mayores porque adorabas a tu padre.

–Otra vez sí. Además de ser amable y encantador, tienes sentido del humor. Espero que podamos ser amigos.

–¿Sólo esperas? Está decidido. Yo seré el hermano mayor y tú, Laura, la vecina. Ése es el primer paso para ser grandes amigos. Los dos vivimos a la defensiva. Y sillas, tengo dos en casa que te irían muy bien.

–¿Las has hecho tú?

–Sí.

–Es todo un honor. Me han dicho que no resultas muy caro.

–Laura, son un regalo de bienvenida a tu nueva casa.

–¡Oh! No puedo aceptarlo –dijo conmovida por su generosidad.

–Claro que puedes. ¿Cuándo piensas mudarte?

–Mañana mismo, si es posible.

–Claro que es posible. Yo te ayudaré.

–¿Por qué eres tan bueno conmigo? –su corazón le latía a toda velocidad.

–Me gusta echar una mano. Además, lo he pasado muy bien. Estaba empezando a aburrirme aquí –dijo con una sonrisa irresistible.

–Muchas gracias.

Sin poderlo evitar, Evan le acarició la mejilla con el dorso de la mano. Se miraron a los ojos. Parecía que el aire entre ellos iba a estallar.

–Necesitarás cazuelas y platos, aunque no parece que comas mucho.

–No pienses que tengo algún trastorno alimenticio.

–¿Entonces porque estás tan flaca?

–No lo sé –dijo ella de nuevo en tensión–.Trataré de arreglarlo.

–Buena chica.

Se dirigieron juntos a la caja. Laura estaba segura de que antes de llegar a Koomera Crossing, ese hombre que tanto la atraía había vivido en un ambiente muy diferente, de mucha acción y descargas de adrenalina. Posiblemente poniendo en peligro su vida.

¿Quién era Evan? Alguien que la entendería amablemente si supiera la verdad. Aunque a lo mejor la despreciaba por haberse dejado pisotear por el enemigo.

Al día siguiente, Laura cenó con Sarah. Laura preparó pollo con jengibre y anacardos con guarnición de fideos chinos y brécol.

–Mmm, está delicioso. Te voy a echar de menos, Laura. Deberías hablar con Harriet. Está pensando en abrir un restaurante aquí en el pueblo. No hay ninguno en Koomera, y a ella le encanta cocinar. Tiene recetas de todo el mundo

—¡Qué emocionante! Empezar una nueva profesión...

—¿Qué piensas hacer tú aquí durante tu estancia?

—Evan me preguntó lo mismo.

—¿Y qué le dijiste?

—Que no lo he pensado. No le he dicho que estoy casada. No pude. ¿He hecho mal?

—Tienes una mirada tan...

—¿Inocente? —terminó Laura suspirando.

—Nadie podría imaginar por lo que has pasado. No me extraña que Evan no se imaginara que estabas casada. Sacaste su lado protector.

—Debes de tener razón. Yo me imaginaba a alguien más distante.

—Y lo es a veces. Ha decepcionado a muchas mujeres por aquí. Y no sonríe casi nunca, lo que es una pena porque...

—Porque cuando lo hace parece que el sol acaba de salir.

—Me alegro de que os llevéis tan bien. Me gusta que Evan Thompson sea tu vecino. Te sentirás más protegida...

—No creo que sea su verdadero nombre. ¿Y tú?

—Se han especulado muchas cosas acerca de Evan. Evidentemente, no es un simple carpintero, como él dice, aunque hace cosas muy bonitas...

—Me ha prometido dos sillas.

—¡Vaya, vaya! Ha debido de tratarte muy bien. Pareces muy relajada.

—Es verdad —dijo Laura con suavidad.

—Eso está bien. Cuando te sientas más fuerte, podrás hacer frente al problema de Colin. No será fácil.

—No. Un año de crueldad me ha dejado llena de dudas y temores.

–Tienes amigos –dijo Sarah tomándola de la mano–. Hay formas de protegerte. Y tienes a Evan. Colin tendría que ser muy valiente para meterse con él.

–¿Y si se entera de que tengo un marido violento?

Sarah la miró comprensiva. Conocía las terribles secuelas psicológicas que sufrían las víctimas de maltratos.

–Colin ya me debe de andar buscando –continuó Laura. Pensará que me he ido a Nueva Zelanda, ya habrá contactado con mi madre para preguntarle dónde estoy.

–¿Sabe tu madre dónde estás? –preguntó Sarah

–No. Es mejor para ella no saberlo. Le escribí una carta antes de desaparecer tratando de explicarle lo infeliz que era, pero no le conté lo cruel que es Colin. Me daba vergüenza.

–Es una reacción normal.

–Tendría que haberme ido mucho antes. Aguanté un año entero de miedo y humillaciones. Tú nunca lo hubieras consentido, Sarah.

El semblante de Sarah mudó de color.

–No soy la mujer fuerte que tú crees, Laura. Soy tan vulnerable como cualquiera. Es cierto que soy buena en mi profesión, pero en mi vida personal he cometido muchos errores. Hay muchos problemas sin resolver en mi vida.

Sarah era una bella mujer rubia de ojos oscuros. No presentaba signos de debilidad. Parecía fuerte y en control de su vida. Laura la envidiaba.

–Tú no habrías permitido que un hombre abusara física y sexualmente de ti. Tienes una seguridad en ti misma de la que yo carezco.

–¡Eres tan joven, Laura! Los maltratadores como Colin saben elegir sus víctimas. Tú eras especialmente vulnerable. En un momento en el que necesitabas apoyo emocional tras la muerte de tu padre y el matrimonio de tu madre, él te aisló de todos tus amigos. ¡Qué hombre tan cruel! –suspiró–. Nunca sospeché, en las veces en las que coincidí con vosotros en recepciones, que fuera violento contigo. Daba la impresión de que te adoraba.

–Engañó hasta a mi madre. Ahora ella no sabrá qué pensar, con las mentiras que le habrá contado Colin. Es todo un manipulador. Puede ser muy convincente, ya lo sabes.

–Lo sé Laura. Viniendo de un hogar estable y feliz, no estabas preparada para reaccionar a un comportamiento aberrante como el de Colin. Pero yo también sé lo que es la humillación y la impotencia. Algún día te lo contaré. Por ahora, bastante tienes con lo tuyo.

CAPÍTULO 4

EL CAMIÓN con los muebles llegó a media mañana.

—Cuidado, Snowy —advirtió Zack a su ayudante, que intentaba hacer pasar el sofá por el hueco de la puerta.

—No cabe, Zack. La estúpida puerta es demasiado estrecha.

—Cuida tus modales, hijo —dijo Zack mirando el inocente rostro de Laura.

—Perdone, señorita.

—Déjalo en el suelo un momento —ordenó Zack irritado. Snowy, que era el sobrino de su mujer, tenía cierta tendencia a romper cosas.

—¿Algún problema? —intervino Evan, apareciendo en el balcón de su casa.

—Algo por el estilo —dijo Zack con sarcasmo.

—Esperad un momento, ahora bajo.

—Gracias, amigo —dijo Zack aliviado.

Evan terminó en el teléfono una conversación con su agente, que estaba ansioso por sacar su libro al mercado y acudió a la casa vecina.

Laura estaba de pie en el porche con un veraniego vestido amarillo. Llevaba su sedoso cabello recogido en una coleta, dejando al descubierto unas orejas exquisitas, y un elegante cuello.

—Buenos días.

En sólo día y medio se había enamorado de aquella joven belleza. Era su gran defecto. Era tremendamente sensible a la belleza.

–Buenos días, Evan –respondió ella con una alegría tal que conmovió su endurecido corazón.

–Perdón por la espera, tenía una llamada. ¿Cuál es el problema?

–Snowy es incapaz de pasar el mueble por la puerta –dijo Zack frustrado.

–De verdad que no cabe –dijo Snowy dejándose caer en una silla

–¿Me ayudas a agarrarlo de ese extremo, Evan? –pidió Zack malhumorado.

–Yo no quería trabajar en esto –se disculpó Snowy–. Se lo dije a mi madre, pero dijo que era un zángano.

–¿Y no lo eres? –rió Evan.

–Anda, haz algo útil –dijo Zack–. Ve trayendo las cosas pequeñas.

–Yo te ayudo –dijo Laura sintiendo compasión por el muchacho.

–No se preocupe, señorita. No quiero que haga nada. Usted ha pagado este servicio.

–Has conquistado a Snowy –dijo Evan media hora más tarde, cuando el camión se alejaba–. Creo que se ha enamorado de ti.

–Creo que tienes razón. No parece muy adecuado para este trabajo.

–Ha causado ya unos cuantos desperfectos –rió Evan–. Pero es muy bueno con los caballos y él dice que le encantaría un trabajo al aire libre. Tendré que hablarle de él a Mitch Claydon. Es el dueño de la ganadería de Marjimba. Vacas. Los McQueen, sin embargo, se han dedicado siempre a las ovejas, aunque, en la actualidad, Wunnamurra es sólo una pequeña parte de sus negocios. Sarah te habrá hablado de ellos, ¿no?

–No mucho –contestó Laura colocando los cojines

en el sofá a modo de prueba–. A Kyall lo he visto un
par de veces. ¡Qué buena pareja hacen! Pero por algunos comentarios, me ha parecido que hay algún secreto familiar.

–No es ningún secreto que Sarah no se lleva bien
con Ruth McQueen, la abuela de Kyall –dijo Evan em-
pujando una estantería contra la pared.

–Me lo imaginaba. Debe de ser una mujer tremenda.

–Tremenda es poco.

Ruth McQueen, la matriarca de la poderosa familia,
era una mujer de más de setenta años, todavía atractiva, por la que había sentido rechazo nada más conocerla. Evan había conocido gente como ella, sin escrúpulos, en su vida anterior.

–¿Te ha contado Sarah que ella y Kyall han estado
juntos desde niños? Una verdadera historia de amor.
¿No te ha hablado de ella?

–Está tan ocupada ayudándome, que no hemos tenido tanto tiempo de hablar sobre ella.

–¿Ayudándote a qué?

–A centrarme un poco, supongo –dijo ella dejándose caer en el sofá amarillo–. Sarah es tan fuerte... yo
soy muy insegura a su lado.

Evan colocó la mesa de centro y se sentó en un sillón. El sol entraba con fuerza por la ventana y su luz
parecía bailar alrededor de Laura.

–Todos tenemos nuestras inseguridades, Laura. Incluso Sarah. Y sus problemas no cesarán mientras viva
Ruth McQueen.

–Pero a la hora de la verdad, siempre contará con el
amor y el apoyo de Kyall. Cualquiera que los vea se da
cuenta de que su matrimonio va a funcionar.

–¿Y tú temes que el tuyo no?

–¿Qué quieres decir? –preguntó ella tratando de
ocultar su conmoción.

–Creía que se daba por supuesto –dijo él con suavidad, consciente de la reacción de ella–. Por algún motivo, estás huyendo de una relación. Es evidente que no confías en tu novio como para casarte con él. O no te da seguridad, o no lo amas lo suficiente.

–Yo creía que sí –dijo aturdida–. ¡Se esforzó durante el noviazgo! Me colmaba de regalos.

¡Dios mío! ¡Qué placer sería colmar de regalos a una criatura tan bella! Evan sentía un instinto protector hacia ella.

–Bueno, eso es porque esperaba conseguir como recompensa nada menos que una esposa bella e inteligente.

–Él no me hacía sentir así.

–¿Por qué no hablaste con él de ello? ¿Por qué continuar con la relación?

–No sabría explicarlo –contestó ella apretándose las manos.

–Eres muy joven, Laura. La gente comete muchos errores cuando es joven. La vida es un proceso en el que vamos adquiriendo sabiduría. Llegarás a ser una gran mujer.

–Al menos, estoy empezando a ver las cosas más claras. Hasta ahora, no he sido muy inteligente tomando decisiones. Hubiera necesitado alguien que me aconsejara, pero al perder a mi padre... Me gustaría ser más fuerte, más capaz de defenderme sola, pero no puedo cambiar de la noche a la mañana. Mi amiga Ellie me llamaba la Bella Durmiente, por mi inocencia.

–Y evidentemente, todavía no has encontrado tu príncipe.

–¿Es que lo hay?

Nada más decirlo, Laura se dio cuenta de que sí los había: la mujer a la que amara ese hombre viviría en un refugio de amor y seguridad.

–Sí los hay, Laura. ¿Eran felices tus padres?

–Muy felices. Mi padre era el hombre más maravillosos del mundo.

–¿Por qué no puedes hablar con tu madre?

–Vive en Nueva Zelanda. Se casó con un ganadero de allí, unos años después de morir mi padre. Mi madre no sabe vivir sin un hombre.

–La mayoría de las mujeres quieren vivir en pareja, ¿no?

–Es mejor estar sola que mal acompañada.

–¿Por qué continuar con una relación que no funciona? ¿Qué es lo peor que hizo ese novio tuyo? Ni siquiera me has dicho su nombre.

–Todavía no puedo hablar de ello, Evan.

Hasta pronunciar el nombre de Colin la llenaba de temores.

–Lo entiendo, pero con Sarah sí has hablado, ¿verdad? Necesitas hablar con alguien.

–Sarah es mujer, y es muy comprensiva. Me siento afortunada por ser su amiga.

–¿Cuánto hace que la conoces?

Le hubiera gustado decir que hacía siglos, pero dijo la verdad.

–Un año. Intermitentemente.

–Y yo qué pensaba que la conocías de toda la vida.

–No se puede conocer a alguien en un día –dijo ella manteniendo la mirada de sus ojos oscuros–. Esperas que alguien sea de una manera y resulta ser de otra.

–¿Lo dices por mí?

No podía reconocer que hablaba de su marido, así que eludió la respuesta.

–¿Cómo has llegado a ser un tipo tan duro? –dijo descontenta con las palabras que había elegido–. Das esa imagen. No en el sentido de rudo, por supuesto –rectificó ruborizándose–. En el sentido de que sabes hacer frente a los desafíos, que eres fuerte para lidiar con lo que la vida te depare.

Evan se echó a reír.

–Laura, eso se logra con años de esfuerzos. Yo también tengo momentos de desesperación.

–Pero has podido seguir adelante.

Le interesaba su experiencia sobre fuerza interior. Ella seguía despreciándose por haber soportado tanto.

–¿Por qué eres tan infeliz? –dijo mirando sus bellos ojos asustados– No puede ser sólo por miedo a casarte con la persona equivocada.

Laura abrazó un cojín azul zafiro.

–Has estado enamorado alguna vez.

–A mis treinta y ocho años, supongo que sí.

–¿De la mujer a la que me parezco?

La expresión de Evan se endureció.

–No te pareces en nada a ella. En la figura, menuda y esbelta. Y un poco en el pelo.

Evan sintió deseos de liberar aquellos cabellos de la coleta y verlos deslizarse por aquel rostro romántico.

–¿Estabas enamorado de ella?

–¡Cuántas preguntas!

–Si tú preguntas, yo también tengo derecho.

–Estaba enamorado de la mujer que yo creía que era.

–Lo siento mucho –dijo ella temiendo haber reabierto una herida–. Te ha costado volver a tener relaciones con otras mujeres.

–No pienso empezar una relación con usted, señorita –dijo él divertido.

–Ya lo sé –dijo ella muy seria.

Sin embargo, sintió un vuelco en su interior.

–Yo tampoco busco una relación, ni ahora, ni puede que nunca –añadió–. Los dos hemos escapado para tener espacio para respirar. Es sorprendente lo cómoda que me siento hablando contigo.

–¿A qué se dedica tu novio?

–Es médico.

Era demasiado para retirar su palabras.

–¿En serio? –dijo él frunciendo el ceño–. Yo creía que los médicos tenían que ser más comprensivos. Ayudar a la gente es una vocación. ¿Tenías miedo de no estar a la altura, de no hacer bien el papel de esposa de médico?

–A lo mejor no soy una buena esposa para nadie –dijo inquieta.

–No deberías hablar así de ti.

–Hay muchas cosas que no debería hacer –replicó ella suspirando y tratando de sonreír–. Como estar aquí sentada cuando tengo tantas cosas que hacer.

–Ya te ayudo –dijo él poniéndose en pie llenando la pequeña estancia con su presencia–. Pero una cosa te digo: no necesitas a nadie que destruya tu autoestima.

–Voy a empezar a pensar como tú. Voy a tomar clases de judo o karate.

–¿Fuerza física? ¿Eso es lo que esperas conseguir? –rió él mirando su frágil figura.

–Si fuera más fuerte, tendría más control sobre mi vida. Mi imagen transmite debilidad.

–¡Tonterías! Tu imagen está perfectamente. Es preciosa. Lo sabes, ¿verdad?

–Sarah es guapa y transmite fortaleza. ¡La admiro tanto!

–Laura, cariño, eres demasiado dura contigo misma. Alguien te ha lavado el cerebro. ¿Tu novio es algún obseso del gimnasio?

–Sí, pero no es ningún cinturón negro.

«Si lo fuera me habría matado».

–Yo sí. Siempre me han interesado las artes marciales. Me gusta la disciplina, la austeridad, la técnica y la concentración que requieren. Cuando empecé a aprender, mi primera compañera de clase fue una chica tan menuda como tú. Me daba miedo hacerle año. Para cuando acabó la clase era yo el que estaba dolorido. Era un torbellino de energía.

–Podrías darme clases –se le ocurrió a ella de repente.

–Preferiría no hacerlo.

No quería estar tan cercano físicamente a ella. Principalmente porque, sin poder evitarlo, se sentía sexualmente atraído a ella. Y la joven señorita Graham era algo prohibido.

–Es la primera vez que eres malo conmigo.

–Laura, no podría soportar hacerte daño.

Era tan frágil, tan delicada en sus movimientos... Contra su voluntad, sintió una ola de deseo.

–Acabas de decir que tu primera pareja era también pequeña.

–Pero llevaba ya un tiempo de clases. Debes saber que las caídas pueden ser dolorosas.

–Enséñame al menos unas llaves.

Su miedo a Colin se había visto agravado por su superioridad física. ¿La hubiera golpeado tanto si ella hubiera sabido defenderse?

–Ya lo pensaré. Pero para vencer tus demonios, lo que tienes que ejercitar es el poder de la mente.

–Vamos. Si fuera tu hermana pequeña me enseñarías –insistió ella con un brillo desafiante en los ojos–. O tu prima favorita.

–Deja que me lo piense –insistió Evan.

–Yo estudiaba ballet, ¿sabes?

–Eso ya es un comienzo.

–Los bailarines de ballet son fuertes y atléticos. Era buena, pero lo tuve que dejar a los catorce años. El piano no me dejaba tiempo.

Evan pensó que su físico no parecía el de una pianista. Aunque a veces las apariencias engañan. Recordó que al estrechar su mano cuando se presentaron sus dedos eran largos y delicados pero fuertes.

–Por cierto, no habrá ningún problema para que puedas tocar el piano de cola del ayuntamiento. La familia McQueen lo donó a la ciudad. Un Steinway, nada menos.

—¡Dios mío! ¡Qué generosos!

—La verdad es que sí. Pero de momento, vamos a hacer la cocina. Te ayudaré a abrir las cajas.

—Evan, ya has sido muy amable, puedo terminar yo sola.

—Te ayudaré a sacarlo todo, así podré llevarme las cajas para que no te molesten. Se las devolveré a Zack. Esto va a quedar muy bonito. Una casa de muñecas para una muñeca.

—¿Quién va a enseñarme karate? —preguntó ella adoptando una bonita pose.

—Me pregunto cómo me he metido en esto.

—Deja de preguntarte. ¿Sabes disparar un arma?

—Odio las armas.

—Eso es porque las conoces y sabes lo que pueden hacer.

—Jovencita, de ninguna manera voy a enseñarte a manejar un rifle. Es delito.

—No si se obtiene una licencia. Y aquí en el desierto son bastante fáciles de conseguir.

—Laura, ¿qué es lo que pretendes? —dijo deteniéndose en su camino a la cocina, y agarrándola de los hombros.

—Estoy segura de que muchas mujeres se sentirían más seguras si tuvieran un arma.

—Y yo estoy seguro de que se perderían muchas vidas de esa manera. No necesitas ninguna arma. Mírame a los ojos.

—¿Sí, Evan? —obedeció Laura.

—¿No creerás que tu vida está en peligro?

—Claro que no. Sólo quería asustarte.

—Pues lo has conseguido.

—Está bien, ya me callo —dijo mirándolo a los ojos, deseando no tener nada que ocultar.

–Bien –dijo él lamentando haberla agarrado de los hombros–. Empecemos a desembalar.

En la cocina había varias cajas apiladas: un juego de platos, cubiertos, cazuelas y sartenes, pequeños electrodomésticos, como la tostadora y la tetera, manteles y un juego de vasos.

–No levantes ésa. Es demasiado pesada.

–Tienes que dejar de tratarme como si fuera de porcelana. No resulta muy halagador. Y además no lo soy. Deberías oírme ejecutar a Chopin en el piano con todas mis fuerzas.

Evan sólo pensaba en la proximidad de aquel esbelto cuerpo apoyado en la encimera de la cocina junto a él. La blancura de su piel hacía que sus cabellos parecieran casi negros. Sus ojos brillaban como dos joyas verdes. El novio debía de estar locamente enamorado de ella. Él mismo estaba sorprendido del grado de intimidad que había alcanzado con aquella atormentada joven.

–Ése es el espíritu, la fuerza interior que todo músico lleva dentro.

A Laura le pareció que aquella voz la penetraba y resonaba en su interior, y recordó que la voz humana es el instrumento musical más perfecto.

Para ser perfectos desconocidos, tenían muchos temas de los que hablar. ¿Serían como dos naves que se cruzan en medio de la noche? Instintivamente, se daba cuenta de que detrás de su atribulado aspecto exterior, era un caballero con el que una mujer podía contar. Después de un año de brutales maltratos, eso le parecía un bálsamo maravilloso.

CAPÍTULO 5

SARAH estaba radiante: hermosa, femenina, fuerte. Se movía como si siguiera el compás de una música en su interior. Se notaba que estaba realmente emocionada

—¡Dios mío! ¡Qué feliz pareces!

—Soy una mujer nueva –dijo sonriéndole–. Estoy feliz, como en éxtasis.

—Me alegro mucho –dijo Laura conmovida–. ¡Qué amable de tu parte sacar tiempo para venir a visitarme!

—Ojalá hubiera podido venir antes –dijo Sarah colgando su bolso en el perchero de la entrada–, pero es que he tenido montones de cosas que hacer. Todavía estoy eufórica y conmocionada.

—Cuéntame –dijo Laura impaciente guiándola hasta el salón.

—Déjame ver primero cómo has dejado esto –dijo Sarah mirando a su alrededor con admiración–. ¡Vaya! Eres toda una decoradora. Está muy bonito y acogedor. Me alegro mucho por ti.

—Éstas son las sillas de las que te hablé. Regalo de bienvenida de Evan. ¿Te gustan?

—Mucho –dijo Sarah acercándose a verlas.

—Le dan un toque de distinción a la casa. ¿No te parece?

—La que él tiene –rió Sarah–. Desde luego es muy polifacético. ¿Te ha dicho que también es un gran músico?

—Sí, algo me ha dicho. Su madre debe de ser conocida, pero no quería hablar de ello.

–Así es Evan –suspiró Sarah dejándose caer en un cómodo sillón–. ¿Qué tal va esa amistad?

–El tiempo lo dirá –sonrió Laura–. A lo mejor se cansa de ser el buen samaritano, pero de momento estoy encantada de tenerlo al lado. Sabe arreglar cualquier cosa. Colin llamaba a alguien hasta para cambiar una bombilla.

–Sí, es muy competente. Además, sus ojos parecen ocultar mucha emoción, ¿no te parece?

–Y mucha fuerza, y un gran amor por las cosas bellas –añadió Laura–. Creo que es un hombre de grandes pasiones, pero las mantiene reprimidas.

–Es natural que sea así, cuando uno quiere poner orden en su vida. Kyall cree que ha querido desaparecer de una situación de crisis. Ya nos lo contará él cuando esté preparado. El campo no es su mundo.

–Pero le está ofreciendo sosiego. Como a mí.

–¿Sabes? Se te ha quitado el gesto de estrés que tenías.

–Es verdad, me siento mejor. Más tranquila. Siempre da seguridad tener a Evan y su metro noventa en la casa de al lado. ¡Ha adoptado el papel de hermano mayor conmigo!

–¿Te molesta?

–No, no. Es como un juego nuestro. No quiere verme como mujer. Prefiere verme como a una post-adolescente. Menos complicaciones.

–¿Aún no habéis hablado de Colin? –interrogó Sarah, como amiga y como doctora.

–No. Mi espíritu está sanando. Lo noto especialmente cuando miró al ancho cielo del desierto cuajado de estrellas. No quiero estropearlo recordando a Colin. Él me hace preguntas... parece que entrevistar a gente es lo suyo.

–¡A lo mejor es un premio Pullitzer! –rió Sarah–. Supongo que si no nos dice quién es, terminaremos averiguándolo. Lo que se nota enseguida es que es un hombre íntegro.

–¡Sarah, estás radiante! Y Kyall también. Me alegro tanto por vosotros... Perdona, no te he ofrecido nada, ¿quieres té o café? ¿un refresco?

–No, Laura, gracias. Kyall y yo tenemos muchas cosas que hacer. Lo primero, ir a Wunnamurra. Sólo vine a ver cómo estabas. Va a hacerse público pronto algo muy importante.

–Soy toda oídos –dijo Laura inclinándose un poco sobre Sarah.

–Ha cambiado todo. Nuestras vidas, nuestros planes... pero estamos emocionados. Laura, ¿crees en Dios?

–¡Sí! ¡Dímelo ya! Estoy en ascuas.

Sarah empezó entonces a explicarle a Laura lo unida que había estado a Kyall desde su infancia, y cómo la familia de él se había opuesto a esa relación, especialmente la abuela, Ruth McQueen. Como consecuencia de su intensa relación hubo un embarazo no buscado.

–Ni que decir tiene que Ruth se opuso furiosa. No iban a permitirme que arruinara la vida de Kyall. Eso yo lo entendía, pero no era problema de Ruth. Yo era muy joven. Mi madre y yo no teníamos nada más que la una a la otra. Me asustaba entender que Ruth tenía razón. Los McQueens son prácticamente los dueños del pueblo y mi padre no era más que un esquilador que había trabajado para ellos. Una relación seria o una boda eran impensables.

–¿Y entonces qué pasó? –preguntó Laura sorprendida de lo agitada que estaba Sarah.

–Ruth me despachó a un pueblo costero a esperar el nacimiento. Quería que abortara pero me negué. Yo quería a mi bebé. La tuve en mis brazos unos momentos cuando nació. Era perfecta. A la mañana siguiente, Ruth me dijo que la niña había muerto.

–¡Dios mío, Sarah!

–Pero no era cierto –dijo Sarah rápidamente al ver la angustiada expresión de Laura–. Ruth McQueen me engañó. A mí y a mi madre. Kyall nunca supo nada.

–Pero es horroroso. Hace que mi historia no parezca tan grave. Debes de odiarla... Hacer algo así.. ¿Cómo?

–A sangre fría y sin pensar en el daño que me hacía. Cambiaron a mi bebé por uno muerto. Ruth sobornó a una enfermera para que hiciera el cambio.

–No sé qué decir. Apenas puedo creerlo.

–Pues es la verdad. Sólo que gracias a Dios, Kyall y yo hemos encontrado a nuestra hija. El destino quiso que estuviera en casa de una amiga de la escuela pasando las vacaciones. Me llamaron de la finca por un accidente grave que resultó ser mortal. Kyall y yo volvimos días después a la misma casa a tomar un té y nuestra hija reapareció en nuestras vidas.

–Pero... ¿Cómo supisteis que era ella?

–Laura, es idéntica a mí. La mujer que la crió estaba en el mismo hospital que yo. Stella, nunca olvidaré ese nombre. Fue su bebé el que murió. Fiona es nuestra hija. La queremos.

–Es normal, pero muy triste porque...

–... será doloroso para los padres que la criaron? –completó Sarah–. Eso es lo peor. Los Hazeltones han hecho un buen trabajo y les estaremos por siempre agradecidos. Quieren mucho a Fiona y ella los quiere a ellos. Pero es nuestra hija. Nos hemos perdido sus primeros quince años, pero no queremos renunciar al resto. Tan pronto como ella esté preparada, vendrá a vivir con nosotros. ¡Es tan guapa!

–Seguro que lo es, si se parece a ti –dijo Laura apretándole la mano–. Es una historia asombrosa.

–Es un secreto, de momento.

–¿Nunca se lo dijiste a Kyall?

–Sé lo que estás pensando. Que debería habérselo contado.

–No te juzgo, Sarah. No conozco tus circunstancias, pero sé el tremendo estrés emocional que debiste de padecer. Perder un hijo es el mayor dolor que puede sufrir una mujer.

–Ahora ha sido más duro para él. Yo me había acostumbrado a vivir con esa pérdida, pero él ni siquiera sabía que tenía una hija. Se lo tomó muy mal. Sólo pude decirle que no quise hacerlo sufrir. No creo que lo supere del todo nunca...

–¿Y piensas enfrentarte a la abuela ahora?

–Hoy mismo –respondió Sarah con una dureza poco habitual en ella.

–¡Va a ser horrible!

–Seguro que sí. El Día del Juicio Final está cerca para Ruth McQueen. Kyall ha estado muy unido a ella toda su vida. Es la única persona en el mundo a la que esa mujer quiere. Pero el amor de Ruth es destructivo. Decía amar a su nieto, pero le robó a su hija. Y ni siquiera siente remordimientos.

–Es muy extraño.

–Es más que extraño. Ruth McQueen es el mismo demonio cuando está enfadada.

«A Sarah le ha costado años enfrentarse a sus traumas. Ahora me toca a mí». Si Sarah había podido sobreponerse a tanto dolor y convertirse en doctora, ella también podría superar el error que había sido casarse con Colin.

Nadie se hace fuerte de la noche a la mañana, y menos con el terror con el que había vivido durante tanto tiempo, pero aquel pueblo tenía algo mágico. Hasta el sol tenía efectos curativos. La cordialidad de sus gentes... Necesitaba su amistad. Su vida había cambiado irremediablemente tras su llegada a Koomera Crossing.

EL TRABAJO de la mañana iba sorprendentemente bien. Las palabras fluían. Pudo escribir sobre algunos de los episodios más terribles de su vida como si estuviera escribiendo un guión para una película de guerra. Por primera vez era capaz de distanciarse de los acontecimientos, dominar su ira y a la vez captar la locura de aquellos días.

Entonces sonó el teléfono.

¡Maldición! A veces le entraban ganas de arrancarlo de la pared. Su agente, George Costello, lo estaba presionando mucho para que respetara el plazo de entrega de su biografía. Recibía llamadas, constantes al parecer, del Canal 9, ofreciéndole trabajo como presentador de los temas internacionales. Le ofrecían mucho dinero, aunque el dinero nunca lo había atraído demasiado. Tenía más que suficiente, la mayor parte heredado de su padre. Y lo hubiera donado todo si con eso pudiera devolverle la vida.

—Evan Thompson —dijo Evan con brusquedad, tomando el auricular.

Al otro lado de la línea se oyó la voz de una mujer refinada con acento inglés.

—Hola Evan, soy Harriet.

—Perdona Harriet, si he estado un poco grosero. Estaba ocupado con una cosa y no quería perder el hilo.

—No pasa nada —dijo Harriet sin darle importancia—. Tengo noticias preocupantes. Sarah me acaba de llamar angustiada. Ruth McQueen ha desaparecido.

–No se habrá adentrado en el desierto ella sola...
–dijo Evan después de reaccionar a su sorpresa–. Una
mujer de su edad y experiencia no haría eso. A lo mejor se ha puesto enferma, o se ha caído. ¿Cómo ha ocurrido?

–Es difícil de explicar. Ya te enterarás. La familia
está histérica. Ruth ha sido siempre una mujer muy difícil, pero tiene más de setenta años.

–A lo mejor tiene razones ocultas. No me la imagino vagando por ahí. Si hay alguien con la cabeza en
su sitio, es Ruth McQueen.

–Sin embargo, no está en ningún lugar de la granja.
La buscan por los campos.

–¡Con todos esos lagos y charcas! Espero que no le
haya pasado nada. ¿Se necesita ayuda?

–Gracias, Evan, pero ya hay muchos hombres en su
búsqueda. Kyall ha sacado el helicóptero. Lo que
quiero es que se lo cuentes a Laura. ¡Estoy tan contenta de que seáis vecinos!

–¿Por qué?

–Porque sí.

–Ya voy para allá. Llámame si hay novedades.

–Para ser sincera, no creo que vaya a haber buenas
noticias.

Evan encontró a Laura en el jardín trasero de su
casa, podando las flores del espliego. Olían muy bien,
pero estaban invadiendo el camino. Él la miraba a menudo trabajar en el jardín desde su ventana. Contemplar una estampa tan hermosa relajaba el espíritu.
Aquel día ella llevaba una camiseta rosa metida por
dentro de los vaqueros y un vistoso cinturón con tur-
quesas en la diminuta cintura. Se cubría la cabeza con
un romántico sombrero de paja de ala ancha con flores
de tela.

El calor liberaba todas las fragancias de los arbustos. Los pájaros cantaban en los árboles, amortiguando los chillidos de los loris, similares a los periquitos, con su colorido plumaje. Se oían los zumbidos de las abejas. Había tanta serenidad... era como un cuadro.

Su país, Australia, debía de ser el lugar más seguro del mundo. Junto con Nueva Zelanda. Dos países que nunca habían sufrido en su propio suelo guerras ni derramamientos de sangre. Dos países que no habían sido testigo de los horrores que él conocía.

—Hola Evan —dijo ella dándose cuenta de repente de su presencia.

Su dulzura lo conmovió. Hacía mucho que no estaba con una mujer, pero su corazón sabía que la deseaba. Aunque su mente insistiera en que era intocable.

—¿Has venido a ayudarme? —dijo ella bromeando.

—Claro que no. El jardín es un trabajo muy entretenido. Además, si siempre te ayudo, no aprenderás nunca.

—¿Estás insinuando que yo siempre he tenido jardinero? —preguntó ella ladeando la cabeza.

Laura se dio cuenta de que amaba ese rostro de bellas facciones, la mandíbula cuadrada con esos ojos negros que la observaban.

Evan tomó una margarita y fingió acariciarla mientras se acercaba a ella. ¿Cómo sería un beso suyo? ¿Besar aquella boca tan bella y tierna? Y acariciar su rostro...

—¿Y no es cierto?

—No se me permitía cometer errores.

Evan no sabía qué pensar. Ella no podía hablar de sus padres. Aunque algunos padres eran muy posesivos con sus hijas...

—¿Qué te trae por aquí? —preguntó para cambiar de tema, mientras se limpiaba las manos en los pantalones—. Ya sé. Quieres té y te mueres por mis galletas.

–Eso es verdad –rió él–. Soy muy goloso. Pero ¿por qué no vamos dentro? Tú llevas un sombrero muy bonito, pero a mí el sol me está pegando con mucha fuerza.

–Es verdad. ¿Qué ocurre, Evan? –preguntó de pronto nerviosa.

–¡Vaya! Es difícil ocultarte algo. Vamos dentro.

Laura era consciente de que estaba temblando.

–¿Es algo sobre mí?

–No, Dios mío, claro que no es sobre ti. Perdona, siento mucho haberte asustado. Tienes muchos temores –añadió deseando atraerla hacia sí y poder cederle algo de su fuerza.

–Parece ser que nuestros temores nos siguen a dondequiera que vayamos –dijo ella tragando saliva.

–Hasta que les hacemos frente.

–Lo haré, créeme –dijo con una esperanza que era nueva para ella–. Pero necesito tiempo.

–Muy bien –dijo él sin apartar la mirada de ella.

Había atracción sexual entre ellos: una atracción profunda, maravillosa e intensa.

Laura dio un paso atrás para romper la magia de ese momento. Evan era un hombre tan apasionante que podía sentir su aura.

–Voy a lavarme las manos en el cuarto de la lavadora. Ve entrando en la casa.

–Pondré la cafetera –dijo él.

Se daba cuenta de que podía poner nerviosa a Laura con facilidad, pero no le gustaba que ella se sintiera amenazada en modo alguno.

Estaba moliendo el café cuando ella entró por la puerta trasera y se quitó el sombrero. Era igual que la protagonista de una película romántica, con aquel rostro adorable y ensoñador.

–¿Solo?

–Sí, si no son malas noticias, Evan. No será algo de Sarah y Kyall.

–No –se apresuró él a tranquilizarla–. Es de Ruth McQueen. Ha desaparecido.

–¿Desaparecido? ¿De dónde? ¿De la finca de Wunnamurra?

–Te diré lo que sé –dijo poniendo el café en la cafetera–. No está en ningún lugar de la finca. Están buscando en el desierto y hay miedo por su seguridad.

–¡Qué horror! –exclamó Laura sentándose.

Se preguntaba si aquello tendría algo que ver con la confrontación del día anterior.

–He notado algo en tu mirada –observó él inquisitivo–. ¿Sabes algo?

–¿Yo? ¿Qué podría saber? Ni siquiera conozco a la señora McQueen. Aunque me han dicho que es una mujer imponente.

–Una verdadera déspota. Sé que Sarah vino a verte ayer. Vi su coche delante de la casa.

–Vino a ver cómo había quedado la casa. Con tu ayuda. Muchas gracias.

–La gente como nosotros tiene que ayudarse –dijo con ironía Evan, pensando en cómo cientos de hombres se matarían por ayudarla–. En fin, que eso lo sé por Harriet –continuó–. Sarah quería que te enteraras. Parece ser que están todos muy disgustados.

–Esto no tiene buena pinta, Evan.

–¿Qué crees que ha pasado? –preguntó Evan reuniendo tazas, platillos, cucharas y azúcar.

–¿Por qué iba a desaparecer una mujer como ella? –preguntó Laura con los codos en la mesa y la cabeza apoyada en las manos–. Quizá necesite un lugar par pensar.

–No sé. Yo creo que no hemos oído la historia entera. Y luego hay muchos rumores por ahí. Una advertencia: mantente alejada de Ruby Hall. No es muy respetuosa con la verdad.

–¿Es la chismosa oficial del pueblo?

–Estate alerta. Te puedo garantizar que ya estará maquinando algo sobre ti.

–No va a conseguir nada. Puedo ser tan reservada como tú.

–Eso no es posible –dijo Evan sonriendo.

–No voy a discutir, pero gracias por el consejo. Me mantendré alejada de ella sin ganarme su enemistad.

–Muy bien –respondió él sentándose en la otra punta del banco en el que estaba Laura sentada. Era muy pequeño para un hombre de su tamaño–. Hay muchos rumores en estos pueblos. Es bien sabido que Ruth McQueen es una mujer sin escrúpulos que idolatra Kyall. Con su compromiso con Sarah, ha perdido poder sobre él, y eso nunca le gusta a un dictador.

Laura pensó en Colin.

–A lo mejor quiere asustarlos desapareciendo.

–¿Chantaje emocional? Es posible –dijo él en tono de duda–. Pero a una mujer así le gusta siempre tenerlo todo controlado.

Laura conocía la ira que sentía un tirano como Colin cuando las cosas escapaban a su control.

–Sarah estaba radiante de felicidad ayer. Me horrorizaría que eso cambiara.

–A mí también. Sarah se merece ser feliz. Ya era hora de que lo fuera.

–No veo cómo va a poder ser feliz en la casa de los McQueen con esa gran señora haciendo todo lo posible por disgustarla.

–Kyall no permitirá que eso ocurra. Estoy seguro de que todo se arreglará.

–Por desgracia, la vida no es siempre feliz.

–No te deprimas. Cómete tu galleta. No has engordado nada.

–¿Cómo era eso que decía la Duquesa de Windsor? –preguntó Laura más alegre.

–Nunca se puede ser ni demasiado rico, ni demasiado delgado.

–Ser rico no da la felicidad.

–No. La primera vez que te vi, pensé que era una pobre niña rica con un problema.

–Ya lo sé.

–¿Vienes de un círculo social privilegiado?

–No esperarás que me disculpe por ello.

–Claro que no. Yo también fui muy afortunado. Pero me gustaría saber qué es lo que ocultas. Cuesta creer que un novio difícil te cause tanto sufrimiento.

–No tienes ni idea de las cosas a las que me enfrento –se atrevió a decir.

–Pues cuéntamelo –dijo él tomando su mano y dándose cuenta de que estaba temblando.

–A lo mejor no quiero que me veas como soy –dijo con tanta firmeza que hasta ella se sorprendió.

–Si vas a decirme que has hecho cosas malas en tu vida, no voy a creerte.

–No es que sean cosas malas.

¿Era malo haber permitido que Colin la violara? Porque eso era lo ocurrido: no había amor ni consentimiento. Y sólo podría haberlo detenido golpeándolo hasta hacerle perder el sentido.

–Volviendo la vista atrás, me doy cuenta de lo inocente que he sido. No soy orgullosa de ello. He aceptado a gente en mi vida por razones superficiales. Si eran amables conmigo, suponía que eran buenas personas. Pero a veces, una máscara bonita oculta una cara horrible. Hay gente que parece realmente malvada.

A Evan, sólo de imaginarla relacionada con algo malvado, se le heló la sangre. Aunque él ya había visto la maldad en el rostro de una mujer hermosa.

–Laura, si estás metida en una mala situación, tienes que liberarte –dijo contundente.

Ella cerró los ojos.

–Lo sé. Estoy intentándolo. No estoy sola, pero necesito tiempo.

¿Por qué no podía contarle la verdad? Ella no sabía que para todas las víctimas de abusos es muy difícil hablar de lo ocurrido.

–¿Vivías con él? –preguntó Evan sin rodeos, en un ataque de algo parecido a los celos.

–Me dijo que me quería. Una y otra vez.

–Parece que te tenía aterrorizada –replicó él.

Laura negó con la cabeza. No estaba preparada para contarle cuánto había sufrido.

–Dejé de amarlo –se limitó a decir dando un sorbo de su café.

–¿Estás segura?

–¿Acaso no he venido aquí huyendo?

–Es evidente que tiene mucho poder sobre ti.

–Sí.

No valía la pena mentir.

–Lo siento mucho, Laura.

–Yo también lo siento –contestó ella agradeciendo su sinceridad y temerosa de la siguiente pregunta.

–Tú sabes que eres la única que tiene que darse cuenta de que necesitas ayuda. ¿O es que quieres terminar volviendo con él?

–No, Dios mío –dijo ella con un escalofrío–. Sólo la idea me resulta insoportable. Es él quien no quiere que lo nuestro acabe.

«Estoy segura de que ya ha empezado a buscarme».

–A lo mejor tú tampoco quieres que acabe.

–Eso no es cierto, Evan –dio ella con decisión.

–Entonces, sabes dónde encontrar ayuda. Sólo tienes que pedirla.

–Tú no necesitas gente débil, ¿a que no?

–No te considero débil. ¿Qué te hace pensar eso?

–No soy una mujer con personalidad, pero voy a luchar por convertirme en una, como Sarah.

–Sarah ha tenido sus propios problemas, estoy seguro, que le habrán dejado huella. De la misma manera que mis malas experiencias han dejado su huella en mí. Tú eres más joven que nosotros. Nadie lo sabe todo a los veintitrés años. La vida es un proceso de aprendizaje. Es evidente que hay alguien que ha hecho todo lo posible por aniquilar tu autoestima. Creo que te debiste de sentir muy sola tras la muerte de tu padre.

–Lo necesitaba mucho. No creo que me haya sentido segura desde entonces.

–¿Qué te atrajo entonces a tu doctor? –dijo él dulcemente–. ¿Por qué te enamoraste de él?

–Es muy guapo. No se parece a ti en nada.

–Muchas gracias –dijo él decepcionado.

–Me refiero a que era un tipo de persona muy distinto. Rubio de ojos muy azules. Muy, muy frío. No es tan alto ni tan fuerte como tú. Es muy delgado, y muy elegante, a su manera. Le encanta la ropa. Sólo lleva lo mejor. Y es muy inteligente, tiene muy buena reputación.

–¿Qué especialidad tiene?

–Ya te he dicho demasiado.

–Me da la impresión de que no lo admiras.

–Es tan inteligente que puede resultar insoportable –confesó ella de repente–. Eso es todo lo que pienso contarte.

–Es un comienzo –dijo él estudiando minuciosamente su rostro.

–Yo tampoco me creo tu historia. Un día me voy a colar en tu casa y...

–¿Y qué?

–Y voy a buscar pistas. A lo mejor eres un espía internacional. ¿Existen todavía?

–Claro que sí. Todas las grandes potencias los tienen, espiándose los unos a los otros... Lo más extraordinario es que aunque estén en el mismo bando no se cuentan lo que han averiguado.

–Eso suena peligroso. ¿Has viajado mucho? –preguntó ella, encantada de desviar el interés hacia otro tema.

–Mucho. A menudo haciendo autostop.

–¿Y por qué te has venido aquí a vivir? No es tu ambiente. No podrías haber encontrado un lugar más aislado.

–Eso fue lo que me atrajo. El aislamiento y la llamada del desierto. Aunque el desierto casi me mata en una ocasión.

–Explica eso, por favor –pidió ella fascinada.

–Estaba con un amigo antropólogo visitando unos lugares sagrados, cuando nuestro helicóptero se estrelló. El piloto quedó malherido, pero Greg y yo conseguimos salir del aparato antes de que explotara. Los servicios de rescate nos encontraron.

–Una mala experiencia. Pero también las habrá habido buenas –dijo ella sin apartar la mirada de sus bucles oscuros.

–Muchos momentos inolvidables. Las cumbres del Himalaya, por ejemplo. No escalé ningún pico, las alcancé desde un helicóptero. Pero el viaje más asombroso que he hecho ha sido a la Antártida, hace unos años.

¿Se acordaría Laura de su foto con barba en la contraportada de aquel libro?

–Con un grupo de gente de todo el mundo –continuó–. La sensación de ser un punto en aquella inmensidad no es muy diferente de lo que se siente aquí en el corazón del campo australiano. Te hace darte cuanta de lo difícil que es la supervivencia. Los huskies aúllan como los dingos.

–Por eso admiramos a nuestros exploradores.

–Desde luego –dijo él con apasionamiento–. Es la superación de la resistencia humana. El desierto australiano es muy hermoso, con su paleta de ocres. Y esos colores tan vivos, el azul cobalto, el rojo sangre y el color dorado de las praderas de Spinifex. Un mundo de calidez y espejismos. La Antártida, sin embargo, es de una blancura cegadora. Mientras que las dunas del desierto las moldea el viento, allí las elevaciones de hielo las esculpen las ventiscas de granizo.

–Puedo imaginarlo –dijo Laura con un escalofrío–. ¿Cuánto tiempo estuviste allí?

–Algo más de dos semanas. Tenía que ir a otro sitio después.

–Seguro que el recuerdo de experiencias como ésa perdura para siempre.

–Como si fuera un viaje a la luna –sonrió Evan.

–Me extraña que no hayas estado allí –bromeó ella.

–Una vez hablé con un tipo que sí había estado.

–¿De veras?

En ese momento el estridente sonido del teléfono los interrumpió.

–Ya contesto yo –dijo él–. Podría ser Harriet. Le pedí que llamara si había novedades.

–Ojalá sean buenas noticias.

CAPÍTULO 7

LA NOTICIA de la muerte de Ruth McQueen conmocionó a todo el pueblo. Según la versión oficial, la causa del fallecimiento fue un infarto.

A nadie le extrañó que hubiera salido a dar un largo paseo por el campo. Ruth McQueen había dirigido una gran finca casi sola durante muchos años, tras la prematura muerte de su marido. Su vida había sido siempre muy activa, y hasta avanzada edad había pilotado su helicóptero. Ruth era el espíritu mismo del campo australiano, la matriarca de una familia de pioneros. Lo que le había parecido extraño a todo el mundo era que se fuera sin decir nada. Eso es un gran error en el desierto. Hasta el más experto de los vaqueros puede perderse allí.

Pero la odiada y paradójicamente respetada Ruth McQueen era una mujer valiente y había muerto de forma valiente. Quizá había preferido morir a cielo abierto que en una cama. Poco después se supo que los médicos le habían advertido que padecía una enfermedad cardíaca que acabaría con ella si no llevaba una vida más sedentaria.

Sin embargo, como es habitual en las familias poderosas, las verdaderas circunstancias del fallecimiento no se dieron a conocer, y la familia McQueen se reunió para enterrar a su matriarca con todos los honores y perpetuar un mito. Aunque no lo mereciese.

Llamaron a la hermana pequeña de Kyall, Christine, una glamurosa modelo internacional, para que volviera a casa para los funerales. Nadie podía saber si acudiría. La difunta había sido en buena medida culpable de que se fuera.

El equipo había empezado a las seis de la mañana. Christine llegó a las ocho para la sesión de peluquería y maquillaje. El fotógrafo era partidario de trabajar siempre a primera hora de la mañana o última de la tarde. Se trataba de una sesión de fotos de alto presupuesto para presentar la nueva colección de pantalones y trajes de un diseñador francés.

A Christine la habían llamado porque estaba fabulosa con pantalones. Era muy alta, muy delgada, muy sexy y su aspecto saludable era preferido por los diseñadores al de otras chicas con aspecto anoréxico. Era además inteligente, trabajadora, y capaz de reinventar su imagen constantemente. Todos los ingredientes para un éxito seguro.

Christine no pensaba en el éxito cuando huyó de su casa en la histórica finca de Wunnamurra. Su meta había sido escapar de la dominación de su madre y de su abuela.

A los dieciséis años, ya medía un metro ochenta; su constitución era ya claramente heredada de la familia paterna, y tanto su madre como su abuela, que eran de complexión pequeña, se habían sentido incómodas con su crecimiento. Lo que en Kyall les parecía estupendo, en una mujer les parecía horrible. Los hombres se iban a reír de ella. Las mujeres la compadecerían.

Su madre, preocupada siempre por su altura y por su peso, nunca había dicho nada de lo que después sería su famosa sonrisa y sus dientes perfectos con los que tanto dinero había ganado en un anuncio de dentífrico. Christine no iba nunca a encontrar un hombre.

Christine sobrevivió aquella etapa gracias al amor de su padre y de su hermano.

A los dieciocho años tuvo acceso al dinero de su fideicomiso, y eso le dio los medios para escapar. Podía vivir donde quisiera, controlar su vida. Empezó en Sydney, donde una agencia de modelos de élite vio su potencial y se ofrecieron para asesorarla en su carrera.

Poco después vivía en Nueva York, donde su fama empezó a crecer.

Unos meses antes incluso le habían ofrecido un papel en una película de acción de gran presupuesto. Pero su vida, llena de trabajo, lujos y fiestas no la hacía tan feliz como sus admiradores podrían creer. Y tampoco tenía suerte con sus relaciones.

Toda su vida había querido casarse con su príncipe azul, Mitchell Claydon, el heredero de la finca de Marjimba. Había estado tan unida a él desde pequeña como Kyall a Sarah.

Kyall lo había pasado muy mal porque Sarah había preferido ser doctora a convertirse en su esposa. ¡Qué lista había sido! Sarah siempre había sido muy buena con ella. Siempre le había dicho que un día sería feliz. Pero en aquel punto álgido de su carrera, Christine no era feliz.

Llamaron a la puerta. Era Sylvie, su estilista.

–¡Pensaba que estabas tomándote un descanso! –exclamó Sylvie–. Hace falta ser una santa para aguantar todas las exigencias de Malcolm.

–Esta vez no es por Malcolm.

En ese momento, una de las ayudantes de fotografía entró disculpándose.

–Perdona que te interrumpa, Christine, pero hay un abogado que quiere transmitirte un mensaje. No me he quedado con el nombre. Los de seguridad no lo han dejado pasar. Pero ha dejado esta nota para ti.

–La de tonterías que tienes que soportar –se quejó Sylvie–. Déjame que lo adivine: es un gran admirador.

–Esta vez no, Sylvie. Es un mensaje de casa. De Australia.

–¿Malas noticias, cielo? –preguntó Sylvie al ver que Christine palidecía.

–Mi abuela ha muerto –dijo con voz tranquila e inexpresiva.

–Lo lamento mucho –dijo Sylvie apretándole un hombro compasivamente–. Nunca hablas de tu vida en Australia, pero seguro que la querías.

–La verdad es que no había nadie como ella.

–¡Oh, cielo! –exclamó Sylvie sin darse cuenta de la ironía de esas palabras.

Christine se miró en el espejo. Mientras intentaba asimilar la noticia, se dio cuenta de que estaba en un punto en su vida en el que necesitaba volver a casa. No sólo para ver a su familia. Mitch estaría allí.

Laura entró en el Teatro Endeavour con la llave que Evan le había dado. Después de días de sol cegador, sus ojos tuvieron que acostumbrarse a la oscuridad.

Era la segunda vez que iba. Había ido el día anterior para practicar con el bello piano que allí había. Nunca habría imaginado que un pueblo perdido pudiera tener un piano como ése, pero los McQueen lo habían donado y ellos no hacían las cosas a medias.

El funeral de Ruth McQueen era al día siguiente. Se había retrasado para dar tiempo a Christine, a su prima Suzanne y al resto de la familia a llegar.

Laura no sabía si ir. Sarah era su único vínculo con aquella familia. Claro que en el pueblo creían que eran amigas de siempre. Evan le aconsejaba que fuera para estar junto a Sarah.

El teatro estaba en silencio y casi a oscuras. El aire

estaba algo viciado por el tiempo que llevaba cerrado. Era maravilloso que le hubieran permitido el acceso. Estaba muy agradecida y se lo debía a Evan, que había hablado con la madre de Kyall y con Alex Matheson, el director de la orquesta del pueblo. Matheson era un brillante músico con una carrera prometedora truncada por una enfermedad de la vista. Evan le había dicho que si iba al entierro, tendría ocasión de darle las gracias.

Ruth McQueen iba a ser enterrada junto a su marido en la histórica finca de los Wunnamurra. Laura sólo había hablado brevemente con Sarah por teléfono desde lo ocurrido. Aunque Sarah parecía conmocionada, Laura no pudo evitar pensar que se tenía que sentir aliviada.

Laura permaneció inmóvil mirando el piano unos instantes. Por fin, se acercó, lo abrió y pasó la mano por las teclas. Se sentó y empezó a tocar un ejercicio que hacía en sus días de estudiante, la mejor época de su vida. Si su padre no hubiera muerto...

-Dios mío, ¡deja de hacer eso! -hubiera gritado Colin en tono amenazante al oírla-. Parece mentira que alguien de tu tamaño pueda hacer tanto ruido.

Colin no sabía nada de música. Su único objetivo era anular su talento para que ella no tuviera más interés que él. Pero había conseguido que dejara de tocar.

¿Por qué había permitido que la intimidaran de esa manera? Debería haberse resistido. ¿Hubiera sido capaz de matarla? Era más que posible que un hombre como Colin perdiera el control. Imaginaba la ambulancia. La policía. La sorpresa de los vecinos. ¿Cómo era posible que algo así hubiera ocurrido en una casa como la suya? Con la reputación impecable de Colin, quizá la hubieran considerado a ella la causante de todo.

Dejó de tocar y acarició con amor el teclado.

Entonces se sintió avergonzada de todo y se dio cuenta de que su huida no la había liberado. Hasta que no se enfrentara a Colin no sería libre.

Aunque Laura sentía miedo, estaba decidida a juntar sus fuerzas y ganar la batalla más importante de su vida.

Los hombres como Colin usan su superioridad física para dominar a la mujer, el colmo de la cobardía. Laura no podía imaginarse a Evan levantando la mano contra una mujer. Evan se había convertido para ella en un caballero andante misterioso que había llegado a su vida cuando más lo necesitaba. Conocerlo la había enriquecido intelectual y espiritualmente. Pero la verdad era, y tenía que reconocerlo así, que se sentía poderosamente atraído por él sexualmente. La hacía sentirse como una verdadera mujer, algo que nunca había experimentado con Colin. Amaba su rostro de facciones perfectas, sus anchas cejas, su fuerte mandíbula, su boca, su cuerpo musculoso. Amaba su fuerza, su energía y su voz profunda. Amaba la forma en la que él la llamaba, y cómo se cruzaban sus miradas. Podía derretirse ante la hermosa mirada de aquel hombre.

Se preguntaba si él se habría dado cuenta. Era peligroso. El momento no era el adecuado. Seguía siendo una mujer casada. Tenía que mantener ocultas sus fantasías. Empezó a tocar de nuevo. Un nocturno de Chopin... pero resultó ser demasiado romántico.

Aunque Evan sabía que era buena, no pudo evitar sentirse sorprendido. No sólo era buena técnicamente, era increíblemente expresiva.

Evan había sido incapaz de resistir la tentación de colarse en el teatro para oírla. Laura estaba tan concentrada en su teclado que no oyó la puerta. Mejor. Quería escucharla sin que ella lo supiera. Nunca había visto una pianista tan bella.

Evan conocía todas las piezas que ella tocó excepto una muy triste que le recordó a su padre. A Evan lo impresionó porque expresaba perfectamente con sus cadencias la ascensión de un alma al Cielo.

La magia del momento se rompió cuando Evan se movió y la silla chirrió violentamente.

–Lo siento, Laura. Estaba disfrutando tanto...

Laura se sobrepuso al pánico inicial.

–¡Evan! ¡No te he oído entrar!

–Estabas tan concentrada con tu Rachmaninnoff... –dijo acercándose por el pasillo central–. ¿Quieres saber mi opinión?

–Necesito ensayar más. Estoy un poco agarrotada.

–¡Has estado maravillosa! La última pieza me ha conmovido especialmente. ¿Qué era? Nunca la había oído antes.

Sintió que el corazón se le subía a la garganta al verlo subir las escaleras del escenario, acercándose a ella lentamente. «Cuidado», se dijo. Cada vez que él la miraba, era como si alguien hubiera prendido todas las luces en su interior. Tuvo que apartar la mirada.

–¿Te ha llegado?

–Sí –dijo él dándose cuenta de que Laura se había ruborizado–. Era tan triste... tan trascendental... Absolutamente maravilloso.

–Es extraordinario que digas eso –dijo ella conteniendo el deseo de llorar–. La compuse en memoria de mi padre. Era un hombre maravilloso, se merecía un homenaje

Aquello era más de lo que un hombre podía soportar. Aquella joven le estaba devolviendo su fe en la vida. Deseaba tomar su hermosa mano entre las suyas.

–Me has dejado sin palabras, Laura –dijo él sintiéndose identificado con su amor al padre–. Tienes muchísimo talento.

Laura esbozó una breve sonrisa. No había nada provocador en su gesto, pero Evan lo encontró apasionante. Se metió las manos en los bolsillos para reprimir sus deseo de tomarla entre sus brazos y besarla.

–Pareces tener una inmensa capacidad para sentir dolor. Probablemente es algo inherente a un músico. Pero algo te ha ocurrido que te ha hecho mucho daño.

–No lo quieras saber, Evan –dijo ella cerrando el teclado.

–Creo que sí. ¿Se ha terminado el recital?

–Ya llevo un tiempo tocando. La historia de mi vida te la contaré algún día, lo prometo. Cuando tenga claro qué es lo que debo contar.

–¿Es que piensas censurar tu historia? ¿Eliminar información que podría ser vital?

–Tú tampoco me has contado nada de ti.

–¿Por qué iba a importarte mi vida?

–Me importa mucho –dijo ella dejándolo sorprendido–. Has sido muy bueno conmigo. Me siento segura a tu lado. Te agradezco mucho que hayas hecho posible que vuelva a ensayar. No esperaba encontrar un instrumento tan maravilloso.

–Cuando Harriet se entere de lo buena que eres, te liará para que des conciertos.

–¡Oh, no! –exclamó Laura acalorada.

–¿Te pone nerviosa actuar?

–¿A quien no?

«¿Cómo un hombre tan corpulento puede ser tan dulce?».

–¿Tanto como para no poder actuar en público? Una vez conocí a un violonchelista que sólo podía tocar entre amigos.

–Lo puedo entender.

Era más fácil que explicarle que no quería atraer la

atención, que antes de casarse había actuado en público muchas veces.

–Al menos podrás tocar para mí.

–Ya lo he hecho. Eres un público muy benévolo.

–Al contrario. Sólo escucho cuando el artista es especial. ¿Te apetecería tomar un café?

–Sí –contestó ella mientras buscaba las llaves del teatro–. ¿Vamos al café de las cortinas rosas y blancas? ¡Es tan alegre!

–Vamos pues a Pamela's. Salgamos por la puerta lateral, es más fácil.

–Voy a apagar las luces.

En ese momento Laura miró de frente las cegadoras luces del escenario y se dañó la retina.

–¿Laura? –la llamó Evan al ver su gesto.

–Estoy bien.

Se sintió un poco estúpida. Había sido algo involuntario. Cuando empezó a recuperar la visión, empezó a bajar del escenario a trompicones.

–¡Dios mío! –dijo dejando escapar un grito al torcer el tacón de su sandalia–. Perdona, Evan, pero no veo por dónde voy.

–Estoy aquí mismo –dijo colocándose al pie del escenario–. No deberías haber mirado a las luces.

–Ya lo sé. Ha sido una estupidez. ¡Me voy a caer!

Se imaginaba ya con un tobillo torcido.

–No te vas a caer.

En cuestión de segundos, estaba a salvo en sus brazos. El mundo se detuvo. Se sentía como si hubiera llegado a puerto seguro después de una tormenta en alta mar.

La boca de ella estaba muy próxima a la barbilla de él. Ya no tenía miedo, pero se sentía más excitada de lo que nunca se había sentido en su vida. Hubiera querido quedarse así para siempre.

–¿Cómo ha ocurrido esto? –preguntó él sin hacer intención de dejarla en el suelo.

–No lo sé. ¡Qué vergüenza! Me tropecé y me has agarrado.

–Entonces tengo una excusa –dijo él mirándola con sus penetrantes ojos oscuros–. Está resultando demasiado difícil no besarte, Laura.

–No debes hacerlo –susurró ella incorporándose y esperando el beso con tanto deseo que apenas podía hablar.

–Ya sé que no debo. ¿Cuánto pesas? Eres como una pluma, podría tenerte así en brazos hasta la noche.

Laura lo miraba insegura, con los labios entreabiertos, su piel blanquísima resplandecía en al oscuridad. Evan sentía que el cuerpo le dolía. Necesitaba a aquella mujer.

Trató de sacar toda la dulzura de la que era capaz. Algo en su interior le decía que Laura no estaba acostumbrada a que la trataran con cariño.

–No tengas miedo, Laura. Yo nunca te haría daño.

–No tengo miedo.

Sin embargo no pudo evitar recordar otros besos de los que había tratado de escapar desesperadamente.

–Estás muy tensa –dijo él con ternura.

–Es que...

–No digas nada a no ser que sea la verdad.

Evan la dejó lentamente sobre el segundo escalón, de forma que sus rostros quedaban a la misma altura, que era lo que él quería.

–Relájate –le pidió con su profunda y aterciopelada voz–. Sabes que nunca haría nada que te disgustara.

Lo sabía. Y eso fue una revelación. La alegría desbancó sus aprensiones, y sus temores se disiparon a medida que Evan atraía su rostro hacia sí y sus labios se posaban en los de ella.

Laura sentía emanar el deseo del cuerpo de Evan, y

eso la llenó de confianza y seguridad en su feminidad. La imagen de Colin desapareció.

El beso de Evan fue hermoso, emocionante y maravillosamente conmovedor. Laura sintió que su corazón, acostumbrado a latir con fuerza por el miedo, se derretía en su pecho. Sintió un calor que le recorría el cuerpo entero. Se sentía totalmente dominada por el hombre, pero, a la vez, tan segura que se abandonó a la inmensidad de aquel momento.

Su cuerpo se llenó de sensaciones. Su espíritu se elevaba como cuando tocaba su música. No reaccionó cuando el beso se fue haciendo más profundo y apasionado. Ya nunca más volvería a considerarse frígida. No con Evan besándola con tanto placer que parecía dolor. Ya no era posible contenerse. Evan había derribado las barreras en un mundo sin horizontes.

Sus fuertes dedos le acariciaban el pelo delicadamente, como si se tratara de un precioso ovillo de seda. Creyó posible perder el conocimiento ante tanta ternura.

—¿Laura? —dijo él incorporándose al darse cuenta de que a ella parecía faltarle el aire—. ¿No te irás a dormir? —bromeó con dulzura.

Él mismo nunca había sentido una emoción tan fuerte. Sentía la fragancia de Laura a su alrededor.

Ella apoyó la cabeza en el pecho de él, temblorosa. Podía sentir el calor de la piel de Evan a través de su camisa de algodón, percibir su olor de hombre, oír los latidos de su corazón. También el suyo latía como si acabara de correr los cien metros lisos.

—No ha estado mal, ¿verdad? —dijo Evan.

—En absoluto.

—¿Sabías que resulta maravilloso besarte?

—¿Sí? —dijo con la mejilla apoyada sobre él.

—¿No te lo dice ese novio tuyo tan peculiar?

—No hablemos de él.

–No has pensado en él cuando te besaba.

–Sólo para darme cuenta de que nunca me habían besado así –dijo con sinceridad.

–Entonces dos besos serán mejor que uno.

El silencio de él, sus ojos, despertaban algo en el espíritu de Laura. Sentir aquel cuerpo contra el suyo le proporcionaba un sentimiento maravilloso, una mezcla de placer y seguridad.

–Acércate más –dijo él atrayendo el tierno cuerpo de ella hacia sí, excitándose por la delicadeza de sus brazos y sus piernas.

Ojalá no hubiera conocido nunca a Colin.

«No puedo dejar las cosas así con Evan. Tengo que hacer algo. Tengo que decirle la verdad».

CAPÍTULO 8

L A FINCA de Wunnamurra era como una isla de
civilización en medio del desierto. En el viaje
de casi dos horas desde el pueblo habían recorrido parajes extraordinarios para la urbanita Laura.

–Es como estar a un millón de kilómetros de todas
partes –le dijo a Evan que era quien conducía–. Pensé
que sería un paraje muy austero y es un lugar mágico.
¡Qué colores tan llamativos! Namatjira sí que supo
captarlos –añadió refiriéndose a un famoso pintor aborigen–. Pensaba que su paleta de colores era exagerada
y ahora me doy cuenta de que es perfectamente realista. ¡Qué intenso es el rojo de las rocas y las dunas!
Las montañas a lo lejos se ven violetas y el cielo es del
azul más profundo que he visto en mi vida. ¡Y las formas de los árboles son tan originales! ¿Cómo se llama
aquél?

–Es un roble del desierto. *Casuarina decaisneana*
¿Qué te ha parecido la lección de botánica?

–Muy bien –sonrió Laura–. Espero no ser una pesada con tantas preguntas. ¿Qué es aquello que brilla a
lo lejos? Parece un mosaico.

Evan aminoró la velocidad para ver a qué se refería
Laura.

–Es lo que llaman una zona de gibbers. Son piedras,
cantos e incluso rocas grandes que con la erosión del
viento del desierto terminan pareciendo piedras preciosas. Por eso brillan.

Laura estaba disfrutando mucho de aquel viaje y de

la compañía de Evan, aunque la llenaba de tristeza recordar que todavía estaba legalmente unida a Colin. Todavía no había tenido tiempo de pensar en lo que sentía Evan.

—Hablando de colores, tu vida ha sido muy pintoresca, ¿no? —dijo mirándolo de reojo.

—He visto muchas cosas, Laura —contestó devolviéndole la mirada—. Muchas buenas. Muchas malas. Australia es buena. Y esto es lo mejor que tiene. Ésta es el alma del país. Una naturaleza y un aire sano y sanador. Eso si no haces una estupidez como salir a campo abierto sin decírselo a nadie o viajas sin agua. El agua es un lujo en esta zona.

—¿Con todos los canales y charcas que hay por todas partes?

—No siempre hay uno cerca. El desierto es tan grande que se podría caminar treinta kilómetros bajo un sol abrasador sin encontrar nada de agua. Es muy fácil deshidratarse.

—¿Por qué se aventuraría a salir Ruth McQueen? Era una señora mayor.

—No te lo habría parecido si la hubieras conocido. Tenía mucha clase, unos ojos inteligentes...

—¿Has estado alguna vez en un sitio donde tu vida peligrara? —preguntó Laura de pronto.

Evan la miró fijamente.

—Vaya preguntita.

—¿La puedes contestar, hombre misterioso?

—He estado cerca de un volcán en erupción.

Evan la miró con una sonrisa. Laura no sospechaba nada de sus tiempos en los Balcanes

—Estás de broma.

—Con todos los gases tóxicos en el aire.

—¿Dónde? Cuéntamelo —dijo Laura en tono suplicante.

—Yo tenía veinticinco años —dijo sonriendo—, y no

tenía miedo a nada. Un amigo de la universidad era geólogo y, estando de vacaciones en Italia, fuimos al Etna.

–¿Y estuviste al borde del cráter? –preguntó Laura fascinada.

–Sí. Es algo impresionante. No me extraña que haya sociedades que adoran a los volcanes. Pero si quieres ver el cráter más curioso del mundo, no está lejos de aquí. Se llama Gosse's Bluff. Tiene cerca de veinticinco kilómetros de diámetro, rodeado de lo que parecen unas enormes montañas rosadas. En realidad, se trata del impacto de un cometa o un meteorito. El cataclismo debió de ser cien mil veces mayor que Hiroshima.

–¿Has estado allí?

–No. Pero si quieres, podemos ir juntos un día. Seguramente habrá que ir en helicóptero.

–¿Lo dices en serio? Me encantaría ir –dijo ella entusiasmada.

–Claro que lo digo en serio –contestó él embelesado con su reacción–. Está decidido.

Laura no tenía nada negro, así que se había puesto un elegante traje de chaqueta azul marino. Llevaba el pelo recogido con un lazo también azul.

Tan joven, tan bella, con tanto talento... ¿por qué parecía estar llorando por dentro? Sus sentimientos hacia ella estaban empezando a obsesionarlo. Él aún tenía que organizar su vida. Y era evidente que Laura huía de una situación difícil. Y no se le ocurría otra cosa que proponer pasar unas noches juntos solos bajo el cielo australiano. Debía de haberse vuelto loco de remate.

–También podemos visitar Uluru –dijo compulsivamente–. Es un nombre que evoca magia y misterio. Y a veinte millas están las magníficas cúpulas de Kata Tjuta. ¿Las conoces?

–No. La verdad es que no he viajado mucho. Sólo conozco Nueva Zelanda, Fiji y Bali. Bueno, una vez estuve en Bangkok.

–¿Dónde te alojaste? –preguntó él agarrando con fuerza el volante ante un bache.

–En el Oriental.

–Uno de los mejores hoteles del mundo. No ibas en plan pobre.

–Ni mucho menos.

Le horrorizaba tener que decir que ésa había sido su luna de miel.

–No parece que fuera una experiencia muy buena. Pero la comida seguro que era excelente.

–Claro que sí. Y me encantaban los arreglos florales del vestíbulo. Había unos acuarios espectaculares y jarrones exquisitos con orquídeas y flores de temporada. Los tailandeses son genios a la hora de convertir un arreglo floral en una obra de arte.

–Y en darle formas exquisitas a las frutas. Y en hacer esculturas de hielo... ¿volaste a Phuket?

–No.

–Tampoco parece que fuera un viaje muy divertido. Phuket es un lugar muy visitado. La Bahía de Phangnga es muy famosa por esos picos saliendo de las verdes aguas y sus cuevas. Han salido en muchas películas de James Bond. ¿Con quien disfrutaste todo el lujo?

–Alguien de quien me desenamoré muy pronto.

–¡Ah! Tu amante –dijo irritado a su pesar. Sabía que no tenía derecho pero no le gustaba pensar en el otro-. ¿Podemos hablar del señor D.?

–¿Quién es el señor D.?

–El señor Doctor. ¿No lo pasasteis bien?

–No, no mucho. ¿Podríamos dejar de hablar de él?

–Por supuesto –contestó él confuso.

No quería estropear el vínculo que se había formado entre ellos.

–Perdona, Laura, pero no entiendo por qué pasabas tanto tiempo con un hombre que sólo te traía problemas.

–Digamos que porque no me dejaba en paz.

–¿Estás todavía enamorada de él aunque no veas futuro? –se sentía tremendamente enojado con aquel hombre que parecía tan controlador.

–No tanto como para que no me encantara que me besaras –admitió Laura abiertamente.

–Así que la señora lo reconoce –dijo él dejando escapar un silbido.

–No puedo ocultarlo.

–Pero no soy el único hombre en tu vida.

–Desgraciadamente no. No de momento.

–Sea como sea, Laura, nada me va a impedir besarte otra vez. Creo que necesitas mucho amor y muchos besos.

Evan apartó la mirada de la carretera para observar su rostro.

–¿Qué sabes tú de la violencia? –lo acababa de asaltar una terrible sospecha, que parecía infundada viéndola tan intacta como una orquídea blanca.

–Está en todas partes, ¿no? No hay más que ver la tele o abrir un periódico.

–Me refiero a la violencia personal, Laura –dijo él con expresión grave.

–No te entiendo.

Laura odiaba mentir, pero sentía que las mentiras la protegían.

–Yo creo que sí –dijo Evan, en un tono que a Laura se le antojó de rabia o profunda decepción.

–Evan, me estás agobiando con tantas preguntas. Ya vale.

Lo que le había pasado en su breve matrimonio era demasiado humillante para contarlo y mantener la calma. La vergüenza la paralizaba. Dejar a Colin había sido lo mejor que había hecho en su vida. Ya sólo le quedaba librarse de él legalmente.

Era asombroso ver tantos aviones ligeros alrededor del enorme hangar plateado de Wunnamurra con su emblema sobre el tejado. Había además, de camino al edificio principal, multitud de jeeps, autobuses y camiones aparcados por todas partes.

Laura lo miraba todo asombrada. Aquello era como un reino privado. Había edificios secundarios, casas para los trabajadores, y aún no se veía la legendaria mansión de Wunnamurra. El funeral estaba previsto para las once de la mañana para que todo el mundo pudiera volver a sus casas en el día.

—Se ve que los McQueen son muy ricos. Esto es como una ciudad.

—Las familias de pioneros eran extraordinarias. Puede parecer un periodo muy romántico de la historia de Australia, pero el peligro, las penurias y la muerte eran parte de la vida cotidiana. Los McQueen son gente dura. La difunta Ruth McQueen trabajó muy duro para mantener la finca cuando murió su marido. Era muy buena con los caballos, aunque se dice que era cruel a veces con ellos.

—Como lo era con la gente.

—No sé cuánto nos podemos acercar. Se esperan cientos de personas. Quizá más.

—¿Te parece bien si no me despego de ti?

—No tengo intención de perderte de vista —dijo Evan con una carcajada.

La magnífica mansión, de un blanco inmaculado y dos plantas con balconadas, parecía dibujada sobre el desierto con el fondo del cielo azul zafiro. Estaba flanqueada por árboles altísimos y se accedía a ella por una enorme pradera de césped cuidadísimo surcado por un riachuelo que discurría entre los setos y jardines.

Laura estaba impresionada.

Evan encontró un sitio para aparcar a la sombra de los árboles y la ayudó a descender del todoterreno.

–No te olvides del sombrero, Laura. Con tu piel no puedes estar al sol sin cubrirte.

–No es un sombrero muy adecuado.

Laura no tenía nada para el funeral así que había cambiado las flores alegres de un sombrero de paja por otras flores oscuras que había comprado en el pueblo.

–Estás guapa con cualquier cosa. Póntelo.

–Vuelves a hacer de hermano mayor.

–Es lo mejor –dijo él pensando en que el sombrero sólo acentuaba más su belleza.

Había gente por todas partes, pero el recorrido hasta el cementerio familiar de los McQueen fue ordenado, pues había flechas señalando el camino. A pesar de todo, Laura se alegraba de estar con Evan. Aquel lugar era tan grande que tenía la impresión de que sólo con dar un paso en falso se perdería para siempre.

–No corras. Tenemos tiempo. Ni siquiera Ruth McQueen va a tener prisa por que la entierren.

–Sólo espero no llorar. La última vez que estuve en un entierro fue en el de mi padre.

Al cementerio familiar en el que estaban enterrados generaciones de McQueen se accedía por unas enormes puertas de hierro forjado. El oficiante llevaba ropas solemnes y un buen numero de asistentes ya se había congregado a su alrededor.

Laura pudo divisar a Sarah junto a su prometido, el nuevo cabeza de familia. El apellido del padre de Kyall, Max Readon, había sido desplazado por el apellido de la dinastía. Kyall fue bautizado Kyall Readon Mc-

Queen, pero el apellido paterno terminó por desaparecer.

A poca distancia de sus padres, como si deseara estar sola, estaba una bella muchacha, muy alta y elegante, que guardaba un gran parecido con Kyall. Tenía que ser Christine, su hermana. Traje negro. Sombrero negro. Zapatos negros. Perfecta hasta el último detalle.

Laura conocía ese lindo rostro y ese esbelto cuerpo de verlo en las revistas, sin imaginar nunca que conocería a la top model personalmente.

A unos metros de ella estaban los Claydon, otra influyente familia de pioneros. Laura había oído hablar de Mitchell Claydon, un amigo de la infancia de Sarah, pero era la primera vez que lo veía. Se parecía mucho a Robert Redford, con el pelo muy rubio al descubierto y un elegante traje negro.

Enseguida se dio cuenta de que no apartaba su intensa mirada azul de cierta persona: Christine Reardon. Recordó que Sarah le había contado que habían sido novios en su adolescencia.

Se preguntó qué los habría separado.

Al final, los asistentes rodearon la fosa y aparecieron los portadores con el féretro.

—¿Estás bien? —preguntó Evan.

No sabía qué contestar. «Lo estoy cuando estoy contigo». Se sentía segura con él, y no sólo porque se comportara como un hermano mayor con ella. Ni ella misma sabía explicar lo que estaba permitiendo que ocurriera. Estaba aún atrapada en su matrimonio, pero cuando estaba en brazos de Evan se olvidaba de toda prudencia. Los sentimientos se burlaban de la razón.

Por fin, Laura asintió con la cabeza.

CAPÍTULO 9

POCO después de la muerte de Ruth McQueen, otra noticia conmocionó al pueblo. Para sorpresa de todos, se descubrió que Sarah Dempsey, doctora residente, había dado a luz un bebé a la edad de quince años.

¡Sarah! Todo el mundo tenía su opinión respecto al tema. Pero nadie la condenaba por ello. Sarah era una buena doctora, nacida y criada en el pueblo, una de ellos. Y el padre era Kyall McQueen, su prometido, guapo, admirado y sencillo considerando la riqueza de su familia. Pero lo que más extrañaba a todos era cómo no se había enterado nadie antes. Ni siquiera Ruby Hall, la chismosa del pueblo, que era capaz de pegar la oreja a las puertas, se había enterado.

La noticia se extendió como un reguero de pólvora por el pueblo, adornada cada vez con más detalles. Betty Dawson incluso llegó a decirles a sus amigos que había oído que eran gemelos. Lo que nadie dudaba era que algo horrible había ocurrido en la pequeña clínica de la Costa Este en la que Sarah tuvo a su niña. Pronto empezaron a surgir rumores culpando a la abuela.

La negligencia de la clínica era imperdonable. Todo el mundo opinaba que había que demandarla judicialmente. Al parecer, habían cambiado el bebé de Sarah por otro bebé muerto.

—¡Que fatalidad tan grande! —comentaba la gente en los bares.

Y lo peor era que Sarah había tenido que sufrir su desgracia en soledad. Kyall, que tenía entonces apenas dieciséis años, nunca supo que Sarah estaba embarazada. ¿Y por qué no? Sólo podía ser culpa de su abuela. Kyall era su ojito derecho y Ruth siempre se había opuesto a su relación con Sarah. Fuera lo que fuera lo ocurrido, nunca lo sabrían, pues las familias poderosas siempre sabían silenciar sus cosas.

Cuando Sarah y Kyall eran adolescentes, a todo el mundo le parecía que una relación así, desde la infancia, era extraordinariamente romántica, pero no le veían futuro. Pertenecían a clases sociales demasiado distantes. En aquellos momentos, todo el pueblo ofrecía a Sarah su solidaridad. Lo que había empezado como una genuina historia de amor había alcanzado proporciones épicas. Todo el mundo esperaba una boda de cuento de hadas, quizá un día festivo. Al fin y al cabo, los McQueen habían institucionalizado muchos festivos en el pueblo.

Pero lo más interesante era que Sarah y Kyall hubieran descubierto que su hija no había muerto, sino que pasaba las vacaciones a unos pocos cientos de kilómetros de Koomera Crossing. Después de años de angustia el destino les traía un bien merecido regalo.

–Voy a formar parte del folclore local –decía Sara con ironía.

Últimamente, encontraba muy difícil contener las lágrimas. Laura y Harriet la miraban comprensivas. Estaban en la cocina de Harriet tomando café y pastelitos caseros que la misma Harriet había hecho.

–Si alguien se merece un milagro después de lo que has pasado ésa eres tú.

Harriet, directora de la escuela durante los últimos treinta años, era una autentica institución en el pueblo. Tenía casi setenta años, aunque no los aparentaba. Sarah la quería mucho y Evan también le tenía mucho aprecio. La llamaba «tita Mame». Era una mujer muy culta que había viajado a muchos lugares exóticos. Vestía de una forma muy poco convencional, con un estilo propio. No era guapa, pero tenía unos elegantes ojos grises y una voz intensa.

–Voy a ser madre, amigas –anunció Sarah con una sonrisa conmovedora–. Kyall tiene muchas ganas. Estoy deseando que conozcáis a nuestra preciosa hija Fiona. Esperaremos que pase algún tiempo antes de la boda, por la muerte de Ruth. No me gustaba esa mujer pero siempre será la abuela de Kyall, y a él lo adoraba.

–Podían haber puesto eso en su epitafio: «Aquí yace Ruth McQueen, que en toda su vida sólo quiso a una persona».

Harriet vivía en una casa grande de estilo colonial decorada con todo tipo de objetos de sus viajes, como dos tótems maoríes de más de dos metros de altura que flanqueaban la entrada. Cuando se despedía, Harriet hizo prometer a Laura que iría a cenar allí el sábado siguiente.

–Evan también vendrá –dijo sonriéndole–. Me han dicho que tenéis una bonita amistad.

–Después de estar casada con un hombre que nunca me dijo nada amable, la caballerosidad de Evan es como un regalo para mí.

–¿Todavía no habéis hablado de Colin? –preguntó Sarah mirando fugazmente el reloj. Agradecía la compañía y el consuelo de sus amigas, pero tenía que volver al hospital.

–Lo voy a hacer. De verdad.

–Claro que sí, cielo –dijo Harriet–. ¿Qué es lo que temes?

–Perder el aprecio de Evan. Su respeto. Valoro mucho su amistad.

–¿Por qué iba a respetarte menos? –preguntó Harriet mirándola. Mirando su cara angelical no podía entender cómo un hombre podía ser capaz de hacerle daño.

—Porque parecerá que no tengo ningún respeto por mí misma, Harriet.

—Laura, tú eras la víctima –dijo Sarah–, eras muy joven y es normal que te sintieras intimidada por un marido tan violento, al que tú creías amar.

—Debería haber sido todo diferente. Debería haber hecho algo. Tendría que haber sido más fuerte. No puedo decírselo aún a Evan. Sé que me guardaréis el secreto.

—Claro que sí, cielo. Pero no creo que tardes mucho en tener con Evan la confianza suficiente para contárselo. ¿Crees que tu marido te anda buscando?

—Puedes estar segura, Harriet. Tengo mucho miedo pero estoy aprendiendo a controlarlo. Conociendo a Colin, no me extrañaría que apareciera un día en mi puerta.

—No estás sola, Laura –dijo Sarah–. No eres tan vulnerable como crees. Bueno, tengo que irme. Morris está de guardia y llego tarde. Kyall estará en Adelaida toda la semana por negocios, así que no podrá venir a la cena.

—¡Qué ganas tengo! –sonrió Laura–. ¿Hay romance a la vista?

Morris Hugues era compañero de trabajo de Sarah y amigo especial de Harriet.

—Pues está todo decidido –dijo Harriet satisfecha–. Estoy segura de que será una velada muy agradable. Ya tengo pensado el menú.

Cuando Laura llegó a casa, Evan estaba en el camino de la entrada descargando cosas de su coche. Laura se acercó a él lentamente. Movió la mano para llamar su atención y sintió un escalofrío. Había personas que sabían lo que era el amor y la felicidad conyugal, pero no era su caso. Seguía casada con Colin, y enamorarse de Evan sólo empeoraría las cosas. Y era tarde para remediarlo. Ya se estaba enamorando. Él ya sabía que ella guardaba un secreto, pero no sabía lo horrible que era.

Laura aparcó su coche y Evan se acercó.

—¿Dónde estabas?

—Tomando un café en casa de Harriet. ¡Qué casa! Tiene montones de piezas curiosas.

—Harriet es muy original —sonrió él mientras ella salía del coche.

—Entiendo que te caiga tan bien. Tú eres muy original también —sonrió ella sintiendo despertar su deseo.

—Ser diferente es bueno. Me alegro de que hayas llegado, tengo algo para ti.

—¿De verdad? —preguntó intrigada.

¿Qué sería de su vida cuando él saliera de ella? Estaba muy necesitada. Prueba de ello era lo rápidamente que se había enamorado de Evan.

—Ven conmigo —dijo mirándola fijamente unos instantes.

Laura estaba muy quieta y su expresión era pensativa. Su piel, incluso a la implacable luz del sol, era perfecta y delicada como la de un bebé. El cabello le caía por los hombros.

—Todavía tengo las verduras de huerta que me diste —dijo pensando que habría ido al mercado y que era eso lo que descargaba.

—No son verduras. Estás encantadora hoy —añadió él riendo.

—Muchas gracias. Probablemente es el vestido.

Evan reparó entonces en que Laura no era nada vanidosa.

—¿Qué es? —preguntó ella con los ojos brillantes.

—Ya lo verás. Vive, respira...

—Estoy intrigada —dijo ruborizada y con los labios entreabiertos.

–Date la vuelta.

–Está bien. ¿Tengo que cerrar los ojos?

–Si quieres...

Laura los cerró. Se sentía como una niña con una vida llena de belleza y amor.

–Ya puedes mirar.

Evan levantó la tapa de una cesta. En el fondo, tumbado sobre una manta, había algo negro peludo con ojos de jade.

–¡Es un gatito! –exclamó Laura entusiasmada.

–Me dijiste que te encantaban.

–¿No es precioso? ¿Puedo sacarlo?

Su rostro estaba tan radiante que Evan tuvo que hacer un esfuerzo para no abrazarla. Pero su instinto le decía que no debía ir tan deprisa.

–¿Por qué no? Es tuyo.

–¿Es mío de verdad?

Su sonrisa era tan dulce y agradecida...

–Me encanta poder regalártelo.

Laura miró entonces a lo lejos, a la vista que desde allí había del pueblo que tanto le gustaba.

–¿Qué pasa? –preguntó él perplejo.

–Nada, he tenido una sensación extraña.

Se había imaginado a Colin gritándole furioso: «¡Ven aquí y da las gracias!. Eres una desagradecida».

–Ojalá me lo dijeras.

–Estoy bien, Evan –dijo mirando al gatito, comprendiendo su frustración–. ¡Hola, cosita bonita! Eres una preciosidad, tan suavecito.

–Supe que tenía que ser tuyo en el mismo instante en que vi esos refulgentes ojos verdes.

–Siempre estás pensando en cosas para mí –dijo mirándolo agradecida.

–Necesitabas tanto un poco de amabilidad...

–¿Le comprarías un gato a cualquiera? –preguntó un poco decepcionada.

–No. Te lo he comprado a ti.

–Y me encanta –dijo sonriendo–. Pero ¿qué haré con él si tengo que volver?

No podía ni pensar en tener que abandonar el pueblo, con su seguridad y sus nuevos amigos.

–¿Volver adónde? –preguntó él con la mirada nublada.

–A mi antigua vida.

–¿Vas a darle otra oportunidad a tu doctor?

–Es algo que tengo que resolver –respondió ella pensando en lo difícil que iba a ser.

–¿Y cuánto tiempo vas a tardar en resolverlo? –preguntó Evan, consciente de que estaba celoso.

–Yo misma me pregunto lo mismo todos los días.

–Eres muy valiente, además de bonita.

–Ya me gustaría.

Sin embargo sonrió triunfante. La vida era como un viaje. Su éxito dependía de cómo uno reaccionase en los momentos complicados.

–Bueno, bueno, ya veremos –dijo Evan, que ni siquiera sospechaba lo mucho que Laura había sufrido–. Tengo otra cosa que necesitas. Quédate con el cesto. Al gato le vendrá bien. Parece cómodo.

Evan acarició al gato y su mano rozó la de Laura. Él no ocultó su placer.

Un escalofrío con la fuerza de un ciclón recorrió el cuerpo de Laura. Sentía su mano en la piel. Evan sabía cómo besar, cómo acariciar, cómo mirarla con sus atractivos ojos oscuros. No había nadie como él. Se sintió entonces como si estuviera flotando.

–Vamos a tu casa –sugirió él–. ¿Qué nombre le vamos a poner?

–¿Algo musical? ¿Freddy, como Freddy Chopin? –sugirió de broma–. Wolfgang es demasiado –estaba cohibida por la emoción, sentía un nudo en la garganta–. Harriet y yo creemos que te pareces a Beethoven.

–¿Cómo? –preguntó él haciendo una mueca–. Me parece a mí que detrás de su apariencia dura hay una romántica. No me importa que el gato se llame Freddy, al fin y al cabo su dueña es toda una pianista.

–Pues Freddy se llamará. Mira, Evan, ya me quiere.

El gato ronroneaba extático acurrucado junto a su pecho.

–¿Quién no? –replicó Evan en voz tan baja que Laura no lo oyó.

Sonrió fríamente, o al menos eso intentó. En realidad le hubiera encantado abrazarla así como estaba, con el gato en sus brazos.

–Creo que esto es lo más bonito que me ha pasado desde que era una niña.

–Seguro que tu doctor te cubre de regalos.

–Sí –dijo ella sin dejar de acariciar al gato–. Pero nunca nada me había gustado tanto como esto. Gracias, Evan –añadió sin levantar la mirada para que él no se diera cuenta de lo emocionada que estaba.

–Te acompaño. Los gatos son muy inteligentes. No tardará en estar bien educado.

–¿Has oído, Freddy? Cuando estés educado, podrás dormir conmigo en la cama.

A Evan le pareció que no habría sitio mejor.

CAPÍTULO 10

CAMINARON juntos del brazo hasta casa de Harriet. A Laura le encantaba esa hora del atardecer en la que las estrellas empiezan a brillar sobre el desierto en toda su majestuosidad. Era algo mucho más llamativo de lo que ocurría en las ciudades de la costa. Y detrás de cada estrella había una leyenda aborigen que explicaba su origen. A Laura le encantaban esas historias, así como las exposiciones de arte aborigen que el pueblo exhibía orgulloso en el Shire Hall.

La Cruz del Sur los seguía, perfectamente perfilada en el cielo violáceo. Sus puntas eran los espíritus de los antepasados para los aborígenes. La Vía Láctea, con sus miles de millones de estrellas, era los fuegos de los campamentos de los antepasados que habían volado hasta allí como recompensa por ser hombres de bien. El Lucero Vespertino era una flor de loto que habitaba el País de los Sueños de la luna.

Laura sabía por las pinturas aborígenes que la flor de loto simbolizaba una estrella. Le gustaban las pinturas con flores y estrellas brillantes. Orión aparecía en ellas como un cazador poderoso con un cinturón de pedrería. Escorpio representaba unos amantes que habían infringido la ley de la tribu, y las estrellas menores de la constelación, eran los boomerangs y palos que la gente les arrojaba.

—Estás muy callada —comentó Evan, apretando el brazo de ella con más fuerza bajo el suyo.

–Estoy fascinada con el brillo de las estrellas. Pienso en las leyendas aborígenes. Nunca antes me había fijado en el País de los Sueños hasta venir a Koomera Crossing, y ahora me encuentro estudiando esos mitos y creencias. Tienen una fuerza dramática fabulosa.

–Es cierto. Hay seres superiores, y explican accidentes geológicos de forma fantástica, pero a la vez contienen en esencia la verdad. Es extraordinario que viva aquí una cultura cuyas tradiciones y costumbres apenas hayan cambiado en decenas de miles de años. Entenderás mucho más lo que significa la tierra para los aborígenes cuando vayamos a Red Centre.

–¡Qué ganas tengo! –dijo levantando la mirada hacia él con una sonrisa.

–Yo también. Que yo sepa, no hay otro lugar en el planeta con una belleza tan austera. Es la Tierra Eterna, la parte más vieja de la corteza terrestre. Te va a encantar.

–Es una auténtica aventura –dijo gozosa–. Este pueblo también me encanta, con esas casitas tan pintorescas de gente trabajadora, y las mansiones coloniales como la de Harriet o la tuya. Me gusta esa mezcla de grandeza y humildad. Me encantan también las ventanas de celosías con las enredaderas cubriendo las balconadas para proteger las casas del sol. Algunas casas casi desaparecen entre la vegetación. Resulta muy raro en un desierto.

–El agua procede de las aguas subterráneas que recorren el subsuelo de toda la región de Queensland. Un bien muy preciado.

–Me acabo de dar cuenta de que tengo hambre –comentó ella cuando se fueron acercando al jardín de Harriet. Del interior de la casa emanaban aromas suculentos.

–No me extraña, Harriet es una gran cocinera.

Las luces de la casa los guiaron hasta los peldaños de entrada que guiaban a la puerta de entrada. Evan volvió a tomar a Laura de la mano.

–Cuidado con esos tacones –dijo mirando las bonitas sandalias rosas que llevaba.

–Me gusta parecer más alta –dijo Laura casi sin aliento. Su corazón se disparaba cada vez que él la tocaba.

–Estás preciosa.

Su voz la hacía temblar, como si su corazón fuera la cuerda de un violonchelo.

–Es la segunda vez que me lo dices.

–Quería que sonrieras.

–¿No he sonreído la primera vez? –preguntó ella sorprendida.

–La verdad es que no –contestó Evan.

Sus miradas se encontraron.

–Me parece que tu cabeza estaba en otro sitio –añadió.

Era muy observador. Una vez más, había recordado la forma en la que Colin la presentaba orgullosamente a la gente como «mi bellísima esposa». Laura se preguntaba si no le hubiera ido mejor siendo más fea, y no «el clásico florero», como la llamaba Colin a menudo para ridiculizarla.

–Pero te oí –aseguró Laura.

En ese momento, Harriet, que debía de haberlos oído llegar, salió al porche a recibirlos y le dio un abrazó a Laura.

–Estás guapísima –dijo cariñosamente–. ¡Y qué vestido tan bonito! Evan, me alegro de que hayas podido venir.

–Eres demasiado buena cocinando como para perdérmelo –dijo Evan agachándose para besar a Harriet en la mejilla.

–No sé si te habrás enterado de mi idea, mejor dicho, la idea de Kyall, de abrir un restaurante en el pueblo. Ya tendrás noticias.

–¿No sería más fácil seguir enseñando? –preguntó Evan, pensando que un restaurante era un trabajo muy duro para alguien de la edad de Harriet.

–Seguramente, pero necesitaba un nuevo reto y estoy muy emocionada con el proyecto.

–Me alegro mucho por ti entonces. Cuenta conmigo como cliente. Y con Laura seguro que también.

–Ya contaba con ello –rió Harriet–. Entrad ya, para que conozcáis al resto de los invitados. Evan ya los conoce a todos, claro. Y Sarah ya está aquí.

–¡Qué bien! –dijo Laura aliviada de que su amiga ya hubiera llegado.

Harriet estaba de muy buen humor. Llevaba un atuendo fantástico de colores brillantes en forma de remolino. A Laura le dio la impresión de que se lo había puesto del revés.

–Cielo –dijo Harriet dirigiéndose a Laura–, si crees que me he puesto esto del revés, tienes razón.

–Estás estupenda, Harriet. Debería haber traído mi cámara.

–Las chilabas se vuelven a llevar –dijo Harriet sonriéndole–. Lo he leído en *Vogue*. Me compré la tela para ésta en Marruecos y la he hecho yo misma. Creo que ha quedado bastante bien.

–Harriet es muy polifacética –dijo Evan divertido–. Tienes que oírla tocando la viola.

–Me encantaría.

–Este hombre toca el violonchelo como lo haría el mismísimo arcángel San Gabriel –dijo Harriet mirando a Evan con complacencia–. Con fuerza y contundencia. Se nota que es un hombre el que toca. Me parece a mí que nuestro Evan tiene mucha vida a sus espaldas. Se percibe en sus interpretaciones. Establece con el oyente una verdadera corriente de energía. Hoy pareces muy relajado.

—¿Te parece? —preguntó Evan sin darle importancia.

—Al menos no pareces tan terriblemente reservado.

—Eso se debe a que puedo contar contigo como amiga.

«¿Y qué pasa con Laura?», pensó Harriet, que se sentía intrigada por cómo se estaban desarrollando los acontecimientos entre Laura y Evan. El lenguaje corporal, la complicidad que había entre ellos, sugería un cierto grado de confianza. Pero Laura, tan dulce y adorable con su vestido rosa fuerte, seguía casada con aquel hombre horrible. Laura debía contarle a Evan la verdad, antes de que su relación fuera más lejos. Si es que no había llegado ya lejos...

—Cielos, no pensareis quedaros ahí fuera toda la noche.

Era Sarah, que los llamaba desde dentro de la casa.

—Ya vamos, cielo —dijo Harriet riendo y acompañando a sus huéspedes al interior.

La velada estaba llamada a ser un gran éxito. Había ocho comensales: Harriet presidía la alargada mesa y su «amigo», el doctor Morris Hughes, colega de Sarah en el hospital, se sentaba al otro extremo de la misma. Laura y Evan se sentaron uno frente al otro. Sarah se sentó junto a Evan y Laura junto a Alex Matheson, un hombre elegante, de pelo canoso, de unos treinta años, que era el director de la orquesta del pueblo. También cenaban con ellos, Selma y Alan Ward, una pareja de mediana edad muy agradable y muy amigos de Harriet.

Selma era la «ayudante de cocina» de Harriet y estaba muy interesada en su proyecto.

Harriet estuvo a la altura de su reputación como cocinera. Su cocina era una mezcla de diferentes gastronomías: malaya, thai, japonesa, china y, en ocasiones, cocina clásica francesa.

Aquella noche la comida era tailandesa. Probaron su Khao Soi Gai, plato de fideos con pollo al curry picante, filetes de ternera salteados con salsa de pimienta negra con guarnición de verduras y, para los que quedaron con ganas de postre, su tarta de queso con mango sobre una base de pistachos y su mousse helado de plátano y coco.

Y todos lo probaron.

Para entonces, Laura ya había olvidado toda su tensión y los recuerdos de Colin parecían muy lejanos. Todos los invitados eran muy amables y la aceptaron inmediatamente como una de ellos. La conversación fue interesante y variada, con temas casi siempre propuestos por Harriet y Evan, que parecía realmente haber salido de un largo letargo. Alex Matheson, cuyos modales elegantes no se veían mermados por una enfermedad que le producía ataques de ceguera, mostró mucho interés por el hecho de que Laura fuera una pianista con preparación de conservatorio.

Sin embargo, Laura se dio cuenta con alivio de que nadie preguntaba nada en profundidad sobre su pasado. ¿Un acuerdo tácito? Fuera lo que fuera, lo agradecía.

Los Ward eran también miembros de la orquesta. Alan tocaba el clarinete y Selma la flauta. Era evidente que el amor a la música era común a todos, algo que los unía. La música era una fuente importante de satisfacción no sólo para ellos sino para todo el pueblo.

–¿Cuándo vamos a oírte tocar? –preguntó Alex a Laura.

–Os garantizo que os encantará –dijo Evan–. Los dedos de Laura sí que saben arrancar música a unas teclas.

–Igual que tú con las cuerdas –dijo Alex amablemente–. Evan es la roca sobre la que se apoya todo el grupo –añadió dirigiéndose a Laura–. Supongo que no te interesaría unirte a nosotros para formar un quinteto para piano y cuerda. Soy bastante malo con el piano.

–Eso no es verdad –dijeron todos los demás comensales.

–Bueno, no soy lo que era. Acabamos de empezar a trabajar con una pieza de Beethoven.

–Sería un honor –dijo ella cruzando su mirada con la de Evan fugazmente–. Evan te lo puede contar. Los ensayos serán en esta casa, así que no te pillará muy lejos.

La mesa estaba preparada exquisitamente con una blanquísima mantelería de encaje, suntuosa porcelana china y elegantes juegos de copas llenas de vino. En el centro, un arreglo floral con orquídeas blancas parecía mecerse con una brisa inexistente.

Evan era un hombre tremendamente atractivo que ocultaba algo turbulento de su pasado, pero aquella noche, con su traje de color beige claro, a juego con la camisa también beige, se había comportado simplemente como un ser encantador e ingenioso.

–Fantástico.

–¿Cómo dices? –dijo Laura de repente, dándose cuenta de que no estaba escuchando lo que hablaban Alex y Evan.

–Decía que es fantástico que te unas a nuestro quinteto –repitió Alex, alzando su copa para brindar–. Bienvenida a bordo, Laura.

–Todo ha salido genial –comentó Evan ya de camino a casa.

–Lo he pasado muy bien. Me pareció que el doctor

Morris y Harriet hacían muy buena pareja. Son tan listos e ingeniosos... Han viajado tanto... Y no sabía que Harriet era tan coqueta –rió Laura.

–Él es un hombre encantador que disfruta mucho de la compañía de Harriet. Creo que Sarah también lo pasó bien, pero echaba de menos a Kyall. Pronto se casarán, vivirán con su hija y serán felices para siempre.

–Es como un milagro, ¿verdad?

–Gracias a Dios, aún quedan milagros. Aunque me temo que no para Alex.

–¿Qué es lo que le pasa en los ojos? A mí me parecía que los tenía bien.

–Hoy sí. Otras veces no. No sé qué enfermedad es, es muy rara.

–¿No tiene cura? –preguntó Laura con tono compasivo.

–A lo mejor me equivoco, pero creo que hay un componente psicológico en su enfermedad. Es un manojo de nervios y tan hermético con su pasado como nosotros. Creo que a los tres nos podrían clasificar como personas damnificadas.

–Habría que hacer algo para ayudarlo.

–Habría que hacer algo para ayudarnos a los tres. Laura, ¿crees que alguna vez estarás felizmente casada?

Ésa era su oportunidad para decírselo. ¿Debía aprovecharla? Concluir aquella maravillosa velada diciéndole: «Estoy casada, Evan. No sólo eso. Estoy casada con un maltratador». Dudó pensando en lo mal que se iba a sentir soltando aquella bomba...Y el momento pasó.

–Mira quién habla –dijo como evasiva con el tono más alegre que pudo conseguir–. ¿Por qué no piensas tú en matrimonio? Entiendo que tu vida no ha sido convencional hasta ahora, pero ¿no te gustaría tener esposa e hijos?

–Cada cosa a su tiempo.

–Ésa no es una respuesta.

–Muy bien, Laura. Entonces, ¿quieres casarte conmigo?

Laura se quedó helada por unos instantes, paralizada sin saber qué contestar, hasta que se dio cuenta de que no hablaba en serio.

–No podría –contestó por fin, suspirando con alivio.

–Claro que no. Estás enamorada de tu doctor.

–No, no lo estoy –dijo con una mezcla de tristeza y sinceridad.

–Entonces, simplemente te gusta que te controle.

Evan lamentó sus palabras nada más pronunciarlas. No era su intención, pero había sonado muy severo. Laura se ruborizó.

–Lo hemos pasado tan bien... no lo estropeemos.

–¿Qué tal vas con los tacones? –preguntó Evan reaccionando rápidamente y cambiando de tema.

–Bien. Estoy acostumbrada.

Estar con Evan bajo aquel cielo estrellado era como estar en éxtasis. Caminaba como flotando en una alfombra mágica. Los dos solos en aquella calle llena de árboles con aquel cielo refulgente sobre ellos...

Se detuvieron junto a la verja de la casa de ella.

–Te acompaño hasta la puerta.

Ella no se lo impidió. Por mucho que trataba de eliminar a Colin de su pensamiento, siempre vivía con la amenaza de que pudiera aparecer en la oscuridad cualquier día.

–¿Quieres entrar? He dejado a Freddy en su cesta.

–Sólo un momento –contestó Evan sintiendo en su pecho una punzada de soledad–. Registraré la casa por ti.

–¿Por qué? ¿Qué crees que vas a descubrir?

–Me gustaría descubrir qué narices te preocupa tanto –contestó él quitándole la llave de la mano.

Abrió la puerta de la casa. Encontró el interruptor de la luz y al instante la estancia se llenó de una luz dorada. Se volvió para examinar la expresión de Laura.

Ella lo miraba fijamente con los labios entreabiertos. Tan menuda y delicada, con su vestido rosa y su melena oscura envolviendo su rostro. Deseó tomar ese rostro entre sus manos. Deseó besar las tiernas curvas de esos labios. Deseaba eliminar la sombra que nublaba aquellos hermosos ojos.

Sabía que con sólo tocarla su deseo se convertiría en un fuego imparable. El vestido se ajustaba perfectamente a su cuerpo. El escote en pico marcaba de forma exquisita el contorno de su pecho. Por un instante la imaginó arqueando su cuerpo contra el suyo. Sabía que había pasión en ella. Había oído su música.

—¿Evan?

Ella también se había dado cuenta de que estaban en el filo de la navaja.

Evan entró atropelladamente en el salón dando las luces. Tardó en reparar en la presencia del gatito. Era tan diminuto, tan oscuro, que parecía un ovillo de lana, si no hubiera sido por sus ojos relucientes.

—Freddy está despierto. Me parece que le apetece un poco de leche. Y compañía.

—¡Oh, cariño! —dijo Laura agachándose para tomar al gato en brazos—. Seguro que me echabas de menos.

Evan no dijo nada. Se limitó a mirarlos. Había conocido muchas mujeres hermosas, incluida la traicionera Monika, pero aquella joven se había convertido en alguien tremendamente importante para él en muy poco tiempo. Era difícil de comprender el profundo efecto que ella tenía sobre él. Era hermosa, inteligente, con talento. Su risa era adorable. Su sonrisa... ¿Sería por esa feminidad tan delicada que hacía pensar que ella necesitaba su protección? Aunque tenía un problema con ese novio médico suyo tan grave como para salir huyendo, no parecía dispuesta a renunciar a esa la relación.

Nada más verla, supo que iba a afectar su vida. ¿Qué lo hacía pensar que para bien? Si se permitía a sí mismo enamorarse de ella, volvería a salir herido. «Demasiado tarde, pensó, ya estoy enamorado». ¿No tenía ya bastante experiencia? ¿No debería haber aprendido ya a protegerse del dolor? Y con la vida que él llevaba, si es que alguna vez volvía a esa vida, tenía que mantenerse libre de ataduras.

Sin embargo, no pudo evitar sentirse atraído por la imagen de la joven con su gato. Parecía una de esas encantadoramente sentimentales estampas victorianas. Y, a la vez, era una mujer misteriosa. Su historia con ese doctor era desconcertante. Algo sin resolver. Era evidente que, para aquel hombre, ella era un trofeo. Y ese pensamiento lo disgustó.

Laura llevó a su gatito a la cocina para darle un poco de leche sin dejar de hacerle carantoñas. Había crecido mucho en pocos días. Para Evan era un enorme placer haber proporcionado a Laura tanta alegría y amor con un pequeño gesto.

La casa estaba vacía. Evan salió al cuarto de la lavadora a ver si todo estaba en orden. La verdad era que Laura no podía haber encontrado un lugar más seguro que aquel pueblo. Las únicas alteraciones del orden eran travesuras infantiles y, rara vez, algún revuelo causado por algún adolescente que hubiera conseguido hacerse con alcohol suficiente para emborracharse, lo que no era fácil, pues todos se conocían desde el día de su nacimiento, y nadie vendía alcohol a menores. Se dirigió a la puerta trasera y, sin comprobar si estaba cerrada, tocó a la puerta.

–¿Evan?

Incluso a través de la sólida puerta de madera se sentía la inseguridad de su voz.

–Sí, espero no haberte asustado.

¿Qué le estaba pasando? Él medía un metro noventa y era cinturón negro. Podía protegerla de lo que fuera que la hacía sentirse tan vulnerable.

–Estaba comprobando el cuarto de la lavadora. Pensé que lo sabías.

–Sí, claro –dijo ella apartando la vista.

Evan, preocupado, le puso las manos firmemente sobre los hombros.

–Laura, ¿qué te pasa? ¿Crees que no me doy cuenta de que estás asustada? Conozco el rostro del miedo, lo he visto muchas veces. Dime qué te pasa. Dímelo. ¿Quién podría venir hasta tu puerta?

–Lo siento Evan, es que soy muy nerviosa –se disculpó Laura–. Les pasa a algunas mujeres. Especialmente cuando sabemos que hay gente que sabe que estamos solas.

Le disgustaba que pareciera que no confiaba en él.

–Tú no estás sola, Laura –protestó–. ¿Acaso es ese novio tuyo tan horriblemente malvado que te da miedo que te pueda estar siguiendo la pista? Él no puede obligarte a hacer algo que no quieras. ¿Por qué tiene tanta influencia sobre ti? ¿Te chantajea? ¿Te ha obligado a hacer algo que tú no quisieras? ¿Te está amenazando? ¿Te dice que se suicidará si lo dejas? ¿Qué es lo que pasa?

Laura contuvo un gemido. Todas esas preguntas tenían respuesta afirmativa.

–¿Todo este interrogatorio porque me diste un susto?

–No te atreves a contármelo, ¿verdad?

La verdad, toda la verdad y nada más que la verdad.

Aquellos momentos de temor eran una prueba de las heridas sin curar que Colin le había causado. Los ojos de Laura se llenaron de lágrimas. Se sentía terriblemente avergonzada por el ignominioso secreto que guardaba y que minaba su autoestima.

–No llores, Laura –suplicó él. No pretendía hacerla sufrir.

–¡Oh, Evan! –sollozó Laura sin poder contenerse.

–Ven aquí.

Parecía un gatito en sus brazos, suave y delicada.

En cuanto estuvo en sus brazos, Laura se serenó un poco. Estaba con Evan, no con el monstruo con el que se había casado. Estrechó su cuerpo contra el de él, disfrutando de la seguridad que le brindaba. Le encantaba su olor, ya familiar y querido, a hombre, a calidez, a limpio. Sentía como si se fundiera con él, ávida de la ternura que aquellas manos le proporcionaban. Eran momentos idílicos. Con Evan no había pérdidas de control, ni prisas que acababan en violencia.

–No te vas a quedar dormida encima de mí otra vez, ¿verdad? Es lo que pasa cada vez que te abrazo –dijo con tono indulgente, a pesar del fuerte deseo que le recorría la piel.

–A lo mejor sí –contestó ella deseando que aquel momento no acabar nunca.

–No te han tratado bien, ¿verdad, Laura?

–Tú me has tratado bien, Evan.

–¿Sabes que quiero hacer el amor contigo?

–Sí –contestó ella temblando, dominada por el deseo que aquellas palabras despertaron en ella.

–¿Crees que estás preparada? –dijo levantándole la barbilla para mirarla a los ojos.

–No soy muy buena haciendo el amor –confesó ella.

–¿Que no? –replicó con ternura–. Pues podrías haberme engañado. Necesitas sentirte segura, Laura. Eso es todo. Y conmigo lo estarás. Iremos despacio. Si te da miedo, pararemos. Ahora estás conteniendo el aliento. Relájate. Ya te he besado antes.

–Y me encantó.

–Vas a tener ocasión para probarlo otra vez.

La tomó en brazos y la llevó hasta el salón. Al llegar la tumbó en el sofá. Estaba tan enamorado de aquella muchacha tan extrañamente contradictoria que sintió que algo despertaba con fuerza en él, como una fuente. La empezó a besar con dulzura, y su pasión casi venció a su promesa de ir despacio. Ella tenía miedo al dolor. Y él no quería arriesgarse a hacerle daño con su fuerza, tan superior a la de ella, y su energía desatada.

La boca de Laura era dulce y su lengua de terciopelo. Su excitación era evidente por sus gemidos, que no hacían más que aumentar la avidez de él.

Evan acariciaba la sedosa piel de los brazos de Laura, atrayéndola con más y más fuerza hacia él. Cuerpo a cuerpo. Ella se agarraba a él con fuerza, pero Evan notaba algo, algún tipo de conflicto dentro de su cuerpo, dentro de su cabeza.

–¿Quieres que pare? –preguntó temiendo que fuera ya tarde para él.

–¡No! –susurró ella vehementemente–. No es culpa tuya. Soy yo. Tú eres maravilloso.

–Tú también. Aunque seguro que ya lo sabías.

¿Qué podía ella contestar? ¿Qué Colin la humillaba continuamente?

–Hazme el amor, Evan.

A Evan le dio un vuelco el corazón.

–¿Sabes que puedo llegar a un punto en el que no pueda ya parar? Ni siquiera por ti –tenía que avisarla.

—A lo mejor terminas dándote cuenta de que no me deseas.

—Eso no va a ocurrir, Laura. Créeme.

Ella suspiró como si estuviera librándose del peso de los temores y angustias de su pasado.

—Sólo quiero que me quieras.

¡Claro que la quería!

El cuerpo de Laura despertaba a su contacto. El color blanquísimo de su piel se tornó rosado por el acaloramiento. Ya en la cama, Laura yacía tumbada con los cabellos rodeando su cuerpo, desnuda bajo la sábana blanca. Evan la besaba en la cara, en la garganta, en los pechos; fue descendiendo por su vientre muy lentamente mientras el cuerpo de ella se convulsionaba en cada paso de su recorrido.

A Laura le estaba ocurriendo algo maravilloso. Hasta entonces, el sexo había sido para ella una pesadilla. Sin embargo, aquel estado de ensoñación en el que se hallaba le resultaba delicioso, aunque su aliento se fue acelerando a medida que la fuerza de la vida iba fluyendo por sus venas.

Él le hablaba con dulzura. Ella no podía hablar. Se sentía pérdida en el mar de sensaciones que la boca y las manos de Evan le sabían proporcionar con absoluta maestría.

La luz de las estrellas inundaba la habitación. La luz de la luna iluminaba la alfombra. Laura se daba cuenta de que él estaba encima de ella, apoyado sobre los codos, mirándola a la cara, pero no podía verlo. Su mismo estado de éxtasis se lo impedía. Tenía que conservar y atesorar ese placer. Había sufrido demasiado.

Él le iba acariciando el contorno de los pechos con sus fuertes aunque delicadas manos, haciendo círculos con el dedo hasta culminar en los pezones erizados.

Laura se había quedado ciega a todo lo que no fuera

placer. Ella, que solía temer la llegada de la noche, la hora de ir a la cama, el objeto de la enfermiza obsesión de Colin, nunca había sentido algo como aquello. Su cuerpo temblaba, y no era de miedo ni de dolor, sino por una pasión tan vehemente que la consumía por dentro. No era un ataque personal. Era el tipo de sexo que se asemeja a la pura magia.

–¿Laura? –dijo él mientras frotaba sus labios contra los de ella–. Mírame.

A pesar de que se estaba dejando llevar totalmente por la excitación sexual, Laura oyó su llamada. Él la besaba en el hombro desnudo y la miraba a los ojos fijamente.

–Eres deliciosa. Eres tan maravillosa que tengo que contener las lágrimas.

¡Vaya! ¡Él creía que ella era maravillosa! Esas palabras eran música celestial después de soportar tanto tiempo los insultos gratuitos de Colin.

–Estás preparada, ¿verdad?

Nunca había conocido una ternura semejante.

–¡Sí! –dijo ella jadeando.

Acababa de descubrir el deseo en estado puro. Para que todo fuera perfecto, sólo necesitaba unirse a él.

Muy, muy lentamente, él fue entrando en ella de forma contenida. Sintió cómo su útero palpitaba para después contraerse recibiéndolo. Fue un momento de suma impaciencia a la vez que de gran placer. Quería con todas sus fuerzas ser delicado con ella, y, a la vez no sabía cómo contener la masculina ansiedad que lo empujaba a sobrepasar el límite.

Descendió un poco y esperó, mientras oía los débiles gemidos que él interpretó como señal inequívoca de placer. Los gemidos se convirtieron en jadeos de deseo. No podía estar equivocado. Comenzó a hundirse en ese cuerpo hermoso y receptivo, que, exultante, lo recibía lleno de deseo.

Aquélla era la señal que necesitaba. Ya no se contuvo más. Y su último pensamiento, antes de que la pasión lo dominara por completo, fue que no debía perderla nunca. Aquella mujer era dueña de su corazón.

CAPÍTULO 11

LOS DÍAS que transcurrieron desde entonces hasta la boda de Sarah fueron los más felices de la vida de Laura. El sentimiento de culpa que siempre había asociado con el sexo había desaparecido. Evan le daba tanta seguridad, tal confianza en su capacidad de dar y recibir placer, que sus horizontes emocionales se habían ampliado enormemente.

Era una mujer libre, capaz de gozar de la vida y recuperar la música. Capaz de relacionarse con sus nuevos amigos y sentir que caía bien a los demás.

Había dejado atrás el miedo y la desesperación. Había tenido breves momentos de recaída, en los que la asaltaba el recuerdo de Colin. Pero estaba empezando a forjarse una vida en Koomera Crossing. Se estaba haciendo más fuerte.

Pasaba varias horas al día trabajando de voluntaria en el hospital, con lo que se ganó la gratitud de Sarah y del resto del personal. Allí, además de hacer trabajos administrativos, acompañaba a los enfermos, los ayudaba a escribir cartas y les leía en voz alta. Su trato era tan amable que cada día se ganaba nuevos amigos.

Se convirtió en parte importante de la vida musical del pueblo, una experiencia muy enriquecedora. Pronto sería capaz de poner fin a su matrimonio.

Tenía una relación maravillosa con un hombre muy especial. Estaba profundamente enamorada. Aunque su relación no estuviera destinada a ser eterna, Evan la había cambiado. Se veía a sí misma desde un prisma diferente. Se sentía más valorada. Era una mujer mejor en todos los sentidos.

Su relación como amantes mejoraba cada día. A Laura la intimidad con Evan le proporcionaba una inmensa sensación de seguridad. En varias ocasiones, mientras yacían en la cama abrazados después de hacer el amor, estuvo a punto de hablarle de su horrible pasado. Pero sólo de pensar que su felicidad pudiera acabar, se bloqueaba y era incapaz de decir nada.

Sabía que no podía eludir la verdad para siempre, pero iba a ser humillante. Por muchas excusas que se pusiera a sí misma, había mentido a Evan.

Era extraño que Colin no la hubiera encontrado ya. Al llamar a su madre para decirle que estaba bien, se había enterado de que Colin se había presentado furioso en Nueva Zelanda para interrogarla sobre su paradero. El tono de Colin había sido tan amenazante que el marido de su madre había tenido que echarlo de casa. Gracias a Dios, ninguno de los dos sabía dónde estaba Laura.

Llamaron a la puerta y Laura corrió a abrir. Evan estaba allí, en vaqueros y camiseta, pero con una chaqueta de lino que le daba un aire más formal.

—¡Hola! ¿Estás lista?

Se disponían a oír al capítulo final de lo que era posiblemente el mayor misterio de Koomera Crossing: el entierro de la pequeña Estelle Sinclair.

—Sí, sólo me falta mi bolso.

—¿Qué te parece cómo se están desarrollando las cosas?

—La historia es alucinante. Tendremos que aceptar que Sarah tiene facultades paranormales.

—Desde luego, la casa de los Sinclair es un lugar bastante inquietante. Tiene como un aura. Muchas veces me he preguntado por qué Sarah ha elegido vivir allí. Tu te quedaste allí un par de noches, ¿Oíste ruidos extraños?

–La verdad es que no.

–El fantasma de Estelle se ha aparecido varias veces en los últimos cien años.

–¿Tú no lo has visto? –preguntó Laura burlándose de su tono de incredulidad.

–Soy demasiado escéptico. Pero la verdad es que la historia de Sarah me ha conmocionado.

–Han aparecido los huesos de la niña y las pruebas de ADN confirman su procedencia. Ahora todo el pueblo va a asistir a su inhumación. Eso terminará con un episodio doloroso para el pueblo, sobre todo para los descendientes de los Sinclair.

–Sarah me contó que el arquitecto Robert Sinclair la construyó alrededor de 1870. Su hija mayor, una niña rubia de doce años desapareció un buen día, y por mucho que la buscaron nunca pudieron encontrar ni rastro de ella. La familia, destrozada, se volvió a Adelaida. Nunca se supo lo que había sido de Estelle hasta que Sarah se mudó allí y le empezaron a ocurrir experiencias extrañas. Una vez, estaba en el balcón esperando a Kyall y vio en su mente imágenes de una niña rubia ahogándose. Y lo más terrible es que también vio a un hombre. Sarah me contó que se asustó muchísimo, que sentía como si estuviera entrando en otra realidad. Otra vez soñó con eso con tanto detalle que pudo reconocer el lago.

–Es desconcertante. Parece que hay gente que tiene ciertos «poderes» paranormales.

–Sarah dice que ella no es ninguna vidente, que simplemente le ha ocurrido esto. Convenció a Kyall de que buscaran en el lago. Y así fue como aparecieron los restos de la niña.

–Pensé que los familiares se llevarían el cuerpo a Adelaida, pero al final, la entierran aquí.

–Sarah dice que la violaron antes de matarla.

–Eso no lo sabemos, Laura. Fue sólo un sueño.

–Pero gracias a ese sueño ha aparecido la niña. Sarah dice que en su sueño vio claramente la cara del asesino.

–Ha pasado mucho tiempo, Laura. Ese hombre tendría ahora ciento cincuenta años. Aunque creo que Sarah debería estudiar más el caso, mirar archivos... Resulta todo tan extraño...

–Ahora debe de andar muy ocupada. ¡Ya sólo queda una semana para su boda!

–Un gran día. Tengo muchas ganas. ¿Sabes ya qué te vas a poner?

–Me pondré algo que tenga en el armario.

–¿Cómo es eso?

–Me retrasé en pedirle a la modista del pueblo que me hiciera algo.

–Déjame ver... bueno, yo no tengo nada que te pueda valer, pero ¿por qué no hacemos una escapada a Brisbane? –sugirió él–. Podríamos volar hasta allí y quedarnos una noche o dos. ¿Qué te parece?

En lugar de emocionarse con la idea como Evan había esperado, Laura se puso pálida.

–¿Qué te pasa? –dijo bruscamente sin poder evitarlo. Creía que Laura había superado ya su angustia.

–Sería demasiado caro...

Laura no se atrevía a pisar la capital del Estado.

–Creo que me lo pudo permitir. ¿Qué es lo que te pasa? Déjame adivinarlo. El temible doctor está en Brisbane.

–Yo no he dicho eso –dijo Laura presa del pánico.

–No cuentas nada de tu pasado. ¿Te das cuenta de que aunque el doctor ése no te encuentre, para mí sería muy fácil encontrarlo a él?

–¡No serías capaz! –exclamó ella con un nudo en la garganta.

–No sé por qué te extraña tanto. Para mí lo nuestro no es un romance pasajero.

–Ni para mí tampoco, Evan.

–Entonces hay cosas que tendríamos que aclarar, ya que el tema del doctor es prioritario para ti. ¿Está casado? ¿Eres su amante? ¿Te ha prometido divorciarse pero no lo hace?

–Evan, me encanta estar contigo –dijo ella consciente de su frustración.

–Sí, pero estás considerando volver con él. No mires a otro lado cuando te hablo.

–Ya no siento lo mismo por él. Quiero librarme de él.

–Cielos, Laura –dijo él consternado–. Hablas como si ya estuvieras casada con él. Desde luego, ha sido capaz de tenerte totalmente dominada.

Laura luchaba por liberarse de su miedo. Se preguntaba si Colin sería capaz de hacer daño a Evan, si no estaría poniéndolo en peligro por su culpa.

–Es cierto que dominaba mi vida, pero ya no. Puedes estar seguro de que nunca volveré con él, y, aunque no me gusta la idea, un día tendrás que conocerlo.

–Bien. Tengo que asegurarme de que ese hombre no sea una amenaza para ti. Es por ti por lo que estoy teniendo tanta paciencia.

–Te lo agradezco.

La quería demasiado para continuar con una conversación que le disgustaba.

–¿Y Sydney? –dijo cambiando de tema–. O Melbourne si lo prefieres.

–¿Esto lo haces por ti o por mí?

–Por los dos –sonrió él–. Me gustaría ayudarte a elegir vestido.

–Es una idea maravillosa. Sobre todo porque es para ti para quien quiero estar guapa.

–Pues está decidido.

Más de una mujer del pueblo tuvo que secarse las lágrimas durante la ceremonia por Estelle Sinclair. La familia Sinclair estaba también profundamente afectada por el descubrimiento. La desaparición de la niña había sido una tragedia terrible para la familia, y todos estuvieron de acuerdo en que por fin Estelle descansaría en paz.

Evan y Laura se alojaron en uno de los mejores hoteles de Sydney, con vistas al hermoso puerto. Evan había reservado habitaciones separadas pero contiguas. Laura intentó pagar su parte, aunque era evidente que el dinero no era una preocupación para Evan.

Tenían poco tiempo, pero consiguieron hacer un tour de la ciudad y visitar el puerto. Laura ya había estado en Sydney, pero con Evan todo lo vivía como si fuera la primera vez.

La primera noche cenaron en un restaurante exclusivo y elegante; un lugar ideal para aquellos que buscan mantener la intimidad y no ser vistos.

Pero no iba a poder ser.

Estaban sentados tomando café cuando un hombre distinguido, alto, delgado, de ojos azules y cabellos blancos, se acercó a Evan cordialmente.

–¡Mi querido Evan! ¡Qué alegría verte! Me habían dicho que vivías escondido.

Laura notó una expresión extraña en el rostro de Evan.

–Yo también me alegro de verlo, sir David –dijo Evan sonriendo con seguridad, sobreponiéndose a la sorpresa–. No ha cambiado nada.

–Tú sí, muchacho. Te has convertido en tu padre. ¡Yo que pensaba que te parecías más a Marina! ¿Quién es esta bella joven?

Para lograr un efecto sofisticado, Laura se había puesto un corpiño de lentejuelas plateadas con una falda de brocado negro y pendientes y pulseras de plata.

–Perdone. Laura, te presento a sir David Ashe, uno de nuestros diplomáticos más distinguidos. Sir David, ésta es mi buena amiga Laura Graham.

–Encantado de conocerla –dijo el hombre con un destello de curiosidad en sus ojos tomando la mano de Laura y haciendo una reverencia de cortesía–. Evan, voy a estar en Sydney unos días. ¿Podríamos vernos, una hora o así, para hablar de algo importante? Siempre que eso no interfiera en tus planes. Es que tenemos muchas cosas de qué hablar. Está bien, está bien –añadió respondiendo a los llamamientos de un grupo que lo esperaba en el vestíbulo–. Amigos, tengo que irme. ¿Qué tal si nos vemos mañana en el club?

Sir David miró a Laura esperando su aprobación con una sonrisa y la obtuvo.

–Seguro que podemos vernos entonces, sir David. Lo acompañaré a la puerta. Vuelvo enseguida, Laura.

Laura se quedó pensativa pensando en lo que acababa de ocurrir. Evan no parecía en absoluto nervioso, pero se había dado cuenta de que no había querido continuar la conversación.

¿Marina? ¿Ése era el nombre de su madre? Laura empezó a pensar en Marinas famosas, y se acordó de Marina Kellerman, la violonchelista. La había visto actuar una vez en Elgar años atrás, cuando era estudiante.

Cada vez estaba más segura de que Thompson no era su verdadero apellido. Si sir David se hubiera quedado más rato podría haber averiguado muchas más cosas. Era curioso cómo, a pesar de estar enamorados, seguían aferrándose a sus secretos. El pasado tenía mucho poder sobre ellos.

Tomaron un taxi para ir al edificio de la Ópera, y pasearon por el muelle de Bennalong Point, la península que unía el bello edificio con el puerto. El edificio, uno de los más bellos del mundo, estaba todo iluminado, con sus «velas» brillantes bajo los focos.

Laura sabía que había un concierto sinfónico en una de las salas. En otra, una compañía de ballet. Ópera en la tercera. Laura no quiso entrar a ninguna por miedo a ser vista. En el círculo de Colin, era normal volar a Sydney para un concierto como si fuera un paseo.

Ella guardó silencio en el taxi de vuelta al hotel. También Evan se mostraba reservado, aunque tan solícito como siempre ayudándola a salir del taxi.

—Buenas noches, Evan —dijo Laura ya junto a la puerta de su habitación en el hotel. Ha sido una velada perfecta

—No te vayas —dijo él con los ojos oscurecidos por el deseo—. ¿Dónde está tu llave?

—Estoy bien —dijo casi apartándose de él para buscar en el bolso.

—No, no lo estás. Dámela, Laura —dijo rodeando su cintura por detrás con el brazo y atrayéndola hacia sí.

Laura abrió la puerta.

—No te vayas —repitió él, ya dentro de la habitación.

Laura se apoyó en la puerta. ¿Cómo podía sentirse tan abatida cuando hacía sólo una hora no cabía en sí de gozo?

Era el sentimiento de culpa, el sentirse atrapada en una maraña de mentiras y medias verdades.

—Dime qué te pasa.

El deseo lo hacía olvidarse de todo. Empezó a besarla. Con una mano, atraía la cabeza de ella hacia su cuerpo. Con la otra acariciaba sus curvas, mientras que la buscaba con la boca.

Laura casi se desmayó del placer al sentirse tan unida físicamente a él. La boca de Evan descendía por su cuello. Sus poderosos brazos la levantaron del suelo hasta ponerla a su altura. Laura oía los suaves gemidos de placer que emitía. Evan empezó a tocarle los pechos, rodeándolos por encima del corpiño de lentejuelas. Laura sintió una ola de calor por todo su cuerpo.

–No puedes irte –murmuró él, tomándola en sus brazos y llevándola a la cama.

–¿Me quieres, Evan? –preguntó ella con los ojos llenos de amor.

–Has cambiado mi vida por completo –dijo él inclinándose sobre ella y besándole los labios entreabiertos–. Deja que te lo demuestre.

Muy suavemente, Evan le quitó las sandalias de fiesta, luego la falda y por último las medias. Ella permanecía inmóvil, con el corazón latiéndole a tal velocidad que sus gemidos alteraban la gasa del corpiño.

–¿Qué haces aquí conmigo? –preguntó él con voz cargada de sensualidad.

–Enamorarme.

–Quieres estar conmigo, ¿verdad? –dijo sosteniéndola en sus brazos mientras le quitaba el corpiño con la misma delicadeza con la que se desnuda a un bebé.

–Te adoro. ¿Cuándo tarda una persona en enamorarse? –preguntó ella recostándose en la cama; su cuerpo perfecto cubierto sólo por el sujetador y las bragas de encaje negras.

–¿Menos de un minuto?

Evan se quitó la chaqueta y tiró la corbata lejos. Laura lo miraba fascinada. ¡Su torso era tan fuerte y poderoso!

Cuando él fue a la cama, se inclinó sobre ella. El deseo de hacerle el amor iba extendiéndose por todo su cuerpo como un incendio. Sentía muy cerca su olor. Era la mujer que necesitaba, y, aun así, guardaba secretos para él. Aquello tenía que cambiar si deseaban realmente que la relación funcionase.

–Amor a primera vista, eso es lo que me ha pasado –dijo Evan.

El instinto le decía que debía guiarla hacia el mar abierto del éxtasis. La abrazó mientras le susurraba algo al oído.

Su voz tenía la fuerza de un café cargado. Laura podía sentir su manos moviéndose por su escote, desabrochando su sujetador sin dejar de acariciarla.

Sin miedo. Nunca sentía miedo junto a Evan. Evan no se abalanzaba sobre ella sin avisar. Nunca era violento. Siempre le decía lo guapa que estaba, lo bonitas que eran sus manos, mientras las besaba. Colin nunca había hecho algo así.

Evan iba acariciando todo su cuerpo desnudo, separándole las piernas dulcemente. Laura empezó a ver borrosa la habitación, aunque seguía viendo claramente el rostro de él, en tensión, cada músculo de su cuerpo cargado de energía sexual. Laura lo deseaba con todo su cuerpo. Deseaba tenerlo dentro de ella, quería alcanzar el dulce y violento clímax que nunca había alcanzado con Colin. Quería sentirse liberada.

Las manos de Evan bajo su cuerpo la levantaban acercándola al cuerpo de él. Evan conseguía de esa manera alcanzar su pezón rosado y estremecerla de placer. Instintivamente, arqueó el cuerpo y echó la cabeza para atrás, mientras sus movimientos se iban adaptando a un ritmo común y sus fluidos corporales manaban como un néctar. Perdió la noción de la realidad hasta que oyó a Evan llamándola por su nombre.

–Laura.

¡Sonaba tan bien en su boca!

–¿Me deseas? –murmuró él con brusquedad, enloquecido por la pasión. Nunca había sentido algo semejante. Laura era todo lo que su cuerpo y su alma necesitaban.

–Te deseo totalmente –gritó Laura, antes de que un torrente de sensaciones le impidiera articular nada más que gemidos ahogados.

Cuando Laura volvió a abrir los ojos, la habitación estaba oscura.

–¿Evan? –dijo extendiendo un brazo buscándolo.

–Estoy aquí.

Venía del balcón, donde había estado contemplando la ciudad de noche, pensativo.

–¿Qué hora es? –preguntó ella.

–Las tres. Siempre me despierto a las tres.

–¿En qué piensas? Por favor, vuelve conmigo.

Él era la respuesta a sus oraciones. Aún desnuda, empezó a buscar su bata. Evan llevaba la toalla blanca del hotel alrededor de la cintura.

–No, déjala. Me gusta verte desnuda.

–¿Te preocupa algo? –dijo ella extendiéndole los brazos a modo de consuelo.

–No, nada, Laura.

Evan se acostó de nuevo y ella apoyó la cabeza en su hombro. Evan sentía el contacto de su pecho en el corazón.

–Creo que ha llegado el momento de ser sincero. ¿No te ha gustado que apareciera sir David esta noche?

–No es eso. Es que él lo sabe todo sobre ti, y yo no. Conoce a tu madre, sabe que te pareces a tu padre, parece conocerte... Tu apellido es Kellerman, ¿verdad?

–Eres muy lista –dijo él acariciándole el pelo.

–Y tu madre es Marina Kellerman, la famosa violonchelista.

–Sí –contestó él con orgullo–. Mi madre me enseñó a tocar, ya te lo dije. Mi padre era Christian Kellerman, diplomático de carrera, y muy bueno. Lo destinaron a los Balcanes hace unos años y murió en un atentado terrorista. Monika, la mujer de la que yo creía estar enamorado...

–¿Te traicionó? –preguntó ella invadida por unos segundos por los celos.

–Sí. Ella le dio su itinerario exacto a los terroristas. Trabajaba para ellos en secreto. Yo era entonces corresponsal allí. Lo horrible de la situación es, que a pesar de mi experiencia, confié en ella, y eso le costó la vida a mi padre y a su chófer. Nunca he podido perdonármelo.

–¡Qué horror! Se nota que has sufrido.

–He visto cosas horribles en mi época más aventurera. Hacía lo que fuera necesario con tal de conseguir una buena historia. Pero después de eso me vine abajo y volví a casa con mi madre. Estamos muy unidos. Pero el miedo y el sentimiento de culpabilidad se adueñaron de mí. Yo adoraba a mi padre. Por eso vine Koomera Crossing, para estar cerca del desierto.

–¿Nunca se lo has contado a nadie aparte de a tu madre? ¿A un psicólogo?

–No puedo, como tampoco pueden los veteranos de guerra. La guerra es algo espantoso, es pérdida, temor, muerte y falta de humanidad. Quería huir de tanta crueldad.

–Lo siento mucho, Evan –dijo ella compasiva pasando la mano por el rostro y el cuello de él.

–Entonces odié a Monika, tanto que podría haberla matado, si no se me hubiera adelantado alguien.

–Si lo hubieras hecho, no habrías podido ayudarme tanto a mí. ¿Piensas mucho en ella?

–No estaba enamorado de ella, Laura. Apenas la conocía. Yo entonces no sabía qué era el amor entre un hombre y una mujer. Monika era muy valiente, pero era malvada.

–¿Y yo te recordé a ella?

–Fue sólo un instante. Monika pertenece al pasado. A ti te confiaría mi vida. Tú has devuelto la belleza a mi existencia. Necesitaba ayuda, pero no sabía dónde buscarla. ¿Cómo iba a imaginar que la chica de al lado me salvaría?

–Entonces mi vida ha merecido la pena.

Incluso si las cosas se torcían, si el psicópata de Colin acababa con ella, siempre le quedarían los momentos mágicos que había vivido junto a Evan.

–Es posible, amor mío. Me siento muy afortunado por haberte conocido.

–No me pongas en un pedestal, Evan.

–Tú nunca me traicionarías –dijo mirándola lleno de deseo otra vez–. Te necesito, y tú me necesitas a mí. ¿Tienes frío? –añadió al verla temblar.

–Un poco.

–Yo arreglo eso. Estoy ardiendo. Y es por ti –susurró él mientras abrazaba aquel cuerpo menudo y frío–. ¿Crees que podrías volver a hacer el amor?

–¡Sí! –exclamó ella rodeándole el cuello con los brazos.

Las personas necesitadas de amor nunca tienen suficiente.

CAPÍTULO **12**

POR FIN llegó el día de la boda de Kyall y Sarah, y todo Koomera Crossing estaba de fiesta. Eran más de trescientos los invitados, pero incluso los que no estaban en la lista no quedaron excluidos: se organizó una gran fiesta el día anterior en la calle principal, que se prolongó hasta bien entrada la noche. El trafico se cortó, los balcones y escaparates se decoraron, y hubo comida y bebida en las calles. Todo como muestra de agradecimiento a los McQueen, cuya generosidad, durante más de un siglo, había convertido a Koomera Crossing en lo que era.

Si bien Ruth McQueen había luchado por el hospital de la ciudad, nadie la echaba de menos. Kyall era el candidato perfecto para hacerse cargo de los numerosos negocios de la familia.

Ese día Laura se puso llena de emoción el vestido que Evan y ella habían elegido para la ocasión. Era un vestido largo, sin mangas y con escote, en gasa color malva, con estampado de rosas y capullos, al estilo de los años veinte. Los zapatos a juego eran también malvas con encaje, y una exquisita rosa de seda adornaba su peinado. Era una imagen muy femenina que iba con ella perfectamente.

–Es totalmente tu estilo –había exclamado Evan al verlo, y la chica de la tienda se había echado a reír.

La ceremonia se celebró en el antiguo salón de baile de la mansión de Wunnamura, convertida para la ocasión en una capilla desbordante de flores. El obispo ofició la ceremonia. Laura no pudo contener las lágrimas durante el servicio. No pudo evitar recordar su propia boda, su maravilloso vestido de satén blanco, la larga cola, su velo tan largo como el pasillo de la catedral, sostenido por una diadema antigua de diamantes y perlas que le había prestado su suegra para que lo devolviera ese mismo día, su ramo de capullos de rosa blancos. Era virgen.

Evan estaba junto a ella, con un aspecto regio y gesto lleno de seriedad, a la altura de la ocasión.

«¡Qué Dios los proteja!», pensó Laura regocijándose con la alegría de los novios. Ya eran una familia. Junto a ellos, con un vestido de tul color crema, estaba su hija. Sarah estaba bellísima con su tocado de rosas amarillas y blancas en su maravilloso pelo dorado.

«¿Estaba yo tan bella?», pensó Laura. Eso decía la gente. Hasta los padres de Colin le habían sonreído orgullosos. ¿Qué pensarían de ella ahora? Se imaginaba las mentiras que él les habría contado. Sabía ser muy persuasivo. Por otra parte, siempre estaban dispuestos a creerlo. Era menos doloroso que admitir que su hijo distaba mucho de ser perfecto.

Cuando la ceremonia terminó, los invitados se dispersaron por los salones de baile y los jardines. En éstos se habían instalado dos enormes carpas blancas para la suntuosa recepción que había preparada. Kyall habló tan emotivamente de su amor a Sarah y la felicidad que sentía por haber encontrado a su hija, que Harriet y Laura no pudieron contener las lágrimas. También habló el atractivo Mitchell Claydon, que hizo reír a todo el mundo. Christine, la bellísima hermana del novio, habló de su infancia junto a Mitch, y por supuesto junto a Kyall y Sarah, y cosechó un sonoro aplauso.

Fue un día de muchas emociones para todos. Sarah abrazaba a todo el mundo y todo el mundo la abrazaba a ella, y también a su hija, que era su viva imagen.

–¡Es un día maravilloso! –exclamó Fiona, rodeando a su madre por la cintura–. ¡Y yo también voy a la luna de miel!

–No podíamos soportar la idea de dejarla –explicó Sarah radiante mientras la abrazaba otra vez.

El sol era una enorme bola dorada, el cielo de un azul intenso e impoluto. Laura y Evan se acercaron paseando hasta el riachuelo que discurría perezosamente por los jardines que rodeaban la mansión. Evan la tomó del brazo para que caminara más despacio.

–¿Qué te pasa, cariño? Esas lágrimas serán de alegría, ¿verdad?

–Ha sido una experiencia maravillosa. ¡Se quieren tanto!

–Entonces, ¿por qué estás triste?

–¡Qué bien me conoces!

–A veces, mi amor, creo que no sé nada de ti.

–Pero lo que sabes ¿te gusta? –preguntó ella deteniéndose bajo un frondoso árbol cuajado de flores moradas.

–Amo lo que sé de ti –dijo con mucho cariño–. Llevo mucho tiempo esperando que confíes en mí, así que supongo que puedo esperar un poco más.

–Tienes que hacerlo –dijo ella en tono de súplica–. Te quiero tanto, Evan.

Él le daba fuerza y seguridad.

–Entonces, ¿por qué perdemos el tiempo? –preguntó mirándola a los ojos–. Quiero un futuro contigo. Quiero una relación estable, casarme y tener hijos. ¿Quieres tener hijos, Laura?

–Me encantan los niños –arrancando una flor y oliéndola–. Un bebé es lo más hermoso del mundo.

–Ya no hablas de tu doctor.

–No me lo recuerdes.

–Sin embargo, sigue siendo un obstáculo que tienes que superar.

–Ya lo sé, Evan.

–Tus sentimientos por él te trajeron hasta aquí. Eras muy desgraciada. Y vuelvo a ver en ti esa tristeza.

–Entonces, me voy a proponer ser feliz –prometió ella–. Ya soy feliz. Eres muy, muy importante para mí –dijo levantando la vista para mirarlo a los ojos–. Estar contigo es lo que más deseo en el mundo.

–Estaremos juntos para siempre.

–¿Pase lo que pase? –preguntó ella sintiendo un vuelco en el corazón.

–Pase lo que pase.

–¿Lo prometes? –suplicó, apoyando la mano en la solapa de la chaqueta gris perla, deseando poder sentir los latidos de su corazón.

Delante de todos los invitados que pasaban por ahí, Evan acercó sus labios a los de ella.

–Lo prometo –dijo rozando su boca.

Evan no deseaba otra cosa que amarla y cuidar de ella. Estaba dispuesto a poner fin a lo que fuera que unía a Laura con su ex amante.

Sólo necesitaba un teléfono para localizar a ese hombre. Con su experiencia obteniendo información, sería fácil dar con el doctor, y, de paso, con la verdadera identidad de Laura.

Sólo su amor por ella y el respeto que sentía por su intimidad lo detenían. Irían de excursión a Red Centre a la semana siguiente. Ésa podía ser una buena ocasión para que Laura confiara en él.

El poderoso monolito de Uluru era verdaderamente una de las grandes maravillas de la Naturaleza, inmutable desde hacía cuarenta millones de años. Desde Uluru se dominaba el gran desierto de Spinifex hasta donde alcanzaba la vista.

Al amanecer, con el sol aún semioculto en la línea

del horizonte, la roca se tiñó de tonos rosados, que se fueron volviendo rojos y dorados según el globo solar iba ascendiendo en el cielo. Para regocijo de Evan, Laura no pudo evitar vitorear y aplaudir el espectáculo.

Al mediodía la roca se confundía con la arena del desierto, pero al atardecer adoptó una magnífica gama de colores, más sofisticados que por la mañana. Los colores, anaranjados como unas brasas, se tornaban violáceos con la caída del sol. Las sombras que proyectaba el monolito sobre su base creaban la ilusión óptica de que flotaba sobre la arena.

—No es extraño que esta roca sea un lugar sagrado para los aborígenes.

Tuvieron el privilegio de examinar las cuevas de la base, cuyas paredes estaban llenas de pinturas rupestres. Las numerosas leyendas sobre la Edad Dorada de los aborígenes, conocidas sólo entre los miembros de la tribu, conmemoraban las hazañas de los antepasados.

Laura, respetuosa con el lugar, y consciente de que a los ancianos de la tribu no les gustaba ver a los turistas trepando por aquel lugar sagrado, prefirió ver el monolito desde el suelo.

—Mi padre y yo lo escalamos cuando yo tenía dieciséis años. Probablemente no vuelva a subir a la cumbre nunca más, pero las vistas desde arriba hicieron que mereciera la pena el esfuerzo. Se pueden ver las montañas de Musgrave, Mann y Petermann al final del desierto, hacia el sur y el lago Amadeus al norte. Y todos esos minaretes y cúpulas que se ven a lo lejos, están a unos treinta kilómetros al oeste, son las Olgas. Los aborígenes las llaman Kata Tjuta: «muchas cabezas». Mañana iremos. No se permite el acceso a los turistas después de ponerse el sol. Al este está el Monte Connor, otra isla montaña. Es una escalada muy difícil; ¡en algunos lugares la pendiente es del sesenta por ciento!

–¿Por qué les gusta tanto a los hombres escalarlo todo? –interrumpió ella dándole un abrazo–. ¿Por qué van a los Polos arriesgándose a morir o se asoman al cráter de volcanes activos? A las mujeres les parecería terrible, o incluso una locura.

–Como dijo Mallory cuando le preguntaron por qué quería escalar el Everest: «Porque está ahí». ¿Estás cansada?

–En absoluto. Lo estoy pasando muy bien, pero tengo hambre.

–Eso está bien –dijo mirándola cariñosamente. Sólo quería su bienestar–. El aire y el ejercicio siempre dan hambre. La comida del restaurante es buena. Tenemos que volver a ver el monolito un día de lluvia. No ocurre casi nunca pero el espectáculo es inolvidable. La roca se vuelve de un gris metálico y se forman hermosas cascadas por todos los márgenes.

–Es un lugar mágico. Y te obligaré a que cumplas tu promesa de volverme a traer.

–No será necesario –dijo él sonriendo–. Yo siempre cumplo mis promesas.

Laura quedó impresionada al ver las Olgas. Quedó cautivada ante todos aquellos monolitos en forma de cúpulas separados por profundos desfiladeros que se extendían a lo largo de treinta y cinco kilómetros de desierto. El rojo intenso de las rocas se perfilaba sobre el intenso azul del cielo. Laura no esperaba que las rocas fueran tan altas. Algunas superaban la altura de Ulruru, que tenía más de trescientos metros. Afortunadamente, el viento estaba calmado ese día.

–Bien, ¿qué te parece? –preguntó Evan sonriendo al ver lo fascinada que estaba Laura.

—Me he quedado sin aliento. ¿Cómo describirías todo esto?

—Son como las ruinas de una antigua ciudad legendaria, construida por gigantes y para gigantes.

—No parecían tan grandes desde lejos.

Evan se acercó a ella por detrás y apoyó las manos en sus hombros.

—El desierto es perfectamente llano, y sin árboles ni colinas no se tiene perspectiva.

—También es más verde de lo que parece.

—Los desfiladeros proporcionan las sombras necesarias para retener la lluvia durante largos períodos de tiempo. Kata Tjuta está poblada por una riquísima fauna. La mayoría de los animales viven bajo la sombra de estas cúpulas y jamás se aventuran en el desierto más allá de las sombras de los monolitos.

—¡Todo esto es maravilloso! —exclamó ella apoyando la cabeza en su pecho.

—Te esperan aún muchas cosas maravillosas —le contestó él dejando caer las manos sobre sus cálidos pechos.

En esos mismos momentos, el doctor Colin Morcombe leía un reportaje de una revista que le había traído su recepcionista. ¡Maldita bruja! Pensaba despedirla. Odiaba que lo humillaran de esa manera.

Era Laura. La adorable Laurita, tan mona en la boda de Sarah Dempsey. Lo más sorprendente para él era que parecía feliz.

Si la ira no lo hubiera paralizado, se hubiera echado a reír. Él creía que su madre la tenía escondida en algún lugar de Nueva Zelanda, y estaba pagando mucho dinero a un detective privado para que la localizara. ¿Y quién sería ese desgraciado alto y moreno que aparecía junto a ella con gesto posesivo? El instinto le decía que había algo entre ellos.

–¡Mujerzuela infiel! –murmuró entre dientes, deseando matarlos a los dos–. No tenías bastante abandonándome, tenías también que traicionarme.

Él nunca había creído a Laura capaz de reunir el valor necesario para huir. Estaba tan seguro de su debilidad... Era la víctima ideal. La echaba mucho de menos. Su piel tan suave... Siempre la había deseado insaciablemente. Las mujeres sólo podían ser diosas o demonios.

Laura lo había traicionado. Hubiera querido matarla. Agarrar ese blanquísimo cuello suyo y apretar y apretar... Pero antes tenía que tenerla una vez más.

Sólo de pensarlo sintió un escalofrío de excitación por la espalda. Sólo la dulce Laura con su voz suplicante conseguía ese efecto sobre él. Sólo con ella se sentía poderoso. Con otras mujeres más fuertes y seguras de sí mismas él se volvía impotente. Era humillante, aunque trataba de quitarle importancia. Él necesitaba intimidar, controlar.

El tictac del reloj de pared lo enfureció. Se tapó los oídos con las manos. La enfermera se asomó a la puerta para decir algo, pero la mirada furiosa de Colin la disuadió, y se alejó musitando una disculpa.

Laura merecía un castigo. Tenía que enseñarle una lección que no pudiera olvidar.

Él era un hombre ocupado, y tenía una operación muy importante programada para tres días más tarde. Pero eso ya no importaba. Su rabia era tal, que no se dio cuenta de que se estaba clavando un abrecartas en la palma de la mano.

–¡Dios! ¡La muy cerda! –susurró, mientras le rodaban lágrimas de autocompasión–. Te vas a arrepentir de esto, Laura.

En cuanto a su amante... parecía demasiado grande para enfrentarse a él a la luz del día. Pero para eso estaba la noche. Se secó la cara con su pañuelo bruscamente. Sólo tenía que enviar a alguien a ese lugar dejado de la mano de Dios.... Koomera Crossing.

Se acordaba de Sarah Dempsey, tan guapa en las fotos de novia. Era evidente que tenía algo que ver en al desaparición de su mujer. ¡Una colega, maldita sea! Y tenía un marido poderoso para protegerla. Todo el mundo en el Estado conocía a los McQueen. Si no hubiera sido por eso, Sarah iba a tener también su merecido.

De pronto, se le ocurrió que lo podrían estar esperando. El marido maltratador de Laura. Seguro que ella les habría contado a todos alguna historia lacrimógena. Enviaría a alguien a Koomera Crossing para observar el terreno. Debía aprovechar el momento: los McQueen estaban de viaje de novios. Sólo tenía que conseguir alejar al amante... Necesitaba aislar a Laura...

CAPÍTULO 13

LA ÚLTIMA noche en el desierto, Laura se despertó sobresaltada con sudores fríos.

Había tenido un sueño horrible, absurdo.

Estaba en Tailandia en el mismo lugar donde había pasado su luna de miel. Colin la perseguía en un templo en tinieblas, aunque por las ventanas se vislumbraba el agua de un río. Estaba rodeada de multitud de Budas vivientes, vestidos lujosamente y adornados con joyas, algunos sentados, otros paseando acompañados de monjes de túnicas color azafrán. Ella les suplicaba que la ocultaran, pero ellos pasaban de largo como si fuera invisible o no oyeran su voz.

Por fin, Laura huía del templo y terminaba en una calle bulliciosa llena de asiáticos y de esos carritos de tres ruedas arrastrados por personas. Nadie hablaba con ella y se estaba poniendo histérica.

Corrió hacia una puertas enormes de madera tallada. Por fin encontraba un refugio. Tiró del picaporte pero la puerta no cedía. Sacudió y tiró con todas sus fueras sin éxito, hasta que ya jadeante y exhausta, la puerta cedió unos centímetros... pero Colin estaba detrás de ella.

Laura se cubrió la cara con las manos y rompió a gritar sin resistirse.

—¡No!¡No!¡No!

—Despierta, Laura. Abre los ojos.

—No, no quiero —dijo tratando de zafarse.

–Laura, estás soñando. Soy yo, Evan. No voy a permitir que nadie te haga daño.

–¡Oh... Evan! –dijo por fin respirando aliviada–. Estoy tan nerviosa que me encuentro mal.

–Ha sido una pesadilla –dijo, apartándole el cabello de la cara–. Sólo eso. Ya estás bien.

Evan encendió la luz de la mesilla y la miró inquisitivo. Parecía realmente alterada, y estaba sudando. Fue al cuarto de baño, mojó una esponja y la escurrió.

–¿Qué te ha pasado? –preguntó con dulzura mientras le refrescaba la cara y el cuello con la esponja–. Creía que algún personaje de la mitología aborigen quería raptarte –añadió para quitarle importancia a la situación.

–No sé –dijo aún tratando de recuperarse de la pesadilla–. ¿Puedes traerme un vaso de agua?

–Claro que puedo.

Mientras Evan iba a por el agua, Laura se incorporó y apoyó la cabeza en la pared.

–Hay un poco de brandy, si te apetece.

–No, estoy bien.

–Yo me voy a tomar uno –dijo dirigiéndose al minibar–. Parecías tan asustada, que me asustaste.

–¡Era tan real!

–Deja que te tape con esta manta.

Laura se dejó tapar, pero cuando Evan se iba a alejar lo agarró de la mano.

–¡No te vayas!

–No me voy a ninguna parte, mi amor. Voy a por la bebida, ya vuelvo a la cama.

–Por favor.

Estaba ya despierta, pero aún estaba nerviosa. Evan la abrazó al volver a la cama. Laura apoyó la cabeza en su pecho y él la besó.

–¿Te sientes ya mejor? –dijo acariciándole el pelo con voz preocupada.

—Creo que me estoy viniendo abajo.

—¿Por qué? Estabas tan contenta... Lo hemos pasado muy bien, ¿no?

—Me gustaría seguir así para siempre, pero no puede ser.

—¿Por qué dices eso, Laura?

—Tengo que contarte algo —dijo ella con voz decidida, levantando la vista para mirarlo.

—Pues dímelo. Te escucho.

—Espero contarlo bien. Tengo tanto miedo de perderte... Eres lo mejor que me ha pasado. No puedo soportar la idea de que se rompa lo que tenemos.

—Supongo que todo esto tiene que ver con tu novio —dijo tratando de superar su ansiedad—. Dímelo de una vez.

Laura se zafó de sus brazos.

—No es mi novio, como te he dejado creer. Perdóname. Es mi marido.

«Se acabó», pensó Laura. Rabia. Rechazo. Se preparó para lo peor.

—¡Tu marido! —exclamó Evan con más dolor que rabia—. Dios mío Laura, ¿cómo has podido ocultarme algo tan importante para nuestra relación?

—Porque soy una cobarde, por eso. Llena de temores, tratando de ser fuerte sin conseguirlo.

—¡Y pensar que creía en ti! —exclamó él dejándola sola en la cama—. ¿Ha sido todo esto una farsa? Nunca en mi vida he tenido un romance con una mujer casada.

—Quería contártelo, Evan.

—¿Qué más no me has contado? —replicó él, volviéndose para mirarla, todavía bajo su hechizo. Se sintió como un estúpido—. ¿Tienes hijos?

—Colin no quería tener hijos. Decía que tenía bastante conmigo. Tú también tenías secretos, Evan.

—Y te los conté. Y entre ellos no estaba ser un hombre casado –contestó yendo al armario y sacando algo de ropa.

–¿Qué haces? –preguntó ella casi con miedo.

–Voy a dar un paseo –dijo con rabia contenida.

–¿Ahora? –preguntó angustiada por el sentimiento de culpa.

–Sí, ahora –dijo él tajante–. Cierra la puerta detrás de mí. Estarás perfectamente a salvo.

–No puedes soportar estar conmigo ni siquiera un minuto más, ¿verdad?

Laura se puso de pie rápidamente y la manta se le cayó de los hombros, dejando al descubierto un cuerpo delgado oculto apenas por un camisón de satén.

–Necesito un respiro, Laura.

Estaba furioso por haberse permitido a sí mismo enamorarse de ella.

–El hecho de que estés casada lo cambia todo. Y no importa lo que digas, eres incapaz de liberarte de ese matrimonio. Sólo espero que no hayas estado también jugando con mis sentimientos.

–Nunca –dijo negando también con la cabeza–. Todo lo que te he dicho era de corazón.

–No empieces a llorar.

–No –dijo con la voz temblorosa.

–Voy a tomar un poco el aire, Laura –dijo él poniéndose un jersey de lana.

–Lo siento mucho, Evan.

–Seguro que sí –dijo con tono irónico–. Me gustaría decir que lo olvidemos todo y sigamos adelante, pero no puedo.

–Tienes todo el derecho a estar enfadado conmigo.

–Déjalo ya, Laura.

Pero ella corrió detrás de él, agarrándolo de la manga con su blanquísima mano.

–Tengo que explicarte otra cosa que podría ayudar a que me entendieras.

–Después de negarlo, ¿también tienes un hijo? –dijo cada vez con más resentimiento–. ¿Y a quién se parece, a la madre o al padre? –añadió en un tono de humor cruel.

–No tengo hijos. Yo nunca habría abandonado a mi hijo –trató de explicar ella con ojos suplicantes tratando de abrazarlo.

–¡No! –dijo él zafándose de sus brazos–. Todo se ha acabado.

–No lo voy a permitir. Te necesito desesperadamente.

A pesar de la decepción, el deseo lo devoraba por dentro. El amor era como un mar abierto. A veces en calma, a veces revuelto por violentas tormentas. La tomó en brazos casi con brutalidad y la besó con una fuerza que ella nunca olvidaría. La ira y la pasión avivaron en él pensamientos salvajes. La estrechó con toda su fuerza, y entonces recordó lo pequeña que era. Podía hacerle daño.

–¡Maldita sea! –murmuró con fiereza, dejándola de nuevo en el suelo–. Vuelve a la cama, Laura. Perdona si te he hecho daño, pero no intentes volver a seducirme.

Decepcionado, salió de la habitación dejando a Laura sola y temblorosa en el cuarto.

«Evan acaba de salir de mi vida», se dijo a sí misma, cayendo al suelo de rodillas, llena de pesimismo.

Pero una voz le recordó, con un atisbo de esperanza, que Evan no sabía aún toda la verdad. Se lo había contado mal, y ahora se sentía traicionado. Era comprensible. Había roto su confianza. Pero Evan era un hombre de profundos sentimientos, y la quería.

Tenía que conseguir ganárselo de nuevo. Contarle las cosas como era debido. Era una víctima de la violencia doméstica. Seguro que él sabía lo que eso significaba.

Su huida de la realidad había llegado a su fin. En

cierto modo, se sentía aliviada. Había conseguido muchas cosas gracias a Evan. Su recién estrenado valor era aún vacilante, pero, por primera vez, aunque tuviera que correr un peligro físico, se sentía preparada para hacer frente a Colin.

Más tarde, Laura llegó a creer que era la voz de su padre la que le habló aquella noche.

Cuando Evan volvió, ella estaba profundamente dormida. El tirante del camisón se le había deslizado por el hombro, dejando a la vista sus bellos y delicados pechos. Su postura era descuidada, con un brazo encima de la cabeza y otro estirado. El camisón se le había subido y revelaba una esbelta pierna. ¡Qué hermosa era!

Había estado pensando en volver a intentarlo. Sintió una mezcla de lástima y desprecio por sí mismo. Lo que sentía por Laura era muy especial, pero no podía aceptar que estuviera casada. Se sentía engañado.

Por otra parte, ¡le gustaba tanto mirarla! Se dejó caer en una silla. Estaba amaneciendo y se iniciaba el eterno cambio de colores de la arena del desierto. Nada más desayunar se irían. Y después, ¿qué? Cerró los ojos unos instantes y se dejo llevar por la melancolía.

¿Por qué no iba el marido, pobre infeliz, a seguirla? Él lo haría. Seguro que estaba tan enamorado de ella como él. Cualquier hombre se hubiera sentido atraído por esa combinación de inocencia y sexualidad.

¡Y él que creía que tenía tanta experiencia! Su instinto lo había engañado. ¡Estaba tan seguro de saber cómo era ella, de lo que había entre ellos...! La pasión y la euforia lo habían llevado a creer que había encontrado su alma gemela.

Acababa de terminar su biografía. El resultado era

bueno. Auténtico. La influencia de Laura había sido decisiva. Gracias a ella, volvía a tener ganas de vivir. No como antes, sino una vida nueva, junto a ella. Una vida más intensa que la del viajero más avezado.

¡Y todo se había acabado!

Secretos, secretos, secretos.... ¿Quién le había enseñado a temer así?

Sólo entonces empezó a darse cuenta de la causa de los problemas de Laura. A menos que fuera la mejor actriz del mundo, era evidente que no la habían tratado bien. Se acordó de su pesadilla. Estaba aterrorizada, al borde del pánico.

¿Pánico a qué? No la había dejado hablar. De repente quería entender todas las señales que ella le había ido transmitiendo. Recordó que en una ocasión le había dicho que no era buena haciendo el amor. Aquello era evidentemente ridículo, pero ¿sería algo que su marido le había hecho creer? Hacer el amor con ella era como un sueño para cualquier hombre. Seguramente, su marido la quería sólo para él. Posiblemente la manipulaba y la controlaba. Sin embargo, parecía estar muy unida a él...

–¿Evan?

Laura se había incorporado y lo miraba con unos ojos verdes que brillaban como joyas en la clara luz de la mañana.

–Estás despierta –dijo él incorporándose también en la silla.

–Hace ya unos minutos. Parecías tan concentrado que no quería molestarte.

–Ya es tarde para eso –repuso él riendo sin ganas–. Mira, Laura. Si me vas a decir que tienes que volver con tu marido, déjalo. Yo creía que teníamos un amor verdadero, pero a lo mejor sólo era una aventura pasajera.

–No insultes lo que hay entre nosotros. Necesito

que sepas lo que iba mal en mi matrimonio. Por qué me sentía mal queriéndote. Sólo entonces podrás juzgarme.

Se acercó a él, ajena al efecto que su sensualidad tenía sobre él.

—No te va a gustar oírlo —dijo sentándose en una silla junto a él—. Y contártelo sólo me causará dolor y humillación. Pero tengo que hacerlo. Soy una mujer maltratada. Física, mental y emocionalmente. Ésa es la horrible verdad. No me gusta hablar de ello pero necesito que entiendas por qué falté a mis compromisos matrimoniales. Porque no tenían ningún valor. Colin los ignoró desde el primer día. Los abusos comenzaron en la luna de miel y continuaron durante casi un año. Hasta que junté el valor suficiente para escapar y venir hasta aquí. Seguro que piensas que debería haber pedido ayuda. Una vez acudí a una amiga, y Colin la convenció de que era yo la que tenía problemas. Puede ser muy convincente. Podría haber ido a un abogado, pero sabía que fuera adonde fuera él me encontraría. Hasta ahora ha estado buscándome en Nueva Zelanda; mi madre me está ayudando a ocultarme. Pero él no se va a rendir. Y hasta que no me enfrente a él, no podré vivir en paz.

Cambiar de aspecto era realmente fácil, pensó colocándose un bigote negro. De hecho, casi estaba mejor con el pelo oscuro. Contrastaba muy bien con sus ojos. Claro que tenía que disimular su elegancia natural. Llevaba puesta la ropa habitual de un turista en el campo australiano: vaqueros, camisa, botas altas y chaqueta de abrigo para la noche.

Se colocó satisfecho el sombrero de ala ancha, típico de la gente del campo, después de haberlo golpeado para que pareciera usado. Para que nadie reparara en su palidez, se había comprado crema autobronceadora. Estaba muy guapo con ese tono dorado, pero se había dejado crecer la barba y llevaba el sombrero bien hundido en el rostro para ocultarlo.

Llevaba un par de día en un parque para caravanas a las afueras del pueblo. Había dejado su Mercedes azul en el garaje de casa. Conducía un polvoriento todoterreno, algo destartalado, pero que era justo lo que necesitaba

Sabía dónde habían estado. Nunca hubiera imaginado que a Laura le daría por ir al desierto. Sabía dónde vivían. Era increíble. Puerta con puerta.

Había pasado por la puerta con el coche. Demasiado rápido la primera vez. Una mujer mayor salía de la casa ese día. Seguramente alguien que cuidaba la casa en ausencia de Laura. La segunda vez, lo había hecho más despacio. Así que su mimada esposa había renunciado a su fantástica casa para irse a vivir a aquella patética casucha. Se enfureció tanto de pensarlo que tuvo que parar y masajearse las sienes.

Al menos el detective privado había hecho su trabajo. No sólo sabía dónde vivía. También había averiguado el nombre del tipo. Era increíble toda la información que se podía sacar de una fotografía. Era Evan Kellerman, no Thompson como creía la gente del pueblo.

Había conseguido entradas para un concierto que daban esa noche. No había muchos corresponsales internacionales de élite que fueran también violonchelistas. Era todo muy raro.

Sabía que se arriesgaba yendo al concierto, pero no podía quedarse sentado tranquilamente en la caravana mientras su mujer estaba en el pueblo con su amante. La música no le interesaba, pero sería divertido verlos.

En realidad estaba lleno de rabia. No iba a permitir que Laura se saliera con la suya. No iba a permitirle que volviera a huir de él.

Parecía que todo el pueblo iba a ir al maldito concierto. Parecía imposible que a todos les gustara la música clásica. Se acomodó en un asiento alejado. La gente lo miraba, y él comenzó a sonreír y a saludar con la cabeza para no despertar sospechas.

Por fin empezó la función. La mujer mayor era miembro del quinteto. Laura estaba hermosísima. Sentada al piano, sus dedos recorrían el teclado con maestría. ¡Maldita! Sentía un martilleo en las sienes. Se fijó entonces en Kellerman. Parecía tener una fuerza sobrehumana. Hasta ese día, a Colin le había parecido poco masculino que un hombre tocase un instrumento, pero aquel tipo era muy bueno. El quinteto en general era muy bueno.

Cuando se fueron calmando los atronadores aplausos, salió rápidamente de allí y se dirigió a su coche, que había dejado en un callejón. Se sentía como un estúpido. Tenía una profesión y prestigio. Sus colegas lo consideraban una eminencia. No era propio de él dejarse arrastrar por la violencia. Pero quería que Laura volviera a su lado.

—¡Hay tanto que celebrar! —exclamó Harriet llena de alegría—. Estamos muy orgullosos de ti, Laura. Te has adaptado muy bien al grupo, y tu dominio del piano es maravilloso. Además, creo que el público estaba de acuerdo conmigo. Le dijiste ya a Evan lo de ya sabes quién, ¿no? —añadió susurrando.

—Sí.

—¿Cómo se lo ha tomado?

—Al principio fatal, Harriet. Por el hecho de que estuviera casada. Pero cuando le conté el desastre de mi matrimonio, me perdonó. Ahora está decidido a ir a Brisbane para enfrentarse a Colin. Dice que no quiere que yo vaya, al menos de momento.

–Quizá sea una buena idea.

–Después empezaré los trámites del divorcio tan pronto como sea posible.

–Y te casarás con Evan, ¿verdad? Lo vuestro no parece algo pasajero.

–Lo quiero, Harriet, y él me quiere a mí.

–Las palabras más bonitas del mundo. Los dos os merecéis seguir con vuestras vidas.

–No quiero que te vayas por la mañana –susurró ella.

–Ya hemos hablado de eso, Laura –dijo él tomándola en brazos y llevándola al dormitorio.

–No quiero que vayas solo.

–Y yo no quiero que tú estés presente cuando hable con él, cariño. Quiero ver al doctor Morcombe a solas. Una cosa es aterrorizar a una mujer y otra muy distinta utilizar las mismas tácticas conmigo. Me gustaría abofetearlo para que vea lo que se siente.

–Se lo merecería, pero podría perjudicarte a ti. Es muy vengativo. Es capaz de cualquier cosa con tal de hacerte daño.

–Ya lo veremos.

–A lo mejor te cuesta llegar hasta él. Tiene gente que lo protege.

–Déjalo en mis manos. ¿Qué clase de hombre, médico además, haría algo tan horrible? No cabe en cabeza humana. Supongo que no le gustará que la historia se sepa, o que la gente se pregunte por qué tiene un ojo morado.

—No serás capaz...

—Sólo voy a dejarle muy claro lo que podría pasarle si se atreviera a acercarse a ti —dijo Evan acariciándola—. En estos momentos, lo único que quiero es hacerte el amor.

Ése era el mejor regalo que Evan podía hacerle. Gracias a él volvía a sentirse mujer.

CAPÍTULO 14

ANTES de irse, Evan llamó para asegurarse de que Colin estaba en su consulta, fingiendo tener una urgencia. Y era verdad. Tenía que hablar de algo muy urgente con él.

Laura quiso ir con él. Estaba muy preocupada por Evan, porque Colin era un trastornado, y, por tanto, peligroso.

«No te dejaré escapar».

¿Adónde sería capaz de llegar para cumplir su amenaza? Confiaba en que Evan, un hombre fuerte y con experiencia, supiera tratarlo. Seguro que con él no era tan agresivo. Además, Colin no se podía permitir ningún escándalo.

Laura pensaba en estas cosas cuando llamaron a la puerta rasera. Nunca llegaba nadie por esa puerta. Se acordó de una mujer que hacía mermeladas caseras y que dejaba a veces el coche por allí. Sonriendo, con su gato Freddy en brazos, Laura abrió la puerta.

Por un instante, tuvo la sensación de que su alma abandonaba el cuerpo. Creyó estar viviendo una pesadilla.

—Lo pasas muy bien en Koomera Crossing, ¿no, cariño? —dijo Colin con una sonrisa siniestra.

A lo mejor se estaba engañando a sí misma, pero tenía la impresión de no estar totalmente a su merced.

—Vete de aquí, Colin. Ésta es mi casa.

Su tono de voz alertó al gato de que el visitante no

era bienvenido e, inesperadamente, saltó sobre él y le clavó las uñas en el pecho.

—¡Maldito bicho! —chilló Colin, quitándose al animal de encima de un forcejeo.

—¡No hagas eso! ¿Cómo has llegado hasta aquí? Se supone que estabas en Brisbane.

—¿Ah, sí? Justo lo que me imaginé —dijo él dándole un empujón tan fuerte que casi la tiró al suelo—. Le dije a mis empleados que no dijeran a nadie que no estaba. Inteligente, ¿verdad? Y ahora tu amante se ha ido y te ha dejado solita para que yo te pueda atrapar. ¡Maldita seas!

Colin le dio una bofetada tan fuerte que creyó que se le iba a dislocar el cuello. Sin embargo, enseguida se dio cuenta de que ya no le tenía miedo. Evan le había enseñado algunas llaves de karate. Podía usarlas.

Colin cerró la puerta de un portazo.

—Nada ni nadie te puede proteger ahora —dijo mirando a su alrededor como un ave rapaz—. Este lugar es asqueroso. No sé cómo puedes vivir aquí. ¿Seguro que no te has vuelto loca?

—Estoy en la gloria sin ti, Colin —aseguró ella, planeando su próximo movimiento. En el peor de los casos, podría pedir ayuda desde la ventana del dormitorio.

—Ayer estuve en el concierto. Estuviste muy bien, y Kellerman también. ¿Qué tal con él?

—No es asunto tuyo.

—¿Que no es asunto mío? Eres mi mujer.

—No por mucho tiempo. Quiero el divorcio.

—Puede que seas una pésima esposa —dijo con ojos furiosos—, pero no va a haber ningún divorcio. Tenemos que permanecer juntos. Eso es lo que hace que mi vida funcione.

—Porque necesitas a alguien a quien atormentar, ¿no?

Laura aprovechó la ocasión para correr hacia la cocina y parapetarse detrás de la encimera. Debajo había un cajón lleno de cuchillos.

—No pienso volver contigo nunca.

—Por supuesto que vas a volver. Tienes un compromiso conmigo de por vida.

—Tus acciones anulan ese compromiso —dijo Laura sintiéndose cada vez más segura de sí misma.

—¿Intentas demostrarme lo valiente que eres? —dijo tratando de rodearla con el brazo.

Laura retrocedió unos pasos.

—Tengo amigos en este pueblo, que acudirán en mi ayuda. Aunque no esté Evan.

—Aquí no te van a encontrar. Y además, no vas a poder gritar auxilio, si eso es lo que tienes en mente. Eres mi esposa, Laura. ¿Eso no significa nada para ti?

—Dejó de significar nada en nuestra luna de miel. Cometí un error terrible en mi vida contigo. Eres cruel. Un vulgar matón que utiliza a su mujer de saco de boxeo. ¡Y eres una persona que se dedica a cuidar las vidas de los demás! Tus colegas deberían saber estas cosas. Como tu esposa terminé descubriendo cómo funciona la mente de un psicópata. Seguro que no hace falta contárselo a tu madre. Ya he visto la preocupación en sus ojos.

—No metas a mi madre en esto. Ella nunca te creería.

—Creo que mis abogados podrían sacarte la verdad, Colin —dijo ella con serenidad—. Se acabó. Dios me da una segunda oportunidad.

—¿Dios? —dijo él con sarcasmo—. No te enteras de nada, Laura. Dios está de mi parte. Nuestro matrimonio es sagrado y no voy a consentir que te vayas.

—Hay normas que hasta tú tienes que respetar —dijo en tono conciliador—. Soy legalmente libre. Seguro que no quieres escándalos, y si me obligas, montaré uno. Puedes estar seguro.

–Y tú puedes estar segura de que algo le pasaría a Kellerman –dijo él amenazante.

–¿Estás hablando de asesinato? No me extrañaría de ti. Aunque supongo que contratarías a un profesional para no mancharte las manos.

Él asintió, como si lo que ella decía fuera completamente normal.

–Todo vale en el amor y en la guerra. Y prefiero ir a la cárcel que permitir que Kellerman se quede contigo. Así que recoge tus cosas y vámonos. Dile a tus «amigos» que te has ido de excursión. Nos vamos.

–Lo siento, Colin. Eso no va a ocurrir. Eres tú el que se va, yo me quedo. Eres un monstruo.

Laura no se pudo contener más y le lanzó una fuente de cerámica con toda su fuerza. El objeto le rozó una sien a Colin y se hizo pedazos en las baldosas del suelo.

–Cielo Santo. ¡Qué valiente te has vuelto! ¿Quieres una pelea? Estoy seguro de ganar. No seas tonta, Laura. No quiero pegarte, pero tú siempre me provocas. Haz lo que te digo. Estoy deseando irme de aquí.

–Me lo imagino. Pero esto tiene que acabar. Prefiero morir que vivir mi vida contigo.

–¡No digas eso! –gritó Colin lleno de rabia, tratando de arrinconarla.

Laura huyó a su dormitorio, dispuesta a gritar con toda su alma

–Nadie tiene que morir, Laura –dijo él siguiéndola. Consiguió agarrarle la melena, y tiró de ella para evitar su huida-. Podemos solucionarlo –le susurró con su aliento junto a la mejilla, tocándole los pechos–. Te quiero. De verdad. Sólo me excito contigo.

–¡Estás loco! –dijo ella defendiéndose con todas sus fuerzas.

–Tú me vuelves loco. Yo no siempre he sido así.

–Claro que sí. Seguro que de pequeño torturabas

animalitos. Suéltame, hijo de perra –gritó Laura luchando por zafarse de él sin éxito.

¿Cómo podía detenerlo? Era mucho más fuerte que ella. No dejaba de darle patadas, pero sus manos de cirujano eran como garras de acero, que le tiraban del pelo, y le desgarraban la ropa sin posibilidad de escapar.

–¡Evan! –gritó desesperada, aun a sabiendas de que él estaba a cientos de kilómetros de allí.

–¡Cállate! –chilló Colin, con una mezcla de furia y pánico. Nunca antes Laura se había resistido tanto.

–¡Socorro, por favor! –rogó Laura.

El corazón le latía con fuerza. Dios mío, alguien tenía que oírla. ¿Acaso no había sufrido bastante? De repente sintió un olor químico procedente del vendaje que Colin llevaba en la mano. Se asustó. ¿Éter? ¿Cloroformo? Antes de que pudiera encontrar una respuesta, Colin le había tapado la boca y la nariz con la mano.

–¡Eres una chica muy mala!

Laura trató de seguir resistiéndose, pero su mente se volvió más confusa. Trató de apartar la cabeza, pues sabía que iba a tratar de llevársela contra su voluntad. No podía rendirse... De pronto, fue capaz de incorporarse y darle una patada en la entrepierna.

–¡Cerda! –gritó golpeándola otra vez y volviendo a aplicar el trapo a la nariz.

«Lo intenté», pensó Laura antes de perder el conocimiento.

La tenía ya inerte en sus brazos cuando se oyó la puerta de un coche cerrándose. Colin la dejó en el suelo y corrió a la ventana a ver quien era. Kellerman. Alto. Fuerte. Necesitaría un arma para detenerlo.

Colin recorrió con la vista rápidamente la habitación hasta dar con lo que buscaba. Un adorno de metal pesado. Con eso podría hundirle el cráneo a Kellerman. Se colocó detrás de la puerta a esperar.

El muy desgraciado tenía llave. La llave de la casucha de su esposa. ¿Qué lo habría traído de vuelta?
Creyó oír a Laura... No era posible que el efecto del
anestésico se hubiera disipado tan pronto.

Colin se preparó para atacar a Kellerman, pero éste,
sorprendentemente, estaba preparado para hacerle
frente. Alguien parecía haberle advertido. ¿Cómo era
posible? Lo tenía todo tan bien planeado... En cuestión
de segundos, Colin se sintió despedido contra la pared.

Aquel hombre era increíblemente fuerte. Colin no
podía levantarse del suelo. Se sintió humillado. Él, que
estaba hecho para ganar siempre.

–Morcombe, ¿verdad? –dijo Evan de pie junto a la
figura encogida de Colin, como un reptil de pelo negro
con gomina.

–¿Dónde está Laura?

–Ahora no puede hablar con usted –dijo Morcombe
con una sonrisa.

–¿Laura? –llamó Evan, sin poder ocultar el miedo y
la ansiedad en su voz–. Que Dios se apiade de ti si le
has hecho daño.

–Habla usted de mi esposa, Kellerman. La mía, no
la suya.

–A la que se supone que debía amar y respetar –repuso Evan agarrándolo del cuello de la camisa y arras-
trándolo por el pasillo a empujones.

–No es posible que quiera a esa estúpida. Es una
mentirosa patológica. Tiene problemas. Su padre abusó
de ella...

–Cállate, hijo de perra –advirtió Evan invadido de
violencia–. No me intentes emponzoñar con tu veneno.
¡Dios mío! ¿Qué le has hecho? –preguntó de repente al
ver a Laura, mientras lo obligaba a ponerse de pie.

–Sólo está durmiendo una siestecita. De verdad
–dijo con la mirada llena de odio.

–¿Por qué no haces tú lo mismo?

Incapaz de contenerse, Evan le dio un puñetazo en la mandíbula. Colin se tambaleó y cayó. Derrotado.

–¿Laura? –susurró angustiado. Tenía sudores fríos. Se arrodilló junto a ella para sentir su pulso. Era lento. El muy canalla la había drogado y había intentado arrancarle la ropa.

Se sintió aliviado al oír que Laura dejaba escapar un gemido. Estaba volviendo en sí. Evan tomó a Laura en brazos con ternura. Menos mal que Harriet había tenido esa intuición, corazonada o lo que fuera y lo había avisado. Nunca podría agradecérselo lo suficiente. Acostó a Laura en el sofá, frotándole las manos. La puerta seguía abierta y entraba el aire fresco en la habitación.

–¡Mi dulce niña!

Parecía más pequeña que nunca y muy frágil. Eran visibles las heridas y el ojo amoratado del forcejeo. No pudo soportarlo.

–Ojalá te quemes en el infierno –gritó Evan furibundo.

En ese momento, Colin intentó atacarlo por la espalda. Morcombe había elegido al hombre equivocado. Evan ni siquiera parecía sentir los puñetazos. El doctor sólo era peligroso con las mujeres. Parecía increíble que un cirujano de talento tuviera esas inclinaciones.

Aunque su visión era borrosa, Laura vio cómo su marido atacaba a Evan. No lograba entender cómo Evan había aparecido por allí. Era como una respuesta a sus oraciones. Trató de levantarse y casi perdió el equilibrio. Tenía que ayudar a Evan.

–Ya voy –dijo en lo que pretendía ser un grito.

–Laura, vuelve al sofá. Si puedes, llama a la policía.

Colin aprovechó la distracción de su adversario para descargar más golpes sobre él.

–¡Eres un monstruo! –gritó Laura.

Lo único que quería era llegar hasta Evan. Él la necesitaba. Aunque, en realidad, era Colin el que sangraba, por la nariz y por la boca. Tan rápido como pudo, que en realidad era muy despacio, fue avanzando hasta la cocina y encontró algo en el aparador. Un arma. Se fue acercando hasta su marido y, haciendo un gran esfuerzo, le propinó un fuerte golpe en la cabeza.

Colin no se movió, y Evan aprovechó el momento para quitarle el arma de las manos a Laura.

Tres minutos más tarde, llegó el agente de policía Pat Barratt, seguido de Harriet Crompton.

Colin se puso rojo de vergüenza.

–Soy un cirujano respetable –dijo con brusquedad, con el bello rostro ensombrecido por la sorpresa–. Un caballero. Tengo una reputación. Esto es una vergüenza. Alguien como yo esposado... Todo esto es un error, agente. Fue Kellerman quien me asaltó. Presentaré cargos contra él.

–Soy yo la que va a presentar cargos –dijo Laura casi alegre.

–Ni te atrevas a intentarlo –contestó él rechinando los dientes.

–Claro que lo va a hacer –afirmó Evan–. Será mejor que te lo lleves, Pat, y gracias por venir tan pronto.

–Es mi trabajo.

–No creáis que eso va a quedar así –amenazó Colin–. La víctima aquí soy yo.

–Si estuviera en su lugar, no lanzaría amenazas –dijo el agente Barratt muy correctamente–. Ya tiene bastantes problemas: asalto, privación de libertad y uso de drogas para someter a la víctima. Esto es muy serio, caballero. Cuando estéis listos, Laura y Evan, venid por la comisaría para prestar declaración.

–Lo haremos, Pat, muchas gracias.

–Dios mío, ¡estaba al borde del infarto! –dijo Harriet después de preparar un poco de té reparador con mucho azúcar–. Así que ése era tu marido. Me di cuenta hace unos días de que estaba espiando tu casa. También lo vi saliendo discretamente del concierto. Y entonces algo en mi cabeza me dijo que aquello era peligroso. Supe inmediatamente que no era de fiar. De repente tuve la corazonada de que podía ser tu marido y llamé a Evan inmediatamente. Soy muy intuitiva a la hora de oler los problemas. ¿Creéis que nos hemos librado de él?

–Claro que sí. Laura me tiene a mí ahora –dijo Evan mirándola lleno de amor y orgullo–. Eres muy valiente, ¿lo sabes?

–Lo soy cuando estoy contigo –afirmó Laura sonriendo y mirándolo a los ojos con ternura.

–No es mío todo el mérito. Tú le diste un buen golpe. «Soy un caballero», decía. No es nadie ahora.

–Casi me da pena –dijo Laura.

–Que no te dé. No se lo merece.

–Claro que no. ¡Mi héroe! –exclamó ella dándole un abrazo.

–Me gustaría muchísimo más ser tu marido –dijo él besándola en la sien.

–¡Claro que sí! –exclamó Harriet–. Me encantaría preparar vuestro banquete de bodas.

–¿Por que no? –dijeron Laura y Evan al unísono.

EPÍLOGO

Catorce meses después.

VENECIA era maravillosa. Durante un mes entero la estuvieron explorando, sucumbiendo a su belleza legendaria.

Disfrutaron de sus vistas, sus sonidos, sus olores, del brillo del sol sobre las turbias aguas de los canales. Dieron muchos paseos en góndola admirando los magníficos palacios e iglesias de mármol y piedra que flanqueaban el Gran Canal. Caminaron por la plaza de San Marcos y bajo el puente Rialto, empapándose del encanto y la historia del lugar. Visitaron el museo de Bellas Artes con sus cuadros de Tiziano, Tintoretto y Veronés... Pasearon por el muelle preparados para embarcarse en algún misterioso viaje en vaporetto.

Cenaron en los restaurantes más famosos y se alojaron en un precioso apartamento prestado por un amigo de Evan.

Por la noche dormían abrazados el uno al otro.

¡Era la felicidad absoluta!

El sol de la mañana entraba en la habitación para despertarlos, pues no cerraban las persianas. Estaban de luna de miel. Habían tenido que esperar todo un año para que el divorcio de Laura fuera efectivo, y, por fin, compartían su vida. Y cada minuto que pasaban juntos, mayor era la felicidad e intimidad entre ellos.

La última noche, pasearon por la plaza de San Marcos, escuchando multitud de idiomas diferentes a su alrededor, y el ruido del agua salpicando y rompiendo contra las piedras.

—Venecia es todo lo que yo había imaginado —dijo Laura abrazándose a su marido.

—Es como París. No decepciona a nadie.

—Ha sido fantástico. Los dos juntos. No sé cómo explicarlo.

—Tienes toda la vida para contármelo —dijo él estrechándola entre sus brazos—. Mi mujer, mi adorada Laura.

Dejándose llevar por la euforia, Evan la besó apasionadamente, y ella, libre de inhibiciones, le respondió de la misma manera. Ninguno de los dos pareció darse cuenta de que un pequeño grupo de gente que paseaba por allí los aplaudía con simpatía.

Venecia era la ciudad de los amantes.

—Mañana volvemos a casa.

—¡Casa! ¡Qué palabra tan maravillosa! —dijo ella besándolo de nuevo—. Esto es maravilloso, pero echo de menos nuestro mundo, su inmensidad y misterio. Todos se han portado muy bien con nosotros. ¿Nos quedaremos a vivir en Koomera Crossing? Tu libro es buenísimo y va a tener mucho éxito. A lo mejor podrías dedicarte a escribir a tiempo completo. A ti te gusta.

—Lo he pensado —admitió él.

—Yo podría componer. Estamos rodeados de música. Estoy tan feliz, y tan centrada...

—Estoy seguro de que podrías —contestó sintiéndose orgulloso de ella—. La pieza que escribiste para tu padre es realmente bella. Mi madre opina lo mismo. Me encanta que conectarais tan bien. Aunque yo ya sabía que sería así.

—Tu madre es maravillosa en todos los sentidos —sonrió ella—. Nunca me olvidaré de lo feliz que estaba en nuestra boda. Y lo bien que tocó. Y luego estaban allí mi madre y Craig... Creo que fue el día más feliz de mi vida.

—El mío también —dijo él besándola—. Esperemos un poco a ver lo que la vida nos depara. Nos tenemos el uno al otro, y creo que estar contigo es lo único que realmente me importa. Aunque espero tener algún día una familia que mantener...

Laura se ruborizó y se echó a reír.

—Me parece que no vamos a tener que esperar mucho tiempo...

Él la miró con adoración. La quería tanto que su corazón apenas podía soportarlo.

—¿Eso qué quiere decir, amor mío?

Estaban rodeados de gente, pero sólo tenía ojos para ella.

Laura lo miró y se rió. Cada día que pasaban juntos estaba más enamorada.

—Lo sabré seguro cuando volvamos a casa.

En el corazón de Australia

Recuperando la felicidad
Margaret Way

EL AMOR era una cosa curiosa. Nunca se extinguía o, por lo menos, eso era lo que le había ocurrido a él.

Su amor era incondicional, irreversible. Lo había encontrado una vez y sabía que no se iba a repetir.

No había vuelto a repetirse desde Christine. ¡Siempre Christine!

Aunque viviera cien años, no olvidaría al amor de su infancia, al amor de su vida, la increíblemente guapa Christine Reardon.

Tanto la había amado, a diferencia de ella a él, que estaba seguro de que no se podría enamorar de otra persona.

Seguía hechizado por ella aunque Christine lo había tratado mal, y eso para un hombre orgulloso como él era difícil de soportar.

Habían aprendido a amarse a una edad muy temprana.

Tanto Christine como él habían nacido y crecido en el Outback, aquella región de campo interior australiano tan increíble, ambos eran hijos de familias de pastores y, por ello, había entre ellos un vínculo especial.

Él, Mitchell Claydon, era el heredero de Marjimba Station, y ella era la nieta de la recientemente fallecida Ruth McQueen, a cuyo velatorio iba Mitch en aquellos momentos.

El velatorio, que se celebraba en Wunnamurra, la mansión familiar, parecía no tener fin, ya que toda la región se había congregado allí para presentar sus respetos a aquella familia de pioneros.

Mitch llevaba allí ya dos horas, sufriendo el calor agobiante y soñando con una cerveza fría. Tal vez era un pensamiento irreverente, pero era la realidad.

Ruth no había sido en vida una abuela normal, sino una mujer de mucho carácter y bastante mal genio que había conseguido hacerse insoportable con el paso de los años.

A Mitch nunca le había caído bien. De hecho, casi había llegado a odiarla, así que no entendía qué hacía allí.

¿Acaso Christine no había huido de él para escapar a las garras de su abuela? Eso al menos era lo que le había dicho ella.

En cualquier caso, la partida de Christine había sido terrible, porque hasta el último momento le había asegurado que lo amaría para siempre. El fervor con el que le decía aquellas palabras todavía resonaba en el corazón de Mitch.

—¡Cuánto te quiero, Mitch! —le decía en tono de adoración.

Su rostro era entonces luminoso como una perla y llevaba la trenza deshecha, así que el pelo le brillaba incluso en la oscuridad de su lugar secreto, una laguna rodeada de azucenas rosas que muy poca gente conocía.

Sus maravillosas manos siempre olían a flores y le acariciaban el pecho desnudo formando espirales que se movían arriba y abajo y que a él lo hacían enloquecer.

Habría hecho cualquier cosa por ella.

Christine tenía poder, ese tipo de poder primitivo de mujer guapa y seductora. Lo había cautivado tanto que jamás se había fijado en otras chicas.

Christine.

Siempre Christine.

Sus ardientes declaraciones de amor habían resultado mentiras. Lo había traicionado y había jugado con él, se había burlado del amor que decía sentir por su persona.

El dolor y la ira de Mitch eran tan profundos que no había podido deshacerse de ellos.

Entonces, ¿por qué no había podido olvidarla? Lo había intentado, pero no había podido.

Y ahora estaba en el salón de la casa de su familia viendo cómo se despedían los presentes.

Mucho beso educado, muchas condolencias diplomáticas, pero lo cierto era que la muerte de Ruth había sido recibida con alegría.

A Ruth no le habría importado. De hecho, mientras estuvo viva se encargó de que los que la rodeaban y a los que ella consideraba inferiores, es decir, todo el mundo, la odiaran.

Ruth había sido la arrogancia y el esnobismo personificados.

Kyall era completamente diferente. Nadie podía hablar mal de Kyall McQueen, su mejor amigo, ni de su prometida, Sarah Dempsey, directora del hospital de Koomera Crossing.

Junto a ellos estaban la madre y el padre de Kyall, Enid y Max, un matrimonio que nunca se había llevado bien, y la problemática prima de Kyall, Suzanne, que acababa de llegar del internado.

Pero lo que tenía a Mitchell obnubilado aquel día era la atractiva mujer que había al lado de Suzanne y que parecía un ave exótica.

Christine.

¡Su único amor!

¡Qué bonitos eran aquellos tiempos cuando el amor se había apoderado de ellos! Mitch los recordaba con tanta intensidad que no había sido capaz de entregar el corazón a otra persona.

¿Le habría pasado lo mismo a Christine? Su vida había cambiado mucho desde los tiempos en los que era una tímida adolescente que agachaba la cabeza y hundía los hombros para ocultar su altura.

Se había convertido en una modelo internacional que solía aparecer en las portadas de las mejores revistas de moda.

Mitch la había visto aquella mañana bajando las impresionantes escaleras de Wunnamurra y se había dicho que aquel andar felino de la pasarela era mucho más impresionante en vivo y en directo.

¡Qué visión! A pesar de todo, había sentido que las flechas del amor lo traspasaban. De repente, se había sentido como un pobre lacayo que admira a una diosa que se ha dignado a visitarlo.

Tanta belleza no se podía aguantar. Se había quedado mirándola sin decir palabra, con el corazón desbocado.

–¡Mitch, cómo me alegro de verte! –había exclamado Christine con una sonrisa radiante–. Muchas gracias por venir.

En aquellos momentos, a Mitch se le habían agolpado todo tipo de imágenes del pasado en la cabeza: Chris y él montando a caballo, nadando, bañándose desnudos en el riachuelo que cruzaba Marjimba, internándose en el campo y explorando cada uno el joven cuerpo del otro.

No sabía cómo había conseguido salir adelante, pero lo había hecho.

–Bueno, al fin y al cabo, somos familia, ¿no, Chrissy? –le había contestado él sin abrazarla ni besarla.

Sospechaba que aquello de llamarla Chrissy no le había hecho ninguna gracia, pero era su forma de demostrarle que lo que era ahora a él no le impresionaba.

Aquello había sido veinte minutos antes de que toda la familia se trasladara al cementerio, donde enterraron a Ruth con toda la pompa que desde luego no se merecía.

Desde entonces, Mitch había temido que sus sentimientos se descontrolaran a pesar de que era un hombre que había decidido, después de haber sufrido un serio revés al verse abandonado por Chiristine, que jamás se volvería enamorar.

El amor era tan sólo una palabra de cuatro letras. Mitch sólo buscaba compañía, sexo, porque sabía que así no había dolor. Aun así, era triste saber que no se podría volver a enamorar.

Christine, el deseo de su corazón, se había convertido en un precioso cisne, en un diamante tan pulido y tan brillante que Mitch no podía apartar los ojos de ella.

En su casa se habían quejado desde un primer momento de su elevada estatura, ya que Christine medía más de un metro ochenta.

Sí, era cierto, era bastante alta para ser una mujer, pero eso no les daba derecho a haber sido tan crueles con ella.

Christine se había sentido entonces como un animalillo enjaulado y por eso había huido de casa.

Cualquiera que conociera su situación podría entender por qué lo había hecho, incluido Mitch. Lo malo era que eso había ocurrido cuando Mitch creía que estaban completamente enamorados.

Maldición, lo había dejado casi en el altar.

Entonces, Christine tenía diecinueve años y él veintiuno, y Christine siempre había insistido en que quería encontrarse a sí misma antes de tener algo serio con él.

Aquello enfurecía a Mitch, pues ella había prometido con catorce años que se casaría con él. Aunque Mitch comprendía ahora que aquellas habían sido promesas absurdas de adolescentes, seguía sintiendo lo mismo.

Y ahora, debido a la muerte de su abuela, Christine había vuelto a casa. ¿Por cuánto tiempo? ¿Un par de días? ¿Una semana?

Lo cierto era que se podía permitir el lujo de tomarse unas vacaciones, ya que ni siquiera necesitaba trabajar. Christine tenía una cuenta bancaria de lo más saneada, pero trabajar como modelo la debía de hacer sentirse bien.

Desde luego, había cambiado. Ya no caminaba echada hacia delante para disimular su altura. ¿Cuántas veces le había dicho Mitch que irguiera los hombros? De todas formas, a él siempre le había gustado.

Christine había aguantado toda la ceremonia con paciencia, no había dado muestras de nerviosismo en ningún momento, como había hecho tantas veces en el pasado y por lo que se había ganado tantas reprimendas.

Aquella maravillosa sonrisa, ahora conocida en el mundo entero, pero que antaño sólo él había disfrutado…

Mitch tenía todavía guardado uno de los primeros anuncios que Christine había protagonizado, uno de pasta de dientes. Había estado a punto de romperlo varias veces, menos mal que no lo había hecho.

¡Christine!

Mitch sintió que la ira se apoderaba de él. Después de haber estado tantos años sin verla, estar en la misma habitación le hacía sentir una mezcla de furia y de dolor.

Mitch sabía que el tiempo pasaba. Todos sus amigos se iban casando. Y él, nada.

Christine tampoco se había casado aunque Mitch sabía que no había sido por falta de pretendientes. Había seguido sus relaciones amorosas a través de los periódicos y, así, se había enterado de que por ejemplo se la había relacionado con un famosísimo actor estadounidense de series de televisión.

Su madre había comentado entonces que aquel actor se parecía a él, y era cierto que era alto, rubio y de ojos azules.

Fue precisamente su madre la que le hizo una seña desde el otro lado de la habitación indicándole que se iban a marchar.

Apenas había hablado con Christine. Había tenido más que decirle a su prima Suzanne, que no debía de contar más de dieciséis años.

En el pasado, Christine y él se besaban y abrazaban aunque se hubieran visto la noche anterior, pero eso había sido hacía muchos años.

Ahora, Christine había vuelto y Mitch no sabía qué iba a hacer.

Christine no podía dejar de mirar a Mitch. Su corazón estaba lleno de dolor y de arrepentimiento, de recuerdos que no había sido capaz de olvidar jamás.

A pesar de que llevaban años separados, Mitch seguía teniendo el mismo efecto sobre ella que cuando era un adolescente.

Era imposible olvidarse de aquel hombre.

Mitch Claydon era guapo y heterosexual. En su mundo, había muchos modelos guapos, pero casi todos homosexuales. Lo cierto era que su mundo no tenía nada que ver con Mitch.

Parecía que, desde su partida, de alguna manera se había vuelto más inaccesible. Christine podía leerlo claramente en sus ojos: «Una vez te quise, pero no estoy dispuesto a volverlo a hacer».

Su manera de saludarla cuando se habían encontrado aquella misma mañana hablaba de lo mismo. Mitch le había estrechado la mano y le había sonreído, pero el mensaje había sido el mismo: «¡No te acerques a mí!»

Christine estaba muy triste, pero creía estar disimulándolo bien. Su profesión de modelo la estaba ayudando a ello, era capaz de disimularlo todo.

Christine miró a sus padres, que estaban hablando con los Claydon, y se fijó en su padre, que había sufrido mucho debido al carácter dominante de su esposa y de su suegra.

Christine se había preguntado muchas veces por qué se habrían casado sus padres siendo tan diferentes. Al final, su hermano y ella habían decidido que la unión de sus padres era más un matrimonio de conveniencia entre dos poderosas familias que un asunto de amor.

Su abuela, Ruth, no había disimulado en ningún momento la repulsa que le provocaba que su nieta se dedicara a «esa profesión tan decadente».

Era cierto que la profesión de modelo era a veces decadente. Era un mundo en el que el alcohol, las drogas y los depredadores sexuales estaban a la orden del día.

Algunas de sus amigas tenían serios problemas para sobrellevar aquel mundo, pero ella siempre lo había hecho con soltura porque tenía muy claro que no se quería embarcar en ninguna relación que no estuviera basada en el amor.

Pero a pesar de todos sus éxitos profesionales, de todo lo que había conseguido en la vida, aquello no lo había logrado.

Todavía seguía pensando en Mitch.

El amor era como una planta. Había que alimentarlo para que no muriera. Ella todavía no había llegado a ese punto, pero parecía que Mitch sí lo había hecho y no lo culpaba por ello.

Una parte de Christine nunca había abandonado su hogar, pero siempre le había dado miedo volver. Sobre todo porque fuera de allí había conseguido convertirse en una profesional de éxito, en una persona independiente.

Temía que en cuanto pusiera un pie en su casa volviera aquel viejo sentimiento de que no valía para nada, aquel viejo sentimiento que le habían inculcado tanto su madre como su abuela.

Ahora, su abuela había desaparecido.

—Christine, nos vamos —le dijo la madre de Mitch con cariño—. Por favor, quédate unos días y ven a vernos. Te tengo que contar un montón de cosas. Por favor, prométeme que vas a venir a casa a pasar unos días con nosotros.

Christine miró a Mitch de reojo.

—No sé si a Mitch le haría mucha gracia —contestó.

—Por eso no te preocupes —le aseguró Julanne—. Volveréis a ser amigos. Yo siempre he entendido por qué te tuviste que ir.

—No me quedó más remedio, esa es la verdad.

—Lo sé, pero ahora las cosas han cambiado. Sin tu abuela, será más fácil. Era una mujer extraordinaria, pero causaba muchas tensiones.

Christine asintió.

—Le gustaba la perfección... bueno, más bien, lo que ella entendía por perfección. Desafortunadamente, yo no entraba en esa descripción. Mi madre y mi abuela estaban de acuerdo en una cosa: ambas querían una muñequita con la que poder jugar.

—Y se encontraron con una jovencita increíblemente bella, tanto por dentro como por fuera.

—Muchas gracias, señora Claydon —sonrió Christine.

—No me llames señora Claydon, por favor. Llámame Julanne. No olvides que te he visto crecer.

—¡Y crecer y crecer! —bromeó Christine.

—Precisamente por tu altura y por esas maravillosas piernas te has hecho tan famosa, querida —apuntó Julanne.

—Lo sé —contestó Christine besando a la madre de Mitch—. Nunca he olvidado lo buena que fuiste siempre conmigo.

—Era muy fácil ser buena contigo, Christine —le dijo Julanne sinceramente recordando cómo todas las atenciones en su casa se concentraban en su hermano Kyall y a ella no le quedaba nada—. Bueno, ¿vas a venir? Me muero de ganas porque me cuentes cosas.

—Por supuesto —sonrió Christine—. Tengo que consultar mi agenda, pero en cuanto tenga un hueco te llamo.

—Mitch podría venir a buscarte —sugirió Julanne, que nunca había perdido las esperanzas de que su hijo y Christine se reconciliaran.

Al fin y al cabo, durante años, habían sido dos parejas maravillosas: Mitch y Christine y Kyall y Sarah.

–¿Qué es lo que podría hacer Mitch? –preguntó él desde atrás.

Había desafío, tal vez animosidad, detrás de aquella pregunta.

Christine se tensó de pies a cabeza.

–Que te lo diga tu madre, yo no me atrevo –confesó.

–Esa no es la Christine que yo conozco. A la Christine que conozco nunca le dio miedo decir nada.

Estaba claro, era la guerra.

Julanne se dio cuenta y tomó a su hijo del brazo.

–Mitch, cariño, le he pedido... bueno, más bien le he rogado a Christine que venga a visitarnos.

–Estupendo –contestó Mitch–. Supongo.

–No pareces muy seguro.

–No, lo que pasa es que supongo que Christine estará deseando volver a la Gran Manzana con su novio...

–No tengo novio –contestó Christine.

–¿Cómo que no? –insistió Mitch–. ¿Cómo se llamaba, mamá? ¿Te acuerdas? Aquel con el que aparecía en una revista.

–Ah, sí. Ya sé a quién te refieres. A Ben Savage –contestó Christine–. Ya no salgo con él.

–Qué pena. ¿Y eso? –quiso saber Mitch mirándola intensamente.

–No es asunto tuyo –contestó Christine.

Mitch sonrió peligrosamente.

–Lo cierto es que se parece...

–A ti –concluyó Christine–. Sí, eso fue lo primero que me llamó la atención de él.

–¿Ah, sí? Vaya, hubiera jurado que eso habría sido suficiente para que no te fijaras en él jamás.

La tensión iba aumentando por momentos.

–Resulta que Ben es un hombre encantador, agradable, cariñoso y educado.

Mitch no pudo evitar que sus ojos se posaran en el lunar que Christine tenía sobre el pómulo derecho. Siempre le había encantado.

Nada había cambiado, por mucho que él se empeñara. Su corazón, a pesar de estar solo, no se había congelado.

–Y, entonces, ¿por qué lo dejasteis?

–Cuando lo sepa, serás el primero en saberlo –contestó Christine.

–A ver, niños –intervino Julanne asustada por las chispas que saltaban entre ellos–, portaos bien el uno con el otro. Sois amigos, no enemigos. Os dejo a solas para que os despidáis. Por favor, Christine, llámame.

–Por supuesto –prometió Christine nerviosa ante la perspectiva de quedarse a solas con Mitch.

–Algún día, mi madre se dará cuenta de que ya no somos niños –rió Mitch–. Ya no somos novios y ya no nos vamos a casar.

–Ya sabes cómo son las madres –comentó Christine–. Bueno, algunas madres –añadió pensando en la suya–. ¿Y tú, Mitch? ¿Cómo has conseguido permanecer soltero?

–No será porque no tenga ofertas –contestó él.

–No me puedo explicar por qué.

–Que sepas que la tuya no la tendría en cuenta –le espetó Mitch.

–¿Es que te crees que te la voy a hacer? –se burló Christine.

–Aunque no lo creas, hay muchas mujeres que se quieren casar conmigo. ¿Y tú? Tendrás que ir pensando en sentar la cabeza. No vas a poder seguir siendo modelo toda la vida. En dos años cumples treinta, ¿no?

–Por cierto, ¿recibiste la felicitación que te envié cuando cumpliste tú treinta?

–No –contestó Mitch.

–Qué tonta. Se me debió de olvidar mandártela.

–Por supuesto. Es difícil creer que fuimos una vez amigos. Bueno, más que amigos, amantes...

–No lo he olvidado, Mitch –contestó Christine mirándolo con sus preciosos ojos azules.

–Por favor, ahórrate esas miraditas conmigo. Soy Mitch, ¿recuerdas? El pobre idiota que te quería. Me pasé años queriéndote, pero parece que al final he conseguido que mi corazón sane –añadió con demasiada amargura–. Fui yo el que se quedó con el corazón roto, Chrissy. Supongo que tú hiciste lo que siempre quisiste: ser alguien.

Christine apartó la mirada y se preguntó qué habría sido del Mitch de entonces, que era dulce y cariñoso.

–Creo que será mejor que no vaya a tu casa.

–Mira, Chrissy, aunque tú y yo nos odiemos, mi madre te quiere y yo quiero mucho a mi madre. Si ella desea que vengas a casa, por mí no hay problema. Te prometo que me portaré bien aunque me cueste un gran esfuerzo.

–Y pensar que te había traído un regalo –comentó Christine.

–Te prometo que no lo abriré.

–Por mí, como si lo quieres quemar. No me importa.

–¡Cuánto dolor! –se lamentó Mitch–. ¡Menuda heroína estás tú hecha! ¿Recuerdas que yo era tu caballero? Te iba a salvar de un dragón que escupía fuego por la boca. Más bien, de una dragona. De tu abuela. Bueno, ahora está muerta.

–Pobre abuela –dijo Christine–. Nadie lamenta su muerte.

–No es de extrañar, ¿no? Le hizo la vida imposible a mucha gente.

–Sí –contestó Christine.

Ni siquiera Mitch sabía toda la verdad.

–¿Cuánto tiempo te vas a quedar?

–No tengo prisa por volver –contestó Christine.

No tenía ninguna intención de decirle que su profesión ya no la atraía. Estaba harta de quitarse y de ponerse vestidos y de tantas sesiones fotográficas.

Mitch se quedó mirándola.

–¿Y eso qué quiere decir?

–Que me merezco unas vacaciones –contestó Christine intentando sonar casual.

–¿No te da miedo que mientras tú estés de vacaciones encuentren a otra?

–No –contestó Christine sinceramente–. No me fui para hacerme top model.

Mitch la miró sorprendido.

–Chrissy, me confundes. Antes decías que era lo único para lo que servías. Yo siempre supe que no era cierto. Eras una buena estudiante, aunque nadie en tu familia, aparte de tu hermano y de tu padre, se diera cuenta de ello. Podrías haber conseguido lo que te hubieras propuesto. Y yo te habría esperado.

–¡No, no lo habrías hecho! –exclamó Christine–. Te tenías que salir siempre con la tuya. Querías que me casara contigo, pero yo no estaba preparada. Me ahogaba en mi casa. Estaba estresada tanto mental como emocionalmente. No me supiste entender. Era imposible que me entendieras porque tú tenías una familia feliz y cariñosa en la que reinaba el respeto y la admiración. A ti te criaron para ser una persona segura de sí misma, segura del lugar que ocupa en el mundo. A mí me abandonaron, exactamente igual que a Suzanne.

–Menos mal que a ella no la has metido a modelo también –le espetó Mitch.

–Qué bonito comentario.

–Perdón –se disculpó Mitch.

–Éramos demasiado jóvenes para casarnos.

–Yo no lo recuerdo así –contestó Mitch–. Creía que tú me querías tanto como yo a ti. Me lo podrías haber advertido. Debí de comportarme como un imbécil.

–Lo cierto, aunque no te guste oírlo, es que sí –dijo Christine–. Para mí era muy importante encontrarme a mí misma. Lo peor que podría haber hecho hubiera sido casarme.

–Muy inteligente por tu parte –dijo Mitch con acidez–. ¿Y ya te has encontrado a ti misma?

–¿Y tú?

–Yo no me estaba buscando –contestó Mitch con frialdad–. Yo te tenía a ti. Podríamos haber ido despacio si eso era lo que tú querías.

–¿Despacio? Estábamos locos el uno por el otro, no parábamos de hacer el amor. Sólo éramos unos niños, y tú no dejabas de empujarme hacia el matrimonio.

–¿Y tú? ¿Cuántas veces me hablaste de matrimonio? No podías estar lejos de mí, me decías que cuando nos separábamos te ponías triste. Supongo que era todo mentira.

–No, no era mentira –murmuró Christine desesperada–. Me daba miedo, Mitch. Tenía problemas. Me era imposible enfrentarme a ellos en mi casa. Tenía que irme. Necesitaba separarme de mi madre y de mi abuela. Incluso de ti. Ya te lo he dicho, tenía que encontrarme a mí misma.

–Lo entiendo, Chrissy, y por eso te pedí que te casaras conmigo. Habría hecho lo que fuera por ti: protegerte, esperarte, lo que fuera. Pero tú dijiste que no. Esa fue tu decisión. Supongo que ahora te tendría que dar las gracias por ello, pero entonces me destrozaste el ego.

–Y de eso tú sabes mucho, ¿verdad? –le espetó Christine.

–Eso ha sido un golpe bajo –rió Mitch–. Nos están mirando y no creo que sea este el mejor día para pelearnos. Me gusta llevar una vida tranquila.

–Cualquiera lo diría –contestó Christine.

–Desde luego, contigo aquí, va ser imposible.

–No he venido a molestarte.

–¿Seguro?

–Seguro –contestó Christine.

–Me alegro, porque, aunque quisieras, no podrías hacerlo. Perderte me enseñó mucho, Chrissy. Fue un episodio muy desagradable en mi vida, pero también una lección muy importante. Jamás en la vida te volveré a adorar.

–¿Y cuándo te he pedido yo eso?

–Siempre que te tenía entre mis brazos –contestó Mitch con fiereza.

–Porque te quería, Mitch –dijo Christine mirándolo a los ojos.

–Eso no te lo crees ni tú –le espetó Mitch con crueldad.

Christine palideció.

–¿Cómo voy a ir a tu casa así?

–No te preocupes, me aseguraré de que no nos quedemos solos –contestó Mitch metiéndose las manos en los bolsillos para no tocarla–. Hoy estamos simplemente aclarando la situación. No me vuelvas a decir que me querías. Antes me lo creía, pero ya no. Habértelo dicho me hace sentirme mejor. Te prometo que, cuando vengas a casa, seré sociable.

–Muy bien –contestó Christine tendiéndole la mano–. No veo razón para besarnos o abrazarnos, así que... –Mitch dudó–. Eres un chico educado –le recordó Christine–. Nos están mirando.

Mitch aceptó su mano y, en cuanto la tocó, sintió una descarga eléctrica por todo el cuerpo. Era como si estuvieran solos y los demás se hubieran evaporado.

Nada había cambiado. La deseaba antes y la deseaba ahora.

¡Qué situación tan horrible!

LA FAMILIA de Christine se sentó a cenar. Era extraño ver a su madre ocupar el lugar de su abuela en una de las presidencias de la enorme mesa antigua.

Ambas eran mujeres menudas, pero mientras que la presencia de su abuela parecía dominarlo todo, a su madre aquella butaca le quedaba grande, como si le colgaran los pies.

Por primera vez, su padre ocupó la otra presidencia, en un extremo de la mesa de caoba, haciendo cao a su hijo.

–Siéntate donde te pertenece por derecho, papá –le dijo Kyall–. Tú eres el cabeza de familia, ya está bien de respetar las tonterías de la abuela, que siempre te trató fatal.

–Kyall, ¿cómo dices eso? –exclamó su madre.

–Porque es verdad, mamá –respondió Kyall–. Lo siento mucho si tú no opinas lo mismo.

–De verdad, Kyall, no pasa nada –intervino su padre.

–Sí, claro que pasa, papá. Además, se terminó esta estupidez de Kyall McQueen. Soy tu hijo y, por lo tanto, soy un Reardon.

–¡Bravo! –exclamó Christine–. Entonces, ahora también eres mi hermano.

–No te lo tomes a broma –contestó Kyall.

–Sé que tú nunca quisiste dejar el apellido de papá a un lado, todo fue culpa de mamá y de la abuela.

–Perdona, hija, pero unir nuestros dos apellidos fue una decisión que tu padre y yo tomamos juntos, ¿verdad, Max?

El padre de Christine asintió y bajó la mirada.

–Sí, pero lo que no dijimos fue que el mío acabaría desapareciendo –comentó.

–Eso fue consecuencia de las habladurías de la gente –apuntó Enid.

–Ah, claro, la gente... era evidente que, si uno de los dos tenía que desaparecer, obviamente no sería McQueen pues son los dueños de toda la ciudad, ¿verdad? –dijo Christine.

–No sé cómo lo haces, hija mía, pero no has hecho más que llegar y ya estás sembrando la discordia.

–No vuelvas a atacarla así –intervino su hermano–. Te has pasado la vida criticando a tu hija a pesar de que es una mujer de éxito. Desde que era pequeña, y en connivencia con tu madre, no habéis hecho más que criticarla por todo, que si tenía los brazos muy largos, que si era demasiado alta... ¿No te das cuenta de lo crueles que habéis sido con Christine?

–No pasa nada, Kyall, déjalo –contestó Christine–. No quiero que discutamos por mi culpa.

Después de cenar, Kyall y Max se fueron a la biblioteca, Suzanne huyó a su habitación y Enid le hizo una señal a su hija de que quería hablar con ella a solas.

–¿Qué estás haciendo con Suzanne? –le preguntó una vez en su despacho y con la puerta cerrada.

–¿A qué te refieres? –contestó Christine–. Somos su familia, ¿no? ¿Por qué dices eso?

–¿Y qué quieres que diga?

–Como sigas alzando la voz, me voy –amenazó Christine.

–Nunca he sabido cómo hablar contigo. Eres tan diferente...

–Por eso me fui –dijo Christine mirando a su alrededor.

El despacho de su madre estaba lleno de trofeos y de fotografías de Kyall. Su hermano y ella eran muy parecidos, pero el hecho de ser mujer la había relegado a un segundo plano.

–Creía que eso había sido por tu abuela –comentó Enid desde su butaca–. Todos sabemos que era una mujer muy difícil, pero las cosas han cambiado. Quiero hacer lo mejor para ti y para Suzanne. Al fin y al cabo, es la hija de Stewie. Siempre quise mucho a mi hermano, fuimos unos niños muy ignorados.

—Bienvenida al club —rió Christine.

—¿Se puede saber cuánto tiempo te vas a quedar?

—¿Por qué? ¿Ya quieres que me vaya? ¿Y tú qué vas a hacer? Ahora que Kyall se casa, pasará a hacerse cargo de la explotación.

—Por supuesto, quedarme aquí. He nacido en esta casa, aquí está mi hogar y no creo que pudiera vivir en otro sitio.

—¿Y le has preguntado a tu hijo y a su futura mujer qué opinan de eso?

—No tengo nada que preguntar —contestó su madre poniéndose en pie y dando por terminada la conversación.

—No, claro, como siempre. —Enid miró a su hija confundida y atónita—. No estás dispuesta a que otra mujer ocupe tu lugar, ¿verdad?

—Sarah dirige el hospital y está muy ocupada —contestó su madre.

—Eso no te lo crees ni tú.

—¿Y tú qué sabes? En cuanto pudiste, te marchaste de aquí. Nunca has querido saber nada de Wunnamurra. Aquello fue una locura. Dudo que, aunque hayas viajado mucho y conocido a mucha gente, hayas encontrado a un hombre que merezca más la pena que Mitchell Claydon. Fuiste una tonta, Christine. Lo tenías comiendo de tu mano y toda la familia estaba de tu parte. Incluso mi madre aprobaba el matrimonio, pero tú te tuviste que ir y estropearlo todo. ¿Por qué lo hiciste?

—Por libertad, mamá —contestó Christine—. Hasta que no reflexiones y te mires por dentro para ver cómo eres en realidad, no vas a comprender ni eso ni nada.

—Te diré que no hay muchas posibilidades de que Mitchell te perdone jamás —comentó su madre con acidez, acostumbrada a decir siempre la última palabra.

—Muchas gracias, mamá. Siempre que necesite consuelo, vendré a hablar contigo—sonrió Christine con tristeza—. De todas formas, su madre me ha dicho que vaya a verla.

—¿Cuándo ha sido eso?

—Hoy.

—Entonces, tienes que ir —dijo Enid albergando esperanzas—. Puede que, después de todo, Mitchell siga sintiendo algo por ti, aunque debo advertirte que las chicas lo persiguen. Por ejemplo la tonta esa de Amanda Logan. Te aconsejo que decidas qué quieres hacer con tu vida. Puede que esta sea tu última oportunidad.

Aunque Christine no solía estar nunca de acuerdo con su madre, sospechó que aquella vez desgraciadamente Enid podía tener razón.

Al salir del despacho de su madre, Christine se encontró con su hermano.

–¿Te apetece que demos un paseo a caballo mañana por la mañana? –sonrió Kyall con afecto.

–¿A qué hora?

–A las seis –contestó Kyall–. ¿Es demasiado temprano? ¿Estás muy cansada?

–No, está bien, no se puede decir que esté agotada de tanto llorar en el entierro.

–Yo tampoco.

–¿Cuál es ese gran secreto que me estás escondiendo? –quiso saber Christine mirando a su hermano a los ojos–. Sé que hay algo, que me tienes que decir algo más aparte de que has encontrado a tu hija.

–Sí, tienes razón, pero no quiero cargarte ahora con esa información.

–Madre mía, ¿tan malo es? Seguro que la abuela tuvo algo que ver en ello.

Kyall sacudió la cabeza como si no quisiera hablar del tema.

–Me muero de ganas porque conozcas a Fiona.

–Yo también –contestó Christine acariciando la mejilla de su hermano con cariño–. Estoy muy feliz por Sarah y por ti.

–Ya verás, es el vivo retrato de Sarah.

–¿Y cuándo me vas a contar la historia completa?

–Mañana –prometió Kyall dándole un beso a su hermana en la frente–. Cuánto me alegro de que hayas vuelto, Chris. Te he echado mucho de menos.

–Yo también te he echado mucho de menos –sonrió Christine con tristeza.

–¿Qué tal te ha ido con Mitch?

–No creo que me perdone nunca –contestó Christine.

–Os entiendo a los dos. Él estaba completamente enamorado de ti y tú desapareciste, pero tú te fuiste porque tenías que seguir tu camino.

–Intenta explicárselo a él.

–¿Te crees que no lo he intentado? Mitch es mi mejor amigo y hemos hablado mucho de este asunto, pero cuando algo te duele tanto es difícil ser objetivo. Mitchell lo pasó fatal. Al fin y al cabo, os ibais a casar. Estabais hechos el uno para el otro y tan enamorados...

–Casi tanto como Sarah y tú.

–Cuando vosotros os fuisteis, nuestro amor estuvo a punto de morir –recordó Kyall–, pero Sarah es el amor de mi vida.

–Yo no he encontrado a nadie para reemplazar a Mitch –confesó Christine.

–Pero debes de haber tenido muchos pretendientes –comentó Kyall mirando a su preciosa hermana.

–Sí, pero no me puedo comprometer con nadie –contestó Christine con frustración–. He sido incapaz de olvidar a Mitch.

–Rezaré para que todo salga bien, Chris. Quiero que seas feliz y quiero que Mitch también lo sea. Los dos sois muy importantes para mí. Me encantaría que te quedaras, hermanita, y me ayudaras a administrar la explotación. No doy abasto. En los últimos seis o siete años, hemos diversificado nuestros negocios y nos hemos abierto paso en el sector del vino, incluso hemos comprado una bodega, ya verás. Me gustaría que la dirigieras, confío en ti. Quiero que formes parte del negocio porque eres mi hermana.

–Sí, ya va siendo hora de que lo aprenda todo sobre los negocios de la familia –sonrió Christine–, aunque te recuerdo que para los empresarios tú seguirás siendo un McQueen, no un Reardon como yo.

–Lo que más me afecta es el dolor de papá –se apenó Kyall.

–Ya lo conoces, ya lo tiene asumido, lo acepta. Sabe que es difícil para ti renunciar al apellido de tu madre, el apellido que lo es todo por aquí, pero tiene muy claro que lo queremos. Es mamá la que no lo aprecia en todo su valor.

–Sí –dijo Kyall agarrando a su hermana de los hombros–, en eso tienes razón. Chris, quiero que sepas que papá está con otra persona.

–¡Dios mío! Mamá se moriría si la dejara.

–Ya, pero es que mamá lleva años tratándolo como si fuera su hermano y no su marido. Duermen en habitaciones separadas y ella, aunque lo debe de querer su manera, no hace nada por demostrarlo. Lo cierto es que hay unas cuantas mujeres a las que no les importaría tener una aventura con papá, pero él es muy discreto con estos asuntos. Yo creo que ha estado solo durante años, pero ha conocido a una mujer discreta y refinada y ya no ha podido más.

–¡Dios mío! –repitió Christine.

Aunque aquella situación era normal en otras familias, nunca había esperado que les pasara a ellos.

Si su madre se enterara de que había otra mujer en la vida de su padre, ¿podría vivir con ello?

Christine no lo creía así.

Unos días después, Christine estaba esperando a que Mitch la fuera a buscar para llevarla a su casa.

Cuando Mitch llegó, a Christine se le antojó que parecía el protagonista de una película del Oeste, el que siempre conseguía a la chica.

–Hola –saludó bajándose de su jeep y yendo hacia el porche.

Se había prometido a sí mismo intentar estar agradable, pero iba a tener que hacer un gran esfuerzo.

–Hola –contestó Christine.

Se había colocado adrede entre dos columnas blancas, como si estuviera posando. La última vez que se habían visto no se habían despedido de muy buen humor y quería arreglarlo de alguna manera.

–¡Chris, estás increíble! –bromeó Mitch quitándose el sombrero–. ¡Estás preciosa! Es una pena que no sea fotógrafo.

–No pasa nada, me he arreglado un poco, pero nada del otro mundo. ¿Te gusta?

–Me encanta –contestó Mitch–. Estilo campestre, ¿no? –bromeó fijándose en sus vaqueros apretados, la blusa de encaje color crema y el gran cinturón turquesa a la cintura.

–Vaya, veo que sabes de lo que hablas.

–Sí, bueno, es que mamá tiene una revista en la que apareces así. Por cierto, ¿los que te hicieron el reportaje sabían que montas a caballo como los ángeles?

–Por supuesto. De hecho, había una foto en la que salía montando caballo –contestó Christine.

–Vaya, esa no la he visto. La que sí vi fue una en la que estabas debajo de un árbol tocando la guitarra y yo sé que no sabes tocar la guitarra.

–Claro, y tu sí, ¿verdad?

–Exacto, yo tengo muchos talentos –contestó Mitch observándola.

Era preciosa, pero había entre ellos un muro insalvable. Aun así, Mitch estaba decidido a cumplir su promesa de ser agradable.

–Mamá quiere que pases a tomar el té –comentó Christine con una sonrisa picarona.

–No me gusta el té –contestó Mitch.

–Da igual. Hay cosas en la vida que un hombre debe hacer. Pasa. Te está esperando en el invernadero porque quiere enseñarte sus impresionantes flores.

–Muy bien –contestó Mitch con voz serena.

Menos mal que Christine no oía cómo le latía el corazón.

Enid los estaba esperando en el maravilloso invernadero que había construido el abuelo de Christine para su abuela. En él, además de una fuente central cuyo arrullo acuático hacía las delicias de los visitantes, había infinidad de plantas y flores exóticas.

Palmeras, bambú, orquídeas, todo tipo de lirios, gardenias y varias especies de rododendros.

Desde luego, la casa de los McQueen era todo un lujo. Aunque Marjimba era grande y bonita, Wunnamurra siempre había tenido fama de ser la mejor casa de la zona. De hecho, estaba llena de muebles antiguos, cuadros que valían una fortuna, jarrones chinos y alfombras persas.

Había incluso quien decía que Ruth McQueen tenía una momia egipcia.

–¡Querido Mitchell! –lo saludó Enid con aquella voz refinada pero firme que la caracterizaba–. Qué detalle por parte de tu madre invitar a Christine a vuestra casa.

Mitch siempre había pensado que Christine se sentía más a gusto en su casa que en la de su madre.

–¿Qué tal estás, Enid? –contestó Mitch estrechándole la mano.

–Bueno, voy tirando –contestó Enid–. Echo mucho de menos a mi madre, por supuesto, pero no puedo fallarle al resto de la familia. Quiero estar bien mientras Christine esté aquí.

–¿Y eso cuánto va ser? –quiso saber Mitch.

–Hasta que mi madre me eche –contestó Christine metiéndose las manos en los bolsillos de los vaqueros.

–¡Christine, cómo dices esas cosas! Sabes perfectamente que lo pasó fatal cuando te vas.

Christine sonrió.

–Vaya, mamá, pues nunca me he dado cuenta.

–¿No te parece que está muy feo que ventilemos nuestros trapos sucios delante de Mitchell?

–No te preocupes, no me va a defender –contestó Christine mirando a Mitch.

–No, no te voy a defender porque te sabes defender tú solita –contestó Mitch.

–Es cierto.

–Me había hecho tantas ilusiones con vosotros –dijo Enid de repente–. Para mí, Mitchell, eras el marido perfecto.

–Sí, fue una pena que Chris no pensara lo mismo –contestó Mitch como si ya no le importara–. De haber sido así, la vida ahora mismo sería muy diferente, ¿verdad, Chrissy? –añadió mirando a Christine con ojos burlones.

–Sí, supongo que ahora tendríamos seis o siete niños.

–Supongo –rió Mitch.

–Te precipitaste, Christine –la reprendió su madre sacudiendo la cabeza–. Bueno, vamos a sentarnos... Mira, Mitchell, seguro que te van a encantar las magdalenas recién hechas. Christine, anda, sé una buena chica y vete a ver si está hecho el té.

–Me voy a la cocina encantada. Tú quédate entreteniendo a Mitch.

–¡Menuda hija tengo! –se quejó Enid mirando a Mitch, que sólo tenía ojos para la increíblemente elegante Christine–. ¿Cómo va a ser fluida la comunicación entre nosotras si siempre está intentando fastidiarme?

–Estoy seguro de que, aun así, todos la queremos mucho –contestó Mitch fijándose en una maravillosa orquídea violeta y rosa.

Wunnamurra tenía una flor mucho más increíble que aquella: Christine.

CAPÍTULO **3**

CHRISTINE pensó que Marjimba no había cambiado apenas desde los tiempos del abuelo de Mitch.

Douglas Claydon la había comprado tras volver de la guerra en el norte de África para casarse con su amada Kathleen. Allí habían sido felices y habían tenido un hijo y cinco hijas.

Los Claydon eran una familia conocida y respetada que se dedicaba a la ganadería, pero que también había hecho buenos negocios en el sector minero y algodonero.

Al igual que la familia de Christine habían sabido diversificar, pero ambas familias tenían algo en común: la pasión por la tierra.

Marjimba, a diferencia de Wunnamurra, tenía un solo piso, no dos, y estaba dividida en varias alas. Christine sabía que Mitch habitaba la oeste desde los catorce años, edad en la que su familia había decidido que ya era un hombre.

La primera vez que habían hecho el amor había sido en su habitación, después de un baile que había organizado su familia. Christine recordaba la experiencia como si hubiera sido ayer.

Calor, excitación, corazón desbocado. Puro deseo. Todos aquellos recuerdos habitaban todavía en su cabeza.

Aquella noche había sido la chica más admirada de la fiesta, ella suponía que por su altura, pero Mitch le había dicho que había sido por su deslumbrante belleza.

—Tienes unos ojos que parecen zafiros líquidos, una piel que tiene el brillo de las perlas y una boca que parece un gran rubí —le había dicho antes de hacer el amor.

¡Mitch! Cuánto lo había querido. Le había entregado el corazón.

Aquella noche Christine llevaba un vestido de tafetán del mismo color que sus ojos, con escote palabra de honor y una maravillosa falda de tul. Su abuela le había prestado algunas joyas familiares, más por hacer alarde que por afecto.

Incluso su madre la había mirado boquiabierta y su padre le había dicho infinidad de veces lo guapa que estaba.

—¡Mi niña! —le había dicho al oído mientras bailaban.

Mitch era su cita en aquella fiesta. Mitch siempre era su cita.

Christine había librado una batalla física contra la tentación, pero aquella misma noche Mitch se había convertido en su primer amante.

Le había hecho conocer el placer sexual y Christine había pensado que jamás podría vivir sin él, pero desafortunadamente había tenido que hacerlo.

Lo recordaba con tal nitidez que era capaz de reproducir los diálogos.

–No puedo, Chrissy, no puedo, no puedo. No puedo esperar más. Te quiero. Estoy loco por ti. Tengo un preservativo. Te prometo que no va a pasar nada. Mi amor. Mi amor –le había dicho abrazándola en la oscuridad.

La agonía de su voz la había excitado sobremanera. Ambos jadeaban y se tropezaban mientras se besaban e intentaban llegar a su habitación sin que nadie los viera.

Nadie que no haya conocido la pasión del amor podría haber entendido aquello. Cuando se quiere algo de verdad, y además hay amor de por medio, no hay nada que hacer.

Christine lo había besado igual de fervientemente que él a ella y se había apretado contra su cuerpo. Había sentido el deseo en sus pechos, en la tripa y entre las piernas.

Mitch… su boca en la cara, en el cuello, en los pechos. Christine recordaba el olor de su piel, cómo sabía, sus lenguas entrelazadas.

Entonces Mitch tenía diecinueve años, dos más que ella, y a Christine le pareció el amante más experto del mundo.

Había sido una mezcla de éxtasis y terror, una experiencia sin comparación que hizo que su relación, comenzada cuando eran sólo unos niños, pasara a otro nivel.

Nada los habría podido parar. Fue puro delirio. Su primera experiencia sexual. La mejor de todas, la que ninguna había igualado todavía.

Christine no sabía si llorar o reír ante aquello. Suponía que era mujer de un solo hombre...

—¿Qué te pasa? —le preguntó Mitch sacando su bolsa de viaje del coche

—Buena pregunta —contestó Christine bajando la mirada.

—Parece como si te hubieran invadido los recuerdos —comentó Mitch como si le hubiera leído el pensamiento.

—Está bien, fue la mejor noche de mi vida —confesó Christine—. Me refiero a la primera vez que hicimos el amor.

—Chrissy, Chrissy, me voy a empezar a preocupar —dijo Mitch metiéndose las manos en los bolsillos—. Estoy seguro de que has tenido maravillosas experiencias sexuales desde entonces.

—¿Yo? —se burló Christine de sí misma—. He vivido como una monja.

—No te creo —contestó Mitch—. Por lo menos, podrías enseñarme lo que has aprendido durante estos años.

Christine sintió que su corazón se retorcía ante tanta insolencia.

—¿No me has dado a entender que me mantuviera alejada de ti?

–Somos adultos –contestó Mitch mirándola a los ojos–. Me refería a que no me vas a volver a llevar al altar.

–Nunca te he llevado –le recordó Christine.

–Las mujeres sois crueles, desde luego. No, no te casaste conmigo, pero lo habrías hecho. Hacíamos el amor en todas partes. En los cobertizos, en el campo, en nuestra laguna. Era amor, ¿verdad?

–Más bien, fue como hacer caída libre por el espacio –contestó Christine.

–Muy bonito simbolismo –comentó Mitch poniéndose el sombrero–. Si mientras estés aquí te apetece colarte una noche en mi habitación, por mí no hay problema, pero te advierto que nunca volveremos a ser lo que fuimos.

–Muy bien, pero te advierto que no siento la tentación –contestó Christine avanzando hacia la casa.

–¿Ah, no?

–No.

–Muy bien, porque yo tampoco. ¡Te aseguro que no vas a volver a posar tu cabeza en mi almohada nunca!

–¡Ja! ¿Y quién lo dice? –se burló Christine girándose hacia él.

–Yo lo digo –contestó Mitch.

–A ver si te enteras, Mitch Claydon, de que es mejor no emplear la palabra nunca cuando te refieres a mí.

Mitch silbó y le dedicó una de sus maravillosas sonrisas.

–Es curioso, ¿sabes? Hablas como cuando tenías dieciséis años.

–Te recuerdo que entonces ya estabas enamorado de mí.

–Es cierto –admitió Mitch–, pero ya he pasado por ello una vez y no pienso repetir. Será mejor que entremos antes de que esta conversación se nos vaya de las manos.

Julanne Claydon estaba encantada de tener a Christine en su casa. Echaba terriblemente de menos a su hija India, así que tener a Christine allí era todo un consuelo para ella.

Christine sabía que la vida en el campo podía ser muy dura, así que hacía todo lo que sabía que a Julanne le podía agradar.

Daban largos paseos o hacían picnics en alguna laguna, escuchaban música y jugaban al ajedrez como en los viejos tiempos.

–No ha cambiado nada –le confesó una noche Julanne a su hijo–. El éxito no la ha cambiado. Le siguen gustando las mismas cosas de siempre, incluso los cotilleos... no como tu hermana...

–India sólo sabía hablar de Kyall –apuntó Mitch–. Kyall era el centro de su vida.

–Sí, aquello fue culpa de Ruth –contestó su madre–. Y mía también, por supuesto. No debería haberle dicho a tu hermana que tenía posibilidades con el hermano de Christine.

Mitch suspiró y se sentó en una mecedora.

–Mamá, ni ella ni nadie tenía posibilidades existiendo Sarah. Kyall y ella están hechos el uno para el otro.

–Ya lo sé –contestó Julanne–. ¿Y vosotros dos? Os pasáis el día peleándoos. Christine lleva sólo dos días en casa y la tensión se masca en el ambiente.

–Eso será cuando la veo –se burló Mitch–. Se pasa todo el día contigo.

–Sí, es cierto –admitió Julanne–. No pienso mantenerla atada a mí con una cadena, pero es que me lo paso muy bien con ella. Me ha traído un montón de fotografías. Deberías verlas, son maravillosas. Aunque para ella no significan demasiado, ya sabes que nunca ha sido vanidosa.

–¿Cómo lo iba a ser si su madre y su abuela no paraban de meterse con ella? –contestó Mitch enfadado, defendiéndola, como siempre.

–Lo cierto es que se portaron muy mal –dijo Julanne buscando sus gafas–. No me extraña que se fuera y las dejara en la estacada.

–Te recuerdo que a mí también me dejó tirado –dijo Mitch tomando las gafas de su madre y entregándoselas–. Pensé que nunca lo iba a superar. Mi verdadero y único amor. Me abandonó para enseñarle al resto del mundo lo preciosa que es.

–Por cómo hablas, parece que no has encontrado a otra mujer que ocupe su lugar –apuntó Julanne mirando a su adorado hijo.

–No, no la he encontrado, pero eso no quiere decir que me haga mucha gracia que Christine esté aquí.

–¿Ah, no? –preguntó Julanne con cierto escepticismo.

–No me mires así. Sé que la adoras, pero se va a volver a ir, mamá. No te hagas ilusiones. Supongo que esta vida no tiene glamour para ella. No para de decir que le encanta Nueva York. Date cuenta de que lleva la vida que miles de mujeres desearían llevar.

–Puede que sea así, pero tengo la impresión de que hay dos Christines diferentes –contestó Julanne poniéndose en pie y sacando del cajón unas fotografías–. Mira. Está la Christine pública, la supermodelo que vive rodeada de lujos y de gente de la jetset, y la Christine de verdad, la Christine que ama la tierra y los caballos. Estoy segura de que podría dejar atrás la ropa de diseño y las joyas mañana mismo. Es feliz tal y como vivía en el pasado.

–¿Tú crees? –se burló Mitch mirando las fotografías y fijándose en la preciosa boca de Chrissy.

–Son maravillosas, ¿verdad? La cámara la adora.

–Es que es preciosa –contestó Mitch–. Pero se va ir, mamá.

–¿Y tú no se lo vas a impedir?

–¿Me estás pidiendo que vuelva a pasar otra vez por lo mismo? Antes estábamos muy unidos, pero ahora ya no es así.

–¿A qué te refieres? –le preguntó Julanne a su hijo.

–No confío en ella –confesó Mitch con los ojos brillantes.

–¡No me lo puedo creer! –exclamó Julanne–. Christine es una mujer en la que se puede confiar perfectamente. Estás siendo demasiado duro con ella.

–No, ha sido muy cruel conmigo –le recordó Mitch–. Me hizo promesas y yo las creí, pero entonces desapareció y me dejó tirado. No pienso darle la oportunidad de que me lo vuelva a hacer.

–No sabía que tenía un hijo tan orgulloso –apuntó Julanne lentamente.

–Pues ya lo sabes –admitió Mitch poniéndose en pie y dando un beso de buenas noches a su madre–. ¿Te importaría que te robara a Christine mañana por la mañana unas cuantas horas?

–¿Para qué? –quiso saber Julanne muy interesada.

–Vamos a ver si podemos localizar a Lightning. Se ha llevado dos yeguas y una potranca. Bart lo vio con su harén ayer cerca de Mulagimbi Waterhole.

–¿Lo vais a cazar?

–Lo vamos a intentar –contestó Mitch–. No me importa que haya caballos salvajes, pero Lightning es un purasangre, fuerte y enorme. Bien domado, será un buen semental. He pensado que, tal vez, a Chrissy le gustaría venir. Por lo menos, antes le gustaba.

–Estoy segura de que le seguirá gustando –contestó Julanne–, pero no quiero que le pase nada.

–No te preocupes, no le va a pasar nada. La he visto montando a caballo hoy al atardecer y te aseguro que sigue montando igual de bien que siempre.

–Entonces, tienes mi bendición –dijo Julanne con el corazón esperanzado.

–¿Tienes un minuto? –le preguntó Mitch a Christine antes de irse a la cama.

«Todo el tiempo del mundo», pensó Christine.

–Sí –contestó.

A la luz de las velas, el pelo de Mitch era más rubio que nunca, y Christine deseó poder alargar la mano y tocárselo. Sin embargo, su relación se había vuelto muy complicada y era mejor que se acostumbrara a ello.

–¿Te gustaría un poco de acción?

Aquello hizo reír a Christine.

–¿Es una pregunta con truco?

–¿No estarás pensando en algo sexual? –se burló Mitch.

–¿Contigo? Imposible, ya me has rechazado varias veces –contestó Christine.

Era imposible relajarse cerca de él.

–No te he rechazado en todos los aspectos, sólo si tienes en mente el vestido de seda color magnolia y el velo de encaje.

Ante aquellas palabras tan inesperadas, Christine dio un paso atrás.

–No me puedo creer que te acuerdes de eso.

–No he me he olvidado de nada –contestó Mitch–. A fin y al cabo, te pasabas las horas contándome cómo iba ser el vestido que ibas a llevar cuando nos casáramos.

–Lo decía en serio –suspiró Christine sintiéndose triste y vulnerable–. Éramos muy jóvenes.

–¿Y no lo seguimos siendo? –dijo Mitch con ironía–. Menos mal que nunca volveremos a ser tan jóvenes como entonces. Habría estado dispuesto a dejarlo todo por ti, pero si algún día me caso me aseguraré de firmar un contrato prematrimonial.

–Tu problema, Mitch, es que eres un cínico. ¿Qué pasó con Suzanne Gilroy?

–¿Zsa–Zsa? –sonrió Mitch.

–Sí, la chica con la que saliste entre Dee Mashall y Casey Thomas, si no recuerdo mal.

–Vaya, me sorprende lo bien informada que estás.

–Sí, bueno, de vez en cuando presionaba a Kyall para que me contara qué era de tu vida.

Mitch se encogió de hombros.

–Los dos tuvimos relaciones después de nuestra ruptura, pero las mías no están tan bien documentadas como las tuyas. Claro que yo no he salido nunca con una estrella del rock.

–Ben no es una estrella del rock, ya te he dicho que es actor y un hombre muy bueno.

–Sí, es cierto, es uno de los actores más guapos de la televisión.

–No te preocupes, no hay nada serio entre nosotros. ¿A qué te referías con eso de un poco de acción? –preguntó Christine para cambiar de tema.

–Creo que te va gustar –contestó Mitch.

A continuación, le habló de Lightning, de su creencia de que era un caballo hijo de un potro salvaje y de una yegua domesticada y de su decisión de atraparlo para poder utilizarlo como semental.

–¿Te apetece? ¿Estás en forma?

Christine asintió emocionada.

–Ya sabes que montar a caballo nunca se olvida –contestó.

–Te advierto que vamos a galopar a toda velocidad y que puede que tengamos que cruzar un par de ríos.

–Gracias por la advertencia, Mitch, pero te recuerdo que monto tan bien a caballo como tú. Y lo sabes. Por eso, precisamente, me estás pidiendo que vaya contigo. Por cierto, me ha parecido verte hoy espiándome.

–¿Espiándote? ¡Nunca! –mintió Mitch–. Estaba matando dos pájaros de un tiro. Te estaba vigilando y estaba dando instrucciones a mis hombres.

–Ya. Bueno, de todas formas, me encantaría ir con vosotros. ¿Cuándo queréis salir?

–En cuanto amanezca, para que no haga demasiado calor. Espero que tengas un buen equipo. Si no es así, dime qué necesitas.

–Voy a necesitar unos buenos guantes y unas perneras. Por cierto, me gustaría montar al caballo de esta tarde, Wellington.

–¿Algo más? –preguntó Mitch con sequedad.

–No, ahora mismo no se me ocurre nada más –contestó Christine con dulzura.

–¿No me das un beso de buenas noches?

Christine se puso nerviosa de repente. ¿Qué estaba intentando hacer con ella?

–Eres un bromista –contestó intentando parecer calmada.

–¿Quién ha dicho que esté de broma?

–Me parece que no te he oído bien. Cualquiera diría que me sigues queriendo –dijo Christine temblando al sentir sus ojos en sus pechos.

–No es así, pero eso no quita para que me parezcas preciosa –contestó Mitch fijándose en que se le habían endurecido los pezones.

–¿Orgullo herido? –sugirió Christine.

–¡Ahh! –contestó Mitch tapándole la boca–. Eres una arrogante.

–No ha sido mi intención –dijo Christine.

Mitch apartó los dedos de su boca y comenzó a jugar con su pelo como hiciera en otro tiempo.

–Te tengo superada, Chrissy –susurró–. Que Dios me ayude, pero así es.

–Demuéstramelo –lo retó Christine, sabiendo que se moría por hacerla suya.

–Te cuesta olvidar el pasado, ¿verdad? –la acusó Mitch acariciándole el cuello.

–¿Por qué ibas a querer besar a una mujer que sólo te causa problemas? –lo desafió acercándose a él.

Su necesidad era tan fuerte que se estaba haciendo insoportable.

–Es como luchar con fuego contra el fuego –murmuró Mitch–. Si quieres, no hace falta que cierres los ojos.

Aquello ya no había quien lo parara.

A pesar de que Christine tenía intención de mantener los ojos abiertos, cuando vio que aquellos labios se inclinaban sobre ella, no pudo hacerlo.

Era absurdo resistirse, así que se dejó llevar y pronto vio ante sí nuevas estrellas, galaxias enteras, la adrenalina del sexo.

Mitch tenía intención de no perder el control, iba a ser sólo un beso para demostrarle a Christine que ya no estaba bajo su influjo. Lo malo fue que aquel sencillo beso se convirtió en un beso apasionado y furioso que lo dejó completamente expuesto.

Mitch deslizó las manos desde los hombros de Christine hasta su cintura y la apretó contra su cuerpo. Sus pieles se encontraron... pechos, cinturas, caderas, muslos y piernas... mientras ellos se besaban sin parar.

Christine no supo cuánto tiempo habían estado besándose, quizás una eternidad. Cuando Mitch la soltó, el silencio lo invadió todo, como si ninguno de los dos tuviera nada que decir o no pudiera hacerlo ante la certeza de que un solo beso pudiera haberlos excitado tanto.

Christine se quedó mirándolo a los ojos.

—Tus besos siempre me dieron miedo—susurró.

—¿Por qué?

—Porque pensaba que te transmitía mi alma a través de la boca —confesó Christine.

—¿Y no era así?

—Mitch, a veces, se puede estar asustado porque se está sintiendo demasiado.

—¿Me estás diciendo que te daba miedo? —explotó Mitch.

—Te estoy diciendo que te quería tanto que había veces en las que creía que me iba a desintegrar.

—Nunca me dijiste nada así.

—Te lo estoy diciendo ahora. Había algo terrorífico en ello, Mitch. Yo era muy joven e inexperta y la pasión es una fiebre. Tócame la mano o la mejilla —le indicó sabiendo, sin mirarse en el espejo del pasillo, que su piel estaba incandescente.

A Mitch le daba miedo obedecer, pero finalmente lo hizo. Posó sus dedos en la mejilla de

Christine y llegó hasta su hombro. Se moría de deseo por acariciarle el pecho, pero aquello habría sido como rendirse y no estaba dispuesto a concederle aquella victoria.

–Será mejor que te vayas a la cama, Chrissy –le dijo–. Mañana tenemos que madrugar.

–Dicen que una nunca olvida a su primer amor –murmuró Christine con tristeza.

–Eso no son más que palabras –contestó Mitch, a pesar de que lo que realmente le hubiera gustado decir habría sido que hay hombres que sólo quieren una vez en la vida.

CAPÍTULO 4

A LA MAÑANA siguiente, cuando salieron en busca de Lightning, Christine se fijó en el nuevo capataz de Mitch, Jack Cody, que se había hecho cargo de Marjimba desde que se jubilara Dave Reed, que había trabajado para la familia Claydon durante más de cuarenta años.

Aquel hombre, que debía de tener treinta y tantos años y que se acababa de divorciar, la miraba como si la quisiera en su cama.

Christine se había sentido mirada así muchas veces y le daba un asco terrible, pero prefirió no comentarle nada a Mitch para no causar problemas.

Mientras cabalgaba al lado de Mitchell, Christine lo miró de reojo y aspiró el aroma de la tierra que la vio nacer.

Se dio cuenta de que era feliz.

En una escala del uno al diez, ella estaba en el once. Incluso tenía esperanzas de recuperar a Mitch.

Cuarenta minutos después, llegaron a una cadena de lagos que los Claydon llamaban Blue Billabongs y que eran una serie de oasis dispersados por el desierto.

El agua tenía allí un curioso color verde, pero el nombre de los lagos provenía de las increíbles azucenas azules y violetas que lo rodeaban.

Los pájaros ya cantaban a aquellas horas y Christine se sentía tan feliz como uno de ellos.

–Pareces contenta –comentó Mitch.

–No te puedes ni imaginar cuánto he echado esto de menos –suspiró Christine–. Esto me da la vida.

–Creí que echarías de menos las glamurosas capitales de la moda –apuntó Mitch enarcando una ceja.

–¿A ti te parece que las echo de menos? –contestó Christine.

–Bueno, supongo que como sólo has venido de vacaciones...

–No estoy de vacaciones, te recuerdo que yo he nacido y he crecido aquí, exactamente igual que tú, Mitch Claydon –contestó Christine–. Aquí me siento a gusto, aquí mi corazón está bien.

–Ojalá pudiera yo decir lo mismo del mío–comentó Mitch con sequedad.

Christine lo miró intensamente.

–Siempre ha habido un vínculo entre nosotros, Mitch. Será mejor que lo aceptes.

–Lo acepto –contestó Mitch encogiéndose de hombros–, pero a veces me toma por sorpresa. Como anoche.

–Yo no me arrepiento –dijo Christine–. ¿Y tú?

–Ya veremos. Lo cierto es que no me puedo arriesgar a acercarme a ti. Supongo que lo entenderás, ¿verdad? Es mi instinto de supervivencia. Sé que te vas a volver a ir.

–¿Y si te dijera que estoy harta de ser Christine Reardon, la supermodelo?

–Supondría que me estás diciendo que estás considerando pasarte al cine –contestó Mitch–. Hazlo, ya tienes incluso el acento estadounidense, así que no creo que te cueste mucho.

–Es imposible que no se te pegue el acento del país donde vives –comentó Christine–. ¿Te importaría que cabalgáramos en paz?

–Claro –contestó Mitch–. No quiero fastidiarte las vacaciones.

–Te odio –susurró Christine.

–Yo también te odio, pero me excitas –dijo Mitch posando la mirada en sus labios.

–Esa es la intención –contestó Christine excitada.

–Dímelo cuando estemos a solas.

–¿Para que me pongas en mi lugar?

–Chrissy, sabes que lo hago por sentido común.

A media mañana, avistaron a Lightning y a su harén.

Mitch, con expresión emocionada, dio orden de salir detrás de ellos al galope. En cuanto los oyeran, los caballos salvajes salieron en estampida.

Christine sintió la adrenalina corriéndole por las venas. No era la primera vez que participaba en una actividad así. Lo cierto era que lo había hecho varias veces con Mitch.

Como siempre, le era imposible adelantarlo. Mitch iba delante de ella a lomos de su increíble yegua, Zena.

Dos yeguas se quedaron rezagadas con sus potrillos, pero el grupo no les hizo caso. Sólo querían al semental negro.

Christine se encontró de repente con un tronco delante, pero su caballo lo saltó sin dificultad. Tuvo que hacer frente a otros obstáculos, pero todos los superó con éxito sin perder de vista Mitch.

Algunos de los compañeros de Lightning, sobre todo yeguas y potros, comenzaron a no poder con la carrera y a pararse.

Lightning seguía avanzando, acompañado ya solamente por el mejor potro de su manada.

Mitch sacó una cuerda con lazo y le hizo una seña a Christine. Su plan era acorralar al semental al llegar al cañón que tenían ante sí.

El cañón se dividía en dos y Mitch consiguió llevar al caballo al que a él le interesaba, un camino que estaba cortado por grandes piedras.

Al llegar allí y verse acorralado, el animal se giró para enfrentarse a ellos. Christine observó cómo movía la cabeza y pateaba el suelo.

–Es una fiera –observó Snowy, uno de los hombres de Mitch–. Jefe, no sé si va a merecer la pena.

–Hemos logrado acorralarlo –contestó Mitch–. Ahora no lo vamos a dejar escapar, ¿no?

–No sé, jefe, mire qué ojos tiene, parece el diablo.

–Estoy de acuerdo –dijo Christine.

–Sí, se ve que es agresivo –murmuró Mitch–, pero...

–Podría ser un asesino –insistió Snowy.

–Déjalo ir, Mitch –le aconsejó Christine–. Tengo una mala corazonada.

Aquello enfureció a Jack Cody.

–¡No! –exclamó mirando a Christine, como diciéndole que las mujeres sólo servían para una cosa–. Si Snowy no se atreve a ir a por él, yo sí.

Mitch se quedó mirando a su capataz. No lo había contratado él. Había sido su padre quien lo había elegido.

–No sé qué decirte, Cody –contestó Mitch–. No dudo de tus aptitudes, pero nos enfrentamos a un gran problema. Este semental parece realmente peligroso, así que creo que es mejor que lo dejemos en libertad. Sin embargo, no estoy dispuesto a perder las dos yeguas que se llevó con él.

–¿Por qué no vamos a buscarlas? No creo que Lightning vaya a seguirnos –sugirió Christine.

–¿Y qué sabe una mujer de caballos? –explotó Jack Cody.

–Probablemente mucho más que tú –le espetó Mitch–. La señorita Reardon ha crecido en Wunnamurra y sabe tanto como cualquiera de nosotros. Haz el favor de pedirle perdón inmediatamente.

Cody, que no se había dado cuenta de quién era Christine, bajó la mirada.

–Por supuesto que le pido perdón –se disculpó. No me había dado cuenta.

Christine se encogió de hombros y no dijo nada.

–¿No te habías dado cuenta de cómo monta a caballo? –dijo Mitch girándose hacia Snowy–. Entonces, ¿tú qué crees? ¿Lo dejamos marchar?

–Yo creo que sí, jefe –contestó su hombre–. No quiero que mate a nadie.

–Desde luego, parece dispuesto a hacerlo –apuntó Christine mirando al caballo.

–Déjeme intentarlo, jefe –insistió Cody.

–No quiero que arriesgues la vida por un caballo –contestó Mitch, que sabía que su capataz había tenido una fuerte caída en el último rodeo en el que había participado.

–Todo esto ha sido una pérdida de tiempo –comentó Cody.

–Lo cierto es que, viéndolo de cerca, me doy cuenta de que este caballo tiene demasiado carácter –admitió Mitch–. Aunque pudiéramos atraparlo, no creo que lo pudiéramos domesticar jamás.

–Si consigo montarlo, ¿me lo puedo quedar? –preguntó su capataz con altanería.

Mitch lo miró con desaprobación.

Jack Cody sabía que los hombres no solían desafiar a su jefe, pero él estaba dispuesto a jugarse la vida por impresionar a aquella mujer. Desde que la había visto, se había vuelto loco.

–Voy a intentar pasarle el lazo por la cabeza –comentó muy seguro de sí mismo.

Antes de que nadie pudiera impedírselo, así lo hizo.

El semental, viéndose medio ahogado, reaccionó con una fiereza sin medida. Comenzó a escupir saliva y puso los ojos en blanco mientras se movía como una furia.

El caballo de Cody no pudo con la embestida y cayó al suelo.

–¡Suelta la cuerda! –le ordenó Mitch–. Christine, vete de aquí –añadió al darse cuenta del peligro.

Pero Jack Cody no soltó el lazo porque lo único que quería era impresionar a aquella mujer. Además, le daba pánico que el semental lo arrollara al escapar.

Christine se había puesto a cubierto, pero aun así Mitch estaba nervioso por ella. No se quería ni imaginar que le pudiera suceder algo.

Había cazado muchos caballos salvajes, pero ninguno tan fiero como aquel. Miró a Snowy y vio que tenía el lazo preparado. El también lo tenía, pero no veía el momento de lanzarlo.

Cody estaba perdiendo la batalla contra el semental. Estaba claro que el animal le iba a pasar por encima y lo iba a matar.

Mitch tomó una decisión.

Sacó su rifle y abatió al semental justo a tiempo. El sonido de la bala retumbó en las paredes del cañón y el poderoso animal cayó al suelo de bruces.

Christine apretó los puños con fuerza. Todos ellos habían corrido un enorme riesgo. Podrían haber resultado gravemente heridos o incluso muertos.

—No me puedo creer lo que has hecho —le dijo Mitch a su capataz—. Eres un hombre con gran experiencia. ¿Qué te ha pasado? ¿Te has vuelto loco? Has actuado por tu cuenta y riesgo, desobedeciendo mis órdenes, nos has puesto a todos en peligro y lo peor es que hay una mujer entre nosotros.

—Nunca me las había tenido que ver con un caballo tan fuerte —intentó defenderse Cody desde el suelo.

—Tienes razón, te podría haber matado —gritó Mitch mirando al animal inerte.

Todos los allí presentes, a excepción de su capataz, eran grandes amantes de los caballos, y ver a aquel así los apenaba enormemente.

—Estás despedido —le indicó con disgusto.

Jack no contestó, pero decidió vengarse en un futuro. No iba a permitir que Mitch Claydon lo pusiera en ridículo delante de Christine.

—Me voy, jefe, arrepentido de lo que he hecho —mintió—. Siento mucho haberles puesto a todos en peligro, en especial a usted, señorita Reardon —añadió mirando a Christine.

A pesar de que sus palabras sonaban sinceras, Christine no las creyó. Había algo en la mirada de aquel hombre que no le gustaba.

CAPÍTULO 5

JULANNE se asustó mucho al enterarse de lo sucedido.

–Desde luego, ese hombre ha actuado con gran temeridad –le comentó a su hijo mientras Christine se duchaba y se cambiaba de ropa–. A mí nunca me gustó, hay algo en sus ojos que me incomoda.

–Esta mañana no podía apartarlos de Christine –contestó Mitch todavía furioso.

–No es de extrañar, hijo, porque Christine es una auténtica belleza. Incluso tu padre dice que no puede dejar de mirarla.

–Eso es diferente. Papá la ha visto crecer.

–Es una pena lo rápido que pasa el tiempo. Christine se va a tener que ir el domingo por la tarde. ¿Qué te parece si hacemos una fiesta de despedida el sábado por la noche?

–¿Y a quién quieres invitar?

–Por supuesto, a Kyall y a Sarah, y no sé si a Max y a Enid –sugirió Julanne.

–Ni hablar de invitar a Enid –contestó Mitch–. Seguro que le estropea la fiesta a su hija, es incapaz de no criticarla. Si quieres dar una fiesta en honor de Christine, para que Christine se lo pase bien, te sugiero que no invites a su madre. Invita a parejas jóvenes, casadas o no.

–Sí, eso, a ver si así te caso a ti pronto –bromeó su madre–. Tu padre y yo nos morimos por tener nietos.

–¿De qué habláis? –preguntó Christine saliendo al porche–. No sabía que Mitch se fuera a casar –añadió para tomarle el pelo.

–No tengo la cabeza como para pensar en casarme y tampoco para hablar de ello –gruñó Mitch.

–¡Madre mía, que cortante estás! –dijo Christine acercándose y sentándose en el brazo de su butaca.

Al instante, Mitch percibió el aroma de su champú.

–Así es como están muchos hombres a los que obligan a casarse –ladró.

–No creo que tú fueras a ser un buen marido –comentó Christine revolviéndole el pelo.

–Lo que está claro es que tú serías una esposa muy peligrosa –contestó Mitch poniéndose bien el pelo.

–¿Por qué dices eso?

–Habría que encerrarte bajo llave. Todo el mundo sabe que las mujeres guapas son las más problemáticas. Por eso, la mayoría de los hombres se casan con mujeres feas. ¿No te has dado cuenta de cómo te estaba mirando Cody?

–Lo cierto es que sí –contestó–, pero estoy acostumbrada. Desgraciadamente, tengo que aguantar miradas así tanto profesional como socialmente. Me encanta que estés celoso, Mitch.

–Te aseguro que me habría sentido igual si hubiera sido otra mujer.

–¡Ay!

–Te lo tienes merecido.

–Lo sé –sonrió Christine–. ¿Estás disgustado por haber tenido que despedirlo?

Mitch se encogió de hombros.

–El honor será de mi padre –contestó–. Mañana, cuando vuelva de la ciudad, se encargará de ello. Por cierto, mamá, ¿por qué no le cuentas a Christine lo que tienes preparado para ella?

–¿Qué es? -preguntó Christine girándose hacia Julanne.

–¿Te gustaría que diéramos una fiesta el sábado por la noche? -respondió la madre de Mitch–. Sólo gente joven, nada de viejos. Mitch y tú, Kyall y Sarah…

–Deberíamos hacer una lista –sugirió Mitch–. Siempre y cuando a ti te apetezca lo de la fiesta.

–¿Por qué no me va apetecer? Me parece una idea magnífica, Julanne. Podríamos invitar a algunas de las ex novias de tu hijo. Por ejemplo, a Fleur McPherson.

–Está casada –interrumpió Mitch.

–¿Ah, sí? No lo sabía –contestó Christine.

–Es que has estado mucho tiempo fuera.

–Vaya, así que Fleur está casada. Bueno, entonces, nada. No nos vamos a poner a romper matrimonios.

–Invítate a ti misma –bromeó Mitch.

–Sí, tienes razón, yo también soy tu ex novia.

–Sí, pero ya no significas nada para mí.

–Una pena.

–Culpa tuya.

–Niños, estábamos hablando de la fiesta –les recordó Julanne.

–No quiero que esto suponga un quebradero de cabeza para ti –le dijo Christine–, así que vamos a invitar a poca gente.

–Vamos a invitar sólo a las personas que a ti te apetezca –sugirió Mitch–. Se lo tendremos que decir cuanto antes para que puedan venir.

–Vamos a hacer una lista –dijo Julanne encantada–. Si no invitamos a más de veinte o treinta personas, podrían quedarse a pasar la noche.

–Ahora que lo pienso, no tengo ningún vestido de fiesta –comentó Christine.

–¿No te has traído ninguno? –dijo Mitch con sarcasmo.

–Me he traído un par por si a mi madre se le ocurría hacer una fiesta en mi honor, pero los tengo en casa –contestó Christine–. Da igual, ya me las arreglaré. ¿Sabes a quién me apetecería invitar, Mitch? A Shelley Logan. Me apetece mucho verla. Cuando me fui, no era más que una adolescente. Supongo que ahora será una preciosa mujer.

—Acaba de cumplir veintiún años —sonrió Julanne—, pero sus padres no le han hecho ninguna fiesta.

—No exageres, mamá —intervino Mitch.

—No exagero, hijo, lo digo porque lo sé. La invitaron a comer a un restaurante, pero no le hicieron una fiesta como a Amanda.

—Madre mía, aquella familia se deshizo cuando murió Sean, el gemelo de Shelley —recordó Christine.

Todos sabían que, cuando Amanda contaba once años y los gemelos seis, habían ido a bañarse al río y Sean se había ahogado.

Los padres, en lugar de culpar a la mayor, habían culpado a la pequeña porque Amanda había dicho que la había dejado al tanto del niño y que ella no había sabido cuidarlo.

—Sí, el padre todavía no lo ha superado —comentó Julanne—. La explotación iba de mal en peor. Menos mal que a Shelley se le ocurrió hace más o menos un año convertirla en un hotel de lujo para turistas.

—¿De verdad? —exclamó Christine.

—Sí, no es barato, pero se come de maravilla, es muy cómodo y se hacen muchas excursiones. Lo malo es que todo el peso lo lleva Shelley, que se encarga de cocinar y de programar las actividades mientras que su hermana mayor se dedica a no hacer nada. Nunca les faltan turistas, sobre todo europeos y japoneses.

–Sobreviven gracias a ella, pero nadie se lo reconoce –comentó Mitch chasqueando la lengua–. Si quieres invitar a Shelley, y yo creo que deberías hacerlo, vas a tener que invitar también a Amanda porque, de lo contrario, Shelley pagaría las consecuencias.

–Veo que hay cosas que no cambian –apuntó Christine.

–No en casa de los Logan. Quedaron destrozados tras la muerte del niño y Shelley ha sido siempre la cabeza de turco.

Al final, hicieron una lista con veinte invitados, muchos de los cuales eran compañeros de polo de Mitch.

–Yo siempre quise jugar –comentó Christine.

–Con lo traviesa que eras, seguro que te habría pasado algo –contestó Mitch– . Y yo no hubiera podido soportarlo.

Al oír aquello, a Christine se le llenaron los ojos de lágrimas.

–Me alegra oírte decir eso –dijo fijándose de nuevo en la lista para disimular su conmoción–. ¿Quién es Tony Norman? –preguntó.

–Es el capataz de Strathmore –contestó Julanne–, un chico educado y divertido. Ya verás, te va a caer bien.

–Mi vida ha cambiado tanto que ya no conozco a nadie –se lamentó Christine.

–Sí, eso ya lo sabemos –gruñó Mitch–. Precisamente por eso, los invitados van a estar encantados de verte.

–¡Será mejor que me ponga manos a la obra! –exclamó Christine poniéndose en pie y besando a Julanne–. Te quiero mucho –añadió sinceramente antes de desaparecer.

Su madre no le había organizado ninguna fiesta, pero Julanne siempre pensaba en todo.

–Te voy a decir una cosa, hijo –le dijo Julanne a Mitch una vez a solas–. Más te vale que recuperes a esa mujer.

–¿Para qué? ¿Para sufrir? –contestó poniéndose en pie, apoyándose en la barandilla y admirando el paisaje–. Pronto querrá volver a Manhattan, con su gente. No es una mujer normal, es una top model. ¡Mírala! Me apuesto el cuello a que levanta revuelo allá donde va. No te hagas falsas ilusiones. No voy a pasar por lo mismo otra vez. Estoy bien como estoy, sin sufrir.

A pesar de que lo había dicho muy seguro de sí mismo, por dentro Mitch se moría por pasar una noche con Christine.

Tenerla en su casa, al lado, era el paraíso y el infierno a la vez.

No había aprendido nada.

Fue maravilloso volver a ver a sus amigos, reírse y recordar con ellos su infancia y su adolescencia.

Desde el primer momento, todos se encontraron cómodos, pues sabían que se iban a quedar a dormir y que podían estar de fiesta toda la noche.

Como los invitados formaban diez parejas, Julanne había decidido dar una cena sentada y no un bufé. Acostumbrada a agasajar a sus invitados, la madre de Mitch no dudó en engalanar el comedor para la ocasión.

Además de Kyall y Sarah, fueron las dos hermanas Logan, los hermanos Saunders, compañeros de polo de Mitch, las hijas de McIvor, que llegaron en helicóptero, y Terry y Alex Cooper.

Todos acudieron para ver a Christine, la superestrella que se había criado con ellos.

Y Christine no defraudó.

Llevaba un vestido de ensueño que arrancó varios ohhs y ahhs y algunas risas cuando bromeó andando como si estuviera desfilando sobre una pasarela.

Se trataba de una creación de varias capas de seda de flores en tonos rosas, violetas, azules y verdes cuya falda era asimétrica y su escote pronunciado.

—Es un vestido maravilloso para el calor —comentó Amanda Logan.

Ella se había puesto un vestido más normal, pero también estaba increíblemente sexy. De hecho, se había vestido así para atraer a Mitch. Lo que no se podía explicar era por qué Christine, que era tan exageradamente alta, se había empeñado en ponerse unas sandalias doradas de tacón de aguja.

–Yo creo que con ese vestido podría iniciar una ola de calor ella solita –comentó Mitch mirando a Christine embobado–. Ese vestido te queda de maravilla. No te lo quites nunca –bromeó.

Julanne estaba encantada. Los jóvenes se lo estaban pasando de maravilla. Tal vez, la única que se había pasado un poco al escoger vestido había sido Amanda, que lucía un conjunto en tonos rojizos demasiado corto.

Julanne se había dado cuenta hacía ya tiempo de que a aquella mujer le gustaba su hijo. De hecho, aquel mismo día la había visto saludarlo con un beso demasiado sensual.

La cena fue un gran éxito.

La propia Julanne, ayudada por el ama de llaves, Noni, se encargó de servir las delicias que habían preparado para la ocasión, casi todas a base de marisco, un bien muy escaso y apreciado en aquella parte del país y que Julanne había hecho traer desde el norte.

Había ostras al champán, crema de cangrejo, langostas con salsa india de especias, lenguados con beicon y salsa de vino tinto y, el plato central, emperadores rojos al vapor envueltos en hojas de plátano con chutney de papaya y salsa de coco.

De postre, sorbete de fruta de la pasión y limón o piña preparada con helado de vainilla. Todos, a excepción de tres chicas que se excusaron diciendo que se iban a tener que poner a régimen el lunes, cedieron a la tentación.

–¿Cómo haces para comer tanto y estar tan delgada? –le preguntó Amanda a Christine.

Amanda, que no era gran amante del deporte, tenía tendencia a engordar con facilidad.

–Es una de las ventajas de ser tan alta –contestó Christine, que se había dado cuenta de que Amanda llevaba toda la noche mirándola–. Además, vigilo lo que como y hago mucho deporte. Hoy he hecho una excepción porque todo está buenísimo.

–Me acuerdo de cuando Mitch, Chris, Sarah y yo fuimos a buscar el tesoro de los Claydon –dijo Kyall mirando a su amigo–. Nos perdimos siguiendo un viejo mapa que Mitch decía que probaba que el tesoro existía.

–Lo recuerdo como si fuera ayer –sonrió Mitch–. Lo cierto es que el tesoro existe, de verdad. Mamá, siéntate y cuéntanos la historia –le rogó a su madre.

–Supongo que ya os la sabréis todos.

–Por favor, Julanne –le pidió también Christine.

–Yo nunca he oído hablar de ese tesoro –apuntó Shelley Logan.

–Tú eras muy pequeña –intervino su hermana–. El pobre Sean todavía vivía.

Ante aquellas palabras, Shelley palideció y todos los presentes, a excepción de Amanda, se solidarizaron con ella.

Christine le sonrió y pensó que Shelley era una belleza en potencia. Tenía una piel delicada, unos increíbles ojos verdes y una cabellera rojiza despampanante. Sin embargo, era Amanda la que llevaba el vestido caro.

Realmente sentía que la pequeña de los Logan tuviera que vivir toda la vida con aquella carga sobre sus espaldas.

Al final, Julanne se sentó a la mesa con los jóvenes y les relató la historia del tesoro de su familia.

–Nos tenemos que remontar a 1840, cuando Edward Claydon y su esposa Cornelia llegaron a este país acompañados por sus dos hijos y sus dos hijas. Venían de Inglaterra y se asentaron en una vasta extensión de trescientos mil acres a ciento sesenta kilómetros al oeste de Brisbane. Ahora, esa zona es el granero de Queensland, pero en aquel entonces los pioneros, como mi familia, se ganaban la vida con las ovejas que habían traído de Inglaterra. La intención de Edward, como la de muchos aventureros que llegaron en aquel entonces hasta este país, era establecer aquí su propia dinastía. A los pocos años de llegar, se declaró una peligrosa epidemia entre las ovejas y Edward no dudó en agarrar a toda su familia y su ganado y venir hasta aquí, donde no había nada. Se estableció en Marjimba y logró prosperar. Los aborígenes nunca lo molestaron, pero sí un ladrón llamado Paddy Balfour, un convicto que se había escapado de la prisión y que era el jefe de una banda de unos veinte hombres con la que robaba a todos los que se adentraban en el bosque. Robaron a bastantes ganaderos, así que Edward decidió enterrar su dinero y las joyas de su esposa. El problema fue que no le dijo a nadie dónde lo enterró. Sus temores de que la banda de Paddy los robara nunca se hicieron realidad, pues Paddy murió a manos de la mujer de un ganadero que, asustada, le pegó dos tiros. Poco después, también murió Edward y, pasado el comprensible mal trago, la familia empezó a preguntarse dónde estaría el tesoro.

–Y todavía hoy nos lo seguimos preguntando –concluyó Mitch sonriente.

–¿Y el mapa? –preguntó Shelley con los ojos muy abiertos.

–Lo seguimos y nos alejamos tres kilómetros de la casa, pero el calor y el cansancio nos hicieron abandonar –contestó Mitch–. Chrissy no podía seguir.

–No es así como yo lo recuerdo –intervino Christine mirándolo con sorna–. Siempre he podido seguirte, Mitch. Sarah, ¿cuántos años teníamos entonces?

–Tú eras las más pequeña y tenías nueve –contestó la prometida de su hermano–. Y recuerdo que te ganaste una buena regañina.

Mitch también lo recordaba a la perfección. Aunque era la más pequeña y, por lo tanto, la menos responsable de aquella aventura, fue la que peor parte se llevó en su casa. A Kyall, por supuesto, no le dijeron nada.

–¿O sea que nadie tiene la más remota idea de dónde está el tesoro de Edward? –insistió Shelley–. ¿No estará en la casa? ¿En algún lugar secreto?

–¿Crees que no hemos mirado? –sonrió Mitch–. Chris y yo nos pasamos años buscándolo –le explicó recordando que, mientras buscaban, también se dedicaban a hacer el amor.

Miró a Christine y comprobó que se había sonrojado.

–Es imposible encontrar ese tesoro –sentenció.

–¿Y de dónde sacasteis el mapa? –insistió Shelley, a quien la idea del tesoro parecía fascinar.

Un tesoro sacaría a su familia de la penosa situación en la que se encontraba.

–Yo creo que fue una especie de broma –comentó Mitch–. Lo encontramos doblado infinitas veces y escondido en un juguete de finales del siglo XVIII. Está por ahí, en uno de esos cajones –añadió señalando una estantería.

–Enséñaselo, Mitch –le dijo Christine.

–Muy bien –contestó Mitch poniéndose en pie y volviendo con una diligencia antigua entre las manos.

–Es preciosa –comentó Shelley tocándola con reverencia.

Christine se fijó en la poca gracia que le estaba haciendo a Amanda que su hermana fuera el centro de atención.

–¿Y si hiciéramos unas cuantas copias, Mitch? –propuso Christine.

–Sí, Mitch –dijo Rick Saunders–. ¿Qué nos darías si lo encontráramos?

–Una buena recompensa –contestó Mitch sacando el mapa del juguete–. Pero que quede claro que el tesoro pertenece a la familia Claydon.

Shelley se quedó mirando el mapa que tenía entre las manos.

–¿Ves algo? –le preguntó Christine.

–Sí, una pista –contestó sonrojándose.

Mitch, Christine, Kyall y Sarah la miraron atónitos.

–Supongo que será la misma que ya visteis vosotros entonces –contestó Shelley de forma burlona.

–Dímelo al oído, Shelley –le indicó Mitch sentándose a su lado.

–Me estoy poniendo nervioso –confesó Kyall viendo cómo Shelley le decía a Mitch el secreto al oído.

Mitch la miró con la boca abierta.

–No se nos había ocurrido a ninguno –admitió.

–¿Qué es? –quiso saber Christine–. Venga, Mitch, tienes que decírnoslo.

–Es un secreto y no pienso decírtelo, querida Chrissy.

–Ya te lo sacaré –le aseguró Christine mirándolo fijamente.

Los demás se rieron y miraron a Shelley.

–Venga, Shelley, cuéntanoslo –le dijo Rick Saunders, que estaba completamente enamorado de ella.

–No pienso decírselo a nadie. ¡A nadie! –sonrió Shelley–. Cuando Mitch lo encuentre, la recompensa será para mí.

A pesar de que no lo veía probable, Christine rezó para que así fuera. Encontrar el tesoro sería la solución perfecta para que Shelley Logan no tuviera que trabajar tanto.

CAPÍTULO 6

BAILA conmigo –dijo Mitch tomando a
Christine entre sus brazos.

Era la primera vez que conseguía acercarse
a ella desde que la música había comenzado a sonar hacía una hora. Todos los hombres presentes en
la fiesta querían bailar con ella. A Mitch ya le estaba empezando a sobrar todo aquello, pero era
evidente que Christine se lo estaba pasando en
grande. Al fin y al cabo, ése era precisamente el objetivo de la fiesta.

Christine no podía evitar ser tan guapa, tan
simpática y agradable.

El mundo de Mitch se reducía a aquella mujer.

–¿Qué tal te lo estás pasando?

Otra pareja los empujó sin querer y Mitch
aprovechó para agarrarla con más fuerza y llevarla hacia la terraza.

Recordaba nítidamente todos los bailes a los
que habían ido juntos, la música, la sangre caliente corriéndoles por las venas y los pies ligeros.
Chris y él bailaban tan bien que, sin quererlo, solían ser toda una exhibición.

—Me lo estoy pasando de maravilla —contestó Christine intentando ignorar el fuego que la quemaba por dentro.

Encontrarse de nuevo entre sus brazos era como estar en el paraíso. Cuánto lo había echado de menos. ¿Por qué no decírselo? ¿Acaso no sabía leer la expresión de sus ojos?

Mitch se había pasado toda la noche con Amanda Logan colgada del brazo, como para que lo protegiera, pero si esperaba que Christine se pusiera celosa se iba a llevar una gran decepción.

—Me muero por hacerte una pregunta. ¿Qué es lo que ha visto Shelley en el mapa?

—No pienso decírtelo—sonrió Mitch.

—Llevo toda la noche dándole vueltas.

—Normal. ¿Sabes lo que te digo? Puede que algún día siga esa pista y puede que te pida que vengas conmigo.

—¿De verdad? —dijo Christine mirándolo con incredulidad.

—Es curioso cómo a los demás no se nos ocurrió después de mirar el mapa tantas veces...

—Por favor, cuéntamelo —insistió Christine.

—¿Por qué no duermes esta noche conmigo y hablamos de ello en la cama?

Christine sintió que el corazón se le desbocaba.

—Muy bien, estoy dispuesta a jugar a este estúpido juego —contestó.

—No es ningún juego.

—Entonces, ¿qué es?

–Algo que podría estar muy bien –contestó Mitch en aquel tono de burla que había desarrollado para protegerse de ella.

–Podrías estar mintiendo.

–Las mentiras no hacen más que complicar una existencia que ya es de por sí complicada.

–Entonces, ¿por qué lo hacemos?

–¿Te refieres a por qué te miento? –sonrió Mitch–. Para protegerme, Christine. Si no amas, no pierdes. Perder puede ser tremendamente doloroso.

– Tenemos que arreglar esto de alguna manera, Mitch.

–¿Por qué?

Mitch se recordó que debía pensar bien sus palabras, que debía montar bien su defensa, pues Christine se la podía echar por tierra en un minuto.

–Porque es importante. Porque, a pesar de todo lo que ha pasado, nos seguimos queriendo.

–Querrás decir que nos seguimos deseando –la corrigió Mitch con brusquedad–. Lo que yo siento por ti en estos momentos es deseo, no amor, y ya sabes que el cuerpo es difícil de controlar.

–¿Y qué dice tu cabeza?

–Mi cabeza te rechaza.

–Una pena.

–¿Verdad que sí? Ven aquí –dijo Mitch abrazándola con mas fuerza–. ¿Y tú qué sientes?

–Yo me siento completamente enamorada de ti. Es como si no hubiera pasado el tiempo –contestó Christine sinceramente.

Mitch estuvo a punto de perder el control.

—Ah, para —consiguió decir.

—Tú has preguntado y yo te contesto.

—¿Estás intentando volver a hacerte un hueco en mi vida?

—Sí tú me dejas, sí —contestó Christine.

Mitch tragó saliva y se dijo que debía apartarse de aquella mujer.

—¿Para qué? ¿Para volver a lo mismo? ¿Para que decidas de repente que no tendrías que haberte comprometido conmigo? Christine, tenemos que dejarlo fluir. Tú ya no eres de aquí.

Aquello dolió increíblemente a Christine.

—Antes no eras tan cruel —murmuró.

—Lo sé, pero es una manera de mantener las distancias —admitió Mitch.

—¿No me vas a perdonar nunca?

Mitch sintió deseos de tomarla en brazos con pasión y violencia.

—No es una cuestión de perdonar —contestó—. Me da miedo enamorarme de ti, Chrissy. Ya está. Lo he admitido. Me da miedo la furia, la soledad y la frustración. Perderte fue una experiencia demasiado dolorosa que no quiero repetir.

—Pero si quieres acostarte conmigo...

—¿Y te sorprendes? Eres una mujer guapa y experimentada. El sexo no siempre termina mal, pero el amor puede terminar mal y, de hecho, es así.

—¿Por eso le das pie a Amanda Logan? La he visto colgada de tu brazo toda la noche.

Mitch no contestó inmediatamente. Era consciente de su culpabilidad por dejar que Amanda se hiciera ilusiones.

–¿No estarás celosa? No hay motivos –le aseguró.

–No estoy celosa, de verdad, pero no me parece una buena idea que le hagas creer que te interesa.

–Tienes razón. Amanda se muere por tener algo conmigo.

–Debería hacerse un poco más la dura.

–Chrissy, cariño, no te metas. Ya no formas parte de mi vida, ¿recuerdas?

–¿Cómo lo voy a olvidar si no paras de decírmelo? ¿No hay ninguna esperanza para mí? –suplicó con la respiración entrecortada.

–¿Por qué haces esto? Te vas a ir pronto. Las vacaciones terminarán y te irás. Volverás a huir. No creo que estés dispuesta a renunciar a todo lo que eres ahora después de lo que te ha costado conseguirlo.

–Lo irónico es que no me ha costado tanto –le explicó Christine–. En mi agencia dicen que mi ascenso ha sido meteórico, que tuve suerte, que tenía la apariencia que se buscaba en aquel momento.

–Aun así, estás acostumbrada a ese mundo, a volar de un rincón al otro del mundo en el mismo día, a contratos millonarios, a discotecas y fiestas y quién sabe si a algo más, drogas por ejemplo...

Christine se apartó de él sorprendida. Mitch la conocía de sobra y sabía que ella no era así.

–Te aseguro que he tenido infinidad de oportunidades de entrar en ese mundo, pero nunca he querido. Jamás me he drogado, Mitch. Tampoco soy promiscua.

–¿He dicho yo acaso que lo fueras?

Imaginarse a Christine en brazos de otros hombres le llegó al corazón. Aquella mujer lo había sido todo para él en un momento de su vida y todavía la deseaba.

–Me parece que exageras. Supongo que has leído sobre el mundo de la moda y has dado por hecho que todas las modelos beben y toman drogas. Yo no lo hago. Aunque haya cambiado por fuera, por dentro sigo siendo la misma de siempre.

–¿Se supone que me lo tengo que creer? ¿No me estarás diciendo que lo vas a dejar todo y vas a volver a casa?

Christine miró a su alrededor y vio a Amanda observándolos con envidia.

–Algún día tendré que volver –contestó–. Me quedan un par más de años, ya sabes que para ser modelo hay que ser joven.

–¿Y hay vida después de ser modelo?

–Sí, y ya va siendo hora de que la viva –contestó Christine acariciándole la nunca como solía hacer.

–No hagas eso –dijo Mitch en voz baja.

–¡Miedoso! –le dijo Christine al oído como cuando eran niños.

–Sí, tengo miedo –admitió Mitch enfadado consigo mismo–. Hay una parte de mí, Chrissy, que sigue estando loco por ti, pero no lo suficientemente loco, así que para. ¿Dónde vas a vivir? No creo que te haga mucha gracia dejar Nueva York, donde todos te conocen y te adulan.

—Yo no necesito que me adulen. Siempre he tenido los pies en la tierra. Ser una modelo reconocida mundialmente no es el único objetivo de mi vida. Ha sido una profesión que me ha reportado grandes beneficios y mucho placer, pero creo que puedo vivir sin ella.

—¿Y si te equivocas? —quiso saber Mitch mirándola a los ojos.

—No vas a volver a confiar en mí jamás, así que, ¿para qué lo quieres saber?

—No pienso dejar que me vuelvas a romper el corazón —contestó Mitch apretándola contra su cuerpo para que sintiera su erección.

Al hacerlo, Christine sintió un escalofrío por todo el cuerpo.

Sí, Mitch tenía la teoría muy clara. Su cabeza lo tenía muy claro, pero su cuerpo no. Tener a Christine entre sus brazos era una deliciosa tortura que lo estaba destrozando, pero se moría por cubrirla de besos, por acariciarle los pechos, por introducirse en su cuerpo.

Sabía que ninguna otra mujer del mundo podía darle el placer que le daba Christine. Había sido la mejor amante que había tenido.

De repente, se encontró dejándose llevar y sus labios fueran a parar allí donde querían estar. Durante una fracción de segundo, Christine lo miró desconcertada, pero acabó rindiéndose.

Sus labios se abrieron como una flor y la lengua de Mitch, como un estambre, buscó su néctar.

Christine se había fundido contra su cuerpo. Mitch sentía su calor bajo el vestido y quería proponerle que se fueran juntos, quería agarrarla de la mano y llevarla a su dormitorio, quería volver a desnudarla.

Con sólo pensarlo, sintió que la sangre se le licuaba en las venas. Se había repetido una y otra vez que no debía perder el control, que no debía dejarse llevar, pero allí estaba, de nuevo mortificado por el deseo.

Besarla no era suficiente. Quería su cuerpo, perfectamente construido para que él lo amara. Quería sentirla bajo las sábanas, deslizarse por su piel.

¡El éxtasis!

La amaba. Era la costumbre, pero aquel amor era un amor desesperado. Habían sido la pareja más perfecta del mundo, habían tenido claro que se iban a casar, pero en aquellos momentos formaban una pareja muy rara.

Christine no tenía cabida en su vida. El ganadero y la supermodelo. La supersónica carrera profesional de Christine había roto todos sus sueños. A Mitch no le quedaban más que recuerdos.

Haciendo un gran esfuerzo, se apartó de ella y tomó aire mientras se miraba en aquellos ojos llenos de pasión.

–Ha sido una estupidez –sentenció–. Una locura.

–¿Qué te pasa, Mitch? ¿Te gusta esto de quererme y odiarme? –contestó Christine con furia.

–Lo que querría sería hacerte el amor de una manera que nunca olvidaras. No te dejaría salir de mi habitación durante días o puede que semanas.

–Sí, pero no tienes valor para hacerlo. Te gusta regodearte en tu dolor, Mitch. Te traicioné y no vas a permitir que lo olvide nunca. O todo o nada –dijo Christine, notando que el corazón le latía aceleradamente–. Te dejas llevar por la compasión, pero sólo la tienes contigo, no conmigo. ¿Sabes por qué? Porque te puede el orgullo.

–¿De verdad? –replicó Mitch también enfadado–. Te gusta controlarme y lo sabes. Te gustaría ser la única mujer que ha llegado a mi corazón. Hay muchas mujeres así.

–¡Yo no soy así! –se defendió Christine.

–Chrissy, no aguantas que te rechacen. A mí tampoco me gustó que me lo hicieras. Te quería, pero eso a ti te dio igual. Ahora, todo se reduce al poder, el poder de una mujer guapa. Estás acostumbrada a causar un impacto espectacular, pero te puedo asegurar que conmigo no te va a dar resultado. Estoy harto de pasarme la vida pensando en ti. Es una agonía. Soy un tonto que ha vivido un sueño imposible y, por ello, no he vivido mi vida, pero te aseguro que no me moriría si me volvieras a dejar. Ya estoy acostumbrado.

–¿Te crees que fuiste el único que sufrió? ¿Te crees que a mí no me comían los remordimientos? Lo siento mucho. Te suplico que olvides el pasado.

–No es tan fácil, Chrissy –contestó Mitch.

–¡Inténtalo!

–Es difícil olvidar lo que me hiciste.

–Entonces, ¿por qué me besas? No tiene sentido.

–Porque soy humano –contestó Mitch apretando los dientes–. A veces no me entiendo ni yo mismo. El orgullo es muy importante para un hombre.

–¿Qué tiene que ver el orgullo cuando estamos hablando de amor?

–¿Quién dice que sigo sintiendo amor por ti?

–Yo lo digo.

–No –dijo Mitch sacudiendo la cabeza–. Es sexo, Chrissy. Te repito que es sexo. No tiene nada que ver con el amor ni con la felicidad.

–Estoy de acuerdo, pero no me creo lo que me estás diciendo. Estás intentando castigarme. Te conozco, Mitch. No olvides que nos criamos juntos. Antes de ser amantes, fuimos amigos.

–Un gran error –remarcó Mitch–. Antes confiaba en ti con los ojos cerrados, pero ya no puedo hacerlo. Lo mejor sería basar nuestra relación en el sexo, seguro que eso sigue siendo maravilloso entre nosotros.

–Yo no me vendo barato.

–Eso ya lo sé. Entonces, ¿qué es lo que quieres? No puede ser dinero. Creo que es la necesidad de poseerme, de saber que soy tuyo.

Estaban tan absortos en su discusión que no oyeron la acaramelada voz hasta que la tuvieron muy cerca.

—Mitch, ¿dónde estás?

Era Amanda, fingiendo que no sabía dónde estaba Mitch cuando, en realidad, llevaba toda la noche vigilándolos.

—¡Maldición! —dijo Mitch.

—Ve con ella —le indicó Christine—. A ver si así recuperas la cordura —añadió desapareciendo en la oscuridad.

—Ah, estás aquí —exclamó Amanda encantada.

Estaba fascinada con Mitch Claydon. Había ido con él al último baile. Lo cierto había sido que lo había invitado ella, pero él no se había negado. Incluso la había besado al final de aquella noche gloriosa. Sí, estaba un poco borracho, pero como todos.

Amanda estaba segura de que le gustaba.

Y ahora caminaba hacia ella, con los ojos encendidos. Había estado con Christine y debían de haber discutido.

¡Perfecto!

Sin embargo, Amanda sintió celos. Christine estaba empezando a ponerle de los nervios. Aquella mujer había abandonado a Mitch. ¿Qué mujer en su sano juicio haría algo así? Ella estaba dispuesta a matar por Mitch Claydon.

Los había estado observando toda la noche y se había dado cuenta de que, a pesar de todo lo que había sucedido, seguía habiendo un fuerte vínculo en-

tre ellos. Amanda estaba deseosa de que la supermodelo hiciera las maletas y se fuera. Cuanto antes.

–Me lo estoy pasando de maravilla, Mitch –dijo
colgándose de su brazo–. Muchas gracias por invitarme. Y por invitar a Shel también, claro. Mi hermana no sale mucho, prefiere quedarse en casa.

–Tal vez sea porque tiene muchas cosas que
hacer –sugirió Mitch con sequedad–. Todos sabemos que tu hermana trabaja mucho.

–Sí –admitió Amanda mortificada–, pero le encanta lo que hace. Por cierto, me ha gustado mucho volver a ver a Christine. Es realmente guapa y
lo mejor es que no tiene aires de grandeza. Eso
me encanta. La hemos echado mucho de menos,
supongo que tú también, ¿no?

–Te puedo asegurar que sí –contestó Mitch esperando que con eso Amanda se echara atrás.

–Os ibais a casar, ¿verdad?

–Me lo has preguntado ya mil veces, Amanda.

Amanda se rió nerviosa.

–Supongo que es porque Christine me tiene
con la boca abierta. No se conoce todos los días a
una supermodelo. Debe de tener un estilo de vida
de lo más glamoroso y a una legión de hombres
enamorados de ella. Yo, pobre de mí, no podría
llevar esa vida. Ese mundo me da miedo. ¡Las
modelos hacen de todo! Si tú supieras lo que pu-
blican sobre ellas... Pero Christine ha sabido mantener los pies en la tierra. Bueno, por lo menos, ha
podido salirse del mundo de las drogas.

–¿De qué demonios hablas? –le espetó Mitch mirándola fijamente.

–Oh, vaya, he metido la pata.

–Pareces alegrarte.

–¿Yo? Claro que no me alegro. ¿Cómo puedes decir eso, Mitch? Suponía que lo sabías. Hace unos años, Christine admitió en una entrevista que había probado drogas de diseño. Dijo que había sido por curiosidad y que podía controlarlo. Por lo visto, hay gente que puede, aunque no debe de ser fácil.

–No estás diciendo más que tonterías –contestó Mitch.

–Lo siento mucho –dijo Amanda medio sollozando–. No lo sabías, ¿verdad? Creo que todavía tengo esa revista por casa. Confieso que me pareció bastante indiscreto por su parte admitir algo así, pero supongo que en el mundo en el que ella se mueve es normal.

–Te aseguro que Christine sabe cuidarse y no toma drogas. Me consta, así que no vayas diciendo eso por ahí. Ella misma me acaba de decir que jamás ha tomado drogas.

–¿Y qué te iba a decir? No quiere arriesgarse a perder tu respeto. De todas formas, ya te he dicho que fue hace unos años. Supongo que ya no lo hace. Por favor, no te enfades, Mitch. Yo admiro a Christine tanto como tú, pero no vivimos en su mundo, así que no podemos juzgarla. En los círculos en los que ella se mueve, las tentaciones deben de ser muy fuertes. Por otra parte, tiene cosas fantásticas. Por ejemplo, salir con Ben Savage. ¡Qué guapo es!

—¿Eso también lo has leído?

—Claro –contestó Amanda–. Por lo visto, tienen una relación estupenda basada en el sexo. Parece ser que Ben va a venir a Australia a buscarla. ¡Qué excitante! Hay millones de mujeres que morirían por estar con él, yo incluida. Christine debe de estar deseando verlo.

Mitch se metió las manos en los bolsillos.

—Me sorprende que no me haya dicho nada.

—Habrá sido por los periodistas. Piensa que estará harta de ellos, la siguen a todas partes porque es una superestrella. Supongo que, después de llevar esa vida, le resultará imposible volver aquí... Tampoco creo que quisiera, claro, preferirá quedarse con Ben Savage en Nueva York –dijo Amanda jugueteando con la manga del traje de Mitch–. Tal vez, si tenemos mucha suerte, nos lo presente.

La fiesta terminó a las dos y media de la madrugada, cuando todos decidieron que había llegado el momento de dormir un poco.

—¿Estás bien? –le preguntó Sarah a Christine mientras avanzaban por el pasillo hacia sus habitaciones.

—Sí, lo que pasa es que he discutido con Mitch y creo que las cosas se nos podrían haber ido de las manos si Amanda no nos hubiera interrumpido. Se muere de miedo cada vez que lo pierde de vista.

–Está completamente enamorada de él –le confirmó su futura cuñada–. ¡Qué hermanas tan diferentes! Amanda es más guapa, pero Shelley es la que llega al corazón de todo el mundo.

–Estoy completamente de acuerdo.

–¿Y qué es exactamente lo que ha pasado con Mitch?

–Me ha dicho que no piensa perder más el tiempo conmigo –contestó Christine–. Me ha dolido mucho, pero por fin he entendido el daño que le hice.

Sarah abrazó a su amiga.

–Te tenías que ir, Chris. No fue porque quisieras, sino porque tenías que hacerlo. Te entiendo, yo no le conté a tu hermano mi secreto durante años y le hice mucho daño.

–Tú también tenías tus razones. Has debido de vivir una pesadilla. Mi hermano y tú habéis sufrido mucho por culpa de mi abuela. Si estuviera viva, la estrangularía...

–Veo que tu hermano te ha contado que Ruth dejó que yo creyera durante años que mi hija había muerto.

–Sí –contestó Christine con lágrimas en los ojos–. Tanto tú como yo hemos sufrido por culpa de mi abuela. Ahora, mi hermano y tú vais a ser felices con vuestra hija, pero Mitch sigue sin entenderme. Me he pasado toda la vida esforzándome para que mi madre y mi abuela me dieran su aprobación, pero nunca lo he conseguido, sólo me criticaban.

–Es una suerte que eso no te haya amargado la vida –dijo Sarah para animar a su amiga–. Te ha marcado porque la niñez siempre marca, pero sigues siendo una persona maravillosa. Hay ciertas similitudes entre tu historia y la mía. Las dos nos hemos visto obligadas a dejar atrás al hombre que queríamos. Ellos, ambos hombres orgullosos, no pudieron aguantar el rechazo.

–Creo que Mitch me odia –dijo Christine con dolor–. Desde luego, no soy de su agrado.

–Eso no es cierto, Chris –contestó Sarah abrazándola–. Estoy segura de que te sigue queriendo, pero está intentando luchar contra ello. No sabe lo que quieres hacer con tu vida y, por eso, no quiere volver a arriesgar el corazón. Está en guardia. Los hombres son tan vulnerables como las mujeres, no lo olvides. Por cierto, ¿qué vas a hacer con tu vida? Ahora eres famosa, viajas por todo el mundo y tus fotografías están por todas partes. ¿Serías capaz de dejar eso?

–Mañana mismo –contestó Christine sin pensárselo.

–¿Estás segura?

Christine sonrió.

–Llevo años viviendo así, Sarah, y no he encontrado a ningún hombre que pueda reemplazar a Mitch en mi corazón. He tenido algunas relaciones serias creyendo que podrían funcionar, pero no ha sido así. Mi reloj biológico me llama y quiero tener una familia, un marido, hijos. Quiero tener lo que realmente te realiza como mujer y te puedo asegurar que no es la fama. Yo ya he tenido suficiente fama. Lo que quiero es que me quieran. Quiero ser lo más importante en la vida de mi compañero. No quiero terminar mis días sola. Para mí, tener hijos es el verdadero éxito, no aparecer en las portadas de las revistas de moda. Lo malo es que el hombre que yo he elegido para compartir mi vida no me quiere. Ya no confía en mí.

—¿De verdad estás segura de que es el hombre de tu vida?

—Nunca ha dejado de serlo —contestó Christine sinceramente.

—Entonces debes convencerlo de ello.

—Eso será si me deja. Te aseguro que lo he intentado.

—Pues tienes que seguir haciéndolo.

—Supongo que es demasiado pedir que vuelva a confiar en mí en sólo una noche.

—Mitch tiene miedo de que, si vuelve contigo, tú lo vuelvas abandonar porque ahora llevas otro tipo de vida. Su vida está aquí, en Marjimba, así que no te podría seguir. Sería imposible. Eres tú la que te tienes que quedar aquí. Como de costumbre, somos las mujeres las que tenemos que sacrificarnos.

—Para mí volver a casa no sería ningún sacrificio —le aseguró Christine—. Nací y me crié aquí y te puedo asegurar que jamás me habría ido si no hubiera sido porque la vida en mi casa era insoportable.

—Perdona que te diga, Chris, pero te recuerdo que tu madre sigue viviendo aquí. Te quiere, pero no sabe cómo demostrártelo.

—Sí, entre ella y la abuela siempre me hicieron sentir que no valía nada. Por eso me identifico con Shelley Logan. Si yo fuera ella, me iría. A ver si, así, Amanda hacía algo aparte de creer que Mitch es su príncipe azul. ¡Porque es el mío! –rió Christine entrando en su habitación.

—¡Así se habla! –rió Sarah también.

—Créeme si te digo que el amor de verdad perdura –dijo Christine besando a su futura cuñada–. Yo he tardado en darme cuenta, pero al final lo he comprendido.

DURANTE las pocas horas que durmió, Christine estuvo dando vueltas en la cama. Por supuesto, soñó con Mitch, pero no fueron sueños placenteros.

Soñó que discutía constantemente con él y que Amanda no se separaba de su lado. No hacía falta ser psicólogo para interpretar aquellos sueños. Christine tenía miedo de no poder recuperar a Mitch y de que él se fuera con Amanda.

Cuando amaneció, apartó las sábanas y se metió en la ducha para olvidarse de aquellos sueños. A continuación, se puso unos vaqueros, una camiseta, las botas de montar y el sombrero y salió de su habitación.

La casa estaba completamente en silencio, todo el mundo debía de estar durmiendo.

Cuando llegó a las cuadras, saludó a Wellington, que parecía muy contento de verla. Acarició al animal y lo ensilló con la intención de dar un paseo.

Había decidido ir en dirección a los lagos, su lugar favorito.

A aquella hora de la mañana había un ambiente mágico. Todo estaba en silencio, sólo se oían los pájaros.

Mientras cabalgaba, en el horizonte los tonos violetas, rosas y dorados dieron paso al azul.

A lo lejos, vio una nube de polvo rojo que indicaba que se aproximaba un rebaño de Marjimba y no pudo evitar preguntarse cuánto tardaría Mitch en encontrar un sustituto para Jack Cody.

Julanne le había dicho que el capataz estaba furioso porque lo hubieran despedido. Le habían pagado lo que le debían, pero no le habían dado buenas referencias para su próximo trabajo.

Por lo visto, antes de irse le había dicho a Mitch que volvería.

Christine se sonrojó al recordar que la noche anterior se había planteado seriamente colarse en la habitación de Mitch. Lo único que la había echado atrás había sido que la casa estaba llena de invitados.

Además, no sabía dónde estaba Amanda. Por lo visto, no tenía reparos en robarles los novios a las demás. De hecho, lo había hecho con su mejor amiga, así que podía estar con Mitch.

Christine apartó aquellos desagradables pensamientos de su cabeza y cabalgó disfrutando de la radiante mañana, respirando el maravilloso aire y galopando a medida que se iba acercando a la laguna.

El agua allí caía por todas partes con musicalidad. Relajada, Christine tomó el camino que llevaba a la orilla. Sobre la superficie del agua nadaban unos cuantos patos de colores increíbles.

Era una escena tan maravillosa que se sintió en la gloria.

No había nada como la Madre Naturaleza.

A veces, cuando era pequeña y admiraba un bonito paisaje, había sentido ganas de llorar ante tanto esplendor.

Christine se sentó en silencio sobre una roca y se quedó mirando los patos. Había pocos momentos de tanta paz en su vida.

Allí podía pensar.

¿Qué necesitaba para ser feliz?

Había conseguido muchas cosas en la vida, había conseguido tener una carrera deslumbrante, pero hacía ya algún tiempo que quería algo más.

Quería un verdadero compromiso.

En el pasado, había estado tan enamorada de Mitch y Mitch había estado tan enamorado de ella que le había parecido que aquello iba durar para siempre.

A menudo, decían que eran el mismo río dividido en dos afluentes. Utilizando aquel mismo lenguaje, Christine pensó que no podía desembocar en Mitch sin haber arreglado antes ciertos remolinos internos de su propia vida.

Su abuela Ruth, más que nadie, se había pasado la vida intentando cambiarla. Pensar en ella todavía le producía angustia. Cuando estaba con su madre, la angustia se hacía más vívida.

A pesar de todo lo que había conseguido, los comentarios crueles de su madre le seguían doliendo.

Supuso que siempre sería así. Debía aceptarlo.

Su hermano quería que se quedara allí, quería que viviera con ellos en Wunnamurra. Lo cierto era que la casa era una mansión tan grande que había sitio para todos.

Aun así, Christine sabía que su madre no iba a aceptar fácilmente que su nuera fuera la nueva dueña de la casa, pues Ruth acababa de morir y a ella no le había dado tiempo de disfrutar realmente de su hegemonía.

Por otra parte, Christine le había prometido a su prima Suzanne cuidar de ella. La adolescente había perdido a sus padres y había que ayudarla. Christine estaba segura de que haría buenas migas con Fiona.

Además, su hermano le había insistido para que se incorporara a los negocios de la familia, algo que a Christine le apetecía sobremanera.

Sin embargo, sabía que su futuro estaba en manos de Mitch. Su felicidad dependía de él. Lo había abandonado una vez por causas de fuerza mayor, pero no podría volverlo a hacer. Era difícil aceptar que había aniquilado la relación que antaño hubo entre ellos.

Tenía un par de compromisos profesionales que cumplir antes de poder volver a casa, pero una vez cumplidos estaba decidida a embarcarse en la aventura más apasionante de su vida.

–¡Adelante, Christine! –se dijo a sí misma en voz alta.

–Vaya, vaya, si es la pija de la señorita Reardon hablando sola –dijo una silueta saliendo de detrás de un arbusto–. Odio a las mujeres ricas y orgullosas –añadió Jack Cody deslizándose por la ladera.

Christine lo miró indignada.

¿Estaba borracho a esas horas?

–¿Qué hace aquí, Cody? –le preguntó temiendo que fuera peligroso–. Está despedido desde hace una semana.

–Bueno, me estoy tomando mi tiempo –gruñó–. No entiendo qué hice para que ese estúpido de Claydon me echara. Habría sido perfectamente capaz de ocuparme del semental.

–¿Está usted loco? El semental se habría ocupado de usted... o de cualquiera de nosotros.

–¡La típica contestación de una mujer! –se burló Cody–. No tenía sentido matarlo.

–Era necesario.

–Veo que es usted la admiradora número uno de Claydon.

–Eso no es asunto suyo. No se busque más problemas intentando intimidarme. Le aconsejo que se vaya.

–El problema es que me ha visto –contestó Cody.

–No lo habría visto si no hubiera salido usted de su escondite. Además, está usted borracho.

—Se equivoca. Estaba borracho ayer por la noche, pero ahora estoy perfectamente bien. ¿Le han dicho alguna vez que tiene usted los ojos más azules del mundo? Y ese pelo recogido en una trenza y esos pechos... es usted la mujer más guapa que he visto en mi vida.

—Váyase, Cody —le dijo Christine enfurecida.

Aunque tenía miedo porque el capataz era alto y fuerte, era obvio que todavía estaba borracho.

—No se asuste —dijo Cody acercándose a ella—. No le voy a hacer daño. Como mucho, le robaré un beso.

—¡No se acerque! —exclamó Christine cada vez más enfadada—. Soy amiga de Mitch Claydon, por si no lo recuerda. Estamos hablando de un hombre al que debería temer.

—¿Y qué va a hacer Claydon? ¿Pegarme? Merecería la pena por poder hablar con usted —contestó Cody mirándola de arriba abajo de una manera que hizo que Christine apretara los puños.

—Lo siento mucho, pero no pienso hablar con usted —le dijo con frialdad—. ¡Váyase!

Cody sonrió.

—Tranquila, señorita. Sólo quiero un beso.

Christine dio una patada sobre la arena y se la echó a los ojos.

—No debería haber hecho eso —dijo Cody restregándose los ojos y alargando el brazo hacia ella.

Christine se apartó con violencia y le tiró más arena. Sólo disponía de unos segundos para salir corriendo. Jamás se había sentido amenazada físicamente por un hombre, pero ahora le latía el corazón a toda velocidad.

Por supuesto, Cody la siguió.

–¿Está usted loca o qué? Podemos arreglarlo...

Christine no se detuvo. Había visto deseo en los ojos de Cody. Aquel hombre era peligroso.

Borracho o no, resultó ser rápido y ágil. Christine aceleró el paso mientras subía por la ladera. Una rama baja le dio en la cara, pero no sintió dolor.

A medio camino, Cody la alcanzó, Christine se giró hacia él y le propinó una bofetada.

–¿Lo quiere por las malas?

A juzgar por cómo la miraba, aquel hombre estaba disfrutando de lo lindo.

–Se está metiendo usted en un buen lío –le avisó Christine notando que el sudor le resbalaba por la frente–. He quedado aquí con Mitch, está a punto de llegar.

–¿Espera que me lo crea? –dijo Cody poniéndole la mano en el hombro.

–Ya basta, Cody –le dijo Christine dándose cuenta del peligro que corría–. Lo voy a denunciar. No va a volver a encontrar trabajo.

–Muy bien –contestó el hombre tomándola entre sus brazos y fijándose en su boca–. Sólo un beso. Seguro que besa usted estupendamente. Un beso y le juro que me voy. Si usted quiere, claro, porque hay muchas mujeres que me encuentran atractivo.

Christine sintió náuseas.

—Yo no —le aseguró.

Intentó calmarse y decidió no gritar. Estaban en una zona tan alejada que sería inútil y lo único que conseguiría sería que Cody le pusiera la mano en la boca para callarla y tal vez para ahogarla.

Sintió sus dedos dentro de la camiseta, llegando a su sujetador.

—Es usted muy guapa, lo sabe, ¿verdad? A mí no me importa que sea tan alta —sonrió Cody inclinándose sobre ella—. No se preocupe, no le voy a hacer daño. De hecho, creo que le va a gustar. Ya verá, nos va a gustar mucho a los dos.

En ese momento, Christine levantó la rodilla con todas sus fuerzas y le dio una patada en la entrepierna.

Cody cayó de espaldas, gritando y maldiciendo como un poseso. Christine no se quedó a escucharlo, sino que salió corriendo ladera arriba.

—¡Zorra! Ahora sí que te vas a enterar.

—No te muevas —dijo un hombre apareciendo al lado de Christine—. Vete de aquí —añadió mirándola.

—No pienso irme, Mitch —contestó Christine.

—No he hecho nada —gimió Cody—. Sólo nos lo estábamos pasando bien —añadió intimidado por la presencia de Mitch.

—La diversión no ha hecho más que empezar —le aseguró Mitch mirándolo fijamente.

—¡Lo puedo explicar! —gritó Cody intentando ponerse en pie.

–No ha pasado nada, Mitch –le aseguró Christine, preocupada al verlo tan enfadado.

–Chrissy, monta en tu caballo y vete –le ordenó sin mirarla–. Esto es entre Cody y yo.

–¡La señorita tiene razón! –dijo Cody muerto de dolor–. No he hecho nada.

–Exacto, no has hecho nada porque no te ha dado tiempo, pero ahora tú y yo vamos a tener todo el tiempo del mundo.

Cody lo miró aterrorizado.

–¡Espere un momento! –imploró.

Mitch miró a Christine.

–Christine, no te lo voy a volver a repetir, vete a casa. Esto no tiene nada que ver contigo.

Christine negó vehementemente con la cabeza.

–¡No! No te voy a dejar aquí en peligro.

Mitch estuvo a punto de reírse.

–No tienes por qué preocuparte por mí –le aseguró–. Sé cuidar de mí mismo, y también sé qué hacer con un tipo como Cody, que nos ha estado robando ganado con unos cuantos compañeros. La pena por robar ganado son diez años, Cody, ¿lo sabías? ¿Cómo se te ha ocurrido hacer una locura así? ¿No sabes que hago controles cada poco tiempo?

–Demuéstrelo –contestó Cody.

–Ya lo he hecho –contestó Mitch–. Hace días que avisé a la policía y que encontraron el ganado y a tus compañeros. No ha sido difícil que confesaran. El robo del ganado nos cuesta a los ganaderos tres millones de dólares al año. Has sido un loco por meterte en un asunto así. Te has fastidiado la vida. Y, para colmo, se te ocurre venir a molestar a la señorita Reardon. Por eso, te las vas a tener que ver conmigo.

Cody carraspeó.

—No se acerque a mí, Claydon. Su novia ya ha estado a punto de matarme con esa patada que me ha dado en la entrepierna. Le aseguro que no le iba a hacer daño. Sólo quería que me diera un beso, no la iba a violar. Dígaselo usted —le dijo a Christine.

—Deja que se vaya, Mitch —dijo ella poniéndole la mano en el brazo—. No merece la pena.

—Eso ya lo sé, pero no pienso dejar que se vaya —contestó Mitch bajando la ladera.

—Sí, venga, pégueme —dijo Cody—. No me importa.

—¿De verdad?

Sin esperar un solo segundo más, Mitch le sacudió un puñetazo en la mandíbula que hizo que Cody, que se acababa de levantar, volviera a caer de espaldas.

—¡Oh, Dios! —exclamó Christine acercándose—. No lo vuelvas a pegar.

—No lo iba a hacer. Está fuera de combate —contestó Mitch—. ¿Por qué no te has sido como te he dicho?

—Porque no quería que te pasara nada —contestó Christine.

Mitch la miró con ojos burlones.

–No me iba a pasar nada, pero ya que te has quedado haz algo útil. Ve a mi coche y tráeme una cuerda. Voy a atarlo.

–Tiene sangre en la cara –apuntó Christine mirando al capataz.

–¡Qué pena! –se burló Mitch–. ¿Vas a por la cuerda o qué?

–Claro que sí –contestó Christine–. ¿Qué vas a hacer con él?

–Se me ocurren un par de cosas –contestó Mitch–. Ahorcarlo, atarlo y tirarlo al río… Pero creo que se lo voy a entregar a la policía.

–No creo que me hubiera hecho daño –dijo Christine nerviosa.

–No, claro que no –dijo Mitch en absoluto convencido.

–Además, ya casi había conseguido quitármelo de encima.

–¿Ah, sí?

–Sí. Estoy segura de que no me habría hecho nada.

–Me alegro porque, de lo contrario, me habría obligado a matarlo.

A media tarde, la mayoría de los invitados ya se habían ido tras haber disfrutado de una maravillosa comida al aire libre.

Los únicos que quedaban eran Kyall, Sarah y las hermanas Logan.

Christine volvió a mirar en el armario y en los cajones de la mejor habitación de invitados, la suya, para asegurarse de que no se dejaba nada.

Había decidido volver a casa con su hermano. Sería absurdo que Mitch la tuviera que llevar.

El episodio con Cody la había asustado y no quería ni pensar en lo que habría podido ocurrir si Mitch no hubiera aparecido.

Su estancia en Marjimba había sido tan deliciosa que decidió olvidar aquel incidente. Su estancia en casa de los Claydon había sido tranquila y pacífica, pero ahora volvía a su casa y debía enfrentarse a su madre.

Una de las cosas que más deseaba en la vida era arreglar su relación con su progenitora, pero su madre era una mujer difícil.

Christine no había olvidado que su hermano le había dicho que su padre tenía una relación con otra mujer. Aquello la había sorprendido sobremanera.

En aquel momento llamaron a la puerta. Creyendo que sería Julanne, Christine sonrió encantada.

Pero era Mitch.

—¿Puedo pasar? —preguntó desde la puerta.

Christine no podía mirarlo sin desear estar entre sus brazos.

—Nunca has tenido que forzar la puerta de mi dormitorio para entrar —contestó Christine mientras lo observaba entrar y acercarse a la ventana.

—¿De verdad? Pues anoche estaba cerrada.

—Estás de broma... —comentó esperanzada.

¿Debía decirle que ella también se había planteado ir a su dormitorio?

—De verdad, vine hasta tu puerta, pero luego me lo pensé mejor y me fui —contestó Mitch mirándola burlón.

—¿Tal vez a la de Amanda?

—Chrissy, cariño, me parece que te estás tomando el asunto de Amanda demasiado en serio —dijo Mitch acercándose a ella y acariciándole la mejilla—. Esa pobre chica necesita buscarse un trabajo que le mantenga la mente ocupada —añadió deslizando los dedos entre su pelo.

—Me pregunto cómo no se siente culpable cuando su hermana se mata a trabajar.

—No se siente culpable en absoluto —le aseguró Mitch dejando caer la mano—. ¿Te lo has pasado bien?

—¡Me lo he pasado fenomenal! —exclamó Christine con una sonrisa radiante—. Tu madre se porta mejor conmigo que la mía.

—Me apena oírte decir eso, pero lo cierto es que mi madre siempre te ha tratado como a una hija. Espero que algún día tu madre aprenda a valorarte —dijo Mitch sentándose.

—Yo también —dijo Christine—. Creo que me quiere a su manera —añadió sintiéndose vulnerable de repente.

—¿Cuánto tiempo te vas a quedar? —quiso saber Mitch.

Christine se sentó en el borde de la cama y lo miró.

–Tengo firmados unos desfiles en Sydney dentro de un par de semanas –contestó–. Aprovecharé para ver a Suzanne y para atar unos cuantos cabos sueltos.

–¿Te refieres a Ben Savage? –preguntó Mitch en tono cortante.

–¿Qué tiene que ver él con esto? –preguntó Christine sorprendida.

–Dímelo tú –contestó Mitch.

–Parece como si estuvieras esperando que te anunciara algo.

–¿No va a venir a Australia? He oído que va a estar en Sydney y, qué casualidad, tú también.

–Sí, va a venir a Sydney –contestó Christine tomando aire.

–¿O sea que lo sabías?

–¿Qué es esto? ¿El tercer grado? Sé que Ben está de gira para promocionar su serie. Es un actor muy famoso en Australia. Incluso a tu madre le gusta.

–No demasiado –dijo Mitch poniéndose las manos en la nuca y echándose hacia atrás–. Menos mal, porque la serie es bastante absurda.

–¿Tú también la ves? –se burló Christine–. ¡Esto es increíble!

–No, cariño, no tengo tan mal gusto –contestó Mitch–. Según lo que dicen los periódicos, Ben se pasa la vida buscando el verdadero amor. ¿Eres tú?

–Ben es un buen hombre, te caería bien.

–No si tú fueras su esposa –le espetó Mitch–. O su novia.

–Soy una de sus ex novias.

–¿Y él sabe cuál es la diferencia? ¿No ha dicho algo así como que jamás dejaría de quererte? –dijo Mitch mirándola a los ojos.

Christine hizo una mueca de disgusto.

–Eso suena a frase recurrente.

Mitch se puso en pie incómodo y fue hacia la terraza.

–¿Toma drogas?

Christine lo miró perpleja.

–¿Por qué me preguntas eso? No todos los actores las toman. Ben es un hombre muy inteligente.

–Pero tú conoces a un montón de gente que toma drogas, ¿verdad?

–Por supuesto –contestó Christine–. No te lo voy a ocultar.

–¿Y tú nunca te has sentido tentada?

–Mitch, ya te he dicho que no. No sé por qué sigues insistiendo. Creí que me conocías mejor –contestó Christine poniéndose en pie furiosa–. ¿Por qué me preguntas todo esto? –añadió sospechando que alguien estaba hablando mal de ella.

–¿Eso es un no?

–¡Vete al infierno! –le espetó–. Ya hemos hablado de esto antes. Es obvio que alguien te ha dicho algo, ¿verdad? ¿Algún amigo en común?

–Es normal que la gente hable de las personas famosas.

–¿Amanda por casualidad? Me apuesto el cuello a que ha sido ella. ¿Qué te ha dicho exactamente? ¿Te ha dicho que ha leído que Christine Reardon se divierte tomando drogas de diseño?

–Algo así –contestó Mitch encogiéndose de hombros.

–¿Y tú te lo crees?

Christine estaba tan furiosa y dolida que hubiera podido abofetearlo en aquellos momentos.

–La verdad es que no –confesó Mitch–. Te conozco bien, Chrissy, y sé que tienes la cabeza sobre los hombros.

–Entonces, ¿por qué me interrogas?

–Sólo para asegurarme.

La expresión de Christine pasó de sorpresa a disgusto.

–Oh, vaya, gracias.

–No ha sido mi intención insultarte. Perdóname si lo he hecho. No me había dado cuenta de que Amanda era tan peligrosa.

–Tendrías que mirarla más detenidamente cuando no lleve ese vestidito rojo. Es evidente que es de las personas que opinan que en la guerra y en el amor todo vale. Ha sido un golpe bajo por su parte y voy a ir a hablar con ella.

–Creo que deberías hacerlo. Por eso te lo he dicho –contestó Mitch–. ¿Ha llegado el momento de despedirnos? –añadió mirándola a los ojos.

–Espero que no –contestó Christine tragando saliva–. Todavía me voy a quedar unos días por aquí.

–Te vas a volver a ir...

–¿Tanto te cuesta entender, Mitch, que estoy en un momento crucial de mi vida en el que tengo que tomar una serie de decisiones muy difíciles?

–¡Yo también! Suele pasar sobre los treinta años.

–Yo sólo tengo veintiocho –intentó reír Christine.

–Y estás estupenda, pero vamos al grano. ¿Me estás pidiendo que considere la posibilidad de que vas a volver a casa y vas a dejar atrás tus sueños?

–¿Por qué lo dices con tanto sarcasmo?

–Porque todo este asunto me causa mucho dolor, Chrissy. ¿Qué te parecería si fuera a verte a Sydney? –propuso.

–¿Lo dices en serio? ¿Podrías tomarte unos días?

–Creo que sí –contestó Mitch–. Te sigo queriendo, Chrissy, el problema es que no puedo confiar en tus buenas intenciones.

–Podrías hacerlo si dejaras de pensar en el pasado. Yo miró hacia el futuro.

–¿Y yo estoy en ese futuro?

–Por supuesto –suspiró Christine–. Te quiero, Mitch, y por eso precisamente me duele tanto que hables de mí a mis espaldas.

Aquello hizo reír a Mitch.

–¿Te refieres a Amanda? ¿Qué querías que hiciera con ella, lo mismo que con Cody? Yo no pego a las mujeres.

–Se me había olvidado que tú sólo las besas –contestó Christine.

–Sí, y estoy a punto de besarte a ti –dijo Mitch tomándola de la muñeca.

–Dame un beso fuerte y apasionado para que lo recuerde.

–No te preocupes, lo haré –contestó Mitch inclinándose sobre ella–. Lo quiero todo –murmuró–. Te quiero entera.

Christine creyó que se iba a desmayar, tal era su grado de excitación. Sentía los pechos inflamados y una tremenda punzada de deseo en el bajo vientre.

Le pasó los brazos por el cuello sin dejar de besarlo. La excitación corría por sus venas mientras sentía las manos de Mitch por todo el cuerpo, como si quisiera desnudarla.

Ojalá lo hiciera.

–¡Oh, Mitch! –gimió.

–Lo quiero todo –repitió Mitch.

Los besos y las caricias se intensificaron. Un minuto más y estarían en la cama. En aquel momento, cuando Christine tenía el pelo revuelto y las mejillas sonrosadas, llamaron a la puerta.

–¡Oh, Dios mío, no me lo puedo creer!

–Tranquila... –dijo Mitch poniéndose en pie y yendo hacia la puerta mientras se peinaba un poco–. Parece ser que la única forma de estar contigo tranquilos es en mitad del campo.

–Eso parece –sonrió Christine–. Puedes llevarme siempre que quieras. ¿Estoy bien? –añadió metiéndose la camisa por el pantalón.

–Estás maravillosa –contestó Mitch–. No te preocupes, supongo que será mi madre.

Efectivamente, era Julanne. Al verlos así, sonrió encantada.

–¿Qué sería la vida sin el amor?

–Para mí, nada –contestó Mitch besando a su madre–. Estaba diciéndole a Chrissy lo mucho que hemos disfrutado de su compañía.

–Ya lo veo –dijo Julanne mirándolos–. Espero que podamos vernos antes de que te vayas a Sydney.

–Me han dicho que van a celebrar una fiesta para recaudar fondos para el hospital –contestó Christine cerrando las maletas–. Además, a Sarah se le ha ocurrido organizar un partido de polo y una comida en Wunnamurra.

–Tu hermano no me había dicho nada.

–Es que todavía no hay nada decidido, pero ya te lo dirá. Al fin y al cabo, eres su mejor jugador.

–Entonces, ¿nos volveremos saber? –quiso saber Mitch.

–Me aseguraré de que así sea –contestó Christine sonrojándose.

Christine no tuvo tiempo de hablar a solas con Amanda hasta que llegaron a Wybourne Station.

–Creí que mi padre vendría a buscarnos –se lamentó Amanda–. Últimamente, no hace nada por nosotras.

–¿No está en tratamiento? –preguntó Christine con delicadeza.

–¿Por qué iba a estarlo? –contestó Amanda como si la hubiera picado un tábano.

–Supongo que porque no debe de haber nada peor en el mundo que perder un hijo –contestó Christine–. Tus padres querían tanto a tu hermano que supongo que se habrán visto sumidos en una terrible depresión.

–¿Y acaso hay tratamiento para la depresión? –se burló Amanda en tono amargo–. Hace ya años de aquello. Otras personas rehacen sus vidas, pero mis padres han tirado la toalla.

–Lamento mucho oír eso, Amanda, pero hay antidepresivos, psiquiatras y otras cosas para sobrevivir. Debes ayudar a tus padres. Todos en nuestras vidas vamos a tener un momento en el que vamos a necesitar ayuda.

–Mi padre no acepta ayuda de nadie –contestó Amanda con dureza–. Mi madre va a ver a Sarah de vez en cuando y yo lo he pasado muy mal, pero como era pequeña nadie se ha preocupado por mí.

–Estoy segura de que tus padres se han preocupado por ti –le aseguró Christine–, pero como tú bien has dicho, Amanda, tú eras pequeña. Una niña tiene más tiempo para asimilar la terrible pérdida. ¿Qué me dices de tus padres y de tu hermana?

Amanda frunció el ceño.

–Todo el mundo se preocupa por mi hermana y por lo mucho que trabaja. Se lo tiene merecido por lo que hizo.

Christine miró a Amanda sorprendida.

–¿Tuvo ella la culpa, Amanda? ¿No serías tú, que dejaste a los gemelos solos?

–¡Cómo te atreves! –le espetó Amanda con furia.

–Exactamente igual que tú te atreves a culpar a tu hermana –contestó Christine–. Shelley lleva toda su vida cargando con aquella culpa.

–Se lo merece –repitió Amanda.

Christine tragó saliva.

–No me puedo creer que lo digas en serio.

–Shelley lo empujó al agua y ella se salvó –dijo Amanda sin compasión.

–¿No será que tú llegaste demasiado tarde?

Durante un segundo, Amanda se quedó en blanco.

–No me puedo creer que me estés echando la culpa. Shelley era una niña hiperactiva y estaba todo el día metiéndose en problemas, exactamente igual que ahora.

–Por lo que a mí me han dicho, lo está haciendo maravillosamente bien con los turistas –apuntó Christine.

–¿Y te crees que yo no la ayudo? No me remango y me pongo a fregar, por supuesto, pero hago lo que puedo. Además, yo tengo otros talentos de los que mi hermana carece. De todas formas, no quiero hablar de esto, Christine. Ni siquiera te conozco. Hoy en día, eres una desconocida para mí. La muerte de mi hermano es nuestra tragedia, no la tuya.

–Sí, eso me recuerda que quería hablar contigo de otra cosa –le espetó Christine–. Le has dicho a Mitch que yo me drogaba.

Amanda se quedó con la boca abierta.

–¿Te lo ha dicho él? –preguntó con incredulidad.

–Por supuesto. Mitch y yo estamos muy unidos. Siempre lo hemos estado.

–¿Ah, sí? No es eso lo que me ha dicho a mí. Según él, ha estado muchos años sin pensar en ti. Tú elegiste tu camino y saliste de su vida.

–Amanda, no te creo. Mitch es incapaz de decir eso. Lo único que quieres es meter cizaña entre nosotros.

–¿Por qué me atacas de esa manera?

–Estoy defendiendo mi reputación –contestó Christine mirándola a los ojos fijamente–. No pienso dejar que cuentes mentiras sobre mí y te vayas de rositas. Si es necesario, hablaré con tus padres.

–No te atreverás –contestó Amanda palideciendo.

–No me obligues a hacerlo. Le voy a pedir a Sarah que esté al tanto por si escucha rumores acerca de mí o de mi estilo de vida. Espero que entiendas lo que te estoy diciendo.

Obviamente, Amanda no esperaba aquella confrontación.

–No entiendo por qué adoptadas esta actitud conmigo –se defendió con lágrimas de cocodrilo–. Creí que lo había leído en alguna parte. Si no es así, si no es cierto, te pido perdón.

Aquella chica mentía muy bien.

–Amanda, te aconsejo que no vuelvas a mentir. Ahora, discúlpame, pero me voy a ir a despedir de tu hermana.

–¡La supermodelo se despide de la supertrabajadora! –se burló Amanda–. Espero que no seas con ella tan desagradable como has sido conmigo.

–Con una hermana como tú, Shelley no necesita que nadie más sea desagradable con ella –contestó Christine girándose y alejándose de Amanda.

CAPÍTULO 8

AL CABO de un par de días, Christine echaba tanto de menos a Mitch como una mujer perdida en el desierto sin agua.

Kyall y Sarah exudaban felicidad por los cuatro costados, sobre todo, porque les habían dicho que Fiona se iría a vivir con ellos definitivamente dos semanas antes de la boda.

Christine no se quería ni imaginar cómo estarían los Hazelton, la familia con la que había vivido la niña todos aquellos años.

Cuánto daño había hecho su abuela. Ruth había hecho sufrir a su familia, pero también a la de adopción de Fiona.

Afortunadamente, Kyall y Sarah habían decidido dar tiempo a los padres adoptivos de su hija y a la propia niña para que se acostumbraran a la nueva situación. Habían sido muy generosos e incluso habían insistido en que los Hazelton fueran a ver a Fiona siempre que quisieran.

Christine tenía muchísimas ganas de conocer a su sobrina y muchas esperanzas de que Suzanne y ella se llevaran bien. Ojalá Fiona fuera tan amable y sensible como su madre; así, ayudaría a su prima, que estaba pasando una mala época.

Una mañana, al volver de su paseo matutino a caballo, Christine se encontró con que sus padres estaban discutiendo. Sus voces, procedentes del salón, llegaban hasta el vestíbulo.

Christine se quedó de piedra. Era muy raro que sus padres discutieran. De hecho, podía contar las veces que lo habían hecho con los dedos de una mano. Su padre era un hombre muy civilizado, quizá demasiado, y siempre permitía que su madre se saliera con la suya.

Por lo único por lo que se había enfrentado a su mujer había sido precisamente para defender a Christine de sus garras y de las de su madre.

Christine no tenía ganas de meterse en aquel problema, así que comenzó a subir las escaleras de mármol de puntillas, pero cuando su madre apareció con la cara cubierta de lágrimas se paró y fue a consolarla.

Christine la miró horrorizada. Su madre no lloraba jamás.

—Mamá, ¿qué te pasa?

—Quítate del medio, Christine —contestó Enid temblando de furia.

—¿No te puedo ayudar?

Su madre la miró como si estuviera a punto de ponerse a gritar y a patalear.

—Tu padre me quiere dejar —contestó gritando a todo gritar.

–¡Oh, Dios mío! –exclamó Christine.

¿Cómo no se lo había imaginado? Al fin y al cabo, su hermano la había avisado.

–¿Eso es todo lo que tienes que decir? ¿Oh, Dios mío? Tú siempre te pones de su parte –dijo Enid retorciéndose las manos.

–Mamá, eso no es justo. Lo siento muchísimo –le aseguró Christine.

–¿Lo sientes? –repitió su madre mirándola con unos ojos tan fieros que a Christine le recordó a su abuela–. ¿Cómo crees que me siento yo? Lo he hecho todo por él... Lo he cuidado durante... treinta y tres años. Y ahora me traiciona con alguna barriobajera de la ciudad. ¡Qué vergüenza! Menos mal que por lo menos mi madre no está aquí para verlo.

Aquella hipocresía fue demasiado para Christine.

–No metas a la abuela en esto –contestó–. La abuela no hizo más que daño en toda su vida. Empezando por papá, al que siempre trató fatal. Ella también decía que cuidaba de él, pero era mentira. Papá ha trabajado mucho durante toda su vida por Wunnamurra y por ti.

–Muy bien, tengo muy claro de qué parte estás –exclamó Enid con amargura–. Siempre defiendes a tu padre. Te advierto que lo considero una traición por tu parte –le reprochó su madre dejándose caer en un escalón y tapándose la cara con las manos.

—También me preocupas mucho tú, mamá —le aseguró Christine acercándose a ella con cautela—. No te quiero ver sufrir.

—Esto es una humillación —dijo Enid mirando a su hija—. ¡Tu padre ha estado manteniendo relaciones sexuales con otra mujer! No me lo puedo creer —añadió con una risa histérica.

—¿Por qué no, mamá? —dijo Christine sentándose a su lado—. Es increíble que, porque tú vivas con normalidad sin sexo, quieras que papá haga lo mismo. Estamos hablando de un hombre fuerte, sano y guapo.

—Sí, y que es mi marido —gritó Enid como si todo lo demás no le importara.

—Eso no lo convierte en tu esclavo.

—No me hables así —la amenazó su madre—. No me gusta. Te exijo respeto. Supongo que en estos años habrás visto de todo por ahí, pero aquí en casa las cosas son diferentes. Aquí el matrimonio es sagrado. Jamás ha habido un divorcio en la familia.

—¿Te preocupa el escándalo o perder a papá? —quiso saber Christine, sorprendida de que su madre no hubiera estallado ya.

—No lo voy a perder —contestó Enid apretando los dientes—. No pienso dejarlo ir.

—Mamá, siento mucho decirte que no lo puedes obligar a quedarse.

—Te equivocas.

—¿Cómo?

–Puedo hacerle la vida imposible. Puedo hacer que le sea imposible vivir en los territorios de mi familia y, desde luego, que no pueda llevar el nivel de vida al que está acostumbrado.

–Dudo mucho que papá quiera tu dinero –contestó Christine, pensando que ella ayudaría a su padre económicamente si se lo pidiera–. ¿Quién es la mujer por la que te quiere dejar?

–No me lo quiere decir, pero lo voy a averiguar –contestó Enid–. Debe de estar loca si cree que me puede humillar así. La voy a matar.

–No digas tonterías, mamá. ¿No te has dado cuenta de que le has servido a papá en bandeja de plata? Lo has echado de tu vida sin pensártelo dos veces. De hecho, dormís en habitaciones separadas, ¿verdad?

–Eso no es asunto tuyo –contestó Enid con furia.

–Puede que no, pero creo que deberías empezar a reflexionar por qué has perdido a tu marido y cómo vas a hacer para recuperarlo. Espero que sea una lucha limpia.

Enid se tapó los oídos.

–¿Y qué sabes tú de problemas matrimoniales? –le espetó a su hija–. Tú perdiste a Mitchell Claydon. Yo he sido una esposa maravillosa y una gran madre. Estoy increíblemente decepcionada contigo y con tu padre, Christine. Después de todo lo que he hecho por vosotros, no me queréis. ¿Por qué no te vas con él? Está en su despacho. Y pensar que dentro de poco hacemos treinta y cuatro años de casados... ¡Menudo aniversario! ¡Menuda traición! Y tiene la osadía de decir que es una mujer encantadora. ¿Sabías que tu padre se acostaba con otra?

Christine se puso en pie mientras se preguntaba si la relación con su madre iba a ser tan mala como en su infancia y su adolescencia.

–¿Por qué no hablas con Kyall de esto? –le sugirió a Enid–. Es tu favorito, ¿recuerdas? Yo soy sólo Christine. Por supuesto que voy a ir a hablar con papá. A pesar de mis buenas intenciones, las conversaciones contigo siempre resultan desastrosas. Aun así, lo siento, mamá. Verte feliz es importante para mí.

–¡Vete! –sollozó Enid–. Nunca me has querido, Christine. Somos muy diferentes. Pero mi hijo no tolerará este sufrimiento.

Christine encontró a su padre sentado y tranquilo.

–Papá, por el amor de Dios, ¿qué has hecho? –le dijo cerrando la puerta de su despacho y sentándose en el sofá de cuero.

–Ha sido horrible tener que hacerlo, Chris, pero ya no puedo más. Este matrimonio ha ido mal desde que nos vinimos a vivir aquí con tu abuela.

–¿Y por qué no os fuisteis?

–¿Cómo iba a alejar a tu madre de la casa que adora? Luego, cuando nació tu hermano, ya fue imposible, pues tu abuela lo idolatraba. Lo nombró su heredero. Kyall McQueen. Tu madre y yo nunca fuimos una pareja enamorada. Al principio, me gustaba mucho y nos entendíamos bien. Supongo que entonces creí que las cosas saldrían bien, pero nos equivocamos los dos y tuvimos que hacer frente a nuestras responsabilidades. Jamás me separé de tu madre por vosotros, no podía soportar la vida sin mis hijos. Además, estaba Ruth, y para ella también erais importantes.

—A mí me habría perdido de vista gustosa —rió Christine.

—No te creas. Te necesitaba para atormentarte. Tu madre es exactamente igual.

—Está destrozada —dijo Christine.

—Lo siento mucho, pero tengo derecho a ser feliz. Ahora tu hermano y tú ya no me necesitáis, y tu madre nunca me ha necesitado.

—No creo que eso sea cierto, papá. Lo que le pasa a mamá es que no sabe demostrártelo.

—Da lo mismo. Ya es demasiado tarde. Con la muerte de tu abuela se terminó la farsa. Necesito ser yo mismo, no la sombra de tu madre. En cualquier caso, por primera vez en mi vida estoy completa y verdaderamente enamorado.

Christine entendía perfectamente a su padre.

—¿Te puedo preguntar de quién se trata? —le preguntó amablemente.

—No la conoces. Vino a vivir aquí después de que tú te hubieras ido. Es guapa y muy inteligente y, aunque es mucho más joven que yo, me quiere. Se llama Carol Lu y es artista. Pinta paisajes y da clases. Al principio me pareció imposible, creí que me lo estaba imaginando, pero de repente me di cuenta de que me quería tanto como yo a ella. Me da fuerzas, las fuerzas necesarias para romper con tu madre.

—Papá, a mamá no se le da bien exteriorizar sus sentimientos, pero te quiere. Jamás se le ha pasado por la cabeza que la fueras a dejar —protestó Christine.

—Estoy decidido, Chris. Me voy y no me siento culpable. Para mí es una experiencia traumática romper mi matrimonio, pero estoy harto de vivir en una mentira. Hace ya mucho tiempo que este matrimonio no tiene sentido y no me quiero morir sin conocer la felicidad. Carol y yo podemos ser felices juntos. Hay entre nosotros una comunicación que jamás he conocido con tu madre, una intimidad extraordinaria y maravillosa y no estoy dispuesto a renunciar a ella. Ya no aguanto más en esta casa.

—No te vas a ir antes de la boda de Kyall, ¿verdad? —quiso saber Christine preocupada.

—No era mi intención que todo esto saltara por los aires hoy, pero tu madre ha dicho que yo la había fallado y ya no he podido más. Es una persona incapaz de dar paz.

—¿Y qué va a decir Kyall?

—No creo que le pille por sorpresa, y tu hermano jamás me negará la posibilidad de ser feliz —contestó Max con serenidad—. Comprendo que esta situación sea espantosa para tu madre y para vosotros, pero es la última oportunidad en la vida

que tengo de ser feliz y no pienso desaprove-
charla. Nuestro matrimonio ha terminado.

Christine pensó que, por una parte, irse a Sidney era un alivio tremendo. Había intentado hablar con su madre, pero era imposible consolarla.

A ojos de Enid, Christine era el enemigo. Christine siempre había querido más a su padre y Enid
no estaba dispuesta a comprender que la única culpable de lo que estaba sucediendo era ella, que, con
ayuda de su madre, había relegado a su marido a un
segundo plano.

Tal y como había predicho su padre, Kyall no
se sorprendió de la noticia. Para su hermano era
inevitable. Al igual que a su hermana, le daba una
pena terrible ver a su madre sufrir, pero ambos
sentían una gran alegría por su padre.

Tras algunas conversaciones, Max y Enid acce-
dieron a no separarse hasta después de la boda de
su hijo.

—No podría soportar la vergüenza —había con-
fesado su madre con los ojos llorosos.

Quizá creyera que tras la boda de su hijo su
propio matrimonio podría recomponerse.

Ni Kyall ni Christine tenían esperanzas en ello.

Sarah organizó el partido de polo y la comida
en un abrir y cerrar de ojos, pero Christine tuvo

que ayudarla, pues su futura cuñada no daba abasto en el hospital.

Christine no puso objeción, pues así estaba ocupada. Además, el polo era su deporte preferido y, como había apuntado muy juiciosamente Sarah, era una ocasión perfecta para recaudar fondos para el hospital.

El equipo por el que todo el mundo apostaba era el de su hermano, en el que jugaba Mitch. Ambos eran jóvenes, guapos y atléticos, pero Kyall había perdido a sus legiones de admiradoras porque se iba a casar.

Sin embargo, Mitch las mantenía. Todas ellas sabían que tenía una relación muy especial con Christine Reardon, pero también creían que ella era novia de Ben Savage, que iba a ir a Australia a promocionar su serie televisiva.

Para las chicas de la región, eso significaba que Mitch estaba libre.

Fue un día maravilloso en el que se recaudó mucho dinero para el hospital.

Por supuesto, las hermanas Logan acudieron a la cita. Amanda reía, hablaba y bromeaba además de lanzar pequeños gritos de excitación cada vez que Mitch tocaba la pelota. Lo cierto era que se lo comía con los ojos.

Sin embargo, tampoco tenía empacho en flirtear con todos los jóvenes atractivos de la fiesta. Parecía que Amanda Logan lo llevaba en la sangre.

Cuando terminó el partido que, por supuesto, ganó el equipo de Mitch, se acercó a él alborozada.

—¿No vas a saludar a una vieja amiga?

—Estás muy guapa.

Lo cierto era que estaba preciosa con un vestido amarillo de escote floreado.

—Me he vestido de amarillo porque una vez me dijiste que era el color que más me favorecía —contestó Amanda en tono coqueto.

—Y así es —le aseguró Mitch.

—Enhorabuena por haber ganado —dijo Amanda encantada.

—Ha sido un partido maravilloso. ¿Ha venido Shelley?

—Sí —contestó Amanda—. ¿Cuándo se marcha Christine a Sidney? —añadió sin poder ocultar las ganas que tenía de perder de vista a la modelo.

—¿Por qué no se lo preguntas a ella? —le indicó Mitch.

—Así lo haré —rió Amanda—. Te quería pedir perdón si habéis discutido por mi culpa. Te aseguro que leí aquel artículo, pero debía de referirse a otra persona.

—Olvídalo, Amanda. Yo ya lo he hecho. Pero ten más cuidado en el futuro.

—Por supuesto. No sabes lo mal que me sentí al darme cuenta de mi error. Obviamente, le pedí perdón a Christine. Como es una persona maravillosa, lo entendió. Estas cosas pasan continuamente.

—¿Qué cosas?

Mitch miró por encima de la cabeza de Amanda y localizó a su adorada Christine. Llevaba el pelo suelto, como a él le gustaba, y un conjunto blanco que realzaba su gracia y elegancia naturales.

Había hecho un maravilloso trabajo organizando el partido, la comida y la recaudación de fondos y todo el mundo se acercaba a ella a darle la enhorabuena.

Mitch se moría por tenerla sólo para él.

—Ya sabes, uno se equivoca con lo que lee —sonrió Amanda—, pero con esto sí que no me he equivocado —añadió sacando una hoja de periódico del bolso.

—Amanda, no te vuelvas a poner en ridículo —le advirtió Mitch.

—Christine te había dicho que su relación con Ben Savage había terminado, ¿verdad? Entonces, ¿esto qué es? —dijo triunfante señalando una fotografía—. ¿Sexo desaforado o, quizás, amor?

—Amanda, esa fotografía es antigua —contestó Mitch—. Mira la fecha.

—Sí, pero menudo beso, ¿eh?

Mitch sintió que la furia lo invadía.

—¿Qué esperas ganar con todo esto, Amanda?

Amanda le agarró la mano.

—Estoy de tu parte, Mitch. Soy tu amiga. Puedes contar conmigo para lo que quieras. Quiero ahorrarte sufrimientos.

–Eres demasiado buena.

–Mitch, me preocupo por ti, de verdad –protestó Amanda–. Cuando vi esta fotografía en el periódico, entendí que es imposible que un hombre así te deje de gustar. Asúmelo, Mitch, te dejó una vez y lo va a volver hacer.

–Eso es asunto mío, Amanda, no tuyo –contestó Mitch mirándola a los ojos–. ¿Por qué no te quitas de en medio? Te lo agradecería infinitamente.

–Oh, Mitch, dicho así parece que lo único que hago es crear problemas...

–Amanda, todos sabemos que eso es lo único que sabes hacer.

Amanda se alejó medio sollozando mientras Mitch pensaba que no era más que una metomentodo. Aun así, tenía razón en una cosa. Aquel beso parecía muy real.

Tan real que hizo que Mitch se volviera a plantear muchas cosas. ¿Sería posible que Ben Savage y él tuvieran algo en común? ¿Sería posible que ambos fueran víctimas de Christine?

«Sólo te pido que confíes en mí».

Las palabras de Christine retumbaban en su cabeza. Veía sus ojos implorantes pidiéndole que tuviera fe en ella. Debería ser fácil y de alguna forma lo era, pero había algo que lo hacía dudar.

Cuando Mitch fue hacia Christine, la encontró rodeada de gente en un ambiente relajado en el que todos se reían. Ella lo miró e intentó descifrar la expresión de su rostro. Debería estar feliz, pues su equipo había ganado, pero no era así.

—Perdonadme un momento —sonrió mirando a sus acompañantes—. ¿Te pasa algo? —añadió una vez a solas con Mitch.

—No, no me pasa nada —contestó Mitch mientras se alejaban de la carpa en la que los invitados disfrutaban de los canapés y los refrescos.

Tuvo que apartar los ojos de Christine, pues le rompía el corazón.

—Tus ojos te delatan —apuntó ella.

—Eso dicen.

—Sospecho que Amanda tiene algo que ver con todo esto. Te he visto hablando con ella.

—Más bien, la has visto a ella hablando conmigo —la corrigió Mitch.

—¿Y qué te ha dicho esta vez?

—No deberías preguntarme esas cosas, Chris.

—Deberías contestar. Si quieres que tengamos un futuro juntos, claro...

—¿Debería albergar esperanzas? —dijo Mitch con ironía.

—¿Quieres albergarlas? Esa es la verdadera pregunta. Mitch, no hay nadie más en mi vida.

—¿De verdad? —preguntó Mitch.

Quería gritar que la amaba, pero no podía.

—No me pongas las cosas difíciles —le suplicó Christine—. Estoy teniendo un día maravilloso, todo el mundo está encantado con la fiesta.

–Ha venido mucha gente –dijo Mitch mirando a su alrededor.

–Sí, por eso hemos recaudado tanto dinero para el hospital. Estoy muy contenta porque ha sido la primera vez que he organizado un evento así –contestó Christine sinceramente.

–Lo has hecho fenomenal –apuntó Mitch orgulloso de ella.

–¿Qué te ha dicho Amanda? Es obvio que está intentando separarme de ti, que desaparezca de tu vida.

–¿Otra vez?

–Te estás comportando como un canalla, de verdad –dijo Christine agarrándolo de la mano–. ¿Por qué te sientes amenazado? Creía que ya habíamos solucionado esto.

Mitch se quedó mirando sus dedos entrelazados.

–Lo cierto es, Chrissy, que no sé qué planes tienes. Me has dicho que estás pensando seriamente en dejar tu profesión y a mí me encantaría creerte, pero cuando llegues a Sydney podría ocurrir cualquier cosa. Supongo que volverás a sentir el gusanillo de la pasarela. Además, te va a ser muy difícil quitarte de encima a Savage.

–Muy bien, ya veo por dónde van los tiros –contestó Christine–. Así que todo esto es por Ben. Amanda ha vuelto a abrir la boca. Mira que se lo advertí.

–No lo digo por Amanda –dijo Mitch sin soltarle la mano–. Es lo que yo pienso, Chrissy.

–¿No puedes olvidar el pasado?

–Ya te he dicho que no me resulta fácil –admitió Mitch dándose cuenta de lo mucho que la quería–. Por otra parte, imaginarme la vida sin ti es espantoso.

–A mí me pasa lo mismo.

–No me digas esas cosas. Lo único que consigues es que me haga ilusiones.

–Mitch, las digo porque las siento. Deja de castigarme por lo que ocurrió en el pasado. Tenemos que pasar página.

–Lo sé –contestó Mitch parándose y mirándola a los ojos.

Se moría por besarla, por sentir su cuerpo. A veces, el deseo era tan fuerte que se maldecía a sí mismo por su debilidad.

No podía besarla, por supuesto, porque había mucha gente, pero amaba a aquella mujer desde la niñez. Ese era el problema. Nada había cambiado.

–Si voy a verte a Sydney, jamás me separaré de ti –le advirtió–. Eres la mujer que quiero a mi lado, con la que quiero tener hijos. Eres mi vida. Es una gran responsabilidad, Chrissy. Será mejor que te lo pienses bien.

–¿Y qué te crees que he estado haciendo? –susurró Christine deseando abrazarlo.

A pesar de que estaban rodeados de gente, Mitch no pudo evitar tomarla de la cintura.

–No quiero que te vayas –confesó–. No quiero separarme de ti ni un minuto. Quiero ver tu rostro

nada más despertarme. Quiero hacerte el amor todas las noches.

–Yo quiero lo mismo –contestó Christine con
lágrimas en los ojos.

–Lo quieres ahora, pero te vas a ir. Cuando
vuelvas de Sydney, vuélvemelo a decir –dijo
Mitch.

CAPÍTULO 9

A LA CRÍTICA y a los espectadores les encantaron los desfiles.

«Christine Reardon es una verdadera supermodelo», dijo el editor de una revista de moda.

Sobre todo, ensalzaron en ella el hecho de que la anorexia no la afectara. Era normal entre sus compañeras morirse de hambre para mantener la talla. Sin embargo, Christine comía bien y sano y hacía ejercicio con un entrenador personal. Era necesario mucho esfuerzo y disciplina, pero funcionaba.

Después del último desfile, se organizó una gran fiesta, como era costumbre.

Christine lucía uno de los vestidos más impresionantes de uno de los diseñadores de moda y Ben Savage no se separaba de ella, dando a entender a todos los presentes que seguían siendo pareja.

¿Qué pensaría Mitch si se enterara? Christine no sabía si alguien la estaría espiando. Después de las triquiñuelas de Amanda Logan todo era posible.

Para colmo, Ben había intentado besarla ya dos veces. Por lo visto, le estaba costando entender que lo suyo había terminado.

Christine pensó en decirle que estaba completa y locamente enamorada de otro hombre, pero decidió no hacerlo, pues Ben era un hombre competitivo y aquello podía hacer que se esforzara aún más por recuperarla.

Alrededor de las dos de la madrugada, Christine decidió que se iba a dormir. Ben y ella habían sido las estrellas de la fiesta, que era precisamente lo que querían los organizadores, así que ya había cumplido.

Estaba intentando pedir un taxi disimuladamente cuando apareció él.

–Tienes suerte, cariño. Tengo una limusina esperándonos –anunció.

–¿De verdad?

–¿Te mentiría?

–Sí.

–Tienes razón, pero te aseguro que es cierto que hay una limusina esperándonos.

Hasta aquel momento, Christine no le había dicho dónde se hospedaba, pero entonces no tuvo más remedio que hacerlo.

–Ya era hora –exclamó Ben sin ocultar su satisfacción.

Mitch se había enterado de que los desfiles habían sido todo un éxito. Todas las críticas hablaban bien de Christine. La había visto desfilar en las revistas que compraba su madre, pero nunca la había visto en carne y hueso. Ahora, la estaba viendo, y estaba preciosa con todos esos vestidos y bien maquillada.

¡Parecía una diosa!

¡Su Chrissy!

Estaba completamente enamorado de ella. Con sólo verla, se derretía.

Había tenido suerte de encontrar un sitio donde sentarse. Todo estaba lleno, pero una mujer mayor lo había acomodado al fondo de la sala. Mitch había decidido ir a Sydney para sorprender a Christine y para disfrutar de verla en acción con aquellas ropas maravillosas. Ninguna de las otras modelos podían compararse con ella.

Ahora entendía por qué se la consideraba una de las mejores modelos del mundo.

¡Lo tenía todo!

Mitch miró a su alrededor y se dio cuenta de que a los presentes les encantaba. Christine sonreía en todas direcciones. Era una sonrisa verdadera. Se notaba que le encantaba su trabajo y su público.

Viendo aquello, Mitch tuvo miedo de que Christine no estuviera dispuesta a sacrificar aquella vida para volver a su lado.

Agonizaba pensando en cuándo le oiría decir aquellas dos palabras que él se moría por escuchar de sus labios: te quiero.

Diez minutos después, mientras Christine desfilaba con un precioso camisón de encaje azul marino, Mitch vio a la famosa estrella americana, Ben Savage.

La sorpresa dio pronto paso a la hostilidad.

Lo cierto era que aquel actor podría haber sido uno de sus hermanos. Se parecían muchísimo.

El resto del desfile se le antojó eterno. Mitch no podía parar de mirar al actor, que no ocultaba su entusiasmo por Christine.

¿Seguiría enamorado de ella? A juzgar por su comportamiento, así era. ¿Por eso habría ido a Australia? ¿Querría casarse con ella?

Mitch se dio cuenta de que la sonrisa de Ben no era una sonrisa de afecto hacia una ex novia, sino algo mucho más íntimo.

Christine y Ben.

¡Cielo santo, eran amantes!

Definitivamente, Mitch quería una explicación.

Cuando el desfile término, se dirigió a los camerinos, pero allí le informaron de que Christine se había ido a una fiesta. Por supuesto, con Ben Savage.

¿Estarían liados?

Mitch ya no podía más.

Sabía dónde se hospedaba Christine, pues su hermano le había hablado del piso que habían comprado en Sydney. Kyall viajaba constantemente y prefería alojarse allí que en un hotel.

Christine iba a ser el primer miembro de la familia en estrenarlo. ¿Christine o el actor y Christine?

Pensar que Christine estaba con otro hombre lo volvía loco. Podría haber vuelto con Savage.

¡Qué agonía!

Su propia inseguridad lo estaba matando. Decidió que, si de verdad la quería, debía concederle el beneficio de la duda.

Aun así, necesitaba una explicación.

¡Y sería mejor que fuera buena!

El piso no lo defraudó. Estaba situado en uno de los mejores edificios de la ciudad y tenía una soberbia vista sobre la bahía.

Kyall le había dado unas llaves por si Christine no estaba en casa cuando él llegara.

Mitch se sirvió una copa de whisky con hielo y se sentó en una de las butacas del salón. Se soltó la corbata y se quedó mirando al horizonte por el ventanal. Tenía que tranquilizarse antes de que llegara Christine.

¿Llegaría sola?

Ante la posibilidad de que no fuera así, Mitch sintió que se le hacía un nudo en la garganta.

Lo había pasado fatal cuando Christine lo había abandonado por primera vez. De hecho, jamás se había repuesto de ello.

Dio un trago al whisky y decidió que, si Christine llegaba acompañada de Savage, no haría nada. Se pondría en pie y se iría a su casa, dejando el terreno libre a su rival.

Si no podía confiar en ella, no tenía sentido casarse con ella.

Ben insistió en acompañar a Christine hasta la puerta.

Christine sabía que aquel hombre constituía una amenaza, pero no se quería ir. Quería hablar con ella antes de que se marchara de la ciudad pues, según él, la idea de que Christine dejara su carrera era un gran error.

–¿Me invitas a una copa? –le dijo una vez en la puerta.

–Prefiero que no entres, Ben –contestó Christine.

–Sabes que puedes confiar en mí.

–Confío en ti, Ben. Eres lo que mi madre denomina un perfecto caballero.

–¿Y tú cómo me denominas?

–Un buen amigo.

–Entonces déjame pasar un rato, Chris –suplicó–. Si me dejaras abrazarte, se me pasarían todos los males. No deberíamos haberlo dejado.

–Ya no somos novios, Ben –le recordó Christine–. Además, desde que tú y yo lo dejamos has tenido unas cuantas relaciones, así que no me parece una buena idea dejarte pasar.

–¿Y si te digo que te sigo queriendo?

–Ben, lo nuestro ya es historia. Estuvo bien, pero era imposible que durara.

–Fue por mi culpa –se lamentó Ben dejando caer la cabeza sobre su hombro–. ¿Me das un beso antes de que me vaya?

–Me parece que no –sonrió Christine.

–¿Uno pequeñito por los viejos tiempos? –insistió Ben.

–No.

–¿No? Antes decías que sí –dijo Ben tomándole la cara entre las manos–. Uno cortito... –añadió con buenas intenciones.

Mitch fue hacia la puerta al oír voces.

Era Christine con un hombre de pronunciado acento estadounidense. Obviamente, Ben Savage.

¿Lo dejaría entrar Christine?

Habían pasado ya unos minutos y seguían en la puerta. ¿Qué estarían haciendo? Mitch estaba dispuesto a averiguarlo.

Era evidente que Savage seguía enamorado de Christine.

Mitch no quería meterse en la vida de Christine, pero no pudo evitar abrir la puerta. Al hacerlo, se encontró con la pareja fundida en un tierno beso.

Se dio cuenta de que estaba tan enfadado que podría resultar violento.

–Bueno, ahora sé que estáis juntos –comentó fríamente.

–¡Mitch! –exclamó Christine.

Mitch se dio cuenta de que en sus ojos azules había vergüenza e, increíblemente, alivio.

–Hola, Chrissy, cariño, ¿qué tal estás? No hay palabras para describir cómo me siento en estos momentos.

Christine se dio cuenta de la ironía de sus palabras.

–¿Kyall te ha dado unas llaves?

–Por supuesto, por algo es mi mejor amigo –contestó con frialdad–. Tú debes de ser Ben –añadió mirando al actor.

–Sí, y tú debes ser el Mitch de Chris –contestó Ben–. Me ha hablado mucho de ti –sonrió a pesar de que aquel tipo le daba miedo.

–¿Ah, sí? ¿Y qué te ha contado? –quiso saber Mitch mirándolos a los dos.

Christine se apresuró a interponerse entre los dos.

–Ben ya se iba, Mitch –comentó.

–Sí, ya me iba –dijo Ben–. Me alegro mucho de haberte conocido, Mitch. Eres un hombre muy afortunado. Llámame, Chris –se despidió de ella dándole un beso en la mejilla.

–Gracias por traerme a casa, Ben.

–De nada. Pórtate bien –dijo Ben corriendo hacia el ascensor.

–Creí que eso de despedirse en la puerta era de adolescentes –se burló Mitch–. ¿Por qué no lo has invitado a pasar?

–Porque ya se iba –se defendió Christine.

–Ha sido un poco vergonzoso, ¿no crees?

–Se suponía que no ibas a venir hasta dentro de dos días –contestó Christine.

–Me alegro de haber venido antes. Así te he pillado.

–¿Me has pillado? ¡Oh, por favor! –exclamó Christine entrando en casa.

–¿No ha sido así? –dijo Mitch siguiéndola.

–Ben estaba dándome un beso de despedida.

–Eso es obvio. En ningún momento he pensado que te estuviera haciendo el boca a boca –ironizó Mitch–. No me parece bien por tu parte, Christine, decirme que venga a verte a Sydney cuando estás también con Savage.

–Eso no es cierto –contestó Christine–. Te quiero.

–Sí, eso ya me lo has dicho antes –dijo Mitch disgustado–. ¿Estás quemando todas tus naves antes de casarte o qué?

–Mira, Ben y yo terminamos hace mucho tiempo, pero seguimos siendo amigos.

–¿Y te parece normal seguir acostándote con tus amigos? –le espetó Mitch con amargura.

–Mitch, me parece que los celos te están trastornando.

–Completamente –admitió Mitch–. No me gusta verte con Savage cuando me habías convencido de que ibas a volver conmigo.

–¡Por Dios, Mitch, no te estaba siendo infiel! Sólo ha sido un beso.

–Ojalá pudiera creerte, pero no puedo. Lo siento, Chrissy. A mí me ha parecido que detrás de ese beso había mucho más –contestó girándose.

–¿Qué haces? –dijo Christine corriendo tras él y agarrándolo de la manga.

–Me voy –contestó Mitch–. Ahora me toca mí.

Después de tanto tiempo, seguía sin perdonarla.

–Por favor, Mitch, no te vayas –suplicó Christine–. Por favor. Podremos superarlo. No ha sido nada.

–Lo siento –contestó Mitch sacudiendo la cabeza–. Me gustan las mujeres fieles.

–Pero si tú has mantenido relaciones con muchas desde que yo me fui –le espetó Christine–. ¿Qué me cuentas de esa víbora de Amanda Logan?

–¿Cómo te atreves a hablar así de ella después de lo que me has hecho? Me has estado engañando.

–¿No estás sacando conclusiones precipitadas? Yo no quería que Ben me besara.

–Pues a mí no me ha parecido que se lo hayas impedido.

–Lo que ha ocurrido es que se ha dejado llevar.

–Eso, desde luego –contestó Mitch con desdén.

–Te quiero, Mitch. ¿No lo entiendes?

–Parece ser que no –contestó Mitch apartándola de su lado, furioso consigo mismo por desearla tanto.

–Ben se habría enfadado si no nos hubiéramos despedido como amigos.

–¡Dios! –explotó Mitch–. ¡Ya basta! Me apuesto el cuello a que ha estado besándote todos estos días.

–Mitch... por favor. A Ben se le ha ido la cabeza esta noche, pero a mí no.

–Ya, claro. ¿Te importaría soltarme?

–No pienso hacerlo –contestó Christine mirándolo a los ojos–. Tienes que calmarte y escucharme. Me lo debes.

–Las cosas no son así, Chrissy –contestó Mitch–. No te debo nada.

–Veo que tu amor no es incondicional –comentó Christine mirándolo con intensidad.

–No tengo tu capacidad de compartir.

–¿Sabes cuál es tu problema, Mitch? Estás traumatizado emocionalmente.

–Sí, pero creo que al final lo voy a superar –contestó él yendo hacia la puerta.

Christine lo siguió desesperada.

–¿Por qué nos estamos peleando? No quería que nada de esto ocurriera.

–¿Lo dices para hacerme sentir mejor?

–Te quiero, Mitch –insistió Christine–. No puedo imaginarme la vida sin ti.

–¡Déjalo ya! –gritó Mitch.

No podía soportar las mentiras mezcladas con el deseo. Aquello lo estaba torturando.

—¿Dejar qué? Todo esto es un horrible error —contestó Christine abrazándolo—. Por favor, Mitch, no me hagas esto. Te quiero. No destruyas lo que hay entre nosotros.

Mitch se dio cuenta de que se estaba volviendo loco. Estaba completamente enamorado de ella... desde niño. Pero aquella locura tenía que terminar.

Aquella noche quería haberle pedido que se casara con él. De hecho, tenía el anillo de compromiso en el bolsillo de la chaqueta. Lo sentía cerca de su corazón.

—¡Déjalo, Chris! —repitió intentando apartarse de ella.

—No —contestó Christine mirándolo con aquellos increíbles ojos azules.

Eran exactamente del mismo color del zafiro que le había comprado.

—¿Por qué finges, Chris? ¿De qué te sirve? No hace falta que me expliques qué hacía aquí Savage. He estado en el desfile...

—¡No me lo creo! ¿Por qué no has venido a verme a mi camerino? Me habría encantado.

Hubo algo en su voz que tomó a Mitch por sorpresa. Un inequívoco tono de sinceridad.

—Fui, pero Savage y tú ya os habíais ido a una fiesta —contestó Mitch.

—Podrías haber ido tú también —dijo Christine—. Eres amigo mío y...

—¿Amigo tuyo? —estalló Mitch—. Christine, tenía sueños y tú los has destrozado.

–Mitch, ¿que es más importante, el amor o los celos?

–En mi caso, los celos son más fuertes. No estoy orgulloso de ello, pero así es. ¿Te importaría apartar tus preciosos dedos de mi brazo?

–No lo voy a hacer –contestó Christine–. Tienes que entrar en razón. Eres tan cabezota como una mula. Siempre lo has sido, pero tenemos que hablar de esto, Mitch.

–No –insistió Mitch–. No soy tan tonto como para no darme cuenta de que, si no hubiera abierto la puerta, ahora mismo estarías en la cama con Savage.

–Sigue, sigue... –lo animó Christine dándole un puñetazo en el pecho–. Haz lo que mejor se te da hacer: destrozarnos la vida. No me mires así. Eres un paranoico. Ben y yo tuvimos una relación en el pasado, pero fue sobre todo por lo mucho que se parecía a ti...

–Eso es puro morbo, ¿no te parece? –dijo Mitch agarrándole la mano.

–Probablemente. Era muy injusto para él, porque cuando estábamos juntos me imaginaba que eras tú. Acabe dejándolo porque no había nada serio entre nosotros. Sólo pensaba en ti, en volver a casa contigo.

–¡Olvídate de eso! –le advirtió Mitch–. He visto cómo te miraba Savage. He visto cómo te besaba. Está claro que para él lo vuestro no se ha terminado.

—¿Y a mí qué me importa? A Ben le gustan siempre las mujeres que no puede tener.

—Pero a ti sí te puede tener. Te ibas a entregar a él y los dos lo sabemos.

—Mitch, por favor, sólo le iba a dar un beso —se defendió Christine.

Y, de repente, las lágrimas comenzaron a resbalar por sus mejillas.

Mitch jamás la había visto llorar.

—¿Christine?

—Cállate —contestó ella apartándose de él con furia—. Ya estoy harta de ti, Mitch Claydon. ¿Por qué desconfías de mí? ¿Es que nunca vas a cambiar? El hecho de que Ben me haya acompañado hoy a casa ha sido desafortunado, sí, es verdad. A veces no hay quién lo pare, pero es inofensivo. Te he dicho que te quiero, pero eso no es suficiente. Estás decidido a ignorarme. Jamás imaginé que fueras tan cruel.

—Supongo que lo soy —admitió Mitch preguntándose por qué incluso en aquellos momentos lo único que le importaba era tomarla entre sus brazos y consolarla.

Aquella mujer lo tenía completamente embrujado.

Al girarse bruscamente para apartarse de él, a Christine se le enganchó un tacón en el vestido.

—¡Maldición, maldición y maldición! —exclamó.

—Chris... déjame a mí.

–No me toques –le espetó–. Vuelve a Marjimba con tu pequeña Amanda.

–Lo siento, pero no puedo –contestó Mitch acariciándole el hombro.

Pero Christine se volvió a girar para que no la viera llorar.

Sin poder evitarlo, Mitch fue tras ella y la tomó entre sus brazos. Christine se revolvió para liberarse, pero no pudo.

–¡Tranquila, tranquila! –le rogó Mitch.

–¡Vete al infierno!

–Sin ti, es precisamente donde estoy –contestó Mitch apretándola contra su cuerpo.

Inmediatamente, el deseo se apoderó de él.

Christine lo miró a los ojos.

–Adelante, desata tu furia, te doy permiso para que lo hagas –le dijo.

–¿Para hacer qué? –preguntó Mitch acariciándole la nuca.

–Para hacer lo que te dé la gana –contestó Christine–. Me importa un bledo.

–Me parece que voy a empezar por quitarte ese vestido.

Christine no contestó, pero se le aceleró la respiración.

–Te juro, Mitch, que...

–Continúa –la instó Mitch.

Se ponía preciosa cuando estaba enfadada y Mitch no pudo evitar besarla. El placer fue tan intenso que sintió que le temblaban las rodillas.

Estaba al borde del precipicio. Tenía que elegir. Podía lanzarse o dar un paso atrás. Lo malo era que vivir con ella era también un abismo.

–Te quiero –repitió Christine tomándole el rostro entre las manos–. Siempre has sido la persona más especial e inolvidable de mi vida.

–¡Tan especial no debía de ser cuando te olvidaste de mí! –se burló Mitch–. ¡Pero te aseguro, mi amor, que esta vez no te vas a olvidar!

Mitch había tomado una decisión. Había decidido saltar. Sintió el corazón desbocado y la sangre corriéndole por el cuerpo en una carrera desaforada y apasionada.

Con Christine siempre le pasaba lo mismo.

Lo tenía hechizado.

La volvió a besar y se dio cuenta de lo mucho que la deseaba. ¿Cuál era el precio que debía pagar? ¿Zafiros, diamantes, rubíes, perlas? Christine estaba por encima de todo aquello.

Siguió besándola hasta quedarse sin aliento, hasta que Christine no supo ni lo que hacía ni lo que decía.

Mitch la tomó entonces en brazos y la condujo hacia su dormitorio. Una vez allí, la depositó sobre la cama y se quedó observándola.

–Chrissy, te voy a hacer el amor –anunció inevitablemente.

–Es lo que más deseo en el mundo –contestó ella.

–No quiero que hables.

–¿Para que no meta la pata?

–Porque no hay lugar para las palabras –contestó Mitch bajándole la cremallera del vestido.

Sus pechos quedaron al descubierto, pues no llevaba sujetador. Mitch deslizó el vestido hasta su cintura, por sus caderas y hasta el suelo. Todo muy lento. Todo con mucho cuidado.

Christine era perfecta.

Mitch le quitó las braguitas y comenzó a desnudarse. Christine se levantó de la cama y lo abrazó. A continuación, y tal y como él había hecho con ella, lo desnudó.

–Lo que siento por ti jamás cambiará –le dijo Mitch buscando su boca.

Sus labios se deslizaron por el escote hasta apresar un pezón erecto. Mitch le tomó las nalgas entre las manos y la apretó contra su cuerpo. Sus preciosas piernas se separaron para que la acariciara.

–¿Te puedo dejar embarazada?

Christine sintió ganas de reír.

–Es posible... pero deberías haberme dejado embarazada hace mucho tiempo –contestó sinceramente.

Mitch se apartó unos centímetros y la miró a los ojos.

–¿No te arrepentirás?

Christine lo abrazó.

–Creí que no íbamos a hablar –contestó.

–Si te acuestas ahora conmigo, jamás te dejaré marchar –le advirtió Mitch sintiendo pánico ante la idea de volver a perderla.

–Mitch, a ver si lo entiendes de una vez. Te quiero. Sólo a ti –contestó Christine muy seria–. No tengas miedo, estoy decidida a irme a casa contigo –le aseguró abrazándolo.

Mitch la tomó en brazos mientras sentía que el corazón le estallaba de gozo.

Entonces decidió que la rabia y el dolor del pasado debían evaporarse.

Debía olvidarse de todos los sueños que no se habían cumplido. Debía terminar con todas sus dudas. Incluso se le antojó que el sufrimiento, tal vez, hubiera sido necesario para sentir la increíble felicidad que sentía en aquellos momentos.

Mitch la depositó en la cama y admiró cómo le caía el pelo negro en cascadas sobre la almohada.

Se colocó encima de ella, decidido a darle todo el placer del mundo.

Christine se dejó hacer.

Cuanto más le daba Mitch, más quería ella. Era su mujer, su compañera Sentía las manos y la boca de Mitch por todo el cuerpo y no dudó en colocarse sobre él e introducir su erección en su cuerpo.

Mitch, decidido a aguantar todo lo que pudiera, le puso las manos en la cintura mientras ella se arqueaba y se movía rítmicamente.

Cuando ya no pudo más, la tumbó boca arriba y se colocó entre sus piernas.

–¡Espera! le indicó Christine con voz entrecortada–. Yo te digo cuándo.

Mitch se forzó a aguantar mientras se movía rítmicamente al compás de Christine, perfectos bailarines en aquella danza del amor. Cuando la oyó gritar su nombre, reconoció la señal y se dejó ir.

El placer fue tan intenso que Mitch comprendió que Christine no le estaba negando nada. Comprendió de repente que no podía dudar de ella.

–¡Mi preciosa Chris! –exclamó jadeante.

Ambos alcanzaron el orgasmo empapados en sudor.

Un solo cuerpo y una sola mente.

Separados en el pasado y para siempre unidos en el futuro.

EPÍLOGO

DESDE EL ventanal, Christine observó a los invitados de la boda.

La brisa movía las faldas de los vestidos de las mujeres y hacía que el cálido aire del desierto no fuera tan tórrido.

Todas llevaban preciosos sombreros de formas y colores diferentes que rivalizaban con los de las flores del jardín.

El día estaba siendo perfecto.

Por fin, Kyall y Sarah se habían casado.

Christine no sentía más que amor en su interior. Desde que Mitch y ella se habían comprometido, sentía como si hubiera vuelto a nacer. En un movimiento espontáneo, se llevó el anillo a los labios y lo besó.

Era precioso, el símbolo de su amor, un maravilloso zafiro cuadrado rodeado de diamantes.

Mitch se lo había dado aquella noche tan especial en la que ambos habían decidido pasar el resto de sus vidas juntos.

Christine estaba segura de que había hecho lo correcto comprometiéndose con Mitch. No tenía ningún tipo de remordimientos por dejar su profesión. No había palabras para expresar la felicidad que la embargaba.

Christine Reardon, a sus veintiocho años de edad, ya no quería ser una supermodelo, sino esposa y madre.

Habían decidido tener cuatro hijos. Se los podían permitir económicamente, así que la decisión había sido fácil.

Mitch decía a todo aquel que lo quisiera escuchar que se sentía el hombre más afortunado del mundo, pues en pocos meses se casarían.

Christine ya había empezado con los preparativos de la boda y se pasaba el día soñando con su vestido y con su velo. Había decidido que se lo hiciera su diseñador preferido y también tenía decidido lo que iban a vestir sus damas de honor, cómo iba a ser la ceremonia e incluso la comida que se iba a servir en el banquete.

Pero antes, Mitch y ella tendrían que dar tiempo a los invitados de su hermano para que se recuperaran.

–Chris, ¿qué haces?

–Suzanne, pasa, cariño. –Contestó Chris con afecto.

Su prima, preciosa con su vestido color lila del mismo color que las florecitas que llevaba diseminadas entre los rizos, entró en su habitación llevando de la mano a Fiona. La pequeña también estaba preciosa, con un vestidito rosa y una gran flor destacando en su preciosa cabellera rubia.

Ambas niñas se quedaron mirándola como si valiera un millón de dólares.

Sus miradas hablaban de amor y de admiración.

Christine llevaba un maravilloso vestido de gasa dorada que nadie había visto todavía con sandalias a juego, todo ello combinado con pedrería y flores azules.

—¡Oh, Chrissy, estás increíble! —exclamó Suzanne entusiasmada.

—Hay un montón de gente fuera —anunció Fiona muy contenta.

Las niñas se habían entendido bien desde el principio, lo que había sido un motivo de gran felicidad para todos.

—¡Esto es maravilloso! —exclamó su sobrina—. Un día puede que escriba un libro sobre esto.

—Seguro que lo harás —la animó Christine—. Venga, vamos con los demás, que todo el mundo vea lo guapísimas que estáis.

—¡Pues ya verás cuando te vea Mitch! —exclamó Suzanne—. Todo el mundo se va a quedar con la boca abierta.

—Todo el mundo estará pendiente de la novia —la corrigió Christine.

—Nosotras ya la hemos visto. ¡Parece un ángel! —exclamaron las dos niñas al unísono.

—Mi madre está radiante —dijo Fiona emocionada—. Confieso que yo estoy un poco nerviosa.

Christine la abrazó.

–Lo vas a hacer de maravilla –le aseguró.

–Todo tiene que ser perfecto.

–¡Cuánto me alegro de que hayas venido a vivir con nosotros, Fee! –exclamó Suzanne–. Se me había olvidado lo bonita que puede ser la vida.

Horas después, los recién casados estaban en el porche atendiendo a sus invitados. En breve, iniciarían su luna de miel, pero ahora era el momento de que la novia lanzara el ramo.

Las damas de honor reían y se empujaban cariñosamente. Christine observaba la escena desde lejos, junto a Mitch, que había sido el testigo de su hermano.

Estaba tan obnubilada mirándolo que no se dio cuenta de que el ramo de Sarah iba directamente hacia ella.

–Será mejor que lo agarres, Chrissy –le dijo Mitch con amor–. ¡Ha tardado en llegar, pero definitivamente es para ti!

–¡Tienes razón! –rió Christine tomando el ramo al vuelo.

Todos los presentes se giraron hacia ella y aplaudieron encantados.

–Enhorabuena, mi amor –le dijo Mitch mirándola con adoración.

Aquel día fue uno de los mejores que se recordaban en Koomera Crossing desde hacía mucho tiempo.

Kyall y Sarah se habían casado por fin y habían recuperado milagrosamente a la hija que les había sido arrebatada.

Además, tras una relación interrumpida, el famoso Mitch Claydon y su novia de toda la vida convertida en superestrella mundial, Christine Reardon, estaban juntos de nuevo.

Todos los presentes tenían la sensación de que aquello era una preciosa fuente de inspiración.

Las bodas eran perfectas para atraer la armonía.

*****

Podrás conocer la historia de Shelley Logan en el Jazmín de Margaret Way titulado:

Un futuro feliz

En el corazón de Australia

Un futuro feliz

Margaret Way

CAPÍTULO **1**

S HELLEY caminaba por la acera con paso ligero, a pesar de lo cansada que estaba. Era viernes por la tarde y ya había terminado de hacer en Koomera Crossing, el pueblo más cercano a su finca ganadera, todo lo que se había anotado en una lista. Su primera reunión, con el director del banco, no había ido mal, pero la que había tenido con el abogado de su padre, y el único del pueblo, no había ido tan bien. Después, había encargado alimentos en la tienda de comestibles. Esa había sido su necesidad más perentoria, ya que debían ser adecuados para alimentar a un grupo de japoneses que llegaría en el plazo de un mes. La tienda se había comprometido a enviarle los víveres por correo aéreo a la finca, antes de la llegada de los turistas.

Sólo le faltaba por comprar algunos productos de cosmética. Apenas gastaba dinero en ella misma, pero siempre se aseguraba de mantener el pelo y el cutis en perfecto estado.

Había dejado la finca Wybourne antes del amanecer, y tras un viaje de tres horas por las duras carreteras del Outback, había llegado al pueblo de Koomera Crossing, lo más cercano a la civilización en aquella parte del mundo.

Podría decirse que el sudoeste de Queensland, en Australia, se encontraba en el quinto pino, pero ella sentía verdadera pasión por la finca en la que vivía en el Outback, que era una zona casi desértica. Ningún otro lugar podría ofrecerle tanta paz y libertad, unos espacios abiertos tan inmensos. Era la llamada «Tierra sin tiempo», sagrada para todos los aborígenes, que eran los habitantes de Australia antes de que llegaran los primeros colonos ingleses.

Shelley disfrutaba del extraordinario lugar donde vivía, de sus colores ocres, sus ondulantes arenas rojas y sus misteriosos monumentos de piedra. Era un lugar místico. Se le hacía un nudo en la garganta sólo de pensar en la antigüedad de aquellas tierras.

Además, allí estaba cerca de Sean, su ángel de la guarda, su hermano gemelo. Sean se había ahogado cuando ambos tenían seis años. Todavía podía recordar el sonido de su dulce voz llamándola, mientras ella corría enloquecida por la pena a través el descuidado jardín que rodeaba la casa.

Sean siempre había acudido a ella, su hermana gemela, cuando necesitaba cariño o consuelo, antes que a su hermana mayor, Amanda, o a su madre. Incluso después del terrible día del accidente, del que Shelley apenas tenía recuerdos, aparte del caos y los gritos, Sean todavía la había acompañado en sus aventuras de la niñez.

Así eran los gemelos. Estaban tan unidos que ni siquiera la muerte era capaz de separarlos. A pesar de los años que habían pasado, Shelley todavía se ponía triste al recordar lo sucedido a su hermano, pero el poder y la magia del cariño que se tenían el uno al otro la ayudaba a seguir viviendo.

Mientras caminaba, iba saludando a la gente que se encontraba. Casi todos los lugareños la conocían tanto como Shelley a ellos.

No tenía ninguna intención de regresar a Wybourne aquella noche, porque carecía de fuerzas para conducir hasta allí, después de llevar horas caminando por el pueblo, bajo un sol implacable, tratando constantemente de encontrar refugio bajo los toldos que se encontraba en su camino.

Resultaba un misterio para todo el mundo, y sabía cuánto le molestaba a su hermana, aunque lo ocultara, que no tuviera ni una sola peca en la cara, a pesar de ser pelirroja. La gente se refería a su cutis diciendo que parecía de porcelana. Tenía que agradecérselo a su difunta abuela materna, irlandesa de nacimiento, al igual que el hermoso color verde de sus ojos.

Se alojaba en el único hotel que había en el pueblo, regentado por Mick Donovan. La comida era buena y estaba muy limpio. Se sentía impaciente por darse un largo baño de espuma. Pero primero tenía que comprar el gel.

Estaba en la perfumería del pueblo tratando de decidirse entre uno de aroma de jazmín y otro de gardenia, cuando alguien le tiró de un rizo. Al darse la vuelta, se llevó la agradable sorpresa de encontrarse con Brock Tyson. El adolescente que conociera se había convertido en un atractivo adulto que emanaba masculinidad por todos los poros de su piel, pero que seguía teniendo la misma mirada cargada de inquietud. Hacía años que nadie tenía noticias de él.

Daniel Brockway Tyson había sido uno de los muchachos más rebeldes y a la vez más querido del enorme sudoeste de Australia. Brock se las había ingeniado siempre para vivir al límite. Algunas veces, siendo un muchacho, se había marchado al desierto durante varios días, y cuando llegaba a su casa, en la finca de Mulgaree, se negaba a dar cuentas a nadie de sus andanzas, a pesar de que sabía que iban a azotarlo. Mulgaree era la joya de la corona de la cadena de fincas ganaderas de la familia Kingsley. El viejo Kingsley, el abuelo de Brock, lo gobernaba como un feudo privado. Era él quien se encargaba de azotar al muchacho, aunque sin haber conseguido jamás doblegarlo.

—¡Pero si es la dulce Shelley Logan! —exclamó Brock recorriendo el cuerpo de la joven con sus hermosos ojos claros—. No has cambiado nada.

—Claro que sí —respondió ella—. No tardarás en darte cuenta.

—¿Cómo estás? —le preguntó Brock con una sonrisa.

Cuando se había marchado, Shelley sólo era una niña inocente y hermosa, marcada por la mala suerte. Brock no había olvidado a los encantadores gemelos Logan y la tragedia que habían sufrido. No había ni una sola alma en miles de kilómetros que no conociera la triste historia de cómo había perdido la vida el pequeño Sean Logan.

—Estoy bien, Brock —respondió Shelley, a la que había pillado por sorpresa el placer que le producía volver a ver a Brock—. ¿Cómo tú por aquí? Por cierto, ¿de dónde demonios sales? Llevo todo el día en el pueblo, y nadie me ha dicho que habías regresado.

Las facciones de Brock, que parecían haber sido esculpidas por un artista, se pusieron tensas.

—No fue idea mía, sino de mi querido abuelo. Al parecer, no puede soportar más nuestro distanciamiento. ¿A que es increíble? Me echó a patadas hace cinco años, y ahora me suplica tan fervientemente que regrese que no he podido negarme.

—¿Está enfermo? La gente siempre desea reconciliarse con sus parientes en esas circunstancias.

—Está muriéndose, como el resto de los mortales —le respondió Brock con sarcasmo—, aunque él nunca haya creído que lo sea. No estoy contando ningún secreto. Al fin y al cabo, no tardará en saberlo todo el pueblo.

Para mirarlo, Shelley tuvo que echar la cabeza hacia atrás, porque Brock era mucho más alto que ella.

–No sé qué decir, Brock. Siempre pensé que tu abuelo era muy cruel contigo, y todos cuantos lo conocían pensaban lo mismo.

–Claro que lo era, pero yo me daba el gusto de decirle siempre lo que pensaba de él. Mi pobre madre, sin embargo, nunca se atrevió a hacerlo.

–¿Qué tal está? –le preguntó Shelley.

Brock se quedó un momento con la mirada perdida en el infinito, y sumido en una profunda tristeza.

–No ha venido conmigo, Shel. La enterré en Irlanda, la tierra de sus antepasados. El cáncer acabó con ella.

–¡Brock! –exclamó Shelley emocionada–. Lo siento mucho. Sé lo unido que estabas a tu madre. Y ella a ti.

–Ahora estoy solo en el mundo –se limitó a decir Brock–. Mi padre se esfumó cuando yo tenía seis años, y al resto de mi familia no la considero como tal. Más bien son mis enemigos, o al menos siempre han conspirado en mi contra. Mi primo Philip y su madre, mi querida tía Frances. Ella, sobre todo, siempre me ha odiado.

La expresión de Shelley se ensombreció.

–En el fondo, juraría que te admira.

–¿Ah sí? –sus ojos plateados recorrieron el cuerpo de Shelley–. Es la primera vez que oigo tal cosa.

Shelley sintió que una oleada de calor le recorría el cuerpo. Brock Tyson le parecía muy atractivo. En un tiempo había estado loca por él, cuando ella sólo tenía dieciséis años y él veintiuno. Una vez la había besado en un baile, el primero para ella, pero estaba segura de que él no lo recordaba. Ella, sin embargo, nunca olvidaría la emoción que había sentido al recibir aquel primer beso. Para desgracia de Shelley, a Brock siempre le habían gustado las chicas, y ellas habían estado todas locas por él.

–En algunos aspectos Philip te admiraba –murmuró ella–. Le habría encantado ser tan valiente y osado como tú. No temer a vuestro abuelo. Deberíais haber sido grandes amigos.

—Eso era imposible, Shelley. Kingsley y mi querida tía Frances se encargaron de enfrentarnos. ¿Quién iba a ser el heredero? ¿El que desafiara la autoridad del viejo, o el que acatara todas sus decisiones? ¿Todavía anda Philip detrás de ti? –le preguntó de repente, como si no le hiciera mucha gracia la idea.

—Relájate. Sólo somos amigos. Nos conocemos de toda la vida, y a mis padres les cae bien, lo que ya es mucho. Me alegro de volver a verte, Brock. De verdad, estoy encantada de que hayas vuelto.

Brock le sonrió, complacido al ver lo feliz que estaba de volver a verlo y lo sincera que era.

—Siempre fuiste un encanto –le dijo, y al mirar sus labios carnosos, recordó algo–. Me parece que te besé una vez, ¿me equivoco?

—Para ti era muy normal besar a todas las chicas –le dijo con admiración.

—No recuerdo haber besado a tu hermana. ¿Ya se ha casado?

—No. Y, ¿cómo sabes que yo no lo estoy? –le preguntó con una ceja enarcada.

—Porque todavía pareces un capullo de rosa –le dijo sonriendo con aquella sonrisa suya tan sensual–. La gente me ha dicho que te dedicas a algo parecido al negocio del turismo en tu finca Wybourne.

—Sí, y estoy muy orgullosa de ello –le respondió con calma y seguridad en sí misma, contradiciendo su apariencia de jovencita inexperta–. Nos ha llevado tiempo, pero parece que estamos despegando. La mayor parte de la organización ha recaído sobre mí, porque mis pobres padres nunca se recuperaron de la muerte de Sean, y siempre están como agotados.

–Sé muy bien lo que es el duelo. Apuesto a que Amanda te resulta de gran ayuda –dijo Brock con sarcasmo, recordando muy bien lo coqueta y egoísta que era la guapa hermana de Shelley.

–No podría arreglármelas sin ella –le dijo Shelley con lealtad hacia su hermana–. Amanda es brillante en algunas cosas en las que yo no lo soy.

–¿Como por ejemplo?

–Toca el piano, y canta muy bien. A los turistas les encanta. Además es guapa.

–¿Y tú no lo eres?

–Deja de halagarme, Brock Tyson –le dijo, fingiendo estar enfadada–. Haces que me ruborice.

–No seas modesta. Dime una cosa, ¿cómo consigues que no te salgan pecas?

Shelley pensó en el atractivo que emanaba de aquel hombre.

–No lo sé, Brock. Supongo que es cuestión de genes. ¿Cuánto tiempo vas a quedarte?

–Tanto como sea capaz de aguantar –dijo como enfadado de repente, pero con tanto carisma que dejó a Shelley sin aliento–. Kingsley está a punto de vérselas con el Creador, y piensa que ha llegado el momento de enmendar algunos de sus errores. Mi madre era su única hija, y se suponía que la adoraba. Eso debió de ser antes de que apareciera mi padre y se enamorara de él. Yo nunca presencié ningún gesto de cariño o afecto de mi abuelo hacia mi madre. Que yo recuerde, siempre se dedicó a humillarla y disgustarla. Además, Shelley, no todo el dinero es de él. Mi abuela Brockway también aportó una fortuna al matrimonio. Al principio, mi madre y yo subsistimos gracias al dinero de la abuela, hasta que yo pude empezar a ganarme la vida. Kingsley nos echó sin un duro. Como tú bien has dicho, era un hombre cruel, sólo que a mí me resultaba más fácil que a mi pobre madre soportar su crueldad.

—Estoy segura de que pidiéndote que vuelvas a casa está suplicándote que lo perdones —dijo Shelley, que se daba cuenta de la amargura y la rabia de Brock.

—Pues entonces va a sentirse decepcionado —dijo tajante—. El día del Juicio Final está a punto de llegar para Rex Kingsley.

—Ruega a Dios que lo acepte —murmuró Shelley—. ¿Qué has hecho en todo este tiempo? —preguntó curiosa. Desde el día en que se habían marchado, Rex Kingsley nunca había vuelto a mencionar a su hija ni a su nieto.

—Trabajar —respondió Brock, encogiéndose de hombros—. Estábamos arruinados, así que tenía que hacerlo. Me he dedicado a la cría y entrenamiento de caballos de carreras para una de las cuadras más importantes de Irlanda. ¡No puedes ni imaginarte lo diferente que es aquello de nuestro Outback!

—¡Irlanda! —repitió Shelley—. ¡Así que allí fuiste a parar! Tan lejos. A menudo me pregunto lo que pensaron nuestros antepasados al llegar aquí. Debieron de pensar que era un lugar muy extraño comparado con Irlanda. Espero poder ir allí algún día. Me lo he prometido. Siempre se te dieron muy bien los caballos, Brock. Hasta traes acento irlandés. ¿Te gustó aquello?

—Me encantó. Ya sabes lo bien que se nos dan los caballos a los australianos que vivimos en el Outback. Bueno, pues a los irlandeses se les da igual de bien. Hice un buen trabajo, gané dinero y sobre todo el respeto de la gente que admiraba. Además, lo más importante fue que me aseguré el bienestar de mi madre hasta su muerte.

—Aquí nadie supo nunca dónde habías ido.

—Cuando nos echó Kingsley, decidí romper con él definitivamente. Así que ni siquiera le comuniqué la muerte de mi madre.

—Me sorprende que hayas vuelto —se atrevió a decir.

—De vez en cuando recuerdo que soy un Kingsley por parte de madre, así que si mi abuelo ha decidido volver a incluirme en el testamento, como así parece, no voy a impedírselo. Se lo debía a mi madre y por lo tanto a mí —dijo con un brillo extraño en sus ojos plateados.

—Entonces vas a alojarte en Mulgaree. No debe de ser fácil para ti.

Shelley recordó cuánto habían envidiado siempre Philip y su madre la energía, la inteligencia y, sobre todo, la valentía de Brock para enfrentarse a su dominante abuelo.

—El viejo rancho es lo bastante grande como para que no tenga que ver a nadie que no desee ver.

—Recuerdo que te encantaba —apuntó Shelley.

—Y todavía me gusta, ojitos esmeralda.

Shelley Logan ya no era aquella adolescente tan mona que recordaba. Había madurado. Tenía la sensibilidad y la percepción de una mujer, y no temía decir lo que pensaba. Entonces, la había considerado demasiado cría para él, pero mientras había estado fuera, el capullo de rosa había abierto sus pétalos aterciopelados y emanaba un perfume embriagador. Por eso no podía apartar los ojos de ella. A pesar del aplomo que tanto le había sorprendido en la joven, vio cómo se ruborizaba al notar su mirada.

Llevaba el cabello rojizo y rizado suelto sobre los hombros. Sus hermosos ojos esmeralda eran grandes y brillantes, y tenía una boca muy sensual. Si no hubiera temido poner en peligro su vieja amistad, le habría dicho que era muy atractiva.

–Bueno, ¿cuál es el veredicto? –le preguntó Shelley con aspereza, ladeando un poco el rostro.

–Sólo estaba comprobando que tenías razón al decir que has cambiado. Has madurado. Bueno, ¿qué vas a hacer esta tarde? ¿Regresas a casa con tu familia? –preguntó Brock, que no había olvidado la tristeza que reinaba en el hogar de Shelley.

–Mañana. No puedo ir y venir en el mismo día.

–Por supuesto que no. Mírate, estás en los huesos. Una ráfaga de viento podría hacerte volar. Siguen haciéndote la vida imposible, ¿verdad? –preguntó Brock con la certeza de que, en realidad, las cosas no cambiaban.

–No deberías hablar así de mi familia, Brock –le dijo con tono reprobador–. Ya sabes cuánto los quiero. Pero supongo que tendré que sufrir toda la vida por haber sobrevivido tras la muerte de Sean.

–Tú no tuviste la culpa, Shelley. Fue un desgraciado accidente. Eras sólo una niña cuando sucedió.

–Ya lo sé, pero eso no parece importar –le dijo, apartando la mirada.

–No, cuando no se te permite olvidar. Demonios –dijo de repente, como si el reducido espacio en el que se encontraban lo agobiara–. Vámonos de aquí –le pidió, consciente de que, desde que se habían encontrado, no les habían quitado la vista de encima. Estaba seguro de que la bien engrasada maquinaria del cotilleo local ya había empezado a funcionar.

–¿Adónde? Tengo que comprar una cosa aquí –le preguntó Shelley, y miró en dirección al mostrador de la tienda.

–Bueno, pues hazlo –le ordenó con brusquedad–. Supongo que te alojas en el hotel.

–Así es –respondió Shelley, que se daba cuenta de que Brock seguía siendo puro fuego.

–Entonces, yo también. ¿Qué te parece si cenamos juntos? He visto que nuestra antigua y temible profesora del instituto, Harriet Compton, ha abierto un restaurante.

–Sería estupendo, Brock –dijo Shelley olvidándose, de repente, de todo su cansancio.

–Tenemos muchas cosas que contarnos. Phil me ha dicho que eres su novia. Tal vez fuera una advertencia –comentó Brock con los ojos brillantes.

–Entonces, ¿por qué no me lo ha dicho a mí?

–Eres demasiado buena para él –afirmó Brock, dejando translucir toda la antipatía que sentía por su primo.

Shelley lo miró, y pensó que su piel parecía de bronce pulido. Incluso en la brumosa Irlanda, debía de haberle dado mucho el sol.

–¿No te parece que eres un poco cruel? Me da pena el pobre Philip. Vuestro abuelo lo trata con dureza, y su madre espera mucho de él. Philip siempre se encuentra bajo presión, aunque, en realidad, el viejo no le dé ninguna responsabilidad.

–Lo tiene bien sujeto. Pobre Philip, era un niño muy tonto.

–Mientras que tú eras un verdadero demonio –le dijo Shelley con una sonrisa–. Por desgracia, Philip todavía está muy influenciado por su madre. Bueno, Brock, voy a pagar esto –dijo Shelley dirigiéndose a la caja tras haber escogido un gel con aroma de gardenias.

Shelley no tenía ningún vestido que ponerse y, por primera vez desde que había ido a la boda de sus amigos Christine y Mitch Claydon, le apetecía mucho estar guapa.

Mientras se miraba en el espejo que tenía en la habitación del hotel, Shelley pensó que se habría descrito a sí misma como una persona sencilla y limpia. No tenía muchos vestidos bonitos, como su hermana Amanda. Acostumbraba a ponerse todos los días unos vaqueros y una camisa de algodón. Brock Tyson siempre había sido muy amable con ella, a pesar de lo temperamental que era. En la actualidad parecía un hombre muy seguro de sí mismo. Duro. Un poco como el mismo Rex Kingsley, áspero e inflexible como la tierra de su reino en el desierto.

Decidió ir a una tienda cercana, en cuyo escaparate había visto una blusa que le gustaba. Si no se la había comprado había sido porque creía que no iba a tener ninguna ocasión de lucir una prenda tan bonita. La dependienta le había asegurado que quedaría preciosa con los vaqueros blancos que tenía.

Se puso unas deportivas blancas de piel en bastante buen estado y se maquilló un poco antes de salir.

Al darse cuenta de lo emocionada que estaba con su cita de aquella noche, Shelley trató de mantener la calma, pensando que con aquella cena Brock tan sólo deseaba olvidar por un rato sus preocupaciones.

Era un joven que sufría aún muchas heridas psicológicas, aunque las físicas, resultado de los golpes de su abuelo, ya hubieran cicatrizado. Las agresiones habían terminado cuando, a la edad de quince años, ya con el cuerpo de un hombre, se había enfrentado a su abuelo y habían acabado a puñetazos. Uno de los empleados había presenciado el suceso, y se había encargado de propagarlo en el bar de la zona.

—Os aseguro que el viejo bastardo recibió su merecido, y ya era hora —había dicho entre risas.

El informador no había tardado en ser despedido, y tardó mucho en encontrar trabajo en otro rancho.

Brock se había ganado la fama de valiente, pero al mismo tiempo había mostrado que tenía un lado oscuro. Más le valía a ella recordarlo.

Lo último que Brock había pensado hacer aquella noche era vida social. Se había sentido muy mal desde el fallecimiento de su madre, como si su muerte prematura hubiera sido en cierto modo culpa suya. Estaba seguro de haberle causado mucho dolor con sus constantes enfrentamientos con su abuelo, aunque ella nunca le hubiera reprochado nada. De todos modos, la herida no curaría nunca. Odiaba a su abuelo por haberlos repudiado y no estaba dispuesto a perdonarlo, aunque se lo pidiera desde su lecho de muerte. Una vez, incluso había acusado a su abuelo de haberse desembarazado de su padre, Roy, que supuestamente había «huido como un cobarde» desapareciendo sin dejar rastro. La verdad era que los hombres del Outback desaparecían constantemente.

Se preguntó si le habría pasado algo parecido a su padre. Conociendo a su abuelo, lo creía muy capaz de disparar a sangre fría a cualquiera que desafiara su autoridad. El exceso de poder y dinero podía convertir en un megalómano a un hombre que ya era ruin por naturaleza. Su abuelo había montado en cólera al saber que su hija estaba dispuesta a desafiar su autoridad para casarse con el hombre que amaba. Una vez casada, trató de anular su matrimonio, pero no lo consiguió porque ya estaba embarazada. Lo que sólo Dios sabía era por qué sus padres habían permitido que Kingsley los obligara a regresar a Mulgaree, donde Brock había venido al mundo en una habitación de la planta superior de la casa.

Por amor a su madre, su padre había soportado tanto la enemistad como la dureza que recibía de su suegro, pero al cabo de seis años Roy Tyson había desaparecido, dejando una nota que su suegro había quemado tras mostrársela al oficial de policía encargado de investigar se desaparición.

No se había vuelto a saber nada de Roy en todos aquellos años. Brock había tratado de encontrarlo, pero sin conseguirlo. No podía evitar pensar que su abuelo debía pagar por la desaparición de su padre.

Brock trató de apartar de su mente aquellos pensamientos sombríos que amenazaban con devorarlo, y se concentró en la tarea de vestirse. El pelo se le estaba secando, y empezaba a rizarse. Le pareció que lo llevaba ya demasiado largo, aunque las mujeres siempre le habían dicho que les gustaba mucho de aquella manera. Su experiencia era que las mujeres tendían siempre a decir cosas agradables. Los miserables eran siempre los hombres.

Mientras se ponía una camisa limpia se preguntó qué demonios estaba haciendo, por qué había quedado para salir aquella noche, cuando lo que deseaba era estar solo y lamerse las heridas. La verdad era que siempre había sentido debilidad por la hija pequeña de los Logan, que se había convertido en una hermosa mujer.

Desde la desgraciada muerte de su hermano gemelo, se decía que la madre de Shelley todavía se pasaba el día postrada en cama llorando, y que su padre no había permitido olvidar aquel trágico día a nadie, y menos a su hija menor.

No le parecía justo el modo en que su familia había tratado a Shelley desde la muerte de su hermano gemelo. La habían castigado demasiado. Igual que la suya había hecho con él. Sentía que aquello había creado un lazo de unión entre ellos. Además, todavía recordaba el beso que le había dado en un baile. Shelley no tendría más de dieciséis años, pero su imagen se le había quedado grabada en la mente. Tenía la sensación de que, a pesar de su dulce sonrisa y su aparente contención, Shelley era una mujer muy apasionada. Después de todo, era pelirroja, y el rojo era el símbolo del fuego, de la pasión.

Se preguntó qué tipo de persona sería la hermana de Shelley, Amanda, que era capaz de pasarse el día tocando el piano mientras ella trabajaba sin parar en la cocina, preparando comida para los grupos de turistas. Tampoco creía que recibiera mucha ayuda de su madre.

Toda la gente de Koomera Crossing admiraba a Shelley. Les parecía una mujer con muchas agallas y una trabajadora infatigable.

Brock estaba convencido de que una criatura tan dulce como Shelley sería capaz de traer un poco de sosiego a un alma atormentada como la suya. Pero el romance no entraba en sus planes. Ni siquiera una corta aventura. Desde luego, no con la chica a la que había visto crecer. No podía planear nada. No con su futuro tan en el aire.

Sabía que no iba a encontrar la paz en Mulgaree, pero necesitaba verse cara a cara con su abuelo. Mulgaree era el lugar donde había nacido, al igual que su madre y su tío Aaron, el padre de Philip. Sin embargo, Philip había nacido en una clínica privada de Brisbane, porque Frances había tenido miedo de dar a luz a su hijo en una aislada finca ganadera del Outback. Su tío Aaron, a quien recordaba con cariño, había resultado muerto a causa de la cornada mortal que había recibido de un novillo salvaje cuando trataba de domarlo.

Después de su muerte, todos ellos habían vivido en el infierno.

–¡Pero mira qué guapa estás!

Brock se quedó mirando a Shelley desde la puerta. Estaba muy hermosa con el pelo trenzado y sólo unos mechones rizados de sus rojos cabellos cayéndole sobre la cara, decorando su rostro de piel inmaculada y suave como la de un bebé. Un ligero toque de color realzaba su boca y sus ojos verdes eran tan grandes y misteriosos que dominaban su rostro. Parecía como si fuera capaz de hechizar a cualquiera de un momento a otro, si así se lo propusiera. Incluso a él.

El pensamiento le hizo echarse a reír.

–Llevas una blusa preciosa –dijo, y al pensar que ocultaba unos senos que debían de ser aún más bonitos, sintió una repentina oleada de deseo que le recorrió todo el cuerpo.

A pesar de sus intenciones de no comprometerse en modo alguno con Shelley Logan, en la última media hora había empezado a gustarle mucho.

Al sentir la mirada de Brock sobre su cuerpo, Shelley se puso nerviosa.

–Me alegro de que te guste –le dijo haciendo un tremendo esfuerzo para que su voz sonara normal–. No tenía nada que ponerme, así que corrí hasta la tienda de ropa del pueblo, y encontré esto en un momento.

–¡Qué suerte he tenido! –le dijo con una sonrisa–. ¿Nos vamos? He llamado para reservar, porque me han dicho que la comida del restaurante de Harriet es tan buena que siempre está lleno.

–¿Hablaste con Harriet en persona?

Brock le quitó a Shelley la llave de las manos.

–Así es como he conseguido la reserva. Me dijo que nos cuidaría bien. Te tiene mucho cariño.

–Y yo a ella.

Shelley observó sus anchos hombros mientras cerraba la puerta, y de repente le asaltó el recuerdo de cómo se había sentido una vez entre sus brazos. A pesar de la imagen de macho que daba, Shelley sentía ternura por él, sobre todo cuando pensaba en lo duro que debía de haber sido para su madre y para él tener que permanecer en Mulgaree tras la desaparición de su padre. Era una casa muy triste. Tan triste como la suya.

–Es la primera vez que voy al restaurante de Harriet desde su apertura –dijo Shelley–. Me había invitado a la inauguración, pero Amanda se empeñó en ir, y no quería dejar a mi madre sola. No puedes imaginar los dolores de cabeza que sufre.

–Cómo sacrificamos nuestras vidas a la infelicidad.

–Mi madre teme ser feliz. Cree que sería comportarse de manera desleal con Sean.

–Es una lástima, pero no puedo decir que no la comprendo –replicó Brock de manera sombría.

Camino del restaurante, tuvieron que saludar a una marea de rostros sonrientes. Todo el mundo parecía encantado de que Brock estuviera de vuelta. Shelley se ruborizó al pensar que iba de su brazo. Simplemente estar con él parecía un acontecimiento importante.

Caminaron en silencio hasta que llegaron al restaurante de Harriet. El interior era agradable y acogedor. Estaba decorado con viejas fotografías del pueblo, colgadas de las paredes pintadas en verde y blanco. Desde la noche en que había abierto, el restaurante de Harriet se había convertido en un lugar de encuentro muy popular, tanto para los locales como para los procedentes de los ranchos diseminados por el Outback.

Harriet estaba muy guapa, vestida con un traje de seda tailandés, que le sentaba de maravilla. En cuanto los vio, se acercó a ellos para saludarlos con efusividad.

–¡Bienvenidos, bienvenidos! –exclamó, y se inclinó para besar a su antigua alumna en la mejilla.

–¿Dónde te has metido todo este tiempo, Brock? Te hemos echado mucho de menos.

–En Irlanda –le dijo, y mencionó el nombre de unas famosas cuadras de caballos sementales.

Harriet asintió, dando a entender que las conocía.

–Debe de haberte ido muy bien, porque tienes un aspecto estupendo. Pero alguien me dijo que perdiste a tu querida madre.

La pena y la rabia le atenazaron la garganta, y Brock tardó un momento en responder.

–Está donde deseaba estar, Harriet. En el hogar de sus antepasados. Aquí no tenía hogar.

–Lo siento mucho, Brock. Has sufrido un duro golpe –le dijo Harriet, apretándole el brazo–. Ya hablaremos de ello, pero ahora lo que necesitas es un poco de paz y comodidad. Tengo una buena mesa para vosotros en el patio. Venid conmigo. Estás muy guapa, Shelley.

Harriet apreciaba mucho a Shelley. Estaba segura de que habría llegado muy lejos en cualquiera de las grandes ciudades australianas, pero había permanecido en su rancho del Outback por lealtad a su familia y un injusto sentido de culpabilidad.

–¡Me alegro mucho de verte, Brock!

Brock tuvo que detenerse varias veces para saludar a la gente, pero finalmente consiguieron llegar a su mesa. Se sentaron en unas hermosas sillas de ratán con cojines de algodón indio, decorados con hojas verdes de bambú. Cerca de ellos unos elefantes blancos de cerámica llevaban maceteros de flores de colores a la espalda.

Harriet tendría ya más de sesenta años, así que para no cansarse mucho sólo abría el restaurante tres veces a la semana: los miércoles, viernes y sábados. Shelley pensó que, para la edad que tenía, Harriet estaba llena de energía y se conservaba de maravilla.

–Os está esperando una hermosa experiencia –les dijo al entregarles la carta.

Shelley pensó que, para ser un restaurante pequeño, tenía una carta muy extensa.

–La especialidad de la casa es la cocina oriental, pero si queréis comida de otro tipo, podemos prepararosla.

–Es usted maravillosa, señora Crompton –le dijo Brock.

–Dímelo cuando hayas terminado de cenar –le dijo Harriet con una sonrisa–. Ahora tengo que regresar a la cocina, pero una de las camareras vendrá enseguida a tomaros nota. ¿Os apetece beber algo mientras esperáis?

–¿Quieres algo, Shelley? –le preguntó Brock, que la encontraba tan hermosa que no podía dejar de mirarla.

–¿Puedo tomar una copa de vino blanco?

–Por supuesto. ¿Por qué no tiramos la casa por la ventana y tomamos champán? –preguntó Brock, pensando que después del día tan horrible que había tenido le apetecía sentir las burbujas haciéndole cosquillas en la garganta, y tal vez a Shelley le gustara también–. ¿Te parece bien?

–Perfecto –afirmó Shelley.

Harriet sonrió.

–Le diré a uno de los camareros que os lo traiga.

EN EL transcurso de la agradable cena, Brock olvidó temporalmente el sombrío mundo de Mulgaree y se relajó. Shelley era una encantadora mujer que sabía escuchar y hacer preguntas inteligentes y, en cuanto a la cena, la cocina de la tan viajada Harriet había resultado ser excelente. Contar con un restaurante de tanta calidad era un lujo para un remoto pueblo del Outback .

–Ha sido estupendo –afirmó Brock con satisfacción y cierta sorpresa.

–No había probado una cena tan deliciosa en mi vida –corroboró Shelley–. He estado intentando preparar algunos platos japoneses para mis clientes.

–¿Y lo has conseguido?

–Lleva su tiempo. El sushi ya me sale bien, pero sólo se puede servir el día que lo preparas. El problema es conseguir pescado fresco. Algunas veces uso salmón o atún en conserva. Sin embargo, nuestra excelente carne es el ingrediente base de su sukiyaki, teriyaki o kushi-age. Incluso he comprado la vajilla adecuada para servir la comida japonesa. Todo es de color blanco. La comida queda muy bien presentada en platos blancos.

Brock sonrió ante el entusiasmo de Shelley.

–Tendré que visitarte en alguna ocasión –dijo Brock con convicción. Por cierto, creo recordar que tenías cierta vena artística. ¿No conservaba la señorita Crompton todos tus dibujos?

—Así es —dijo Shelley con orgullo—. Es curioso que lo recuerdes. Todavía sigo dibujando y pintando acuarelas, cuando tengo tiempo. Soy una artista botánica frustrada. Te asombrarías si supieras en qué remotas áreas me he adentrado durante la época de la floración.

—Al oírte uno tiene la sensación de que te encanta lo que haces —le dijo Brock, que al verla tan feliz sintió la tentación de tomar una de sus manos entre las suyas.

—Por supuesto. No estoy tan segura como la señorita Crompton de que mis acuarelas sean buenas, pero así parece creerlo ella. La verdad es que me enseñó cómo valorar el arte, y me animó a seguir pintando. Está empeñada en que exponga mis obras. Dice que soy mejor que ella hace muchos años. Incluso me ofreció que expusiera aquí. ¿Te imaginas mis acuarelas colgadas en las paredes como en una galería de arte?

—Me parece una idea excelente —dijo Brock, que se dio cuenta de cuánto estaba disfrutando en compañía de Shelley y, sin embargo, se había llegado a aburrir junto a mujeres muy hermosas.

—Estoy seguro de que la señorita Crompton es una juez excelente.

Shelley sonrió.

—Harriet me ha ayudado mucho a tener seguridad en mí misma. También pinto sobre seda. Un día voy a adentrarme en el parque nacional de Daintree. Quiero pintar la flora y las mariposas de la selva tropical. ¡Las mariposas son tan románticas...! Vaya, estoy hablando demasiado.

—Me lo estoy pasando de maravilla, de verdad. Sigue —le pidió, dándose cuenta de que estaba completamente relajado. Se dijo que, en cuanto pudiera, la llevaría a Daintree.

—Párame cuando quieras —le aconsejó Shelley—. Nunca se me acaban las cosas que desearía pintar. Hay multitud de pájaros tropicales y están, además, todas las frutas de la selva.

–¿Cómo vas a arreglártelas para hacer tantas cosas?

–Bueno, soy fuerte y me alimento bien, como puedes ver. Tengo mucho trabajo, pero me encanta organizar los viajes turísticos para los japoneses. Me lo paso muy bien. Un día una mujer japonesa me enseñó a hacer adornos con verduras para decorar los platos japoneses.

–Así que estás abierta a las influencias extranjeras, aunque Australia hoy en día es casi asiática. Vas a ser una anfitriona de primera.

–Lo intento. Necesitamos mucho el dinero que nos aportan esos turistas. Incluso estoy tratando de convencer a un aborigen, que trabaja con nosotros en el rancho, para que me ayude a organizar excursiones a las cuevas de Wybourne. Así los japoneses podrán ver las pinturas rupestres. Ya sabes cuánto les preocupa a los aborígenes proteger el legado de sus antepasados.

–Está claro que te gustan los retos, Shelley –dijo Brock inclinando su copa de champagne, para contemplar cómo las burbujas subían por ella.

–Sobre todo si el reto vale la pena. Supongo que es demasiado pronto para que hagas ningún plan. A no ser que tengas decidido regresar a Irlanda –dijo Shelley deseando con todas sus fuerzas que dijera que no.

–Mi plan es dirigir el imperio Kingsley.

Shelley respiró profundamente al percibir en qué tono lo había dicho. Había tanta amargura en sus brillantes ojos...

–Perdona, Brock pero, ¿es eso posible? –se atrevió a preguntar–. Después de todo también está Philip.

–No quiero socios –dijo con sarcasmo.

Algo en él la asustó.

–Entonces, rezaré por ti.

—Hazlo —le dijo con una sonrisa—. Puede que lo necesite. Por favor, no me mires con esa cara de susto, Shelley Logan.

—Siento miedo por ti —le dijo—. ¿De verdad crees que tu abuelo va a cambiar el testamento?

Brock apretó la copa con tanta fuerza que Shelley temió que fuera a romperse en pedazos.

—Tal vez se dé cuenta, después de todo, de que tiene conciencia.

—¿Crees que desea volver a incluirte en el testamento?

Brock asintió, aunque su boca dibujó una mueca de escepticismo.

—Me ha dicho que desea una reconciliación, pero no sé hasta qué punto creerlo. Tal vez sólo sea otra broma cruel. Quizá esté un poco transtornado últimamente. El dolor le está destrozando el cuerpo, y la culpa la mente. Incluso me dijo que quería ir a Irlanda para visitar la tumba de mi madre. Estoy seguro de que no conseguiría llegar con vida.

—¿Tan mal está?

—Incluso si consiguiera sobrevivir al viaje, sabe qué tipo de recibimiento le dispensaría la gente de mi madre y todos los amigos que hicimos allí. Se lo hizo pasar muy mal a mi madre y, aunque al final de sus días había encontrado la paz, estoy seguro de que la angustia que mi abuelo le hizo pasar durante tantos años se cobró su precio.

—Debe de haberla querido alguna vez.

La respuesta de Brock fue amable, pero seca.

—Mi abuelo no sabe lo que es querer, Shelley.

—Lo siento tanto, Brock. Tal vez no deberías haber regresado cuando todavía hay tanto odio dentro de ti.

—No había alternativa. Mulgaree forma parte de mí. No voy a permitir que Frances y Philip me aparten de lo que me pertenece.

–Brock, entiendo tus sentimientos, pero debes tener en cuenta que Philip tiene los mismos derechos que tú. También es nieto de Kingsley. ¿Tan difícil te resultaría compartir Mulgaree?

Brock le tomó una mano, y Shelley sintió que una descarga eléctrica le recorría el cuerpo.

–Shelley, querida, Philip es incapaz de dirigir Mulgaree, así que para qué hablar del resto de las fincas ganaderas. Desconoce cómo usar su poder, su posición o su dinero. No sabe mandar a los hombres. Uno no puede exigir respeto. Tiene que ganárselo. No tardaría en perder lo que al viejo Kingsley le ha costado tanto construir. Y te recuerdo que estaría usando parte de la fortuna de mi abuela –dijo apretando la mandíbula.

–Brock, estás haciéndome daño.

–Lo siento –le dijo, soltándole la mano, todavía con los ojos brillantes.

–Dime, ¿se encuentra muy grave tu abuelo?

–El cáncer está acabando con él. Podría morir en cualquier momento. Maldito sea.

Shelley se estremeció.

–Lo que acabas de decir ha sonado tan duro y carente de perdón...

–Si suena así nadie más que él tiene la culpa por habernos tratado a mi madre y a mí del modo en que lo hizo. Lo siento, Shelley –se encogió de hombros–. Ya estoy demasiado resabido como para que una criatura dulce como tú me transforme.

–Yo no soy tan dulce –le dijo bruscamente–. Al igual que tú, puedo guardar resentimiento a quien me haya hecho daño. Pero por tu bien te digo que no dejes que la pena y la amargura se apoderen de ti. Entonces darás la victoria a tu abuelo. Hasta podrías terminar como él.

–¡Vaya cosas que te atreves a decirme a la cara!
–dijo tenso.

–La verdad no es siempre lo que deseamos oír. Lo siento si te he disgustado, Brock. No fue mi intención.

–Supongo que tú sabes tanto de amargura como yo. ¿Acaso no te condenó también tu familia?

Ahora le tocaba sufrir a ella.

–Tienes una vena cruel –le dijo, mirándolo con sus expresivos ojos verdes.

–Ahora ya lo sabes.

–Tú tampoco te entrometas en mi mundo interior –dijo Shelley, haciendo todo lo posible por hacer caso omiso a la tensión sexual que bullía entre ellos.

Brock respondió con ironía.

–Shelley, tanto tu vida como la mía podrían haber salido en la primera página del periódico local. Todo el mundo las conoce.

–¿Y cómo no iban a saberlo? –preguntó Shelley con amargura–. A veces pienso que nunca seré libre. La muerte de mi gemelo en unas circunstancias tan trágicas tiñó mi vida de gris.

–Entonces tienes que hacer algo para que eso cambie –le dijo Brock con énfasis–. Ninguna mujer con el cabello del color del fuego puede llevar una vida apagada. No puedes permitir que tu familia te enjaule. Tienes derecho a vivir tu propia vida, pero espero que no sea con mi primo. Sería demasiado horrible.

Nada más terminar la frase, Brock frunció el ceño.

–No vas a creértelo, pero hablando del rey de Roma... Philip viene camino de nuestra mesa.

–¡No! –dijo Shelley, volviendo la cabeza–. ¡Oh, Dios mío!

Philip llegó a su mesa. Era un hombre alto y joven, aunque un poco cargado de hombros. No era feo, pero Brock tenía un porte imponente y resultaba más atractivo.

La miró, acusándola en silencio de traición.

—Buenas noches, Shelley. ¡Eres la última persona que habría esperado ver con Brock! —le dijo con un tono acusatorio que irritó a Shelley. Después, sin pedir permiso, tomó una silla de otra mesa y se sentó a su lado—. ¿Por qué demonios estás cenando con él?

Shelley sacó a relucir su genio.

—No es asunto tuyo, Philip —le dijo tajante.

—Creí que me habías dado a entender que sí lo era —le respondió acercando más la silla.

—Pues te aseguro que no —le dijo Shelley con los dientes apretados.

—Siento haber pensado que era así —insistió. La persistencia era algo habitual en él.

Brock levantó la mano, imponiendo el silencio.

—¡Por el amor de Dios, Phil! ¡Deja de acosar a la chica! Ya has oído lo que te ha dicho—. ¿Por qué iba a querer estar con un pretencioso como tú? Por cierto, ¿qué demonios estás haciendo aquí? No recuerdo haberte invitado a sentarte a nuestra mesa.

—¿Ha pasado algo malo en tu casa, Philip? —se apresuró a intervenir Shelley.

Philip la miró.

—El abuelo ha empeorado, y quiere ver a Brock. Os lo habría explicado si me hubierais dado tiempo.

—Deberías haber empezado por ahí —le dijo Shelley—, en vez de exigirme cosas a las que no tienes derecho. Así que por eso has venido.

—Si es verdad lo que dice —intervino Brock encogiéndose de hombros—, probablemente sea el modo que tiene Kingsley de hacerme regresar a casa. Nos quiere tener a todos juntos para ver si nos matamos entre nosotros.

Philip sacudió la cabeza.

–¿No podrías tratar de ser un poco más compasivo con el abuelo? –le preguntó con rabia.

–Lo siento, pero no. Ya hace mucho tiempo que él mismo se encargó de que se me agotara la compasión.

–Me pregunto es por qué se ha empeñado en que regreses a casa –dijo Philip con un tono de censura que a Shelley le pareció extraño y poco sincero, porque siempre que se habían visto se había encargado de dejar patente el resentimiento que sentía hacia su abuelo. Había tratado de ganarse por todos los medios la comprensión de Shelley, y hasta entonces lo había conseguido.

Brock sonrió con ironía.

–¡Pero mira que eres hipócrita! –le dijo a su primo con desprecio.

–Estamos hablando de nuestro abuelo –dijo Philip levantando una mano–. Fue un coloso, y ahora se encuentra postrado en una cama sin apartar la vista del techo. No soporto verlo tan vencido. Ha sido tan fuerte... Invencible –dijo con voz ronca–. No puedo soportarlo.

–Vaya, no te has puesto a llorar de milagro –le dijo Brock, burlón.

–¡Eres un bastardo sin corazón!

–Y tú tan falso que me das ganas de vomitar.

–No tienes ningún respeto por la familia. No me extraña que el abuelo os echara a tía Catherine y a ti.

Brock se quedó muy pálido de repente. Por un instante, Shelley pensó que iba a tirarse al cuello de su primo.

–No le hagas caso, Brock –le dijo Shelley, y le apretó una mano con fuerza–. ¿Por qué no te marchas, Philip? Ya has entregado el mensaje.

Philip se puso muy rígido.

–Me parece increíble que estés poniéndote de parte de Brock y contra mí. Eres mi amiga, no la de él.

–Cualquiera que te oyera, pensaría que Shelley es propiedad tuya –dijo Brock, sobreponiéndose a su rabia. Le parecía increíble que una mano tan delicada hubiera podido apretarlo con tanta fuerza. Divertido, pensó que tendría que tomar en serio a Shelley Logan.

–Tenemos planes de futuro –dijo Philip–. Yo soy muy diferente a ti, Brock. Pretendo hacer algo útil con mi vida.

Brock lo miró con desdén.

–Pues lo vas a tener difícil, porque eres un inútil sin entrañas. Odias a ese hombre tanto como yo porque te ha hecho la vida imposible y, sin embargo, ahí estás actuando como si fueras su fiel y afligido nieto. Sé muy bien que lo único que buscáis tu madre y tú es el dinero de Kingsley. Por eso te has dedicado a hablar mal de mí. Sólo Dios sabe cómo sois capaces de no sentiros culpables ni avergonzados.

–No tengo ni idea de lo que estás hablando –dijo Philip con tono cortante, pero incapaz de sostener la mirada desafiante de su primo.

–De conspiración. De todas las historias que te inventaste sobre mí y le contaste a Kingsley. Daba igual que no pudieras probarlas. ¡Dios!, tu madre y tú debéis de haber dado una fiesta cuando nos marchamos.

–Cuando os echaron, querrás decir –intervino Philip con sarcasmo. El abuelo te dio muchas oportunidades. Nadie conspiró contra ti. Tú solito te encargaste de ponerle furioso. No supiste comportarte como un verdadero Kingsley. Fuiste rebelde desde niño.

–Entonces ni tú ni tu madre teníais de qué preocuparos, ¿no te parece? Pero ella fue lo bastante lista como para comprender lo que tú eras incapaz de captar. Al parecer, yo estaba cortándote las alas y, por tanto, tenía que marcharme. La verdad es que, visto desde la distancia, lo llamaría más bien escaparme. Tú has sido el único que has llevado una vida miserable que debe de haber acabado con tu alma. La verdad es que te lo merecías, ¿no te parece?

—El abuelo te quiere en casa —le dijo Philip, muy tenso y sin expresión alguna en el rostro.

—No me digas que has venido a recogerme —le dijo con sorna.

—He traído el helicóptero —replicó Philip.

—No tengo ni la más mínima intención de volver a casa contigo. Regresaré a Mulgaree cuando esté preparado. Es decir, mañana.

—¿Y si mañana es demasiado tarde? —le preguntó inclinándose hacia él con los codos apoyados sobre la mesa.

—¡Pues qué se le va a hacer! —le respondió Brock, encogiéndose de hombros—. Pero no lo creo. Kingsley escogerá el momento preciso para morirse. Sólo un puñado de gente puede hacerlo.

—¿Te imaginas lo que me ha costado hacer este viaje? —se quejó Philip—. ¿Averiguar que estabas aquí? —miró a Shelley con rencor, como si fuera culpable de deslealtad.

—¿A qué se debe esa desesperación? ¿No te vendría bien para tus intereses comunicarle al abuelo que he dicho que no iré hasta que no me apetezca?

—No pienses que voy a hacerlo. ¡Vaya manera más rara que tienes de intentar conseguir una reconciliación! —le dijo Philip.

—Y ya veo que tú sigues todavía haciendo el trabajo sucio de tu madre —le dijo Brock, dando muestras evidentes de que se le estaba terminando la paciencia.

Philip debió de darse cuenta de ello, porque se puso en pie, moviendo la cabeza consternado.

Se volvió a Shelley con una expresión implorante en el rostro.

—Ya habéis terminado de cenar, ¿no? ¿Te acompaño al hotel, Shelley? Tengo que hablar contigo en privado.

Brock se echó hacia atrás en la silla.

–¿De verdad habla en serio, Shelley? Buenas noches, Phil.

Philip se inclinó sobre su primo.

–Vete al infierno –murmuró.

–Yo no voy a ir al infierno, Phil, pero dame una sola razón por la que tú no deberías ir.

–Yo soy tan víctima como lo fuiste tú –le dijo Philip con demasiada amargura para alguien que momentos antes había declarado querer y preocuparse tanto por su abuelo.

–Ya lo sé, Phil.

–No creas que voy a dejarte ganar. No he estado como un esclavo durante todos estos años para nada. No pienso consentirlo.

–Yo tampoco.

Philip seguía allí de pie, haciendo un esfuerzo tan grande por controlar sus nervios, que Shelley sintió compasión por él.

–Vete, Philip. No digas nada más. La gente nos mira.

–No me importa –le dijo Philip con el cuerpo tenso y una expresión de amargura en el rostro–. Creía que sabía qué tipo de persona eras, Shelley. Ahora no estoy tan seguro.

–Tal vez sea mejor para ti –le respondió ella crispada–. Ahora vete, por favor.

–Lo haré. No seas tan tonta como para confiar en mi primo. Brock tiene muy mala reputación con las mujeres.

–Siempre he procurado no hacerle daño a nadie –le respondió Brock, diciendo así la última palabra.

–Ha sido una cena estupenda, señorita Crompton –dijo Brock al pagar a Harriet en la caja.

Harriet le devolvió la sonrisa, pero lo miró preocupada.

–¿Todo ha ido bien? Lo siento, pero tuve que decirle a Philip dónde estabais.

Brock se encogió de hombros.

–No se preocupe.

–Me dijo que vuestro abuelo está grave.

–Supongo que lo averiguaré cuando regrese.

–Espero que te vayan bien las cosas, Daniel.

Brock se echó a reír.

–¡Vaya sorpresa! Creo que usted es la única persona en Koomera Crossing que me llama Daniel.

–En realidad, ahora te va el nombre mejor que nunca, porque pareces San Daniel en la guarida del león. Tengo que advertirte que las cosas no han cambiado.

–¿Respecto al viejo, quiere decir?

–Y al resto de la familia.

–Dígame algo que no sepa, señorita Crompton.

–Ya. Supongo que no te he dicho nada nuevo.

Harriet pensó en lo dura que había sido la niñez y la adolescencia de aquel joven. Peor que la de su primo Philip, que nunca había tentado la paciencia de su abuelo.

–¿Cómo van las cosas por Wybourne, Shelley? –preguntó tras entregarle la vuelta a Brock–. He oído que se te dan muy bien los negocios.

–Dentro de un mes llega otro grupo de japoneses.

–¿Has visto qué mujer tan emprendedora, Brock? Si alguna vez estás agobiada por el trabajo, pídeme ayuda.

–Gracias, señorita Crompton. Es una gran amiga.

–No te olvides de la exposición –le recordó Harriet antes de que se marcharan.

–Cuando tenga tiempo.

–Nos lo pasaríamos bien. Venid otra vez pronto –les dijo Harriet a modo de despedida.

Camino del hotel, se sentaron en un banco. El cielo estaba cuajado de estrellas y había luna llena.

Shelley se pasó las manos por los brazos. Soplaba un viento frío procedente del desierto y empezaba a sentir fresco.

Aunque no estaban muy alejados de la calle principal, Shelley se sentía como si no hubiera nadie más en el mundo que Brock y ella.

Levantó la vista hacia el cielo y enseguida distinguió sus constelaciones favoritas, sobre todo la Cruz del Sur, venerada por los aborígenes.

–¿Cómo es el cielo en Irlanda? –le preguntó muy bajito, sintiendo una gran intimidad con Brock. Como si estuvieran solos en el mundo.

Brock tardó un poco en responder. La verdad era que, a pesar de haber estado a gusto en Irlanda junto a sus parientes, había echado mucho de menos su hogar en el desierto.

–No como el nuestro. No tiene esta inmensa claridad. Nada es comparable al cielo de nuestro desierto: por el día es de un azul resplandeciente y, por la noche, de una belleza abrumadora. Parece como si pudiera estirarse el brazo y alcanzar un puñado de joyas fabulosas. Irlanda es otro mundo, Shelley. Es muy hermosa, pero con una belleza diferente a la de Australia. Estoy seguro de que a los irlandeses les parecería un territorio inmenso, como debió de parecerles a sus antepasados, cuando vinieron a establecerse aquí. Inmenso y salvaje. Aquel país y sus gentes nos inspiraron tanto pena como cariño. Los parientes de mi madre nos acogieron bajo su ala. Nos dieron todo su afecto y apoyo. Son muy simpáticos y unos grandes cuenta cuentos. Además, se les da muy bien la doma de caballos. En cuanto al clima, te aseguro que a cualquier habitante del desierto australiano, aquello le parecería otro planeta. Aquí rezamos para que llueva, y allí no para de llover. No son lluvias torrenciales como aquí, sino una lluvia fina que parece no cesar nunca. Como consecuencia, los campos están siempre verdes. Tú te sentirías como en casa allí, Shelley. Igual que Leanan–Sidhe, la musa de los poetas.

–¿Era un hada de las aguas?

–No, pero es una criatura muy hermosa, pelirroja y con los ojos color esmeralda.

–Mientras no sea un duende de las aguas... –dijo Shelley con tristeza–. Lo único que les gusta es ahogar niños.

De repente, Brock sintió la necesidad de rodearle los hombros con su brazo.

–¿Cómo he podido ser tan insensible como para sacar ese tema?

–No te preocupes. Nuestra abuela Moira estaba siempre llenándonos la cabeza con cuentos de hadas.

–Los traumas de la niñez son muy duraderos –señaló Brock con comprensión–, pero tenían que haberte ayudado a superarlos. ¿Nunca has hablado con un profesional?

Brock se dio cuenta de que los sedosos cabellos de Shelley estaban sobre su hombro. No sabía si había sido él quién la había acercado a su cuerpo, o lo había hecho ella misma. De todos modos no parecía querer apartarse.

–¿Con quién iba a hablar, Brock? Ya sabes lo aislados que estamos en la estación ganadera. Por suerte, ni siquiera he tenido que ir al médico, aunque respeto mucho el trabajo de la doctora Sarah en el hospital de Koomera. Ha tratado de ayudar a mi madre a superar la depresión, pero creo que ella no ha puesto nada de su parte para salir de la enfermedad. Y papá está amargado por haber perdido a su único hijo varón. Estoy segura de que, si le hubieran dejado elegir quién de sus dos gemelos debía sobrevivir, me habría sacrificado sin dudarlo.

−¿Cómo eres capaz de seguir queriéndolo, estando tan segura de eso?

Shelley se puso tensa y apartó un poco la cabeza del hombro de Brock.

−No te vayas −le suplicó él.

−Mis padres continúan sufriendo, Brock. No voy a odiarlos encima. Pero es verdad que, cuando tengo un día malo, me pregunto por qué me he quedado con ellos y trabajo tanto. En el fondo, me da mucha rabia que me traten con la indiferencia con que lo hacen. Supongo que, a pesar de todo, nunca abandonaré a mi familia.

−Bueno, algún día te casarás −dijo con cierta crispación en la voz−. Me pregunto cómo no te has enamorado todavía de algún hombre emprendedor, adjetivo que, por supuesto, excluye de inmediato a mi primo.

−Tal vez si lo encontrara se daría cuenta enseguida de que llevo un peso demasiado grande.

−Me ha bastado ver cómo le ha sentado a Philip verte conmigo esta noche, para llegar a la conclusión de que está muy enamorado de ti.

Shelley se daba perfecta cuenta de la intimidad que había entre ellos, de cómo la tenía abrazada, de su olor tan masculino.

−Ya sabes que la nuestra es una comunidad relativamente pequeña, y ha sido mi pareja de baile varias veces. Hablamos mucho cada vez que nos encontramos en algún evento social, pero te aseguro que no hay nada entre nosotros.

−Será mejor que se lo digas −le aconsejó Brock sin rodeos.

−De todos modos, no le gusto a su madre. No soy lo bastante buena para su hijo.

−No sabe lo que dice. Oye, estás temblando. ¿Tienes frío?

Shelley se frotó los brazos desnudos.

—Cuando empecemos a andar, entraré en calor. Esta blusa es bastante ligera.

—De las que a mí me gustan —le susurró con sensualidad—. Siento no tener nada que ponerte sobre los hombros. Excepto mi brazo, por supuesto. Vamos, Shelley —se levantó y le tendió la mano—. Regresemos al hotel.

La amistosa galantería debería haber funcionado. Deberían haber regresado al hotel sin que nada pasara entre ellos, pero Brock era un hombre que vivía al límite y se sentía muy atraído por aquella pizpireta pelirroja.

Incluso el viento acudió en su ayuda, porque cada vez soplaba más fuerte, hasta el punto de empezar a levantar los hermosos rizos dorados de Shelley. Brock se dio cuenta de lo atractiva que la encontraba, simplemente tratando de sujetarse los cabellos mientras reía con esa risa suya tan especial, tan joven, tan despreocupada. Estaba seguro de que cualquier hombre con un poco de sangre en las venas habría deseado tanto como él tomarla en sus brazos.

Sin sentirse culpable, porque no lo había planeado en absoluto, la atrajo hacia él, y acalló su risa con su boca, sintiendo al hacerlo una oleada de calor que le recorrió el cuerpo. Durante un instante aquellos labios de seda no se movieron bajo los suyos. Pensó que, seguramente, Shelley se encontraba conmocionada por lo inesperado de su reacción, pero él le separó los labios con la lengua y susurró su nombre.

—¡Shelley!

Se sentía de maravilla. La niña que había conocido se había transformado en una mujer seductora. Una mujer con suficiente poder como para hechizarlo.

—¿Qué estás haciendo, Brock? —le preguntó Shelley, temblorosa.

Hasta las estrellas y la luna se habían desvanecido. Sólo existía su cuerpo, sus manos, su boca. Aquella presencia familiar y a la vez extraña para ella.

—Besarte —le respondió Brock, luchando con todas sus fuerzas para no ir más lejos. Quería parar, pero no podía. No, después de haber probado aquellos labios de miel.

Pero ella no estaba preparada.

—Espera —le dijo, poniéndole las manos sobre el pecho.

—¿Esperar a qué? ¿Estoy yendo demasiado deprisa para ti?

Shelley pensó que debería haber respondido que sí, pero no pudo, y Brock volvió a besarla apasionadamente.

Era tan bella, tan sensible, tan auténtica... Quería tomarla en brazos y llevarla a donde pudiera mostrarle lo que era hacer el amor. Deseaba con todas sus fuerzas apoderarse de sus pechos, acariciar aquellos pezones turgentes que podía notar bajo la blusa.

Sin embargo, de repente se dio cuenta, que, si lo hacía, iría demasiado lejos. Después de todo, su intención sólo había sido acompañarla hasta el hotel.

Podía sentir su respiración agitada, oler el aroma fresco de su cuerpo. Se dio cuenta de que ella lo deseaba también, de que si la presionaba un poco más...

De repente, la soltó con tanta brusquedad que Shelley tuvo que agarrarse a su camisa para no caerse.

—¡Brock! —gritó completamente desorientada, tratando de mantener el equilibrio. Se sentía como flotando, y notaba un calor abrasador en cada parte que él había tocado.

—Nunca quise llegar tan lejos —dijo Brock, con emoción en la voz.

—Ya lo sé —dijo Shelley, pensando que lo que sentía en aquel momento no podía compararse con nada que hubiera sentido antes.

–Pero tú también lo deseabas.

–¿Ah, sí? –dijo Shelley con la mano en el pecho. Por un momento creyó que el corazón iba a desbocársele–. Creí que ibas a seguir besándome hasta el amanecer.

–Te aseguro que lo deseaba –le dijo cortante–. Pero tuve que decidir no hacerlo.

–¿Sería mucho pedir que me dijeras por qué? –le preguntó Shelley sin entender la razón de su repentino cambio de humor.

–¿Quieres saber la verdad? –le preguntó mirándola con intensidad–. Eres demasiado dulce, demasiado ingenua, demasiado apetecible, para alguien tan hambriento como yo. No desearía hacerte sufrir.

Shelley se apartó de su lado.

–No te preocupes, nunca me verías llorar, Brock –le dijo con vehemencia–. Tus innumerables conquistas se te han subido a la cabeza. Además, no es la primera vez que me besas, y he conseguido sobrevivir.

–Lo siento, pero no es el momento. Mi futuro pende de un hilo. De verdad que siento no haber podido contenerme, pero eres tan hermosa... Vamos, te acompañaré al hotel. ¿No es eso lo más decente que puedo hacer?

–Supongo que ahora irás a decirme que soy diferente de las otras chicas que has conocido –lo provocó.

CAPÍTULO 3

SHELLEY aparcó a la puerta de su casa. El viaje había sido largo y caluroso, temiendo todo el tiempo que pudiera formarse una tormenta de arena. Las tormentas de arena eran frecuentes durante la temporada seca. El viento levantaba toneladas de arena del desierto y las descargaba en el mar, a muchos kilómetros de allí. Había presenciado varias en su vida, algunas muy fuertes. Necesitaban lluvia desesperadamente, pero aunque todos los habitantes del Outback estaban rezando para que lloviera, no caía ni una gota.

De no haber sido por los pozos que había en la finca ganadera, no podría haber organizado visitas turísticas.

Deseó con todas sus fuerzas que hubiera alguien que la ayudara a descargar la camioneta. Sin embargo, sabía perfectamente que su hermana Amanda no lo haría. Estaba muy disgustada con ella por lo vaga que era, sobre todo cuando hacía mucho calor. Además, siempre estaba quejándose de dolor de espalda, y de cuánto temía poder dañársela si hacía algún esfuerzo excesivo.

Amanda evitaba cualquier esfuerzo físico y pasaba casi todo el tiempo tumbada esperando a que la vida pasara. De hecho no se levantaba antes de las diez. Escribía canciones, algunas de ellas buenas, y tocaba el piano y la guitarra bastante bien. Shelley, sin embargo, no había podido aprender música. Su padre siempre había encontrado alguna excusa para impedírselo.

Se consoló pensando que, por lo menos, había vivido una experiencia fantástica la noche anterior. Brock Tyson era peligroso y sus proezas sexuales, legendarias. Podía dar fe de ello.

En cuanto a Philip, seguramente había sugerido que había una relación amorosa entre ellos para dejar claro a su primo que era suya. Sin embargo, Brock parecía haber hecho caso omiso de la advertencia de Philip, tal vez para fastidiarlo.

De todos modos, la realidad era que las cosas habían cambiado entre Brock y ella. Su relación había dado un giro de ciento ochenta grados. Al fin y al cabo, en el instituto nunca había sido una de las chicas de Brock Tyson porque era varios años más joven que él.

A pesar de que le había asegurado que no iba a enamorarse de él, Shelley se había pasado la noche dando vueltas en la cama, reviviendo lo excitada que se había sentido y cómo se había dejado llevar por el torbellino de sensaciones en que se había visto envuelta. Había sido como magia negra... Lo veía llegar, se inclinaba sobre ella y la tomaba en sus brazos. Era el amante que siempre había deseado.

De repente, pensó que había perdido la razón.

Su cabeza, su corazón, su sangre y sus nervios no se habían recuperado todavía del cosquilleo que habían sentido tras la lluvia de besos, aunque hubieran pasado ya más de diez horas y hubiera regresado a su mundo y a sus enormes problemas.

Apenas habían hablado de regreso al hotel, pero Shelley había deseado que la carretera iluminada por la luna no se hubiera terminado nunca. Brock le había dicho que se marcharía muy temprano, pero que la visitaría en Wybourne, si aún estaba en pie la invitación, y si su padre lo permitía.

Shelley sabía en su fuero interno que enamorarse de Brock sólo le traería problemas. Domesticarlo resultaría tan difícil como intentar domesticar a un águila.

Había descargado ya la mitad de la mercancía cuando Amanda, descalza y vistiendo un bonito vestido rosa de verano, apareció en el porche.

—Veo que ya estás de vuelta –le dijo, apoyándose en la barandilla de hierro forjado–. ¿Has tenido un buen viaje?

—¿Estás de broma? He pasado más calor que en el infierno.

—Bueno, alguien tenía que hacer el viaje –dijo Amanda con ligereza–. Pero terminé las cartas que me pediste que escribiera.

—Gracias –le dijo secamente–. Deben de haberte llevado mucho tiempo. Tal vez veinte minutos. ¿Por qué no vienes a echarme una mano? –dijo Shelley, mientras llevaba bolsas desde la camioneta hasta el porche.

—Más tarde –le dijo Amanda. Agotada por el calor, se dejó caer en una de las sillas–. Vamos a charlar un poco antes. Dios, qué calor. Supongo que no has traído ningún refresco de cola bajo en calorías.

—Pues sí. Especialmente para ti –dijo Shelley depositando en el suelo las últimas bolsas que le faltaban.

—Vaya, gracias.

—No esperes que vaya a subírtelo también.

—Papá lo hará cuando vuelva –dijo Amanda con despreocupación.

—¿Dónde está?

—Cambiando de sitio algunas cabezas de ganado. Bueno, lo primero es lo primero... Tu novio vino a primera hora de la mañana para contarnos una historia interesante.

–¿Quién se supone que es mi novio? –preguntó Shelley, aunque ya sabía la respuesta. Toda la familia había estado fomentando su amistad con Philip Kingsley.

–Muy graciosa. Phil, por supuesto. Si quieres seguir mi consejo...

–No quiero.

–No lo dejes escapar. ¿Cuántos hombres ricos y guapos están interesados en ti?

–Podría nombrar a varios de buena posición económica –dijo Shelley, mencionando varios nombres.

–La mayoría de ellos están casados.

Exhausta, Shelley se dejó caer sobre un sillón de ratán, frente a su hermana, abanicándose con fuerza.

–¿Y qué vino a contar nuestro querido Philip?

Amanda tardó un poco en contestar, sin dejar de mirar a Shelley. Toda su vida se había preguntado cómo conseguía su hermana mantener esa piel sin imperfecciones, mientras que ella, que era rubia, no podía salir a la calle sin protección solar, y aun así, le salían pecas en la nariz. No le parecía justo.

–Así que, ha vuelto Brock Tyson.

–Su abuelo lo mandó llamar –dijo Shelley, esperando no haberse puesto roja sólo con haber oído pronunciar aquel nombre.

–Entonces, el señor Kingsley debe de estar a punto de morir –dijo Amanda sin el menor atisbo de lástima en la voz.

–¿No te lo dijo Philip?

–Pues no. Dijo que su abuelo seguía disfrutando de su buena salud habitual.

–No entiendo por qué su madre y él no dicen las cosas como son. Rex Kingsley está muriéndose.

–Vale, vale, no te enfades. ¡A mí lo que de verdad me interesa es que cenaste con Brock!

—Así fue —respondió Shelley tratando de que su voz sonara normal.

—¿Algo más? —le preguntó Amanda mirándola fijamente.

—¿Qué quieres decir?

—Soy tu hermana, por si no lo recuerdas. A los dieciséis años estuviste loca por Brock Tyson.

—No era la única. Era, y todavía es fascinante.

—Pero también problemático. Echó a perder la posibilidad que tenía de convertirse en un rico heredero.

—Por el amor de Dios, Mandy, es nieto de Rex Kingsley. Estoy segura de que significa algo. Tiene su misma sangre.

—No para ese viejo tirano. Es temible. Tiene demasiado poder, y debe de ser verdad que el poder corrompe. ¿Qué aspecto tiene Brock? ¿Está atractivo?

—No ha perdido ninguno de sus encantos —dijo Shelley con sequedad—. Siempre fue muy guapo. Ahora tiene una presencia imponente.

—Llamémoslo arrogancia. Recuerdo que era muy arrogante.

Nunca había hecho ningún caso a Amanda, y todavía estaba dolida.

—Tal vez. La verdad es que se le ve muy seguro de sí mismo, con esos impresionantes ojos claros.

—Deben de ser herencia de su padre, el que huyó. No me extraña que Kingsley lo deteste. Cada vez que mire a Brock le recordará a su padre.

—Tal vez, aunque Brock también se parece a su abuelo. Tiene sus mismas facciones perfectas, y su imponente altura.

—Será un hombre imponente, pero es horrible. Entonces, ¿qué pasó? ¿Sólo cenasteis juntos?

—¿Qué esperabas? ¿Una orgía?

—¡Contigo no, desde luego! Todos los tíos saben que a ti no te va eso.

—Mientras que a ti sí. Conozco tu reputación en la zona, Mandy —dijo Shelley con un suspiro.

—No seas mojigata —le espetó Mandy—. A mí no me preocupa en absoluto lo que digan.

—Pues tal vez debería preocuparte.

—Tenías que decirlo, ¿verdad? —preguntó Mandy furiosa.

—Me preocupo por ti, Mandy. Eres mi hermana.

—Bueno, déjate de rollos. ¿Cuándo vas a volver a ver a Brock? —le preguntó Amanda con el ceño fruncido—. Si anda por aquí, a lo mejor podría interesarse en mí. Tú ya tienes bien pillado a Philip, y va siendo hora de que yo siente la cabeza. Tengo veinticinco años, y soy guapa e inteligente.

—No te preocupes, Mandy. Tu media naranja aparecerá —le dijo Shelley compadeciéndose de ella. Tómatelo con tranquilidad. Voy a pedirte un favor, no vayas diciendo por ahí que Philip y yo somos pareja. No es así, y no quiero confundir a la gente, y menos aún a Philip.

—Escucha, ¿quieres disfrutar de las mejores cosas de la vida, o piensas seguir matándote a trabajar? Mamá y papá van a pasarse la vida llorando a Sean. Tú podrías morir de agotamiento y ellos no se darían ni cuenta. ¿Por qué no escuchas, niña estúpida? Si Philip te pide que te cases con él, acéptalo. Será bueno para la familia y para ti. Si te haces demasiado la dura, puede que se canse y se ponga a buscar a otra.

—Que haga lo que quiera —dijo Shelley—. Puede que esté intentando ayudar a mi familia en este momento, pero no voy a suicidarme por vosotros. Mezclarme con Frances y Philip sería como atentar contra mi propia vida.

–¡Qué melodramática! –dijo Amanda con una mueca.

–No trato de serlo, pero sí te diré que, si me casara por conveniencia, mi autoestima acabaría destrozada.

–¡Vamos, crece un poco! –dijo Mandy, a quien los principios de su hermana le parecían exagerados–. El amor no es lo más importante cuando se está hablando de hacer una buena boda. Lo que busca la mujer es seguridad. Es mejor que Philip esté colado por ti, eso te da poder. Además, es un buen chico. Un poco pesado, pero es atractivo, o lo sería si enderezara los hombros y levantara la cabeza. Si el viejo Kingsley está muriéndose Philip ocupará pronto su lugar. Heredará una fortuna.

–Philip nunca dirigirá las propiedades de Kingsley –le dijo Shelley–. Trabaja muy duro, lo sé, pero no sabe mandar a los hombres. Incluso yo soy mejor con nuestro personal. No es un líder nato. Carece de autoridad, porque nunca le han dejado ser él mismo.

–¿Y qué? Estamos hablando de posición. Esa casa está un poco deteriorada, pero tu podrás hacer lo que quieras para mejorarla. Las dos tenemos facultades artísticas. Philip puede contratar a gente... a un capataz que se encargue de dirigir al personal.

–Tiene a su primo Brock –dijo Shelley–. Es familia suya, y también es nieto del viejo Kingsley.

–¿No creerás de verdad que Kingsley va a poner a Brock por encima de Philip? Philip es el mayor, y el que se quedó. Si las noticias que nos han llegado son de fiar, Brock no va a ver ni un centavo.

Shelley aspiró la fragancia floral que le llegaba del jardín.

–Entonces, ¿por qué lo ha hecho venir su abuelo?

Por un momento las hermanas se miraron sin hablar.

–¿Por qué vino él? –dijo Amanda, finalmente.

–¿Y por qué no? Mucho dinero de la herencia de su abuela fue invertido en las propiedades de Kingsley. Brock tiene sangre Brockway en sus venas –le recordó Shelley–, y su abuela lo adoraba. Brock ha regresado, y es el hombre apropiado para dirigir las fincas ganaderas de Kingsley.

–Espero que no te oigan decir eso ni Philip ni su madre –dijo Amanda subiéndose el vestido por encima de las rodillas–. De todos modos, apenas conoces a Brock. Yo lo conozco mejor que tú. No eras más que una niña cuando se marchó. Deberías haberlo invitado a venir a casa, pero supongo que no se te ocurrió.

–Pues te equivocas, porque sí que lo invité.

–¿Cómo? –Amanda se incorporó bruscamente–. ¿Y qué dijo?

–Que vendría.

–¡Es fantástico! Menos mal que de vez en cuando haces algo bien. ¿Sabes?, antes de que se marchara, creo que Brock sentía cierto interés por mí.

–Me inclino más a pensar que tú estabas interesada en él –la corrigió Shelley, con más aspereza de la que hubiera deseado. Pero no podía ni imaginar siquiera a Brock con Amanda.

–Bueno, de lo que estoy segura es de que tú no le interesabas. ¿Qué ocurrirá cuando Philip se entere de que sientes cierta debilidad por Brock? Serías tonta si mandaras al traste vuestra relación, ahora que va a heredar. Será mejor que le digas que Brock viene a verme a mí. Le resultará fácil creerlo porque soy muy popular entre los chicos –dijo, y se ajustó uno de los tirantes de su escotado vestido veraniego.

–Tal vez sea mejor que seas tú quien le diga a papá que he invitado a Brock –dijo Shelley–. Acepta mejor las cosas que tú le dices.

–No hay problema. Papá me adora. Soy su primogénita –dijo Amanda, tan complacida como siempre con el evidente favoritismo que mostraba su padre hacia ella–. Además, Brock podría enamorarse apasionadamente de mí.

–Me sorprendería que así fuera –dijo secamente.

–Tienes que aprender a controlar la envidia, Shel. No te aguanto cuando te pones así.

–Sólo estoy siendo realista –le advirtió Shelley–. Sé que no eres el tipo de Brock.

–Es un hombre, ¿no? Nos llevábamos bien en los viejos tiempos, y he adquirido bastante experiencia durante estos años. Así que, si Brock se reconcilia con su abuelo y vuelve a ser incluido en el testamento, sabremos que he encontrado al hombre adecuado para mí –afirmó Amanda, y posó una fría mano sobre la de su hermana–. ¿Sabes, Shel? Esto parece cosa del destino.

Sobresaltada, Shelley se dio cuenta de que Amanda hablaba en serio.

El abuelo de Brock yacía en su enorme cama de roble. Su cuerpo, una vez imponente, se veía extrañamente empequeñecido bajo la ropa de cama. No le produjo ninguna satisfacción ser testigo de semejante deterioro. Incluso el hermoso rostro severo había cambiado. Había perdido su expresión amenazadora. Rex Kingsley parecía en paz consigo mismo y su pasado.

Una enfermera, vestida con un uniforme blanco, estaba sentada tranquilamente al lado de la cama, con los pies muy juntos y las manos sobre el regazo. Era de mediana edad, y llevaba unas gafas estrechas apoyadas sobre la nariz. Daba la impresión de ser muy competente en su oficio.

–Oh, es usted, señor Tyson –le dijo con alegría, levantando la cabeza al verlo.

–¿Cómo está? –susurró Brock.

–Hoy no se encuentra bien, pero está deseando verlo.

–Gracias, enfermera. Puede irse a descansar. Yo me quedaré con él un rato.

–Gracias. No me iré muy lejos, por si me necesita –dijo la enfermera antes de abandonar la habitación.

–Muy bien, gracias.

Brock se sentó en la silla de la enfermera, al lado de la imponente cama de época victoriana. Estaba seguro de que esa sería la cama en la que moriría.

Todo cambiaría radicalmente cuando su abuelo desapareciera. Frances, la madre de Philip, ya estaba poniéndose en evidencia como la dueña de Mulgaree, por ser la madre del aparente heredero.

–Dios mío, ¿qué estoy haciendo aquí? –murmuró para sí, mientras se cubría en parte la cara con una mano.

Odiaba a aquel hombre. No tanto por lo que le había hecho a él, sino por lo que le había hecho a su madre.

–¿Por qué fuiste tan cruel con ella? –musitó–. Si una vez la quisiste tanto, ¿por qué te pusiste en su contra? ¿Por amar a mi padre, un hombre al que aparentemente despreciabas?

Su madre siempre le había dicho que su padre se había sentido ultrajado y atrapado en Mulgaree. La única razón por la que había permanecido allí había sido por el amor que le profesaba a ella y a su hijo.

Se preguntó qué precio habría pagado. Siempre había tenido la idea de que su abuelo había estado involucrado en la desaparición de su padre. Después, sin saber muy bien cómo había ocurrido, Frances y Philip habían conseguido poner a Kingsley en su contra, y él y su madre habían tenido que marcharse.

Con el paso del tiempo se había dado cuenta de que, en el fondo, había sido una retirada. Su madre y él se habían dado por vencidos en una batalla que no iban a poder ganar nunca. Sin embargo, su madre siempre había mantenido que él era el futuro de Mulgaree. Había tenido la seguridad de que el poder sería suyo.

—Estaré cuidando de ti —había sido lo último que le había dicho su madre.

Brock se preguntó si realmente alguien podía hacer algo así desde el otro mundo.

Pensó en Shelley Logan, que le había ofrecido dos cosas la noche anterior: un gran alivio para la pena que sentía y una emoción demasiado peligrosa. Shelley había sufrido ya demasiado como para que él le hiciera aún más daño. Y así sería si tomaba el relevo a su abuelo.

Tal vez incluso había algo de la crueldad de su abuelo en él. Quizá se le contagiara parte de la personalidad de Kingsley si ocupaba su lugar. Durante los años que había estado lejos de Mulgaree y de su abuelo, había conseguido enorgullecerse de quién era. Gente importante que había admirado había dependido de él y confiado en él, y había hecho muchos amigos.

Pero ahora había regresado, y la vieja oscuridad había descendido sobre él tan deprisa...

El viejo sabía bien cuál de los dos herederos resultaría vencedor, si lucharan por la herencia. Sabía quién era el más fuerte, y podría preservar lo que él había creado. No era ni la benevolencia ni el arrepentimiento lo que había movido a Kingsley a llamarlo, sino el temor de que el trabajo de toda su vida pudiera quedar destrozado si la finca caía en las manos equivocadas. Por mucho que odiara a Brock, lo necesitaba para gobernar su imperio tras su muerte. Y ahora que lo tenía en casa, Kingsley iba a morir feliz, sabiendo que su nombre y el trabajo de su vida sobrevivirían.

Brock se apartó la mano de la cabeza, al darse cuenta, atónito, de que su abuelo lo estaba mirando fijamente.

–¿Quién eres tú? –le preguntó el anciano con voz ronca–. Aléjate de mí.

–Soy tu nieto. Querías que volviera a casa, ¿recuerdas? Mírame bien, soy Brock.

Kingsley siguió mirándolo como si fuera su enemigo mortal.

–¡No te acerques! –le gritó aterrorizado–. Retrocede.

Brock se apresuró a ponerse en pie.

–Cálmate, abuelo. Ya me voy –le dijo Brock, que se daba cuenta de que los calmantes estaban haciéndole alucinar.

–Déjame morir en paz.

Brock creyó ver lágrimas corriendo por sus mejillas, pero le pareció imposible.

–No te molestaré. Le diré a la enfermera que entre.

El suspiro procedente de la cama le pareció a Brock el estertor de la muerte.

–Yo te destruí –dijo el anciano en un momento de lucidez.

–¿Para eso me hiciste venir? –preguntó Brock, volviéndose hacia él–. ¿Para continuar peleando conmigo?

–¿Dónde está mi hija? ¿Dónde está Catherine? –preguntó el anciano con ansiedad.

–Muerta –le respondió Brock, alterado al oír el nombre de su madre–. Como lo estarás tú pronto.

Sintió la tentación de decirle que había sido él quién la había matado, pero se contuvo.

–Por fin es libre.

–Dios mío, Daniel –dijo el anciano, con una voz tan potente que pilló a Brock por sorpresa.

Rex Kingsley, haciendo un esfuerzo sobrehumano, aclaró su mente. El dolor estaba consumiéndolo. Agonizaba, pero el dolor no lo había derrotado. Otro hombre no habría sobrevivido tanto tiempo.

–Daniel... aquí. Vuelve aquí –suplicó el anciano. En su fuero interno sabía que tenía que terminar aquella batalla. En su interior, el amor que sentía por su nieto luchaba por salir al exterior.

–¿Qué es lo que quieres? –preguntó Brock acercándose a la cama–. Me necesitas, ¿verdad, abuelo? No sé cómo puedes soportarlo.

De repente, el anciano le tomó la mano y se aferró a ella como si el contacto humano le hiciera más llevaderos los terribles dolores que sentía.

–Siempre fuiste un chico que no tenías miedo a nada. El nieto que siempre deseé, que no se conformaba con llevar una vida ordinaria. Te quería.

–¿Por eso me trataste tan mal? –le preguntó Brock con amargura.

–Eras muy rebelde –le dijo, y se aferró más a su mano, aunque Brock trató de retirarla–. Estaba obligado a tratarte así, pero en el fondo me sentía orgulloso de ti. Orgulloso del modo en que podías desaparecer como el aire. Incluso a los aborígenes que trabajaban en el rancho les resultaba imposible encontrarte.

–Tal vez buscaban donde sabían que no iban a encontrarme –dijo a sabiendas de que, en cierto modo, era verdad. Los hombres habían sido leales a Kingsley por miedo a las represalias, pero siempre habían hecho la vista gorda a sus escapadas.

–Sé que querían protegerte, pero no tenían derecho. Yo soy tu abuelo. Tenía que hacer lo que creía que era mejor para ti. Detenerte, hacerte regresar. Tu padre era un inútil.

–Más te vale no sacar el tema de mi padre –le dijo Brock en tono amenazador–. Toda mi vida he creído que tú podrías decirme algo acerca de su desaparición.

–Se largó. Os abandonó a ti y a tu madre. ¿Sabes que tienes sus mismos ojos?

–Y no pareces poder soportarlo.

Kingsley movió la cabeza sobre la almohada.

–Catherine y yo estábamos tan unidos... Yo la adoraba. Le daba todo lo que me pedía.

–Excepto libertad.

–Nunca amó a tu padre tanto como para abandonarme a mí –dijo con una extraña mirada triunfal en el rostro–. Le prohibí que viera a Tyson y me desafió. En otros tiempos nunca se hubiera atrevido a hacerlo, pero la amaba de todos modos.

–¿Y ahora estás buscando el perdón antes de que tengas que rendirle cuentas al Creador?

–Es verdad –admitió el anciano con una sonrisa–. Son cosas que los hombres hacen cuando ven que se acerca su hora.

–Ojalá pudiera decir que te perdono, abuelo, pero no puedo. Ese tipo de perdón murió con mi madre.

–Pero ella está aquí en este momento –dijo el anciano, apuntando hacia las sombras del otro extremo de la habitación en penumbra.

Había tal convicción en la voz de su abuelo, que Brock estuvo a punto de volverse, pero enseguida se dio cuenta de que el anciano estaba alucinando.

–No. La has perdido para siempre.

–Está allí, justo detrás de ti –insistió el anciano con los ojos llenos de lágrimas–. He hecho las paces con ella.

—¿Y los otros? Philip y Frances. Has hecho creer a Philip que será tu heredero.

—Ya me he ocupado de ellos. Tienes mi palabra de que Mulgaree será tuyo. El mundo que he creado será tuyo para toda la vida. Después pasará a tu hijo... al nieto de Catherine.

—¿Ya te sientes mejor?

—Tenía que hacerlo. Aposté por Philip, pero es incapaz de llevar las riendas del negocio. Rara vez cometo errores, pero en este caso lo hice. Carece de firmeza.

—¿Y cómo sabes que yo la tengo? —le preguntó Brock.

—Porque eres un superviviente. Eres duro y eso es importante. Tienes que serlo en un mundo de hombres. Estás listo para ser el símbolo viviente del imperio Kingsley. Sin embargo, quiero que te cambies el apellido por escritura legal y pases a llamarte Daniel Brokway Kingsley... ¿Entendido?

—¿Quieres que renuncie a mi padre?

—Nunca fue un padre para ti —le recordó Kingsley con aspereza—. Yo os crié a ti y a tu primo. Les di seguridad a Frances y Catherine. Lo tuvieron todo.

Excepto el cariño y la aceptación de un hombre que tenía el corazón de piedra, pensó Brock.

EL FIN no iba a llegarle fácilmente a Rex Kingsley. Pasó una noche infernal, en la que llegó a rezar para que el Señor, si existía, se lo llevara.

La enfermera le inyectó otra dosis de morfina al amanecer. Estaba asombrada de que su paciente hubiera sobrevivido a las primeras horas del día, cuando la mayoría de los moribundos fallecían. Sin embargo, Rex Kingsley consiguió seguir con vida, incluso tras perder el conocimiento en varias ocasiones a causa del dolor.

La respuesta era simple: tenía una voluntad de hierro.

La enfermera, a petición del enfermo, había mandado llamar a su abogado, Gerald Maitland, de un importante bufete de abogados de Brisbane, la capital del estado en el que estaba ubicado el rancho. Hacía tan sólo tres semanas que el abogado había hecho el mismo viaje infernal.

Frances Kingsley, una morena muy atractiva que pasaba de los cincuenta, aunque no los aparentaba, creyó que aquello presagiaba malas noticias para su hijo y ella.

–¿Qué crees que está sucediendo? –preguntó con miedo y frustración a la vez–. ¿Habrá conseguido Brock congraciarse con su abuelo? No puede antecederte. Eres el mayor y, además, nosotros no nos hemos marchado nunca de aquí. Hemos aguantado todo este tiempo.

–Sí, pero, ¿no te parece elocuente que el abuelo pidiera a Brock que se sentara a su lado anoche? –preguntó Philip.

–Eso no es cariño –dijo Frances, deseando creerlo así–. El viejo está tratando de ganarse el perdón. Puede que haya vivido comportándose como si fuera superior a todos nosotros, pero no es Dios. Y puedo apostar cualquier cosa a que tiene muchos pecados de los que arrepentirse.

Philip se echó a reír.

–Nosotros también tenemos unos cuantos –dijo, tratando de frivolizar para quitarle importancia a lo culpable que se sentía, sobre todo desde que se había enterado de la prematura muerte de su tía Catherine.

–¡No pienso hablar de eso! –exclamó Frances con frialdad–. Hice lo que debía para que Mulgaree fuera tuyo.

–Lo sé –dijo bajando la cabeza–. Pero no fue justo, madre. Contaste muchas mentiras sobre tía Catherine y Brock. Ella siempre fue muy cariñosa conmigo, sin embargo, tú siempre fuiste horrible con Brock. Lamento mucho la muerte de la tía. ¡Y tan lejos! También lamento haber dicho tantas mentiras. Fue tan cruel como ponerle las banderillas a un toro.

–Bueno, pues el toro se las creyó –bromeó Frances con descarado sarcasmo–. Lo lamentarás más si tu primo consigue quedarse con toda la herencia.

–Pues recemos a Dios para que no ocurra tal cosa.

–Supongo que podríamos evitar que sucediera –dijo Frances muy despacio sin mirar a su hijo a los ojos.

–No lo sé, madre. El Abuelo puede que esté en su lecho de muerte, pero yo no subestimaría sus facultades, ni pensaría en precipitar las cosas. La enfermera no se despega de su lado.

–¡Como si yo no pudiera ocuparme de esa mujer! Tú eres el que subestimas la urgencia...

–¿De qué?

Brock les sobresaltó al aparecer de repente en la habitación. Philip pensó que había sido más sigiloso que un tigre, y se preguntó qué habría oído su primo de la conversación.

Frances sonrió con frialdad.

—Deberías ser más educado, Brock. Esta es una conversación privada.

—Estoy seguro de que es sobre el abuelo —le dijo Brock, que no ocultaba el desagrado que sentía por ella, la enemiga de su madre.

Philip lo miró.

—O sea, que ahora es el abuelo. Antes sólo era el viejo, o Kingsley.

—Cuidado con lo que dices, Philip —Brock se quedó mirando fijamente a su primo—. En realidad, deberías tener cuidado con todo.

—No... no sé qué quieres decir.

—Claro que lo sabes.

—¿Qué es lo que quieres? —le preguntó Frances, furiosa.

—No estoy hablando contigo, Frances, pero no me importa que lo sepas. Quiero las llaves del helicóptero. Tengo pensado hacer un viajecito.

Philip, que estaba sentado en un sillón de piel, se puso en pie, bruscamente.

—¡Pues no voy a dártelas! —le dijo, completamente rojo por la ira.

—El viejo me ha dado permiso —le respondió Brock con tranquilidad.

—¿Y desde cuándo sabes pilotar un helicóptero? —preguntó Philip, como si fuera algo imposible de hacer.

—¿Acaso crees que me atrevería a hacerlo sin un permiso legal? Tranquilo, Phil. En Irlanda hice cinco mil horas de vuelo. Solía pilotar el helicóptero que llevaba a mi jefe y a sus colegas a Francia e Inglaterra.

—¡Qué inteligente eres, Brock! —dijo Frances con sarcasmo.

Nunca había habido nada que el chico no fuera capaz de hacer. Y era ambicioso, aunque hubiera cometido el error de anteponer el bienestar de su madre a sus propios intereses. Era peligroso, porque su progenitora había muerto y ya no había nada que frenara sus ambiciones.

–¿A dónde vas a ir? –preguntó Philip.

–A Wybourne. Le dije a Shelley que quería ver cómo le iba con su empresa de turismo.

–¿Shelley? –gritó Phil, sin poder contener sus emociones–. ¡Shelley es mía! –insistió como un niño.

–Eso es lo que te gustaría a ti –le dijo Brock, sin levantar la voz.

–¡Ya está bien, Philip! –dijo Frances, mirando airada a su hijo, que estaba de pie apretando los dientes–. Los Logan son unos don nadie. Me han dicho que Paddy Logan se ha dado a la bebida. La madre se pasa el día en su habitación y la hija mayor, Amanda, no es más que una mujerzuela. En cuanto a Shelley...

–¡No puedes decir nada malo de Shelley! –dijo Philip, atreviéndose a dirigir a su madre una mirada hostil–. Es hermosa, buena, dulce e inteligente.

–Ya casi había olvidado que quedaba algo de decencia en ti, Phil. Tienes razón sobre Shelley. Es una santa. De hecho, es casi perfecta.

–Mantente alejado de ella –le advirtió Philip con los ojos brillantes de ira–. Es mi chica, y cuando llegue el momento voy a pedirle que se case conmigo.

–¡Por encima de mi cadáver! –intervino Frances violentamente–. Hay una gran diferencia de nivel social entre los Logan y nosotros. De acuerdo, te pido disculpas por lo que he dicho sobre Shelley, pero ella es el único miembro de su familia al que podría invitar a casa.

–¡Dios mío, madre, eres tan clasista! –exclamó Phil, que parecía estar a punto de echarse a llorar.

—Y sin ninguna razón —intervino Brock—. Porque, si no me equivoco, el abuelo creyó siempre que tío Aaron se había casado con alguien de una clase muy inferior.

Frances enrojeció.

—¿Cómo te atreves? Mi familia es muy respetable. No quiero oír ni una palabra en contra de ellos. Por lo menos yo no los avergoncé escapándome con un aventurero sin un centavo, como hizo tu preciosa madre.

—A quien siempre tuviste mucha envidia. Ya veo cómo se ha manchado la reputación de mi padre —dijo Brock—, pero él no era un judas, que es más de lo que tú puedes decir de ti misma, Frances. Y ahora, si me disculpáis —dijo Brock, y tendió la mano para recoger las llaves del helicóptero.

—Podrías habérmelo dicho, y te hubiera llevado —dijo Philip, de repente.

—Ven, si quieres.

—¿Lo dices en serio? —preguntó Philip, asombrado.

—Nunca malgasto el tiempo con cosas que no quiero decir.

De hecho, había sido Shelley quien lo había sugerido. Tal vez tratando de ponerlo en su sitio.

Frances cerró los ojos como si estuviera sufriendo. Cuando los abrió, miró a su hijo.

—Te prohíbo ir, Philip. Tu lugar está aquí. El abuelo podría dejarnos en tu ausencia.

—Más le vale no hacerlo —dijo Brock—. El abuelo no se irá hasta que no haya dejado sus asuntos en orden. Está esperando a que llegue Gerald Maitland. ¡El bueno de Gerald! ¿Todavía seguís siendo buenos amigos, Frances? —preguntó Brock con cinismo.

Frances se asustó.

—No tengo ni idea de a dónde quieres llegar, Brock —le dijo, pero su tez oscura había enrojecido—. Hace muchos años que conozco a Gerald. Incluso estuve en el funeral de su esposa, fallecida hace casi dos años –le dijo mirándolo con odio–. Philip heredará. No te quepa la menor duda.

–¿Has pensado alguna vez que quizá a Philip no le guste la tarea que tú estás empeñada en que lleve a cabo? –preguntó Brock–. Tómate tu tiempo para pensarlo, Frances. Espero estar de vuelta a última hora de la tarde.

Brock aterrizó en el extenso jardín delantero de la finca Wybourne.

–¡No deberías haber hecho eso, Brock! No le gustará al señor Logan. Eso por no hablar del ruido.

Brock no le hizo ningún caso.

–Le puede venir bien para despertarse.

Amanda estaba esperándolos. Los saludó con la mano desde el porche, pero sólo tenía ojos para Brock.

Lo primero que pensó fue que caminaba de una manera muy sensual. Sólo unos pasos más atrás, venía su primo Philip, que a su lado parecía más encorvado que nunca. Le agradaba que hubiera venido también, así podía acompañar a Shelley, y ella se vería más libre para concentrarse en Brock, que estaba más guapo que nunca.

Cuando los dos hombres llegaron hasta donde estaba Amanda, la joven se abrazó al cuello de Brock y le besó en la mejilla efusivamente, como si alguna vez hubieran sido grandes amigos.

–Bienvenido, Brock. Me alegro mucho de que hayas venido a visitarnos. ¿Cómo te va, Phil? –le preguntó con desinterés, pensando que Philip normalmente tenía el aspecto de alguien que estuviera llevando el peso del mundo sobre sus hombros. Siempre parecía deprimido.

–He estado mejor. El abuelo está a punto de dejarnos.

–Lo siento mucho –mintió Amanda, que en el fondo pensaba que cuanto antes, mejor.

–¿Dónde está Shelley? –inquirió Brock, que no dejaba de preguntarse cómo podría hacer para que Amanda le dejara libre el brazo sin tener que soltarle los dedos uno por uno.

–Enseguida llegará –dijo Amanda, un poco decepcionada por el interés de Brock por su hermana–. Está preparando la comida –dijo, y señaló una zona del porche donde habían puesto la mesa con elegancia para comer al aire libre.

–Tal vez debieras ir a ayudarla –le sugirió Brock con una sonrisa burlona–. Nosotros nos sentaremos aquí, si no tienes inconveniente. ¿Vamos a tener el placer de saludar a vuestros padres? Hace mucho tiempo que no los veo.

–La verdad, Brock, es que papá ha llevado a mamá a Koomera Crossing –mintió Amanda como una verdadera profesional. Su padre tenía una resaca terrible y su madre estaba en la cama, deprimida–. Mamá tiene una cita con la doctora Sarah. Pasarán la noche en el hotel del pueblo.

–Bueno, la próxima vez será –dijo Brock, intuyendo que no estaba diciendo la verdad.

De repente, le llegó un delicioso aroma a azahar. Volvió la cabeza expectante y vio salir a Shelley.

–Siento no haber estado aquí para recibiros –dijo Shelley sonriéndolos, tratando de que no se le notara la atracción que sentía por Brock–. Oí el helicóptero.

–No me extraña –ironizó Philip–. Lo siento, le dije a Brock que no aterrizara aquí –añadió tratando de hacer quedar a su primo como un simple aficionado–. Menos mal que tus padres no están en casa.

–La verdad es que ha tenido una buena idea –dijo Shelley, tratando de no tener que repetir la mentira–. Es una tontería aterrizar demasiado lejos. Tenemos sitio de sobra.

–No debías haberte molestado en prepararnos la comida –dijo Brock mirando a Shelley.

Brock pensó con inquietud que no sabía lo que estaba sucediéndole con aquella chica. Sentía un poderoso impulso de volverla a besar. Y no en la mejilla, sino en la boca. Todavía podía notarla temblando bajo su cuerpo.

Llevaba una camisa rosa de botones nacarados con los vaqueros y, aunque era pelirroja, le sentaba de maravilla.

–Ha sido un placer –respondió Shelley alegremente, a pesar de las turbulentas sensaciones que le recorrían el cuerpo. Tuvo que hacer acopio de toda su seguridad para volverse a enfrentar a Brock–. Ya está todo listo.

–¿Puedo ayudarte en algo? –preguntó Brock, preguntándose por qué demonios había llevado a Philip, como no fuera para proteger a Shelley de él mismo.

Se consideraba un hombre muy complicado. No le haría la vida fácil a ninguna mujer, y mucho menos a la inocente Shelley.

Philip se apartó de la barandilla de hierro forjado donde estaba apoyado.

–Déjame a mí –dijo decidido–. Tú quédate aquí hablando con Amanda.

–Ya tendremos tiempo –respondió Brock, que condujo a Shelley suavemente hacia el interior de la casa–. He venido para hablar de las Aventuras del Outback, la empresa de Shelley ¿recuerdas? Quién sabe, a lo mejor me decido yo a montar una también.

Amanda, ofendida, estaba a punto de seguirlos, cuando Philip, sediento y muerto de calor, le pidió algo de beber, y Amanda no tuvo más remedio que servirle un vaso de la estupenda limonada preparada por Shelley, que había sobre la mesa.

–Bueno, Amanda, ¿qué has estado haciendo desde la última vez que te vi? –le preguntó, mientras se sentaba en una de las sillas, tratando de ser sociable con la joven, aunque no la soportaba.

En la cocina, alegre en comparación con la oscuridad del resto de la casa, Brock se apoyó en el fregadero sin apartar la vista de Shelley, que se movía de un lado a otro. Al verla tan tranquila bajo su mirada, se dijo que parecía como si no se hubieran dado nunca aquellos besos tan ardientes. Pero, de repente, se dio cuenta de que a la joven le temblaba la mano un poco.

–Fue una excusa, ¿verdad? –le dijo volviéndose a mirarlo–. No quieres hablar conmigo de mi empresa turística.

–Claro que sí. Respeto a la gente emprendedora y con recursos.

–Pero tú no tienes ni la más mínima intención de hacer nada parecido.

Brock se apartó del fregadero para acercarse más a Shelley.

–No tendría tiempo. Hacerme cargo del imperio Kingsley será un trabajo a jornada completa.

–¿Ya está todo decidido? –le preguntó Shelley.

–¿Qué quieres decir?

–¿Te ha dicho tu abuelo algo positivo? –dijo Shelley avanzando unos pasos hacia Brock. Ya casi se tocaban.

–No es asunto suyo, señorita Shelley.

–Lo siento –dijo ella ruborizándose.

Uno de los rizos de su hermoso cabello dorado se había soltado del recogido que llevaba, y Brock no pudo resistirse a colocárselo detrás de la oreja. A pesar de que Shelley trataba de aparentar que su presencia no la turbaba, Brock era consciente de que hacía falta muy poco para que saltara la chispa entre ellos. La mano bronceada de Brock le rozó la mejilla, y para Shelley fue como una descarga eléctrica.

—Recuerda lo que prometiste —le retó con los ojos brillantes.

—Me resulta muy difícil, cuando te tengo delante —dijo conteniendo su deseo—. Además, no puedo olvidar lo que te gustaron mis besos.

—¡Vaya, estás muy seguro de ti mismo!

—Digamos que sé mucho sobre mujeres.

—Ya lo sé, y no estoy dispuesta a quemarme los dedos.

—Muchas mujeres necesitan emociones fuertes, Shelley. Y las quieren de inmediato. Mujeres encantadoras, mujeres mundanas que se aburren.

—¿Quieres decir que las ayudaste a salir de su aburrimiento?

—Por supuesto —dijo burlón—. Además, necesitaba descargar tensiones.

—¿Y todavía sigues así?

—No esperaba que la vecina de al lado me excitara.

Shelley sintió que una oleada de calor le recorría el cuerpo.

—¿Y cuánto suele durar tu coqueteo?

—¡Tranquila, que todavía no he empezado contigo!

Nerviosa, Shelley había dejado hecha trizas la lechuga que estaba troceando, sin darse cuenta.

—Apuesto a que más de una mujer habrá querido matarte.

—Ninguna que yo sepa.

—¿Alguna vez estuviste a punto de enamorarte de alguna de ellas? —le preguntó, atreviéndose a mirarlo un instante.

—¿Por qué quieres saberlo?

—Simple curiosidad.

–El amor no es para mí, cariño –dijo riendo, y después tomó una manzana del frutero y le dio un mordisco.

–Tú te lo pierdes.

Shelley colocó la lechuga en una ensaladera que ya contenía judías verdes, pimiento rojo, cebolleta y chiles, y alíñó la ensalada.

–¡Vaya! –exclamó Brock–. Estoy impresionado.

–¿Por qué exactamente?

De repente, Brock le agarró la muñeca con fuerza.

–¿Estás coqueteando conmigo?

–No –respondió Shelley–. Te gustan las mujeres que suponen un reto para ti, Brock Tyson. Siempre te gustaron. No olvides que te conozco desde los tiempos del instituto, cuando jugabas a enamorar a todas las chicas.

–Esa acusación no es cierta –se defendió.

–Es una cuestión de encanto. Tu encanto letal funciona siempre –continuó diciendo Shelley, como si él no hubiera hablado.

–¿Excepto contigo? –le preguntó, mientras jugueteaba con los dedos de Shelley.

–Yo soy demasiado sensata ¡Deja de hacer eso! –le dijo. Consiguió que le soltara la mano, pero no pudo evitar sentirse rara tras sus caricias.

–¿Y nunca sientes la tentación de soltarte la melena?

Lo vio allí de pie con los pulgares en los bolsillos de los vaqueros, y sus manos elegantes extendidas sobre sus esbeltas caderas. Parecía tan seguro de sí mismo... Era el hombre más masculino que había conocido.

–Mira, puedes utilizar parte de tu abundante energía para llevar la comida al porche –le dijo, más encantada que exasperada.

–Sí, señora. ¿Quiere que lleve las dos fuentes? –le preguntó señalando la otra fuente donde había pechugas de pollo frías sobre un lecho de pasta multicolor.

—¿Crees que serás capaz?

Brock la miró divertido.

—¿Sabes que mi madre no sabía cocinar? Siempre tuvimos sirvientes en Mulgaree. Eula, el ama de llaves, trabaja en la casa de mi abuelo desde antes de nacer yo.

—Ya lo sé. Me encuentro a menudo con ella cuando voy al pueblo. Se llevó un tremendo disgusto cuando os tuvisteis que marchar tu madre y tú. Debe de estar encantada de que hayas regresado.

Brock asintió.

—Sí, aunque la noticia de la muerte de mi madre la dejó destrozada.

—Por supuesto. Me dijo que la adoraba. Sin embargo, prefirió no hablar de la madre de Philip.

—La mujer de la voluntad de hierro —dijo Brock con una mueca de desagrado—. Prefiero que no malgastemos el tiempo hablando de Frances.

—Muy bien. Entonces, ¿ibas a decirme que cocinabas tú?

—¿Tan difícil resulta de creer? Y ten cuidado con lo que respondes.

—Creo que no tienes ningún problema para hacer cualquier cosa que te propongas, Brock.

—¿Y si te digo que quiero besarte ahora mismo? —le preguntó de repente, sin tratar siquiera de disimular el ardiente deseo que delataban sus ojos.

Shelley no respondió de inmediato. La emoción le impedía hablar.

—¿Iba a salir algo bueno de ahí? —consiguió decir finalmente.

—Quién sabe.

Era como una flor. Natural y hermosa como una rosa.

—Más vale que cierre la boca —dijo Brock, irritado consigo mismo.

Cuanto más tiempo pasaba al lado de aquella mujer, más la deseaba.

–Eso no. No quiero que dejes de hablar conmigo –dijo Shelley con más vehemencia de la que hubiera deseado.

–¡Shelley...!

Pero Brock no pudo terminar su frase porque, de repente, oyeron pasos.

Era Amanda.

Shelley trató de borrar toda expresión de su rostro.

–Nunca te haría daño, Shelley –murmuró Brock con voz ronca.

–Podrías hacérmelo sin querer. Tú lo sabes. Los dos lo sabemos.

A plena luz del día, Shelley añoró poder volver a estar abrazada a Brock en una noche de luna llena.

–No pienses que estoy jugando contigo. Mi cabeza y mi corazón se encuentran en pleno conflicto. Me gustaría cambiar de vida, pero no puedo. Y no lo haré. Mi futuro se encuentra en este momento en una balanza.

Había tanta tensión entre ellos que, por un momento, Shelley se sintió incapaz de reaccionar.

De repente, Amanda apareció en el umbral de la puerta, y los miró con curiosidad.

–¿Por qué estáis tardando tanto? –les preguntó con un tono cargado de sospecha–. Creí que habías dicho que la comida estaba lista, Shel.

Shelley despertó bruscamente de su ensoñación.

–Faltaban los toques finales –respondió, sorprendida de que su voz sonara casi normal–. Nunca aliño la ensalada hasta el último momento. Ya que estás aquí, Mandy, ¿te importa llevar la cesta del pan?

CAPÍTULO 5

A SHELLEY no le sorprendió que Amanda y Philip quisieran ir con ellos a hacer el recorrido que había planeado realizar con Brock.

Amanda no estaba dispuesta a dejar pasar la oportunidad de conocer mejor a Brock. Lo encontraba muy atractivo y, además, cabía la posibilidad de que Rex Kingsley volviera a incluir al nieto pródigo en su testamento. Amanda estaba deseando formar parte de los ricos ociosos, ella que se había pasado ociosa, aunque sin ser rica, casi toda la vida.

Brock se puso al volante del todoterreno, y Shelley se sentó a su lado con Philip y Amanda atrás.

Shelley hacía de copiloto, señalando varios aspectos de interés de la finca a sus invitados, mientras que Amanda no dejaba de insistir que había sitios mejores.

—Hace tanto calor en la parte de atrás... —se quejó—. ¿Por qué no paramos en algún sitio fresquito, como el arroyo Malkie? Deberíamos habernos traído los bañadores —dijo con voz sugerente.

Brock pensó que Amanda parecía un helado que estaba suplicando que lo lamieran. Sin embargo, a él no le interesaba en absoluto, a pesar de las miradas insistentes que le dirigía la joven a través del espejo retrovisor. Estaba claro que quería una aventura, pero a él quien lo tentaba era su hermana, aunque ella no intentara siquiera seducirlo.

Los vivos colores del inmenso paisaje compensaban del tremendo calor de la tarde. Cada hora del día tenía su propia paleta de colores.

Shelley pensó que le encantaba el paisaje del desierto, pero que la sequía estaba durando ya demasiado.

—Ninguna sequía dura para siempre —dijo Brock, como si hubiera leído el pensamiento de Shelley.

—Hace ya dos años que no llueve —se lamentó.

—Ruega para que haya una tormenta o para que un ciclón tropical llegue desde el norte.

—Entonces tendremos inundaciones —replicó Amanda desde el asiento trasero.

—Tal vez, pero siempre que las hay empieza un nuevo ciclo de vida en el desierto —dijo Brock—. Incontables semillas recién germinadas se expanden como un fuego incontrolado por la tierra roja. He visto muchos paisajes hermosos durante los últimos años, pero ninguno me ha conmovido tanto como el de nuestro Channel Country después de la lluvia. Las flores llegan hasta donde alcanza la vista. Es la primavera por antonomasia. No creo que el paraíso pueda oler mejor ni ser más hermoso.

A Shelley esas palabras le llegaron muy adentro.

—Lo que acabas de decir es precioso, Brock.

Shelley se daba cuenta de que ambos sentían el mismo placer al contemplar aquel paisaje infinito.

—Los mejores momentos de mi vida los recuerdo dibujando las diferentes variedades de flores silvestres que crecen aquí —le confió.

—¿No resulta patético? —se burló Amanda—. Me parece terrible que tus mejores momentos hayan sido los que has pasado dibujando flores. Bueno, y más vale que no empiece, porque puede pasarse horas hablando de ellas.

—Shelley es una artista —la defendió Philip acaloradamente—. Sus dibujos son preciosos. Debería dedicarse a cultivar su talento, y no a agotarse tratando de sacar adelante esta maldita finca ganadera.

–Disfruto con ello, Philip –se apresuró a decir Shelley–. He aprendido mucho.

–Podrías aprender todavía más si viajaras –suspiró–. Detesto verte trabajar tan duro.

–Entonces ya va siendo hora de que le pidas que se case contigo –lo desafió Amanda.

–Gracias, Amanda, pero eso es sólo asunto nuestro –dijo Philip muy tenso.

–¿Y por qué no os paráis a pensar las dos que Shelley puede no querer hacerlo? –preguntó Brock con firmeza, sin alterarse, pero con furia en los ojos.

–Oh, claro que quiere –dijo Amanda con una sonrisa provocativa–. Sólo me lo dice unos siete días a la semana.

A pesar de conocer a su hermana, Shelley no podía dar crédito a sus oídos.

–Haz el favor de decir la verdad, Amanda –le dijo cortante.

–Oh, vaya... si la hemos hecho ruborizarse –dijo Amanda, y dio un golpecito de complicidad a Philip en las costillas–. Muy bien Shel, lo que tú digas.

Enfadada, y preguntándose hasta dónde pensaría llegar su hermana, Shelley rozó el brazo de Brock.

–Parece que la visita turística ha llegado a su fin. Vamos hasta el arroyo. Seguro que hace más fresco allí –le dijo, señalándole una fila de árboles, detrás de los que el agua del arroyo brillaba como si fuera cristal verde.

–Muy bien –respondió Brock, y se dispuso a aparcar el todoterreno.

Las charcas, lagos y riachuelos que había en las enormes fincas ganaderas de Channel Country, las mejores de Australia, presentaban un enorme e inesperado contraste con el brillante rojo de las áridas planicies. En sus orillas, la tierra estaba verde y se notaba un agradable frescor. Era un oasis en el que se alineaban los gomeros de río, las acacias y muchas especies de arbustos en flor.

El riachuelo Malkie era uno de los lugares preferidos de Shelley. Durante la estación seca era una maravillosa piscina, y durante el monzón se convertía en un torrente furioso.

Mientras se aproximaban, un gran número de loros alzaron el vuelo de una charca aislada. El colorido de sus alas extendidas fue un verdadero festín para los sentidos de todos los miembros del grupo.

Amanda se bajó del coche. Muy en su papel de mujer fatal, llevaba puestos unos pantalones cortos que dejaban al descubierto parte de su culito respingón y una camiseta ajustada de cuello a pico muy escotada del mismo color azul que sus ojos.

Shelley pensó que cuando Amanda se vestía de ese modo y llevaba sus rubios y rizados cabellos sueltos, hacía que los hombres se detuvieran en seco al verla.

Sin embargo, no parecía producir ningún efecto ni en Philip ni en Brock. De hecho, ambos hombres parecían estar intercambiando unas cuantas palabras acaloradas. Philip parecía muy agitado.

–Tu hermana siempre está causando problemas –dijo Philip, al ponerse a la altura de Shelley–. No mide nunca sus palabras. Me ha irritado más veces de las que puedo recordar.

–Sólo le gusta presumir –le dijo Shelley, quitando importancia al hecho–. De todos modos es mi hermana, Philip, y la quiero.

–¡Sólo Dios sabrá por qué!

–¿Estábais discutiendo Brock y tú? –preguntó, y se volvió un poco, lo justo para ver que Brock se había acercado a la orilla del riachuelo.

–Sí. No sé quién piensa que es para llamarme la atención –dijo Philip cruzándose de brazos–. Aparece después de todos estos años, a tiempo para que el abuelo vuelva a incluirlo en el testamento... y se atreve a decirme que no te presione. ¡Como si estuviera haciéndolo!

Shelley se dio cuenta de que se le presentaba la oportunidad de decirle lo que pensaba.

–La verdad es que sí lo estás haciendo, Philip.

–¡Cómo puedes decirme eso, Shelley! –empezó a protestar, sorprendido y herido por las palabras de la joven–. ¿Acaso no sabes cuánto me importas? ¿Sabes las cosas que quiero hacer por ti? He estado callado, esperando a ver qué pasaba con el abuelo, pero creo que Amanda tiene razón. Debería pedirte que te casaras conmigo.

Shelley se sintió como si acabara de darse un golpe en la cabeza contra un árbol.

–Philip, nosotros sólo somos amigos –le dijo con firmeza–. Nunca te he dado pie a que pensaras que pudiera haber entre nosotros algo más que una amistad.

–¿Y por qué lo cree así tu familia? –le preguntó triunfal–. Tus padres me aceptan, Amanda también. Sabes que me casaría contigo en este mismo instante.

–Un instante sería lo máximo que duraría nuestro matrimonio. No estoy enamorada de ti, Philip. Lo siento. Te aprecio y no quiero hacerte daño. ¿No puedes aceptar simplemente un no por respuesta? –le preguntó Shelley, que veía a Brock caminar hacia ellos.

–Nunca –dijo Philip, sin apartar la vista de su primo–. Tú eres la mujer de mi vida. Lo que pasa es que tienes que desligarte de tu familia. Aunque si quieres podemos cuidar de ellos, por supuesto.

–No quiero seguir hablando de esto, Philip –insistió Shelley, que de repente tuvo ganas de llorar. No era agradable sentirse contra las cuerdas.

–Te quiero, y estoy seguro de que lo que ocurre es que no le hemos dado una oportunidad a nuestra relación. Además, ahora Brock ha vuelto para complicar las cosas.

–Philip, ni siquiera me conoces –le dijo Shelley con voz queda.

–Yo creo que sí –le apretó una mano–. Ten cuidado con Brock. Al contrario que yo, se aprovechará de ti, y luego te abandonará. ¡Ya he visto cómo te mira, maldito sea!

Cuando Brock estaba a punto de unirse a ellos, Philip se quedó rezagado, recogiendo unas piedras que luego lanzó al riachuelo.

–¿Va todo bien? –preguntó Brock a Shelley.

–No sé si ha sido tu regreso, que vuestro abuelo se esté muriendo o ambas cosas a la vez, pero a Philip se le han juntado todas sus ambiciones.

–¿Debo entender que ha pensado que serías la esposa perfecta? –le dijo con cinismo.

–No quiero que se sepa, pero tal vez no sea la esposa adecuada para nadie –confesó con ironía.

Brock la tomó de la mano y la llevó bajo la sombra de una acacia.

–¿Sabes que muchas mujeres considerarían a Philip como un buen partido? ¿A quién está esperando, señorita Logan? ¿Al hombre que la deje sin respiración?

–La respuesta es sí.

Para sorpresa de Shelley, Brock la besó en el cuello.

–Muchos amores apasionados terminan mal.

–Lo sé –respondió Shelley. Sabía que tenía que hacer algo, pero no podía moverse.

–Pero eso es lo que quieres, ¿verdad? Un amor apasionado.

–¿Cuánto tiempo vas a seguir tentándome? –preguntó Shelley.

—Tal vez lo que haga falta —le dijo, rozándole el cuello con los labios.

—Tienes que dejar esto, Brock.

—¿Por qué? Sé que no te importa que lo haga.

—Claro que me importa —contestó a duras penas. Sentía una languidez tal que no se sintió segura de poder mantenerse en pie por mucho tiempo.

—¿Crees que Philip puede darse la vuelta y vernos? —le preguntó, al tiempo que la rodeaba con sus brazos por debajo de los pechos.

—No es Philip el que me preocupa, sino tú. Tu brazo. Sabes cómo tocar a una mujer.

—Eres maravillosa —le dijo, y la atrajo contra su cuerpo.

—Tú no. Tú eres un demonio.

Brock se echó a reír.

—¿Por qué he traído a Philip, y tú a tu hermana?

—Porque no te fías de ti mismo, y temías lo que pudiera pasar si estábamos solos —le dijo mientras sentía la calidez de sus manos sobre la blusa—. Me dices una cosa, y después haces lo contrario.

—No deberías sonreirme del modo en que lo haces, ni oler como una flor. No deberías tener una piel tan suave.

—¡Cuidado, Brock, ya vuelven! —le dijo, agarrándole el brazo.

—Todavía tardarán un rato. Mientras tanto, voy a ver cómo late tu corazón debajo de este botoncito sonrosado —dijo acariciándole un pezón.

—Estás disfrutando con todo esto, ¿verdad? —dijo Shelley, que se sentía tan excitada que casi no se daba cuenta de lo que le estaba sucediendo.

—¿Y tú no? —le preguntó Brock, creyendo por un momento que la felicidad podía existir. Que podía amar a una mujer. Darle tanto como ella tomara de él.

–Me siento como una gata sobre un tejado de zinc caliente –murmuró Shelley, pasándose la lengua sin darse cuenta por el labio superior.

–Muy interesante –afirmó Brock con voz ronca–. Muy bien, Shelley, si te preocupa tanto que Philip pueda verte...

–¡Demonio! –exclamó Shelley, y al volverse un poco para mirarlo descubrió una sonrisa maliciosa en los ojos de Brock.

–Shelley, cuando estoy contigo, todas mis buenas intenciones se desvanecen.

–Dime la verdad, Brock, ¿qué es lo que quieres de mí? –le preguntó Shelley, una parte de ella pensando que aquello no podía estar sucediéndole.

–¿Y si te dijera que todo? ¿Qué harías entonces?

–Me besaste cuando tenía dieciséis años por divertirte un poco. No creo que lo recuerdes siquiera.

–Aunque te parezca raro, sí lo recuerdo. Me pasé la noche mirándote. Llevabas puesto un vestido verde.

–Así es.

–Recuerdo que la parte delantera estaba adornada con lentejuelas.

–Es el vestido más bonito que he tenido nunca. Me sentía como una princesa con él. Hubieras podido tener a cualquier chica, pero me preferiste a mí. Me parecía estar viviendo un sueño, o un cuento de hadas.

–En este momento, daría cualquier cosa por uno de esos besos –se lamentó, al ver acercarse a Philip y Amanda.

–Tus padres no se han ido a Koomera Crossing, sino que están en casa, ¿verdad? Te admiro por tu valor, pero creo que en lo que respecta a tus viajes turísticos por el Outback, estás luchando en una batalla perdida de antemano. Me da la sensación de que no te ayuda nadie.

Shelley se ruborizó.

–Escucha, Brock, a lo mejor no te lo crees, pero puedo arreglármelas sola.

–¿Durante cuánto tiempo? Será un trabajo agotador, y tu familia no te apoyará. En cuanto a Philip, si te casas con él, te absorberá toda la energía. Entre su horrible madre y él te dejarán exhausta.

–Tengo la sensación de que Frances preferiría verme muerta antes que casada con su hijo.

–Tengo que advertirte de que Philip es un ser débil. Por culpa de su madre lo ha sido siempre, pero en lo que a ti respecta, sé que va a mantenerse firme. Está seguro de que si insistes, terminarás aceptándolo. Tal vez con un pequeño empujón por parte de tu familia, sucumbirías. Desde luego, tu hermana está impaciente por quitarte del medio.

–Amanda sólo quiere que me case bien –dijo con lealtad hacia su hermana.

–¿Desde cuándo ha mirado tu hermana por tus intereses? –le preguntó Brock con sarcasmo.

–Por favor, no sigas con eso –le suplicó Shelley.

–Ni siquiera creo que te hayan permitido olvidar –contestó Brock.

–Yo soy quien sobrevivió –dijo Shelley esforzándose por contener la angustia que sentía–. Las emociones son más poderosas que la razón.

–¡Eso no puedo discutírtelo! Además, estarás de acuerdo conmigo en que yo tampoco te convengo.

–La verdad es que creo que, simplemente, necesitas una mujer que sea cariñosa contigo –no pudo evitar decir Shelley.

–¡Qué inocente eres! –le dijo, sujetándola por los hombros–. Puedo tener a todas las mujeres que desee.

Muy a su pesar, Shelley sabía que tenía razón.

–Tienes poder sobre las mujeres, y también lo tienes sobre mí, no voy a engañarme pensando lo contrario.

Brock le acarició la mejilla.

–Tú también tienes poder sobre mí. Nunca me siento enfadado o amargado cuando estás cerca. Por desgracia, cuando te deje, deberé regresar al ambiente enrarecido de la casa de mi abuelo.

Estaban muy cerca el uno del otro. Sus mejillas casi se rozaban.

–Pronto terminará todo –le dijo Shelley–. Y serás libre para hacer tu vida.

–Siempre con el recuerdo de mi madre. Ella estará a mi lado en todo momento. En cuanto a mi padre, ¡Dios sabe qué habrá sido de él! ¿Dónde estará? ¿Cómo puede alguien desaparecer sin dejar rastro? Traté de localizarlo durante un tiempo, pero sin ningún éxito. Es como si se hubiera desvanecido.

–A lo mejor no quiere que lo encontréis. Tal vez haya decidido borrar a su mujer y a su hijo de su mente para siempre. Algunas personas no pueden soportar las presiones. Saben que si se quedan pueden llegar a explotar.

–Bien sabe Dios que lo he considerado desde todos los ángulos. Está claro que no quiso cargar con la responsabilidad que representábamos nosotros, y eso le destrozó el corazón a mi madre, y la dejó expuesta a todas las humillaciones que le infringió mi abuelo.

–Tienes razones para estar enfadado, Brock. Yo también me enfado cuando pienso que mis padres murieron para mí cuando falleció Sean. Mi padre se refugió en el alcohol, supongo que ya lo habrás oído comentar, y mi madre tiene miedo del mundo y no sale de su habitación. Por lo menos tú tienes el consuelo de que tu madre creía en ti. Estoy segura de que pensaba que tu abuelo se arrepentiría antes de morir de haberte dejado fuera del testamento y te ofrecería lo que, por otra parte, sólo tú eres capaz de hacer: llevar las riendas de Mulgaree. Debía de saber que, al final, te harías con el poder.

–¿Qué te crees que me ha mantenido vivo durante todo este tiempo? ¿Por qué crees que he regresado a lo que no es más que un campo de batalla? Esta tierra me importa mucho. ¡Mulgaree es mi hogar! –dijo con vehemencia.

–¡Pobre Philip! –se compadeció Shelley–. Debe de sentirse como un inútil. Nunca ha sido el nieto que Kingsley deseaba.

–Philip se sentiría mejor en un entorno diferente, lejos de la letal influencia de su fría y calculadora madre. En cuanto pueda, tengo la intención de echar a Frances.

Shelley, que nunca había sido una persona agresiva, se estremeció.

–¿También vas a deshacerte de Philip?

–¿Quieres salvarlo? –le preguntó Brock con ironía.

–Su vulnerabilidad despierta mi compasión.

–Vaya, sí que eres una mujer tierna y compasiva –le dijo con sarcasmo.

–Escucha, Brock, no pienso permitir que me ridiculices –le advirtió con dureza.

–Vaya, ya casi los tenemos aquí –dijo Brock refiriéndose a Philip y Amanda–. Es una lástima que mi primo no se enamore de tu hermana. A lo mejor lo espabilaba. Parece que está siempre cargando con el mundo.

–Ten corazón, Brock –se burló Shelley.

–¡Vaya!, ¿qué es lo que ocurre? –preguntó Brock algo alarmado–. ¿Por qué ha echado Mandy a correr con el calor que hace? ¡Es tan juguetona...! –bromeó.

–¡Es un canguro! –dijo Shelley alarmada–. ¡Y va detrás de ellos! Mira, Philip está buscando un sitio para protegerse–. Seguramente, el animal lleva una cría en la bolsa.

Shelley, consciente de que las hembras de canguro, a pesar de su reducido tamaño comparadas con los machos, podían volverse agresivas cuando llevaban a sus crías, echó a correr para ayudar a su hermana, preguntándose por qué gritaba, cuando su padre les había advertido siempre que no había que mostrar miedo ante los animales salvajes.

Brock, pensando lo mismo que Shelley, también echó a correr detrás de ella.

El canguro, temeroso por su cría, seguía corriendo detrás de su primer objetivo, Amanda, que estaba más asustada todavía que el animal y no dejaba de chillar.

Tras mucho correr, Shelley alcanzó a su hermana y la tiró sobre la arena.

—¡Cállate y no te muevas! —le ordenó, cuando estaba encima de ella. Shelley pensaba que, si se hacían las muertas, el canguro perdería interés en ellas. Pero Amanda no dejaba de temblar.

Poco después, Shelley sintió un cuerpo masculino sobre el suyo. Casi aplastada por él, supo con cada fibra de su cuerpo que se trataba de Brock. Amanda y ella estaban a salvo, pero Brock no.

—¡Cállate la boca! —ordenó con firmeza a Amanda, que no dejaba de gritar. Después respiró profundamente.

El asustado canguro iba demasiado veloz como para detenerse, así que cayó sobre ellos, clavándole las garras a Brock.

Amanda, debajo de Brock y Shelley, no dejaba de dar gritos. Shelley, sin embargo, se mantuvo en completo silencio y se apretó con fuerza contra su hermana.

Brock sintió una oleada de dolor cuando las garras del canguro se le clavaron en la espalda. Se preguntó con rabia dónde demonios se habría metido Philip. Sabía que si el canguro oía el sonido de un claxon, saldría huyendo. Sin embargo, no se oyó nada, y el canguro continuó clavándole las garras hasta que, al no encontrar resistencia, soltó su presa y se alejó dando saltos, dejando a su paso un rastro de polvo rojo y hojas.

Cuando se tranquilizó, Brock se levantó. El canguro lo había herido en la mano y en la espalda. Se inclinó y ayudó a Shelley a levantarse.

–¿Estás bien? –le preguntó, sudoroso y preocupado.

–Sí, gracias a ti –respondió, preocupada por la sangre.

–No hice nada extraordinario. No podía permitir que tu hermana o tú resultarais heridas –dijo y se dio la vuelta, como buscando algo–. ¿Dónde demonios está Philip? ¿Se ha subido a un árbol?

Philip salió de su escondite y se acercó a ellos aliviado al ver que se encontraban bien.

–Ya veo que has decidido ponerte a salvo sin pensar en nadie más –le reprochó Amanda.

–¿Qué querías que hiciera? –preguntó Philip ruborizado–. Sucedió todo tan rápido... Además, Brock estaba más cerca de ti.

–¡Eres un cobarde! –le espetó Amanda, furiosa.

–Venga, dejadlo –intervino Shelley conciliadora–. Todos nos hemos asustado.

–¿Fue eso lo que te pasó, Philip –le preguntó Brock con voz cansina–. ¿Te asustaste?

–Sabía que podías arreglártelas solo –dijo Philip sin andarse con rodeos–. Crecimos juntos, ¿recuerdas?

–Entonces, no debes de haberte llevado ninguna sorpresa –dijo Brock.

La pieza de la casa dedicada a dispensario de primeros auxilios estaba en penumbra y hacía frío en ella. Shelley encendió la luz. La presencia de Brock hacía que el corazón le latiera a toda prisa y que hasta le temblaran las piernas.

–Será mejor que te quites la camisa. Me temo que está rota.

A Shelley le resultaba difícil ocultar sus sentimientos en un espacio tan reducido. Brock llenaba la habitación con su presencia, tan poderosa que casi le resultaba intimidante.

–No te preocupes –le dijo Brock, apresurándose a quitarse la camisa vaquera–. Ya puedo yo solo.

La atracción sexual que había entre ellos era tan fuerte, que casi saltaban chispas. Brock no se veía capaz de responder de sus actos si Shelley rozaba siquiera su piel desnuda.

Shelley retrocedió un paso, mordiéndose el labio.

–Como tú quieras. Voy a prepararlo todo –dijo, y se acercó a uno de los armarios, de donde sacó algodón, vendas, un bote de antiséptico, un balde y un par de toallas limpias–. Con esto bastará.

Se volvió a mirarlo, y fue entonces cuando sintió una excitación tan fuerte que le dio miedo. Lo deseaba y lo necesitaba tanto, que lo que más hubiera querido en aquel momento, habría sido que la estrechara en sus brazos.

Desnudo hasta la cintura, Shelley pudo apreciar mejor su cuerpo musculoso. Su piel bronceada brillaba tanto que casi parecía impregnada de algún aceite.

Angustiada, se dio cuenta de que se había ruborizado. El calor de su rostro delataba sus deseos más primitivos, desatados por la cercanía de aquel cuerpo fuerte y poderoso, de proporciones perfectas.

Haciendo un tremendo esfuerzo por dejar de mirarlo, se apartó de él y fue a llenar el balde de agua templada. Después vertió el antiséptico, y vio la nube que se formaba al mezclarse con el agua. Ella, que generalmente hacía las cosas muy deprisa, estaba actuando a cámara lenta. La atraía tanto aquel hombre que nada era normal cuando se encontraba cerca de ella. Y él lo sabía.

Mientras Brock se limpiaba la herida, se hizo un silencio tenso entre ellos. En ningún momento se quejó, a pesar de que debía de dolerle mucho.

—¿Crees que necesitarás puntos?

Brock negó con la cabeza.

—No. He tenido heridas peores que esta y se han curado muy bien. Ni siquiera me quedará cicatriz.

—Estupendo. Te ha salvado llevar manga larga, a pesar de que la tenías recogida hasta el codo. No creo que puedas curarte tú la espalda.

Brock se quedó mirándola tan fijamente que parecía querer hipnotizarla.

—Entonces, hazlo tú.

—Muy bien —dijo. Tratando de tranquilizarse, Shelley empezó a limpiarle los arañazos con sumo cuidado.

Estaba excitándose por momentos. Cada vez necesitaba más abrazarlo, besar aquella piel brillante. Sus anchos hombros ocultaban la cara de Shelley, de otro modo Brock hubiera podido ver la expresión de su rostro en el espejo que colgaba de la pared frente a ellos.

Cuando Shelley casi había terminado, Brock se volvió repentinamente hacia ella y la sujetó por la cintura, haciéndole dar un respingo.

—Ven aquí conmigo.

Eso era lo que Shelley más deseaba y más temía a la vez. Sintió como si una corriente de electricidad le recorriera el cuerpo con una fuerza inusitada. Brock sabía muy bien lo que estaba haciendo. Shelley era una chica virginal, que no había salido nunca de la región donde vivía, y que jamás había sentido nada tan intenso en presencia de un hombre.

—Podría amarte, Shelley —le dijo mientras la abrazaba sin que ella opusiera resistencia.

Shelley se dio cuenta del conflicto interior que estaba sufriendo Brock.

—Me traería demasiadas consecuencias enamorarme de ti —afirmó—. Además, ni siquiera estamos llevando las cosas poco a poco —le advirtió ella.

—Tal vez sea de naturaleza imperiosa. Y tú también —le dijo, apretándola más contra sí, sin importarle que pudiera rozar sus heridas abiertas. La suavidad de sus movimientos no se correspondía con la pasión que podía leerse en sus ojos. Poco a poco, Shelley sintió que el deseo se apoderaba de ella, mientras Brock recorría el contorno de sus labios con su lengua sedosa, como si le parecieran algo exquisito.

Aquello tenía algo de malvado. De malvado y seductor a la vez.

Shelley notó que se le llenaban los ojos de lágrimas. Le asustaba no saber cómo podía reaccionar ante una pasión que ni siquiera sabía que era capaz de sentir.

—Shelley, ¿qué te pasa? —le preguntó con preocupación.

—Como si no tuvieras tú ya bastante de qué preocuparte —le respondió ella, presa de la emoción.

—Cuando estoy contigo, me olvido de todo —le dijo Brock con una ternura inusual en él—. No es que tenga pensado de antemano besarte cada vez que te veo. Lo que menos deseo es hacerte daño, pero ya veo que piensas que voy a hacértelo.

Shelley se quedó mirándolo.

—Me has dicho que te sientes muy confuso respecto a tu futuro. A lo mejor lo que te pasa es que estás buscando a alguien con quien olvidar tus penas.

–¿Y te he encontrado a ti? Espero que no pienses que estoy flirteando contigo –le dijo mirándola fijamente a los ojos, brillantes por las lágrimas–. Me mantendré alejado de ti, si así te resulta todo más fácil, pero no estoy dispuesto a permitir que te cases con Philip.

–¿Y cómo piensas impedirlo?

–De una manera muy fácil. Te dejaré embarazada para que no puedas abandonarme.

Sus palabras la conmocionaron.

–Sigues siendo el mismo chico loco de siempre, ¿verdad, Brock Tyson? –lo acusó–. No deberías hablarme de esa manera.

–No debería, pero las cosas pasan –dijo volviendo a besarla–. ¿Cómo sabes que no estoy hablando completamente en serio? –murmuró cuando dejó de besarla para respirar.

–Eres un rompe corazones –musitó Shelley, sintiendo el roce de su incipiente barba sobre la delicada piel del cuello.

Brock la sujetó por la cintura.

–¿Por qué no piensas simplemente que me importas? Sí, tú, Shelley Logan, la del cabello de fuego y los ojos esmeralda.

–Pero no es un buen momento –dijo Shelley, como anticipándose a las palabras de Brock.

–Entonces, ahora ya sabes el riesgo que representas.

–Sobre todo cuando eres un hombre que no se caracteriza especialmente por su contención.

–Pagarás caras tus palabras –le dijo, y la apretó contra él.

–¿Por qué no te has enamorado nunca apasionadamente, Brock?

–Porque no me lo he permitido –le respondió, volviendo a besarle el cuello.

–Pero eso no es algo que uno se permita o no. Simplemente ocurre.

–Ese es el problema, Shelley. Puede suceder con la persona equivocada y en el momento equivocado. La pasión puede destruir vidas, pero por otra parte es un don. La pasión no es sexo, Shelley. Uno no la siente tan a menudo como puedes pensar. Es algo arrebatador.

–¿Entonces sabes lo que es desear a una mujer con locura?

Brock esbozó una media sonrisa.

–He deseado a muchas mujeres, Shelley. De vez en cuando. Del mismo modo que ellas me han deseado a mí. Shelley, en el fondo soy un caballero, y no quiero destrozarte la vida. Ni siquiera volveré a estar contigo, si voy a hacerte sentir a disgusto o asustada.

–¿Asustada?

Brock le levantó la barbilla.

–Lo llevas reflejado en el rostro.

–¿Y qué más ves en él?

Brock la observó con detenimiento.

–Que te sientes tan atraída por mí como yo por ti, pero al mismo tiempo deseas con todas tus fuerzas huir y esconderte.

–Soy mucho más fuerte de lo que crees, Brock.

Brock esbozó un amago de sonrisa.

–Supongo que sí. La verdad es que deseo lo mejor para ti, y Philip no lo es, aunque tu familia se empeñe en que lo aceptes. El chantaje emocional debe de ser difícil de soportar.

–Desde que mis padres perdieron a Sean... –empezó a decir Shelley.

–¿Sólo ellos? –le preguntó, mirándola fijamente.

Shelley se quedó un momento con la mirada perdida.

–Perdí una parte de mí misma.

–Porque era tu gemelo. Pero en realidad no has perdido a Sean, porque continúa viviendo en tu interior.

Shelley se emocionó al ver lo sensible que era Brock, y la comunicación que había entre ellos.

–Está conmigo en todo momento –dijo Shelley con los ojos llenos de lágrimas–. Seguirá siendo siempre un niño. Yo envejeceré, pero él seguirá siendo mi hermanito. Yo no hice nada malo, Brock. Estoy segura de ello. El problema es que no consigo recordar lo ocurrido.

–Tú no puedes haber hecho nada malo –le dijo con firmeza, sujetándola por los hombros–. ¡No eras más que una niña de seis años, por el amor de Dios! ¿Y Amanda?

–No lo sé. No recuerdo aquel día. Sólo tengo grabados los chillidos de mi hermano. Supongo que para toda la vida. Siempre pensé que mi padre me odiaba por haber sobrevivido a Sean, pero tal vez lo que ocurra es que no puede soportar el sufrimiento que siente al mirar mi rostro, tan parecido al de mi hermano.

Brock sabía muy bien lo que quería decir. Nunca olvidaría que su abuelo tampoco quería mirar sus ojos claros, porque eran iguales a los de su padre, el desertor.

–A pesar de todo, lo curioso de la situación es que tu padre ahora depende del dinero que tú aportas –comentó Brock.

–No, no, mi padre sigue siendo el jefe –dijo con vehemencia–, a pesar de que ha perdido la voluntad de seguir adelante, incluso hasta las ganas de vivir. Habría seguido trabajando duro por Sean, para dejarle Wybourne en herencia. Sin embargo, ahora, más tarde o más temprano, tendremos que vender la finca.

A Brock no le pillaron por sorpresa las palabras de Shelley.

–Así que tener a Philip de yerno le vendría muy bien a tu padre.

Shelley se ruborizó.

–Sí. Para mi familia, Philip representa la seguridad.

–¡Lo que no entiendo es que estés dispuesta a aceptar que te utilicen, Shelley!

–Lo entenderías más fácilmente si supieras cómo están mis padres –le dijo dolida–. Mi padre está alcoholizado y mi madre, deprimida. No puedo abandonarlos.

–Ya, pero así van a consumirte la vida.

–También a ti están consumiéndotela, Brock. Los dos nos encontramos atrapados en dilemas. Ambos hemos sufrido tragedias en nuestras vidas.

–¿Tan parecidos somos?

Más que una pregunta, era la aceptación de un hecho.

Shelley dio a Brock una camisa de su padre y tiró a la basura la rota. Estaba decidida a comprarle una nueva en cuanto volviera a ir a Koomera Crossing, y así se lo manifestó, aunque él se negó a que lo hiciera.

Amanda volvió a aparecer y les preguntó si querían tomar el té.

–Es muy amable por tu parte, Amanda –le dijo Philip, aun a sabiendas de que lo que quería la joven era ganar tiempo para seducir a su primo–, pero tenemos que regresar a Mulgaree. No podemos dejar tanto tiempo solo al abuelo.

CAPÍTULO 6

FRANCES Kingsley siempre había deseado ser
rica. Nacida en el seno de una familia trabajadora,
insistió en recibir una buena educación porque sabía que le abriría las puertas de un próspero futuro. Sus
padres, encantados con que su hija única tuviera una
voluntad tan fuerte y fuera tan ambiciosa, llegaron a
compaginar varios trabajos para poder enviarla a la universidad donde, según les había asegurado, tenía más
posibilidades de encontrar un buen marido.

Muy hermosa y elegante, se dedicó en cuerpo y alma
a sus estudios, y consiguió licenciarse en Económicas.
Pero nunca se olvidó del principal motivo que la había
llevado hasta allí: casarse con el vástago de una familia
acomodada. La mayor parte de los hombres no tardaron
en darse cuenta de las intenciones de la joven, alertados
de antemano por sus padres. Pero no lo hizo Aaron
Kingsley, hijo de Rex Kingsley, multimillonario rey del
ganado, que había crecido en un rancho del Outback.

Aaron, que estaba locamente enamorado por primera vez en su vida, desafió a su padre y se casó con la
mujer que había elegido. En menos de seis meses se dio
cuenta del enorme error que había cometido. Su matrimonio no había sido más que una farsa.

El asombro se tornó en desilusión al darse cuenta de
que su agradable, inteligente y ardiente novia se había
convertido en una persona completamente diferente, en

alguien que no lo amaba en absoluto, a la que, de hecho, le desagradaba hacer el amor con él. Era una mujer que no se reía con sus bromas ni se interesaba en absoluto por sus preocupaciones, la principal de las cuales era la difícil relación que tenía con su padre.

Frances se había asegurado de quedarse embarazada en los primeros años de matrimonio. Así, tras la muerte de su marido, pudo seguir viviendo en la casa de su rico suegro y continuar manteniendo el elevado nivel de vida que siempre había deseado. A pesar de todo, a Frances le había resultado difícil conocer a otros hombres, dado el aislamiento de Mulgaree y la vigilancia continua a la que la tenía sometida su suegro, lo que no le impidió comenzar una relación sentimental con el abogado de la familia, Gerald Maitland.

–Gerald, querido, ¿cómo estás? –lo saludó en la pista de aterrizaje de la finca.

–Encantado de volverte a ver, Frances, querida –le dijo, y se inclinó a besarle la mejilla–. Te he echado de menos. ¿Qué tal está Rex?

–Empeorando por momentos –le dijo con una sonrisa–. Pero tiene una enfermera muy profesional y de toda confianza–. La verdad es que Rex está sufriendo muchos dolores.

–Vaya, lamento oírlo. El dinero puede comprar la mayoría de las cosas, pero no la inmunidad ante la muerte.

–Estoy muy preocupada, Gerald –le dijo, apoyando una mano en su brazo–. Creo que Rex tiene la intención de cambiar el testamento y dejar Mulgaree a Brock. Por eso te ha mandado llamar.

–No lo creo. Philip siempre ha permanecido a su lado, y además es el nieto mayor –dijo el abogado, aunque en su fuero interno siempre se había preguntado qué habría pasado para que Catherine y su hijo hubieran tenido que marcharse.

—Debes tenerme al tanto de todo, por favor, Gerald —le imploró Frances—. Eres mi amigo. El mejor que tengo en el mundo. Creo que hasta que te conocí no supe lo que era la paz de espíritu, ni el amor.

Gerald Maitland, aun siendo muy astuto, la creyó.

Maitland había pensado que Rex Kingsley lo recibiría enseguida, pero el anciano no estaba lo bastante bien como para hablar. Frances y él disfrutaron juntos de una excelente comida servida por Eula, el ama de llaves, que llevaba toda la vida al servicio de la familia. Después, para hacer tiempo, Frances lo llevó a la piscina de la finca, con el pretexto de refrescarse un poco. Pero, en realidad, lo que hicieron fue acostarse juntos en la casita adyacente.

Maitland, aunque había amado a su esposa hasta el mismo día de su muerte, y nunca la habría dejado por otra mujer, no había sentido ningún remordimiento en convertirse en el amante de Frances cuando se le había presentado la oportunidad.

A última hora de la tarde, Rex Kingsley se sintió un poco mejor para recibir a su abogado. A Gerald Maitland le sorprendió ver el cambio que había experimentado su cliente desde la última vez que lo había visto, no hacía tanto tiempo. Era evidente que Kingsley estaba muriéndose y, a juzgar por su aspecto, en un corto espacio de tiempo.

—¿Qué deseas que haga, Rex? —le preguntó el abogado.

—Cambiar mi testamento. ¿Para qué otra cosa iba a haberte mandado llamar? —le preguntó enfadado—.

¿Para que Frances y tú os podáis ver? ¿Creías acaso que era tan tonto como para no haberme dado cuenta de lo que había entre vosotros? –dijo al ver la cara de asombro que ponía el abogado–. Vamos a empezar, tengo que hacer lo que es justo, ¿verdad Catherine?

Gerald se volvió hacia donde miraba el anciano, casi esperando ver el fantasma de la hermosa hija difunta de Rex Kingsley aparecer entre las sombras. Cualquier cosa era posible en aquel viejo mausoleo.

–Eula puede actuar de testigo, no la maldita enfermera –ladró el anciano–. Eula es una buena sirvienta. Por supuesto me odia, porque adoraba a Catherine y al muchacho. Podía haberla echado, pero comprendo sus sentimientos. Muévete, hombre. No creas que esto me resulta fácil. Los dolores están matándome.

–Lo siento mucho, Rex –dijo el abogado, aunque en realidad detestaba al anciano.

Saber que Kingsley conocía su aventura con Frances le hizo pensar que había sido un estúpido al dejarse seducir por ella. Lo hacía vulnerable al chantaje. Tenía un hijo muy recto, que trabajaba con él en el bufete, y dos encantadoras hijas, ambas casadas, que le habían dado varios nietos, y todos ellos habían adorado a su madre.

Gerald Maitland sacó la pluma y se sentó.

–Lo escribiré a mano, Rex, y en el bufete haré que me lo mecanografíen. Te enviaré una copia de inmediato.

–¡Empecemos ya, por el amor de Dios! –blasfemó el anciano.

Eula no podía recordar el preciso momento en que se había dado cuenta de que el abogado de la familia y Frances eran más que amigos, pero sabía que llevaban varios años juntos. Desde entonces, Frances había estado constantemente inventando excusas para viajar hasta Brisbane, la capital del estado al que pertenecía la finca. Estaba segura de que siempre se las había arreglado para verse con su amante.

Ahora los veía hablar en secreto, como si fueran terroristas, en un rincón del salón. Por la expresión de su rostro, a Eula no le resultó difícil deducir que Frances estaba muy disgustada, y que el abogado trataba de consolarla.

Se preguntó si el anciano se habría decidido a cambiar su testamento y hacer justicia a su hija difunta y su nieto.

–Tiene que ser eso –murmuró para sí.

Por supuesto, Gerald Maitland no estaba autorizado a hablar del contenido del nuevo testamento con Frances, pero Eula estaba segura de que la razón del evidente disgusto de la viuda Kingsley no era otra cosa que ese cambio de testamento. No tenía un instante que perder.

Brock y Philip no regresarían a casa hasta el anochecer. Desde su regreso a la finca, el hijo de Catherine había mostrado sus evidentes dotes para el mando, organizando a los hombres y distribuyendo las tareas que debían hacerse en la enorme finca ganadera. Por mucho que se opusiera su primo Philip, el futuro de Brock estaba en Mulgaree, a cargo de la cadena de fincas ganaderas que Kingsley poseía en el estado de Queensland.

El abogado le había pedido que le trajera un sobre grande para guardar el testamento que el viejo Kingsley había firmado en su presencia. Sin pensárselo dos veces, Eula decidió ir más lejos.

Frances pensó que, en momentos de desesperación, había que correr riesgos desesperados. Desde que Gerald Maitland la había hecho partícipe del contenido del nuevo testamento, sabía que no podía contárselo a nadie.

De momento no.

Brock estaba cenando con ellos. Tenía un gesto burlón en sus ojos brillantes, y Frances pensó que era como si supiera que, muy pronto, sería el dueño de todo.

–¿Qué tal ha ido el día, Gerald?

Brock se había dirigido al abogado, pero fue Frances quien respondió.

–Esperemos que no te lleves ninguna desilusión, Brock –le dijo con una sonrisa falsa.

–Déjate de bromas, Frances –le cortó en seco Maitland con un brillo de advertencia en los ojos–. Es confidencial, muchacho. Pero no tardarás en conocer el contenido del testamento, porque al pobre Rex no le queda mucho.

–Supongo que le debe de preocupar tener que rendirle cuentas al Creador –comentó Brock sin piedad hacia su abuelo, que lo había tratado siempre con dureza.

A Frances la corroía la envidia. Había sabido por el abogado que Kingsley les había dejado en muy buena posición a ella y a su hijo, pero que el verdadero poder se lo había dado a Brock, que, como había demostrado desde su llegada a Mulgaree, poseía más dotes para el mando que su primo.

El premio les había sido arrebatado en el lecho de muerte del anciano... a no ser que pudiera hacer un pacto con Gerald en cuanto falleciera Rex Kingsley. Era sólo una cuestión de días, como mucho. En su opinión, ayudar a morir al viejo rápidamente y sin dolor sería hacerle un gran favor.

Todavía no eran las seis de la mañana cuando, al día siguiente, Shelley respondió al teléfono. Mientras tomaba un desayuno ligero había estado pensando cómo abordar a su padre para que aceptara hacer algunas reformas necesarias en la casa. El sonido del teléfono la había sobresaltado, hasta el punto de caérsele la cuchara al suelo. Al levantarse de recogerla se había golpeado en la cabeza con el borde de la encimera.

–¡Pues sí que empiezo bien el día! –dijo en voz alta, mientras se tocaba el chichón.

Al responder al teléfono y ver que era Philip, pensó que su día podía empeorar todavía.

–El abuelo ha muerto –le anunció sin rodeos–. Su enfermera lo encontró hace una hora. Tenía que llamarte, Shelley. En este momento necesito todo el apoyo de mis amigos. ¿Podrías hacerme el inmenso favor de venir a Mulgaree? Puedo pasar a recogerte con el helicóptero.

Lo primero que pensó Shelley fue que no le parecía apropiado ir, y después que, además, no le apetecía en absoluto. Respiró profundamente antes de responder.

–Pero, ¿y los otros, Philip? Me refiero a tu madre y a Brock. No creo que quieran verme por allí ahora. Tu madre lo considerará como una intromisión intolerable.

–¿Y qué importa lo que crea? –le respondió Philip con evidente resentimiento–. Ella sólo piensa en sí misma. No puedes ni imaginarte por lo que he pasado en esta última hora. Brock se comporta como si el abuelo lo hubiera nombrado su heredero. ¿Te imaginas qué golpe me llevaría? Te agradecería mucho tu apoyo. Por favor... Yo haría lo mismo por ti –dijo con vehemencia.

La compasión la ganó, y aceptó ir a Mulgaree, consciente de que su gesto podría ser mal interpretado, y Brock podría considerarlo como una especie de traición.

Antes de que la esbelta figura bajara del helicóptero, Shelley ya supo que se trataba de Brock. Nadie se movía con la energía y precisión con que lo hacía él. Dominaba el espacio con su cuerpo atlético. Cuando lo tuvo más cerca se dio cuenta de su palidez, a pesar de su tez morena.

–¿Qué le ha pasado a Philip? –le preguntó con nerviosismo.

–¿Es que te molesta volar conmigo? –le preguntó con arrogancia.

–No seas así, Brock –le dijo, y se hizo sombra en los ojos con la mano por que le daba el sol de frente–. Esto no ha sido idea mía. Philip insistió en que necesitaba el apoyo de un amigo.

–¡Muy amable por tu parte!

–Te diré una cosa –le dijo exasperada–. La verdad es que me dio pena cuando me dijo que, en realidad, no le importa a nadie.

–Bueno, no es tan difícil de entender –le replicó Brock–. Mi primo no ha hecho nada por mí en toda su vida pero, al parecer, necesita todo tu cariño.

Shelley pensó que la rabia de Brock estaba provocando la suya. La tensión podía palparse entre ellos.

–Si tanto te molesta que vaya, no lo haré.

–No, por favor, ven. No quiero ver a Philip disgustado –se burló–. Además, ¿quién soy yo para impedirte venir?

Shelley miró fijamente el hermoso rostro de Brock.

–Podrías ser un poco más comprensivo. De todos modos, haré lo que te parezca mejor a ti. Al fin y al cabo, Philip tiene a su madre para consolarlo.

–En condiciones normales sí, pero al parecer está destrozada –dijo con ironía, y se echó a reír–. Por eso estoy aquí. Por una vez le toca a Philip consolar a su madre. Aunque nunca creí que tuviera sentimientos, parece muy disgustada.

–A lo mejor la has juzgado mal, y sí le da pena que se haya muerto tu abuelo.

—¡De ninguna manera! —le dijo burlón, y le dio un beso en la boca antes de volver a subirse al helicóptero—. Su novio está allí, por supuesto. Supongo que querrá impresionarlo. A lo mejor es que la educaron en la creencia de que una buena nuera debe llorar la muerte de su suegro.

—¿Quién es su novio? —preguntó Shelley, que ya sentía su corazón latir precipitadamente tras aquel breve contacto con Brock.

—¿De verdad que no lo sabes? —le preguntó con incredulidad.

—No estoy muy enterada de los secretos de tu familia.

—¿Cómo puede ser, con todo lo que te quiere Philip?

Shelley apartó la mirada y se esforzó por mantener la calma.

—Yo podría quererte a ti, Brock, si me dejaras. Pero eres demasiado orgulloso. Entonces, ¿puedo saber quién es el novio de Frances?

—A Philip debe de haberle dado vergüenza decírtelo. Es Gerald Maitland, del bufete de abogados Maitland—Pearson. Llevan años pasándoselo bien juntos.

—No puede ser verdad.

—¿No te parece bien? —preguntó él.

—La verdad es que me dejas de piedra.

Brock se echó a reír.

—¡Qué inocente eres!

—Eso abre la caja de Pandora —dijo Shelley.

—No te quepa la menor duda —afirmó Brock con un elocuente tono burlón.

CUANDO llegó el momento de leer el testamento, Shelley, sentada entre Brock y Philip, deseó estar en cualquier otro sitio, pero ni siquiera Frances, que parecía consternada por la muerte de su suegro, había puesto objeción alguna a su presencia, seguramente como deferencia a su hijo, el heredero.

Gerald Maitland, perfecto en su papel de abogado prestigioso, estaba sentado tras la impresionante mesa antigua del despacho de su difunto cliente.

Cuando se inició la lectura, Shelley y Brock descubrieron atónitos que no había ningún testamento nuevo.

Rex Kingsley había fallecido antes de poder firmar el documento, así que Maitland, para ahorrar más disgustos a la familia, refiriéndose seguramente a Frances y Philip, había destruido el manuscrito que le había dictado su cliente, en cuanto se enteró de que había fallecido durante la noche. Por lo tanto, el único testamento válido era el que estaba fechado un mes escaso después de que Catherine Tyson y su hijo hubieran abandonado Mulgaree, tras una terrible discusión con Rex Kingsley. Por lo tanto, todas las esperanzas que Brock tenía puestas en el nuevo testamento saltaron por los aires.

—No pienso permitir que las cosas queden así, Gerald —dijo Brock con frialdad.

—¿Qué estás diciendo, Brock? —preguntó Philip enfadado—. ¿Por qué no te limitas a escuchar el único testamento legal que tenemos? Que yo sepa, el abuelo no te ha dejado completamente fuera. No soy tan miserable como para querer eso para ti. Al fin y al cabo, eres su nieto, igual que yo.

—Igual que tú no –le rectificó Brock–. Tengo serias dudas sobre la veracidad de lo que Maitland está diciendo.

Gerald Maitland se puso rojo de rabia.

—Nadie ha puesto nunca mi ética en entredicho–. Mi meta ha sido siempre velar por los intereses de mis clientes. Mi bufete goza de un gran prestigio.

—Entre los miembros que lo componen, supongo –dijo Brock–. ¿Qué derecho tenía a destruir ese documento?

Los ojos de Maitland brillaron de furia.

—Me pareció lo mejor para los intereses de la familia, y todavía lo sigo pensando. Estoy seguro de que cualquier otro abogado habría hecho lo mismo. De todos modos, ya es demasiado tarde.

—¿Por qué no lees el testamento, Gerald? –intervino Frances, impaciente por hacer callar a Brock–. El verdadero testamento. Estoy segura de que es como Rex prometió.

Shelley, con los nervios de punta, buscó la mano de Brock, temiendo en parte ser rechazada. Se daba cuenta de la rabia que estaba sintiendo.

—Por favor, Brock, escucha el testamento –le suplicó con suavidad–. Después decidirás.

Se quedó mirándola un momento tan enfadado que resultaba intimidador, pero después volvió a sentarse.

Philip Goddard Kingsley había sido nombrado el principal heredero de la fortuna de Rex Kingsley, calculada en doscientos cincuenta millones de dólares. También había beneficiado a algunas instituciones, a algunos parientes y al personal de la finca que más años llevaba a su servicio.

Frances, que había esperado pacientemente hasta escuchar lo que el anciano le había dejado, se quedó conmocionada al darse cuenta de que era sólo una fracción de lo que había esperado. Se había quedado lívida, a pesar de que aun así era mucho dinero, y además su hijo había recibido lo suficiente como para ocuparse de todas sus posibles necesidades futuras.

A Brock su abuelo lo había desheredado.

–Pienso impugnar esa herencia –amenazó Brock–. Mi abuelo me mandó llamar para dejarme a mí la finca. Me lo había dicho días antes de morir. Había llegado a la conclusión de que era la persona más apropiada para dirigirla. Philip había tenido su oportunidad, pero había demostrado que no valía para ello. Por supuesto, también lo tenía en consideración en la herencia. ¿Dónde está el otro testamento, Gerald? ¿Te importaría decírnoslo?

Gerald Maitland movió la cabeza con pesar.

–Ya te he dado mis razones para destruir el documento, Brock. Sabía que la especulación sólo iba a causar pesar. De todos modos, el testamento no estaba escrito en los términos que tú esperabas.

–¿Y por qué había de creerte? –le preguntó Brock, sin disimular su disgusto.

–Soy un abogado muy respetado.

–Pues yo no tengo en gran estima tu profesionalidad –dijo Brock–, y además está el hecho de que lleves años manteniendo una relación sentimental con un miembro de mi familia, que debo recordarte ha sido cliente tuyo durante muchos años. No creo que eso sea muy ético.

Gerald Maitland palideció. Frances le había asegurado que, dada la discreción con que se habían comportado, nadie sabía nada de lo suyo, y no sólo lo había sabido el viejo, sino que también Brock estaba al tanto.

Philip miró a su madre de una manera extraña.

–¿Relación sentimental? ¿Qué relación sentimental?

Shelley se puso muy tensa al darse cuenta de que Philip no sabía nada.

–¿Era necesario que airearas eso? –preguntó a Brock.

–¿Te refieres al sucio secretito? –le preguntó burlón–. ¿Temes que haya herido a Philip, dulce Shelley? Bueno, ya hablaremos de eso más tarde. Este asunto me huele mal, Gerald. No pienso quedarme callado. Sobre todo después de haber conocido las intenciones de mi abuelo.

–Me temo que todo eso no son más que rumores, Brock –afirmó el abogado, ya recuperado de la desagradable sorpresa que había recibido.

Shelley, contenta por primera vez de encontrarse allí, decidió hablar.

–Brock me dijo que había tenido una conversación con su abuelo en la que le había asegurado que heredaría Mulgaree.

–¡Por el amor de Dios, Shelley! ¿De parte de quién estás? –estalló Philip.

Asombrado por la intervención de la joven, y sin molestarse siquiera en ocultar sus celos, la agarró del brazo.

–¡Quítale las manos de encima! –le dijo Brock amenazador.

–¿Puede alguien decirme qué pinta aquí Shelley Logan? –preguntó Frances con acritud–. Estos son asuntos de familia. Ella no pertenece a esta familia, ni nunca pertenecerá.

Brock se echó a reír.

–Desde luego, conociéndote a ti, no me extrañaría que no quisiera formar parte de ella. Creo que todo lo que se ha dicho aquí no es más que una mentira.

–¿Y qué piensas hacer? –le preguntó Frances, mirándolo con odio y temor a la vez–. ¿Llamar a la policía? Aquí no se ha dicho ninguna mentira, ni existe conspiración alguna.

–¿He hablado yo de conspiración? Tal vez debería tenerlo en cuenta también.

–¡Muchacho, estás ofendiendo a tu tía! –intervino Maitland con los labios apretados–. Discúlpate.

–No tengo la menor intención de hacerlo. Además no es mi tía. El hecho, Gerald, es que has destruido un testamento en el que estoy seguro de que mi abuelo me nombraba principal heredero porque no os convenía. Bueno, habrá que hablar con Eula, la testigo. Sé que presenció la firma del documento. Me lo dijo esta misma mañana.

–Ella desconoce el contenido del testamento. Se limitó a firmar –le dijo Gerald furioso.

–Es ilegal firmar como testigo de un testamento sin haber visto antes la firma del testador. Lo siento, Gerald, pero me encargaré de que se investigue este asunto del segundo testamento, y de por qué te pareció necesario destruirlo. Puede que te hayas metido en un lío muy gordo.

El helicóptero despegó, pero no se dirigieron a Wylbourne, como Shelley había supuesto. Volaron hacia el corazón mismo del desierto. Consciente de lo alterado que se encontraba Brock, Shelley no protestó. Decidió permanecer en silencio hasta que aterrizaran sobre aquella tierra rojiza cuya extensión se perdía en el horizonte.

El paisaje estalló en sonidos como respuesta. Una enorme bandada de pájaros emprendió el vuelo, mientras que una manada de emús, algunos de ellos con sus crías, salieron de entre los arbustos, asustados por el estruendo del aparato que fue aterrizando poco a poco.

—Volveré a llevarte a casa dentro de un rato —dijo Brock a Shelley mientras la ayudaba a salir del helicóptero, levantándola como una pluma—. Necesito un poco de tiempo para recuperarme.

Shelley se daba cuenta de lo atormentado que se sentía, y comprendía su desilusión.

—No tengo prisa.

—Así que mi abuelo piensa seguir torturándome hasta después de muerto —murmuró.

—Eso sería demasiado cruel. Además, te suplicó que regresaras a casa.

—Tú no lo conocías —le dijo tomándole la mano—. Se ha dedicado hasta el final a machacarme, a castigarme por no haber traído a casa a mi madre.

El instinto le dijo a Shelley que Brock no estaba en lo cierto.

—No creo que fuera tan vengativo. Además, tú mismo dijiste que no quería ver cómo se echaba a perder, se dividía o se vendía todo por lo que había trabajado tanto. Eso sería lo que ocurriría si Philip y Frances se hicieran cargo de la finca.

—Lo que ocurrirá, quieres decir —dijo Brock sin rodeos—. ¡Pobre Phil! Creo que ya empieza a sentirse abrumado por la responsabilidad que se le ha venido encima.

—No me extraña. Es un trabajo de mucha envergadura, y además tiene a su madre. No es tonto.

—Philip te antepondrá a ella, estoy seguro —dijo, y le brillaron los ojos al mirarla.

—Creía que ya tenías claro que no existe ninguna posibilidad de que Philip y yo nos casemos.

–¿Ni siquiera ahora que ha heredado todo ese dinero? –trató de mantener el mismo cinismo en su tono de voz, pero no pudo.

–No la tomes conmigo, Brock –suplicó Shelley.

–De acuerdo, te pido disculpas. Me quito el sombrero ante tus principios. Eres la joven más honrada que he conocido. Es una bendición para mí conocerte.

–¡Ya está bien! –le dijo con voz queda.

Brock suspiró.

–¿De verdad esperas que me trague todo eso?

–¿Crees que Maitland va a intentar actuar fuera de la ley? –le preguntó Shelley.

–Podría hacerlo si pensara que merece la pena. Podría casarse con nuestra querida Frances, por ejemplo.

–No le creo capaz de ir tan lejos.

–No me fío de ninguno de los dos –contestó Brock.

–Ya, pero tienes que mantener la sangre fría para poder pensar con claridad.

–Desde luego, este es el lugar perfecto para hacerlo –afirmó, y le apretó un poco más el brazo–. Incluso en los peores momentos este lugar me ha ayudado a sentirme mejor. De niño, pasé mucho tiempo en el desierto. Adoraba a mi madre, pero no quería volver a casa. Mi abuelo era tan frío que su mirada podía convertirte en una piedra. Además, estaba la tía Frances... y Philip, que entonces era un muchacho como yo, siempre conspirando para mantener a la familia dividida. Además, cuando era niño adoraba a mi padre, y hubiera jurado que él me adoraba a mí. Siempre me pregunté a dónde habría ido. Por qué no había luchado contra la tiranía de mi abuelo. Tengo tantas preguntas, Shelley... ¿Hay algo de él en mí? ¿Sería capaz de abandonar a mi mujer y a mi hijo?

Shelley respiró profundamente.

–Estoy segura de que no.

–¿Cómo puedes estar tan segura? Tú misma has dicho que hay algo malvado en mí.

–Sí, pero también estás lleno de cosas buenas.

–Tal vez sea mejor persona desde que estás tú en mi vida.

–¿Estoy en tu vida? –preguntó Shelley, mirándolo fijamente a los ojos.

–Para lo bueno y lo malo.

–Bueno, pues esperemos que sea sólo para lo bueno.

Caminaron por entre los arbustos del desierto, respirando profundamente aquel aire tan puro. A aquella hora del día las erosionadas colinas, hogar de los canguros de patas amarillas, tomaban un color púrpura que contrastaba con el azul del cielo.

Pinturas y grabados estaban escondidos en cuevas que se encontraban en aquellas colinas. Eran la prueba inequívoca de la existencia de los aborígenes australianos, que habían sobrevivido en completo aislamiento durante cuarenta mil años, hasta la llegada de los colonos europeos.

–¿A dónde vamos, Brock? –preguntó Shelley mientras caminaban por aquel paisaje mágico. Su extraordinario silencio era casi tangible, roto tan sólo por el piar de los pájaros y el murmullo de la brisa que traía el aroma de las acacias.

–¿A dónde quieres ir? –le preguntó Brock, mientras le acariciaba la muñeca con el pulgar.

Invadida por la misma emoción que parecía sentir Brock, Shelley sintió el deseo de decirle que iría a cualquier sitio con él, y tuvo que hacer grandes esfuerzos por controlarse.

–Podríamos ir hasta las colinas.

Brock se detuvo, todavía sujetándole la muñeca.

–En serio, si pudieras elegir ir a algún sitio, ¿a dónde sería?

–¿Me llevarías contigo? –le preguntó con un nudo en el estómago.

Se daba cuenta de que no podía protegerse de aquel hombre. De que no podía mandar sobre su corazón.

–Cuidado con lo que deseas.

–Lo dices porque no crees que esté a salvo contigo –le dijo con una sonrisa.

–No, del modo en que me encuentro estos días, Shelley.

–¿Tienes miedo de lo que podrías llegar a hacer?

Se quedó mirándola un momento.

–Aparte de mi madre, no he tenido nunca a ninguna mujer metida en el corazón –dijo él con dolor.

–¿Y no quieres que eso ocurra?

–Podría hacerme sufrir mucho –se limitó a decir–. Bueno, no has contestado a mi pregunta. ¿A qué lugar del mundo irías?

–Al océano –respondió Shelley sin dudar–. A cualquiera de ellos. Nunca lo he visto.

–¡Ya me imagino! –exclamó pensando en lo atrapada que la tenían el cariño y la preocupación que sentía por su familia.

–Hay tantas cosas que no he visto ni hecho...

–Eso tiene fácil arreglo –respondió Brock con ternura.

–¡Dinero, dinero, dinero! Resulta difícil hacer nada sin él.

–Seguramente, por él tu familia está dispuesta a venderte a Philip. Espera a que se enteren de que ha heredado Mulgaree.

–Todavía no puedo dar crédito a lo que hemos oído hoy.

El rostro de Brock se ensombreció.

—Es la palabra de un prestigioso abogado. Sin embargo, ha actuado de una forma poco ética.

—¿Lo crees capaz de haber hecho algo que ponga en peligro su carrera?

—La gente que sabe mucho de leyes sabe también como infringirlas. Lo difícil será probarlo. Puede llevar años. Aparte del escándalo que traería consigo.

Estaban aproximándose a la base de las colinas, y Shelley pudo ver a los canguros saltando por las rocas color chocolate, adornadas con rallas amarillas y rojas.

—¿Te importaría enfrentarte a él? —preguntó Shelley.

—En mi familia ha habido muchos escándalos.

—Sí, en la mía también, aunque no esté al nivel de la tuya. Me da la sensación de que hay algo turbio en este asunto del testamento destruido.

—Supongo que no deberíamos adentrarnos demasiado —dijo Brock, mirando a su alrededor—. Podría haber serpientes, aunque harán todo lo posible por apartarse de nuestro camino. ¿Hace demasiado calor para ti? —le preguntó con preocupación.

Los dos llevaban puestos sombreros para protegerse del sol abrasador.

—Estoy acostumbrada.

El rostro de Shelley, blanco y suave como una camelia, estaba rodeado de multitud de mechones dorados, como si de pequeñas lenguas de fuego se trataran. El calor la había hecho enrojecer, y gotitas de sudor perlaban el contorno de sus ojos brillantes y su labio superior. La encontró tan atractiva, que el omnipresente deseo lo golpeó con una fuerza tal que casi le hizo perder el equilibrio.

Deseaba a aquella mujer, y ese deseo no iba a abandonarlo nunca. Mientras la miraba a los ojos, pensó que no sólo la deseaba, sino que también la necesitaba. Cada día que pasaba se daba más cuenta de las cosas que tenían en común.

Todavía perdido en un torbellino de emociones en las que se mezclaba la traición, la confusión, la desesperación y una pena que se había pasado la vida tratando de mantener sólo para sí mismo, Brock se dio cuenta de que estaba a punto de hacer suya a aquella mujer.

Pasaron los minutos, y ninguno parecía poder apartar la mirada del otro.

—¿Te encuentras bien? —le preguntó ella casi sin respiración al verlo tan pensativo, consciente del torbellino de emociones que lo angustiaban y de la intimidad que había entre ellos.

—Deberíamos regresar —dijo Brock muy a su pesar. Sabía que no podría soportar hacer daño a aquella mujer.

Algo en su manera de hablar o el modo en que le brillaban los ojos, hizo que a Shelley le diera un vuelco el corazón.

—Creía que íbamos a buscar una cueva. Por lo menos, podríamos echar un vistazo al interior de la más grande. La que está allá arriba. Seguro que hay dibujos en las paredes. Podrían hacerte sentir mejor antes de que regreses a tus problemas. Y yo a los míos.

—Podría ser peligroso —afirmó Brock, sin referirse para nada al terreno.

Shelley emitió una risita ahogada.

—¿He oído bien? Brock Tyson preocupado por el peligro —se burló y después se agarró de su brazo para poder trepar montaña arriba—. Vamos, arriba.

Tan pronto como terminaron de subir, Shelley se soltó de Brock y echó a correr hacia su objetivo, como si fuera a abrirse ante ella la mismísima cueva de Aladino.

—¡Detente, Shelley! —le ordenó—. Yo iré primero, y decidiré si debemos entrar o no.

—Muy bien, jefe —dijo, tratando de mostrar una despreocupación que en realidad no sentía.

Brock entró en la cueva y Shelley se quedó esperando fuera. Se sentía un poco mareada, pero no supo determinar si por el excesivo calor o el aroma que desprendía una planta de flores escarlata que había a la entrada de la cueva. Aunque estaba acostumbrada a dibujar las plantas del desierto, y creía conocerlas todas bastante bien, aquella no la había visto nunca.

—¡Shelley! ¿Qué te pasa? —le preguntó Brock, que acababa de salir de la cueva, al verla apoyada contra la roca de diferentes colores ocres que formaba la entrada—. ¿Estás bien? —le preguntó, levantándole la barbilla.

—Sí, sí —afirmó Shelley, tratando de sonreír para ocultar así su mareo—. ¿Has visto alguna vez esa planta? —dijo señalando a la planta de flores escarlata.

—No, creo que no. El perfume es muy fuerte. Parece incienso. Será mejor que entres en la cueva unos minutos —le dijo preocupado—. Verás que fresco hace.

—¿Hay pinturas?

—Espera y verás.

A Shelley le costó un momento adaptarse a la penumbra del interior de la cueva.

—¿Y bien? —le preguntó Brock.

—¡Oh, Brock! —exclamó Shelley encantada, al ver que el interior de la cueva tenía forma de galería.

Enseguida pensó que aquel lugar podría haber sido un templo para los aborígenes. El techo era alto y el interior, poco profundo. El suelo, en el que se veían algunas huellas de lagarto, era de arena ocre.

Shelley se quitó el sombrero y, tras ahuecarse el cabello que tenía recogido en una coleta, levantó la cabeza para contemplar, maravillada, las pinturas que había en el techo de la cueva.

–Debe de ser una criatura procedente de otro planeta –dijo al ver dibujado un ser extraño con la cabeza redonda como un sol, una especie de alas sobre los hombros y los pies con unas garras parecidas a las de un águila.

–Sí, espero que no lo hayamos molestado –dijo Brock.

–¡Dios mío, espero que no! –dijo Shelley, sin poder contener un estremecimiento–. Es realmente misterioso. ¿Quién serán esas personas? –preguntó, señalando otros seres muy delgados que parecían estar bailando una danza ceremonial.

–Me siento un privilegiado por poder ver esto –dijo Brock–. ¿Tú no? Parecen seres venidos de otro planeta. Debe de haber miles de pinturas de este tipo en todo el norte y el centro del país. Éstas han sobrevivido porque están fuera del circuito turístico. ¿Te encuentras mejor? –preguntó a Shelley, que no podía apartar la mirada de las pinturas.

–Me encantan. ¿No te alegras de que te haya hecho venir hasta aquí?

–Desde luego, pero creo que deberíamos irnos ya, Shelley –dijo, consciente de la atracción que sentía por la joven, atracción que no sabía si sería capaz de reprimir.

–De acuerdo –dijo Shelley.

Se inclinó a recoger el sombrero que había dejado en el suelo, y se levantó con un movimiento que a Brock le pareció irresistiblemente sensual. La tensión era tremenda, pero pensó que todo iría bien si no la tocaba.

Shelley estaba ya casi en la salida, cuando en el exterior un pájaro emitió un sonido estridente, como si se hubiera asustado por algo. Shelley, ya nerviosa de antemano, se sobresaltó y dio un grito que hasta a ella le pareció histérico.

Estaba muy nerviosa. Brock había vivido en su pensamiento durante demasiado tiempo. Quería que la abrazara, no que se quedara mirándola de aquel modo tan sombrío. Sabía que estaba tratando de controlarse. Retrocedió y, aunque Brock no le estaba interceptando el paso, sin darse cuenta lo rozó al pasar y casi cayó sobre él. No sabía lo que le pasaba para estar tan torpe. Le echó la culpa al olor a incienso procedente de aquella extraña planta. Se sentía tambaleante, casi como si estuviera borracha, y el corazón le latía a toda prisa. Se puso la mano en la frente, tapándose casi la cara.

Brock se dio cuenta entonces de que estaba perdido, de que ya nada podía detenerlo. La inocencia y la dulzura de Shelley lo habían desarmado y se sentía invadido por una serie de emociones caóticas. La deseaba más de lo que había deseado nunca a otra mujer en su vida.

La atrajo hacia sí y la apretó contra su cuerpo. Al darse cuenta de que ya no le servía de nada seguir luchando contra sus deseos, decidió dejar la razón a un lado.

La besó casi con brutalidad, pero los labios de Shelley se abrieron a la caricia de su lengua sin protestar. Se dio cuenta de lo pequeña que era comparada con él, pero también de cómo, a pesar de todo, sus cuerpos se complementaban a la perfección, como si estuviera hecha para el placer.

Shelley llevaba puesta una camisa de volantes con botones, que Brock se encargó de desabrochar con maestría. Echó la prenda hacia atrás hasta dejar al descubierto los pechos virginales de la joven, y empezó a acariciar con los dedos los turgentes pezones.

Enseguida notó cómo se estremecía con su roce, y oyó los gemidos ahogados que emitía al sentir la lengua masculina lamiéndole y mordisqueándole sin piedad primero un pezón y luego el otro.

Brock pensó que aquello era mejor que lo que había imaginado en sus fantasías. Gimió de deseo, un deseo que crecía a cada minuto que pasaba.

«Déjala ir, déjala ir», le apremiaba su pensamiento, pero al notar la manera en que Shelley respondía a sus caricias, se excitó aún más.

Era maravilloso y terrible a la vez. Carecía ya de voluntad. Lo único que le importaba era tenerla entre sus brazos, acariciar aquella piel sedosa y besarla una y otra vez.

Al darse cuenta de que ella también le correspondía, de que lo deseaba con la misma intensidad, Brock la levantó del suelo y la apretó contra su cuerpo para que pudiera notar lo excitado que estaba.

Shelley escondió el rostro en su cuello, y Brock la sintió abandonada a sus deseos, completamente entregada a él.

—¡Deberías detenerme! —le dijo, en un último esfuerzo por que la razón imperara sobre el deseo.

—No puedo —le respondió ella—. No quiero —añadió consciente de que deseaba todavía más.

—¿A pesar de saber lo que va a suceder después? —le preguntó apretándola aún más contra él.

—Ya te he dicho que no me importa —dijo abrazándose a su cuello—. No he tenido un momento de alegría en mi vida hasta que tú has vuelto a entrar en ella. No me pidas que renuncie a algo tan maravilloso, Brock, porque no puedo. Soy consciente de dónde estoy metiéndome.

—¿Pero eres virgen?

—No tiene sentido que lo niegue.

—¡Shelley, Shelley! —gimió Brock—. ¿Qué voy a hacer contigo?

—Hazme el amor —su voz resonó en la cueva—. No te preocupes por mí. No puedes hacerme llegar hasta este punto para luego dar marcha atrás. Además, estoy en un momento del ciclo en el que no hay peligro.

—Ojalá pudiera creerte —le dijo él con dureza.

—Mírame a los ojos —le pidió ella, tomando su rostro con ambas manos—. Te juro que nunca intentaría tenderte una trampa, Brock Tyson.

—¡Tenderme una trampa! —exclamó él como si fuera lo más absurdo que hubiera oído en su vida—. Por favor, si te hago daño, dímelo —le pidió notando como temblaba en sus brazos.

—No me harás daño —afirmó Shelley, que ya empezaba a notar una serie de pequeñas punzadas entre las piernas, dolorosas y exquisitas a la vez.

Brock trató de no dejarse llevar por las prisas de la pasión. Iba a ser la primera vez de Shelley. Una experiencia que recordaría toda la vida. Debía dejarle un buen recuerdo.

La tendió sobre la arena y fue quitándole la ropa poco a poco hasta que pudo contemplar su hermoso cuerpo desnudo

La encontró exquisita, mucho más bella de lo que había imaginado. Se inclinó sobre ella y empezó a acariciarle los pechos. Después, comenzó a lamerle y mordisquearle los pezones mientras sus manos recorrían ansiosas el resto de aquel cuerpo perfecto de piel sedosa hasta llegar a su joya más oculta, que lamió con fruición y penetró con la lengua.

—¡Brock! —exclamó Shelley arqueando el cuerpo, hasta casi levantarlo del suelo.

–No te haré daño –le aseguró Brock, que se tumbó de lado, sin dejar de mirarla. Se dio cuenta de que en sus ojos podía leerse el placer, pero también el miedo.

Nadie la había tocado nunca allí, y ahora Brock lo estaba haciendo del modo más íntimo en que podía hacérselo un hombre a una mujer. Se sintió tan excitada que no pudo evitar abrir las piernas para él.

Brock se las levantó con cuidado, colocándoselas después sobre los hombros, sin dejar de mirarla para ver cómo reaccionaba. Las respuestas de Shelley eran más importantes para él que su cada vez más imperioso deseo.

La vio cerrar los ojos, pero mientras exploraba su cuerpo no dejó de susurrarle palabras cariñosas, como si se tratara de un ritual sólo para ella.

Shelley notó que se colocaba sobre ella para besarla apasionadamente, y saboreó en la boca masculina su aroma más íntimo de mujer. Cuando volvió a acariciarle los pechos sintió una oleada de calor muy intensa. Era como si estuviera abrasándose poco a poco. Brock siguió acariciándola y lamiéndola sin dejar de susurrarle palabras cariñosas, hasta que notó que Shelley estaba quedándose sin respiración, y la vio con la cabeza echada hacia atrás y las piernas muy abiertas. Fue entonces cuando, sudoroso, se puso encima de ella, incapaz de contener ni un minuto más la pasión que estaba abrasándolo.

Aquel fue el momento. El momento que ambos tanto habían anhelado. Brock entró en ella camino del éxtasis, experimentando un placer que no había sentido nunca hasta entonces.

CAPÍTULO 8

CUANDO abrió los ojos, Shelley, que yacía desnuda sobre la arena, vio a Brock inclinado sobre ella.
—¿Te encuentras bien, Shelley? —le preguntó mientras le apartaba unos rizos húmedos de la cara—. Estaba un poco preocupado—. Me has demostrado que me deseabas tanto como yo a ti —le dijo con ternura.

—Creo que me quieres un poco —afirmó Shelley con los ojos muy brillantes y la respiración todavía agitada.

Intentó asimilar lo sucedido. Ahora eran una sola carne. Conocía a aquel hombre en cuerpo y alma, pero ni en sus sueños más eróticos habría podido imaginar un encuentro sexual como el que acababan de tener. Había colmado todos sus deseos sexuales, todas sus necesidades. Tan intenso había sido, que no podía precisar cuánto había durado, y temía haber incluso llegado a perder el conocimiento.

—Tal vez tengas razón —murmuró Brock, y la besó—. ¿Cómo te encuentras? He tratado de ser suave, pero a lo mejor te he hecho daño.

—Al principio —respondió ella con suavidad—. Pero luego estaba tan... excitada que me daba igual. Eres un amante excepcional. Me has enseñado lo que es hacer el amor.

Brock le acarició la mejilla.

—Hacer el amor sólo se convierte en algo especial cuando entre la pareja hay sentimientos auténticos. Es una comunión de cuerpo y alma.

–Sí –dijo soñadora–. Lo malo es que no sé si seré capaz de levantarme. La verdad es que no quiero levantarme. Desearía quedarme en esta cueva contigo para siempre. De ahora en adelante, para mí será nuestra cueva –le dijo con lágrimas en los ojos.

–Por favor, Shelley, no llores –le pidió Brock, besándole las mejillas.

–Estoy llorando de felicidad –le confesó ella.

–Muy bien, entonces. ¿Sabes una cosa? –le preguntó mientras admiraba su soberbio cuerpo de piel aterciopelada–. Te deseo de nuevo. Me has seducido.

–Yo también te deseo –le confesó ella, mientras lo acariciaba.

–¿Qué vamos a hacer? –preguntó Brock–. Se supone que debería haberte llevado a casa y regresar a Mulgaree después para llorar a mi abuelo y velar por mis intereses.

–Sin embargo, has escogido estar conmigo –dijo Shelley, y enlazó el cuello masculino con sus brazos–. Creo que ambos nos merecíamos un pedacito de paraíso después de lo que hemos sufrido en la vida.

–Me gustaría tenerte así siempre –murmuró Brock.

Muy excitado, deslizó un brazo con delicadeza por debajo del hermoso cuerpo desnudo de Shelley, y volvió a penetrarla.

La familia al completo la esperaba cuando llegó a Wybourne. El sol estaba poniéndose, y el cielo se había teñido de hermosos tonos carmesí.

–¿Dónde has estado todo el día? –le preguntó Amanda en cuanto Shelley puso un pie en el porche de la casa, lugar donde se encontraban todos reunidos–. Hace horas que te marchaste de Mulgaree. ¿Dónde has estado? –repitió con el ceño fruncido.

—Con Brock, por supuesto —dijo Shelley, tratando de mostrarse todo lo normal que podía después de haber vivido una experiencia única—. Era él quien pilotaba el helicóptero. Está muy disgustado. De todos modos, ¿a ti qué te importa, Amanda? —dijo Shelley. Era una de las pocas veces en que se enfrentaba a su hermana.

—Entra en casa —le ordenó su padre, levantándose de la silla en que estaba sentado.

A pesar de la tensión del momento, Shelley se alegró de verlo sobrio. Su madre, que también se encontraba allí, no se despegaba de su marido, como si fuera su silenciosa sombra.

—Estás llena de arena —le dijo Amanda con tono acusador, al tiempo que la miraba de arriba abajo—. Espero que no hayas estado entreteniendo a Brock Tyson. Tiene muy mala reputación con las mujeres.

Shelley se ruborizó muy a su pesar.

—Eso es lo primero que se te viene a la cabeza, ¿verdad, Mandy? Como tú tienes tan buena reputación...

—¡Ya está bien, Shelley! —le ordenó su padre, que no estaba dispuesto a dejar que atacara a su hija mayor—. Amanda hace bien en preguntarte. Estábamos preocupados por ti. Philip Kingsley ha llamado varias veces.

—¿Y para qué demonios? —preguntó con rabia, cuestionándose quién se habría creído Philip que era.

—Quería saber por qué no estabas en casa —respondió su padre, como si aquella fuera una razón suficiente—. Te marchaste de Mulgaree a las dos. Todos temíamos que hubieras podido sufrir un accidente.

—Lo que en realidad temía Philip era que pudiera estar con Brock —dijo Shelley sin rodeos—. Philip está celoso de Brock. Siento haberos preocupado, pero Brock necesitaba pasar un rato en el desierto. Siempre le hizo sentirse bien.

–Así que allí fue donde te llenaste de arena –intervino Amanda, preguntándose cómo podía estar tan radiante tras haber pasado una tarde en el caluroso desierto.

–Me gustaría darme una ducha –dijo Shelley–. Ha hecho tanto calor...

–Pues hazlo rápido –intervino su madre por primera vez–. Tenemos cosas de que hablar.

Cuando regresó, tras ducharse y cambiarse de ropa, su familia estaba sentada en el salón de la casa: su padre con la mirada baja, su madre, con los ojos cerrados, y Amanda ardiendo de impaciencia.

–Siéntate, Shelley –le dijo su padre, evitando mirarla a la cara como hacía siempre–. Philip me confió lo del testamento de su abuelo. Me ha parecido entender que él es el único beneficiario, que Mulgaree es suya. Al otro muchacho, Brock, ni lo menciona siquiera en el testamento. Personalmente me parece muy injusto, pero supongo que no es asunto mío. Kingsley era un hombre cruel. No comprendo por qué hizo regresar al chico.

–Brock ya no es un muchacho, papá. Es todo un hombre. Philip no le llega ni a la altura de los zapatos.

–Lo que importa es que ha sido Philip quien ha heredado el dinero –intervino Amanda, la favorita de su padre, con vehemencia–. ¡Dios mío, debe de haber heredado millones! Ojalá se hubiera fijado en mí. Pero por desgracia, es a ti a quién prefiere –se lamentó, dirigiéndose a su hermana con brusquedad.

–Te lo regalo, si quieres –le respondió Shelley.

Su padre la miró con una extraña luz en los ojos, unos ojos normalmente apagados.

–Espero que podamos llegar a entendernos en esto, Shelley. Philip me ha dicho que te quiere y desea casarse contigo. ¿No es suficiente para cualquier chica? Por cierto, quería decirte que he cancelado la visita turística del grupo de japoneses. No quiero ver a ningún extraño merodeando por aquí. Ya sé que nos proporcionaban un buen dinero, pero ahora ya no vamos a necesitarlo.

Shelley se sintió traicionada.

—Oh, papá, ¿por qué no me lo consultaste primero? Ya lo tenía todo planeado. Se sentirán muy decepcionados y, además, tendré que devolverles las señales que dejaron. Deberías haberme consultado. Necesitamos el dinero.

Su madre se inclinó más hacia ella, y tomó una de las manos de Shelley entre las suyas.

—Escucha a tu padre, Shelley. No creas que no apreciamos todo lo que has trabajado en el proyecto. Eres una chica muy inteligente y capaz. Podrías ser cualquier cosa en la vida, si tuvieras la oportunidad. Y ahora la tienes. Ninguna mujer en su sano juicio rechazaría a Philip Kingsley. Está dispuesto a poner el mundo a tus pies, y puede hacerlo.

Shelley sintió que le ardía la cara.

—Ya, pero no lo amo, mamá. ¿Cuándo pensáis tener eso en cuenta? Nunca lo amaré, porque no me atrae en absoluto.

—Al contrario que Brock, ¿verdad? —dijo Amanda con tono intimidador—. Reconozco que es muy atractivo, pero no es de los que se casan.

—No estamos hablando de sexo, Amanda —dijo Patrick logan, empezando a perder la paciencia—, sino de matrimonio. Lo más importante en la vida de una mujer. Philip Logan está dispuesto a casarse contigo, y aunque no esté a la altura de su primo, es un hombre joven y sano. El amor vendrá más tarde.

—¡Papá, no estás escuchándome! —gritó Shelley con desesperación—. Philip no me interesa.

—Pues ya puedes empezar a interesarte en él —dijo Patrick Logan—. Deberías sentirte afortunada de que piense dedicar toda su vida a cuidarte.

—Además, piensa cuánto puede ayudarnos —intervino Amanda muy seria—. Si te conviertes en la señora Kingsley, será también un gran paso para nosotros. Los Kingsley son gente importante. Philip será rico y poderoso. Con un poco de ayuda por tu parte podría convertirse en el hombre que quieres que sea.

Shelley miró a su hermana con incredulidad.

—¿De qué estamos hablando aquí, Mandy? ¿De prostitución?

Patrick Logan enrojeció de ira.

—¡No voy a permitir que hables así! Deberías lavarte la boca con jabón. De lo que estamos hablando es de que hagas un buen matrimonio, porque te queremos.

—¿De verdad me queréis, papá? —finalmente había formulado la pregunta que siempre había tenido en la mente—. Tú, papá, casi no te atreves a mirarme, y en cuanto a ti, mamá, te escabulles en cuanto intento hablar contigo —miró a sus padres con tristeza—. No me queréis. En realidad estáis resentidos conmigo por haber sobrevivido a Sean.

—¡Cállate, Shelley! —dijo su padre con tono amenazador, como si no tuviera derecho a sacar el tema a colación.

—Papá, por favor, déjame hablar. Evitar hablar del tema nos ha hecho mucho mal a todos. Sean era mi gemelo, mi otra mitad, y nunca me ha abandonado. Me despierta todas las mañanas. Hablo con él y le cuento cosas que no puedo contarle a nadie más.

—¿Vas a callarte ya? —exclamó su padre apretando los dientes y moviendo la cabeza como si fuera un animal furioso.

–¡Sí, Shelley, cállate! –gritaron Amanda y su madre al unísono.

–Sí, es lo que siempre habéis querido, que me calle. No recuerdo nada, pero sé que no pude haberle hecho ningún daño a mi hermano. Nos queríamos mucho. Sean me quería a mí más que a ninguno de vosotros. Siempre acudía a mí, y no a Mandy.

–Entonces es una pena que lo empujaras –dijo Amanda amargamente–. No, no me mires con esa cara de estar a punto de desmayarte. Todo el mundo lo sabe.

–¡Qué cruel eres, Amanda! –le dijo su madre conmocionada–. Yo no lo sabía.

–Sois todos muy crueles –dijo Shelley con la voz quebrada por el llanto–. Un día lo recordaré todo, estoy segura. Me estás acusando, Amanda, pero tú tenías que haber cuidado de nosotros.

–¡Quiero que dejéis el tema! –intervino Patrick Logan–. No sirve de nada rememorar los tristes acontecimientos de aquel aciago día. Todos queríamos a Sean, sobre todo yo. No creo que vosotras, mujeres, sepáis lo que significa para un hombre su hijo varón.

–Nunca diste una oportunidad a tus hijas, papá –dijo Shelley–. Sobre todo a mí.

–¡Eso no es así! –protestó vivamente–. ¿Acaso pretendes condenarnos a todos porque nos recuerdes a Sean? ¡Nuestro pequeño Sean era tan especial...!

–Yo también soy especial, papá. Sólo tienes que pararte un poco a pensarlo –dijo Shelley.

–Shelley, tú significas mucho para nosotros –dijo su madre acuciada por los remordimientos. En los últimos tiempos se había dado cuenta de lo injustos que habían sido todos con Shelley–. Eres una buena chica, y muy fuerte, además. Tu padre y yo sabemos lo difícil que ha sido todo para ti.

–¡Y para mí! –exclamó Amanda, como si se sintiera ultrajada.

–¡Calla, Amanda! –le ordenó su madre–. Lo que quiero que sepas es que tu padre y yo te queremos, aunque nos cueste expresarlo con palabras, y que deseamos lo mejor para ti: que te cases bien.

–Deseamos tu seguridad –intervino su padre–. Philip va a venir mañana por la mañana a pedir mi consentimiento para casarse contigo.

Shelley no daba crédito a sus oídos.

–¡Para pedir tu consentimiento! ¿Me he equivocado de siglo y todavía estamos en la era victoriana?

Patrick la miró con impaciencia.

–Es lo correcto. Soy tu padre, y lo considero una cortesía necesaria.

–A mí me parece todo un detalle –intervino Amanda, tocando el brazo de su padre en señal de apoyo–. Piénsatelo, Shelley. Eres la ganadora, y nosotros también ganamos contigo.

Shelley se aseguró de ser la primera en recibir a Philip. Toda su familia estaba muy contenta, pero ella no estaba dispuesta a sacrificarse por lo que su familia llamaba el «bienestar de todos».

Esperó a que las hélices del helicóptero se detuvieran por completo y observó a Philip, que saltaba al suelo. Su padre tenía razón, podía hasta parecer atractivo cuando no presentaba ese aire de perdedor que lo acompañaba habitualmente. Aquella mañana tenía todo el aspecto de un ganador, de un hombre que viene a pedir la mano de su futura esposa. Shelley respiró profundamente, y después dejó escapar el aire de los pulmones poco a poco. Se recordó a sí misma que debía mantener la calma en todo momento, a pesar de lo que pudiera oír.

—¡Shelley! —la llamó Philip, encantado de verla—. No esperaba que salieras a recibirme. Pensaba reunirme contigo en la casa.

—Podemos ir hasta allí en coche —le dijo—, pero primero debemos sostener una pequeña conversación. ¿Qué crees que estás haciendo aquí, Philip? No puedes haber dicho en serio lo de pedir mi mano a papá.

La expresión de Philip cambió por completo.

—¡Pero Shelley, pensé que estarías encantada!

—No sé de dónde has sacado esa idea, pero volveré a repetirte que sólo me interesas como amigo. Por cierto, ¿por qué me llamaste tres o cuatro veces ayer? No me gusta que intenten controlarme.

—Estaba preocupado por ti —protestó Philip—. No me fío del comportamiento de Brock con las mujeres, y mucho menos contigo. Shelley, estoy muy enamorado de ti. Si me aceptaras, sé que, con el tiempo, llegarías a amarme.

—¡Eso es una estupidez! —exclamó Shelley, sin importarle el daño que pudiera hacerle con sus palabras—. Yo no te quiero. Ya sé que puede resultarte difícil aceptarlo, pero es así. Somos amigos, pero si persistes en tu actitud, es posible que dejemos de serlo.

—Eres muy testaruda, Shelley —insistió—. Estoy seguro de que llegarías a amarme, si me dieras una oportunidad. Además, a tus padres les gusto como marido. ¿No quieres ayudarlos? No sé si te das cuenta de que ahora soy un hombre rico.

—Más te vale tener en cuenta lo que va a hacer Brock respecto a la herencia —le dijo cortante.

—No puede hacer nada. El testamento es irrecusable. ¿Piensas venir conmigo a Mulgaree después de que hable con tu padre?

—¡No! ¿Te ha quedado claro? —le preguntó exasperada por su insistencia.

—Es por mi madre, ¿verdad? La verdad es que nunca ha sido muy agradable contigo. No te preocupes, puedo decirle que se vaya, cuando pase un tiempo prudencial después de la boda. En cuanto a la sucia acusación que le hizo Brock de que tenía una aventura con Maitland, me ha asegurado que no es verdad.

—¡Eres como un avestruz, Philip! Te has pasado la vida escondiendo la cabeza en la arena. Mis padres están esperándote para tomar el té. Son tan cerrados de mente como tú. Por cierto —dijo con cierta sorna—, Amanda necesita un marido rico, a lo mejor podría interesarte.

Philip se echó a reír con prepotencia.

—No tengo el más mínimo interés en Amanda. De hecho, parece mentira que seáis hermanas. La encuentro muy vulgar.

—Vaya, pues te diré que la prefiero mil veces a ella antes que a tu madre. Venga, vayamos a mi casa y acabemos con este asunto lo antes posible. Y no se te ocurra decirle ninguna estupidez a mi padre o verás lo desagradable que puedo llegar a ser —le advirtió Shelley mientras se dirigían al todoterreno—. Por cierto, ¿le dijiste a Brock dónde ibas?

—Pues sí —respondió, y se echó a reír de la forma maliciosa que lo caracterizaba—. Piensa que soy un estúpido, pero se equivoca. Estoy pensando en ayudarlo porque creo que puede serme útil ahora que tengo responsabilidades importantes. Es un tipo duro y los hombres lo respetan. A ver qué te parece mi idea. Podría dejarle la finca de Strathdownie, y hacer que dirigiera los intereses de la familia desde allí. Estoy seguro de que estará encantado.

–Sí, claro –dijo Shelley con ironía.

–No quisiera que pensaras que no tengo corazón.

Shelley se sintió abochornada por el comportamiento de sus padres respecto a Philip. Lo trataron como si fuera un miembro de la realeza, y Philip, como era tan pretencioso, se mostró encantado. Tanto él como su familia se comportaron como si ella no estuviera delante, y hablaron de la futura boda como si la decisión ya hubiera estado tomada de antemano.

En el transcurso de aquella mañana, Shelley se dio cuenta de que no podía seguir viviendo en aquella casa, a no ser que aceptara casarse con Philip. Durante muchos años se había sentido atada a su familia por un sentimiento de lealtad e inmerecido cariño, pero el hecho de ver lo poco que tenían en consideración sus deseos la había liberado de sus ataduras.

El bochorno dio paso a la rabia, y sintió la necesidad de marcharse para estar sola y pensar. Decidió pasar unos días en Koomera Crossing. Se preguntó si su padre la dejaría llevarse el todoterreno. Por si acaso, le dijo que tenía que ir a la tienda para asegurarse de que devolvieran la mercancía que había encargado para los turistas.

La muerte de Rex Kingsley estaba obligándolos a todos a tomar decisiones muy importantes. Su padre había tomado la suya, y sabía que una vez que lo había hecho no existía posibilidad alguna de que la cambiara.

Estaba claro que no podía quedarse.

Con la mente ocupada en los acontecimientos de los últimos días, Shelley casi ni se enteró del pesado viaje por carretera que hizo hasta Koomera Crossing.

Su padre había puesto alguna pega para dejarle el todoterreno, pero enseguida lo había convencido diciéndole que tenía que devolver la mercancía que había comprado para los turistas japoneses, y además debía adquirir algunas cosas de uso personal. Necesitaba pensar, así que le dijo que se quedaría unos días en el pueblo.

Su padre no puso ningún impedimento, como si pensara que dándole tiempo, Shelley llegaría a tomar la decisión acertada acerca de su boda con Philip. Después de todo, se lo debía. Había sobrevivido en vez del pobre Sean.

Llegó al pueblo a media tarde con los ojos y el cuerpo doloridos por las largas horas de conducción. Aparcó en la parte trasera del hotel, y después entró a pedir una habitación.

–¿Quieres la misma de siempre? –le preguntó el dueño del establecimiento.

–Muy bien, Mike. Ya estoy acostumbrada a ella –le dijo, y cuando le dieron la llave subió escaleras arriba con su maleta.

Una hora más tarde estaba en la calle principal del pueblo, después de haber hablado con Annie Hope, la mujer que regentaba la tienda local. Por suerte, le había permitido devolver todos los productos no perecederos que había adquirido para los turistas japoneses.

En el pueblo el tema principal de conversación de todos era la muerte de Rex Kingsley. Nadie sabía cómo había quedado repartida la herencia, pero todos apoyaban a Brock, y deseaban que se hubiera hecho justicia con él.

–Eula está en el pueblo –le dijo el dueño del hotel al día siguiente cuando estaba desayunando–. Sé que os lleváis bien, así que pensé que te gustaría saberlo. A lo mejor tú consigues que te cuente algo. Yo no he podido. Es muy discreta en lo que respecta a sus jefes. Annie, la dueña de la tienda, acaba de decirme que ha hecho un pedido muy grande. A lo mejor van a dar una gran fiesta, ahora que el viejo se ha ido.

—Tal vez sea para el velatorio —sugirió Shelley.

No se encontró con Eula Martin, el ama de llaves de Mulgaree, hasta media mañana. Salía de la papelería.

—¡Eula! —la llamó Shelley, y cuando la mujer la vio esbozó una sonrisa.

—Shelley, cariño. ¿Es que ahora te pasas la vida viajando?

—Pues no es que tú te quedes quietecita, precisamente —le dijo Shelley, apresurándose a acercarse a ella para ayudarla con los paquetes que llevaba.

—La señora Kingsley me mandó venir al pueblo, justo cuando más me interesaba quedarme en la casa para ver qué traman —le confió Eula bajando la voz—. Me da la sensación de que me quiere ver lo menos posible por allí.

—¿Y quién te ha traído? —le preguntó Shelley.

—Uno de los hombres. Ha sido un viaje infernal, querida. Todavía no entiendo cómo ha podido hacer el señor Kingsley lo que ha hecho, a pesar de que le tenía por un verdadero demonio, descanse en paz. Hoy su nuera estaba deseando deshacerse de mí. Me parece que mi empleo corre peligro ahora que ella está al cargo de la casa.

—Anda, vamos a tomar una taza de té —sugirió Shelley.

—Justo lo que iba a proponerte —dijo Eula, y después soltó la bomba—. Sé que debería habérselo dicho antes a Brock, pero hice una copia de ese testamento.

Shelley se detuvo en seco.

–¿Có... cómo? –preguntó, sujetando a Eula del brazo–. ¿De cuál?

–¿De cuál va a ser, cariño? –le preguntó Eula, asombrada–. Del que firmé el otro día. Esperaba que el señor Kingsley lo hubiera cambiado, pero el despiadado viejo tirano no lo hizo. No creo que tenga muchas posibilidades de entrar en el paraíso después de esto.

Shelley apenas la oyó.

–¿Te he entendido bien, Eula? ¿Has dicho que hiciste una copia del testamento en el que actuaste como testigo?

Aunque enrojeció, la voz de Eula no denotó que se avergonzara en absoluto de lo que había hecho.

–No me siento culpable de haber hecho nada malo. El señor Maitland me mandó que le trajera un sobre para guardar el testamento que le había dictado el señor Kingsley, y se marchó al salón para hablar con la señora, que parecía muy disgustada. De repente vi la oportunidad que se me presentaba, y decidí actuar con rapidez. Me fui al despacho y saqué una fotocopia del testamento.

–¿Y no te pillaron? –le preguntó Shelley, llena de esperanzas.

–No –dijo Eula, sacudiendo la cabeza con energía–. Estaban demasiado ocupados hablando. Esos dos parecían un par de ladrones. No me gustan nada. El abogado es un zorro con piel de cordero, y ella es simplemente horrible. Yo no les preocupé en ningún momento. Piensan que soy medio tonta. Sólo me mantienen en el puesto porque soy buena cocinera y ama de llaves.

–¡De tonta no tienes un pelo, Eula!

–Gracias, cariño, pero la verdad es que tengo muy mala cabeza. Se me olvida siempre dónde he dejado las cosas. Voy a tener que ir al médico. ¿Sabes cómo se llama esa enfermedad?

–No te hará ningún mal hablar con el médico –le dijo Shelley–, pero estoy segura de que no te pasa nada, Eula. Es normal que se nos olviden las cosas a medida que vamos haciéndonos mayores.

–¿Tú, mayor? Eres un cielo. ¿Cuántos años tienes? ¿Veintiuno? ¿Cómo has dicho que se llama esa enfermedad de la memoria?

–Supongo que te referirás al Alzheimer, Eula, pero por lo que te conozco, te aseguro que tus olvidos son sólo los normales debidos al paso del tiempo–. ¿Leíste el testamento? –le preguntó Shelley mientras entraban en un café.

–No me dio tiempo, cariño –confesó– y, además, no llevaba puestas las gafas. Sin ellas veo menos que un murciélago.

–¿Firmó el señor Kingsley en tu presencia?

–Claro, para eso me llamaron de testigo.

Shelley se quedó callada unos segundos.

–¿Y dónde está ahora la fotocopia? Seguramente ya la habrás leído.

–Voy a decirte una cosa, cariño, y no quiero que se lo digas a nadie. Estoy segura de que lo recordaré, pero de momento no consigo acordarme de dónde la escondí. Por eso te decía antes lo de mi enfermedad. Escondo cosas que no quiero que encuentre nadie, y después no me acuerdo de dónde las puse. Todavía no he conseguido encontrar el broche de oro que me dejó mi madre, que es lo único de valor que poseo. ¿Sabes?, también tiene unos diamantes pequeñitos. Supongo que aparecerá. Está en algún lugar de la casa.

–Pero la casa es enorme, Eula –le dijo Shelley con desánimo–. Debe de haber millones de sitios donde esconder cosas. ¿Habrá sido en el despacho? ¿Dentro de algún libro?

–Por Dios, no. Allí podrían descubrirlo. No te preocupes, cariño, ya me acordaré. Siempre lo consigo al final. Pensé que lo había metido en un jarrón chino, pero allí no está –dijo Eula consternada–. A veces consigo recordar cosas que hice hace cincuenta años mejor que lo que sucedió hace dos días.

–No te agobies –le aconsejó Shelley–. Sigue haciendo tu vida normal, y seguro que acabas acordándote. Está en la casa, igual que el broche de tu madre. Venga, vamos a tomar una taza de té... ¿Quieres algo más? Escucha, Eula, es de vital importancia que hables con Brock...

PHILIP regresó de Wybourne más relajado y seguro de sí mismo de lo que Brock lo había visto nunca.

—¿Por qué sonríes de esa manera? —le preguntó Brock, molesto.

—Creo que con un poco de tiempo conseguiré que Shelley se case conmigo —le dijo Philip con tono triunfal—. Tengo a sus padres de mi lado.

—Estás soñando —le dijo Brock con dureza.

—Los sueños pueden hacerse realidad. Shelley entrará en razón —aseguró Philip con una inusitada seguridad en sí mismo—. No es tonta, sabe lo mucho que puedo ofrecerle. Además, está ya medio enamorada de mí.

Brock miró a su primo con dureza.

—Si te crees eso, eres capaz de creerte cualquier cosa. Empiezas a darme lástima, Philip. Esa historia de amor sólo está en tu mente.

—¿Y tú qué sabes? —le preguntó con cierta agresividad—. Has estado fuera muchos años y, mientras tanto, Shelley y yo hemos estrechado nuestra relación.

—¿No te parece repugnante que ese acercamiento se deba a las presiones que ha ejercido su familia sobre ella?

Philip sonrió como si lo que acababa de decirle su primo le resultara gracioso.

—La verdad es que sí, pero como me viene bien, me da igual. Deseo a Shelley más de lo que he deseado nada en mi vida.

–¿No le sentará fatal a tu madre? –se burló Brock.

–No tendrá nada que decir en este asunto. Estoy pensando pedirle a Shelley que asista al funeral del abuelo. Necesito su apoyo.

–¿Sabes una cosa? –dijo Brock, haciendo un gran esfuerzo por mantener la calma–. Me da la sensación de que tienes dificultades para vivir en la realidad. Lo tienes todo planeado: casarte con Shelley, traerla a vivir a Mulgaree... El problema es que ella no va a aceptar, porque no te ama. Afróntalo.

–Pero me amará con el tiempo. Es testaruda, como todas las pelirrojas. Le gusta hacerse de rogar, pero sé que en el fondo le importo.

–La verdad es que me cuesta creerlo.

–Ella misma lo ha admitido. Ya sé que te tiene que resultar duro aceptar que yo lo tengo todo, mientras que tú te has quedado sin nada, pero quiero ayudarte.

–¿Y cómo exactamente? –preguntó Brock, sin interés.

–Bueno –empezó a decir Philip pensativo–. No puedo sugerirte que seamos socios, pero la verdad es que puedes serme de gran utilidad. Tienes aptitudes de las que yo carezco. En cuanto enterremos al abuelo, podemos ponernos a hablar del tema, y estoy seguro de que llegaremos a un acuerdo. Se te ha tratado injustamente, y deseo compensarte.

–¿De verdad piensas que voy a aceptar este testamento? –le preguntó Brock con los ojos brillantes de rabia.

Philip sonrió.

–No creo que ni siquiera a alguien como tú le interese airear los trapos sucios de la familia. Además, cuesta mucho contratar los servicios de un buen abogado, Brock, y tú no lo tienes. Estoy seguro de que con el tiempo y un poco de buena intención podremos encontrarle una salida a esto. Nos harías un gran favor si aceptaras la voluntad del abuelo de buen grado.

—Lo siento, Philip, pero no puedo hacerlo. Además no necesito tus consejos. El abuelo me dejó bien claro que sería yo quien tomara las riendas de los negocios familiares. Tú no le convencías por razones obvias. No estás hecho para este tipo de trabajo. Además, prefiero recuperar lo que es mío antes que acatar la voluntad del abuelo. Por cierto, ¿por qué has decidido enterrarlo en el panteón familiar, cuando dejó muy claro su deseo de yacer en el cementerio privado? No estás acatando sus últimas voluntades a pesar de ser tu obligación.

—Lo he estado pensando mucho —dijo Philip con sinceridad—, y he llegado a la conclusión de que debe ser enterrado en el panteón familiar junto a su hijo... mi padre. Una familia como la nuestra necesita un centro.

—¡Menuda estupidez! —exclamó Brock, sin poder evitar estremecerse—. Una familia como la nuestra lo que necesita es luz y aire fresco.

—¡Tienes razón! —corroboró Philip—. Por eso voy a casarme con Shelley Logan.

Brock encontró a Shelley en el restaurante de Harriet. Estaba cerrado hasta la hora de la cena pero, por las cristaleras, pudo verlas sentadas a una mesa, observando con detenimiento lo que parecían ser los dibujos de Shelley.

Brock dio unos golpecitos en el cristal y las dos mujeres se volvieron. Al verlo, Harriet se levantó para abrirle la puerta

—¿Qué te trae por el pueblo, Brock? —le preguntó la mujer.

—Estoy mejor aquí que en Mulgaree, Harriet —le dijo, y le dio un beso en la mejilla a modo de saludo—. Quisiera hablar un momento con Shelley.

Shelley se dio cuenta enseguida de que algo le pasaba.

—¿Va todo bien, Brock? —le preguntó.

—Irá todo de maravilla cuando consiga encontrar un sitio decente donde vivir —le respondió—. ¿Son esos tus dibujos, Shelley? Me encantaría verlos.

—Aquí tienes —dijo Harriet pasándole la carpeta—. Shelley es una jovencita con mucho talento.

Brock tomó una silla de una mesa vecina y se sentó con las dos mujeres. A medida que iba pasando las láminas de los dibujos en silencio, iba sintiéndose más y más transportado al vergel en que se convertía el desierto tras la época de lluvias. Conocía todas aquellas flores, además de los pájaros que, aunque estáticos en el dibujo, Shelley había sabido dotar de vida de una manera sorprendente.

—Me gustaría poder volver a verlos otro día con más detenimiento —dijo mirando a Shelley—. Son maravillosos. No sólo eres una artista, sino también una espléndida naturalista. Quedarían estupendos enmarcados.

—¿No te parece que podríamos organizar una exposición en el restaurante —intervino Harriet con entusiasmo.

—Quién sabe qué va ser de mi vida en el futuro —dijo Shelley, sorprendiendo a sus amigos.

—¿Qué quieres decir con eso? —preguntó Brock, revolviéndose nervioso en su silla. Se preguntó si la lealtad de Shelley hacia su familia la abocaría a contraer matrimonio con Philip, a pesar de no desearlo.

—De momento no importa —dijo Shelley, que no parecía muy dispuesta a dar ninguna explicación—, pero parece un milagro que hayas venido a buscarme, Brock, porque necesitaba dar contigo. Llamé por teléfono a Mulgaree, pero con tan mala suerte que se puso la madre de Philip, y se limitó a colgarme tras decirme que no estabas allí.

–¡Tan encantadora como siempre! –dijo Harriet con ironía–. ¿Por qué no os vais a tomar un café? Os lo prepararía aquí, pero tengo muchas cosas que hacer para esta noche. Además, me parece que necesitáis hablar a solas.

Brock se puso en pie con elegancia.

–Gracias, Harriet. ¿Podrías reservarme una mesa en un rincón tranquilo? Esta noche me quedo en el pueblo.

–Vaya, lo mismo que Shelley –dijo Harriet con alegría–. ¿Os reservo una mesa para dos? –preguntó con la carpeta de dibujos de Shelley apretada contra el pecho.

–¿Te parece bien, Brock? –le preguntó la joven, consciente de que seguía preocupado.

–Por supuesto –dijo–. Vendremos a las siete, Harriet.

Salieron juntos. Era día de mercado y la calle principal estaba llena de gente.

–¿Por qué no compramos unos sándwiches y nos vamos a algún sitio en el todoterreno? –dijo Brock, inquieto–. Creo que tenemos mucho de qué hablar. ¿De qué lo quieres?

–Me da igual. De pollo o jamón. ¿Cómo has venido?

–Conduciendo como un loco –dijo, echándose el pelo hacia atrás–. No estaba dispuesto a suplicar que me dejaran el helicóptero. Philip se ha crecido mucho desde que ha asumido que es el dueño de Mulgaree.

–Tengo noticias para ti –le dijo Shelley, mirándolo emocionada.

–¿Buenas? –preguntó Brock con curiosidad y cierta agresividad.

–No tienen nada que ver conmigo y Philip, si es eso lo que te preocupa. ¿Por qué estás tan enfadado?

–Porque el maldito loco está empeñado en casarse contigo.

–¿Cómo has podido pensar por un momento que voy a aceptar? –dijo mostrándose enfadada, pero alegre en el fondo al ver lo preocupado que estaba por un posible matrimonio con Philip. Su pasión por él se intensificó aún más.

–Venga, no vayamos a ponernos a discutir en medio de la calle. Espera, que voy a comprar los sándwiches. Después, si quieres, podemos pelearnos como el perro y el gato.

Tras conducir durante veinte minutos, Shelley y Brock llegaron a un lago. Sumidos en sus pensamientos y presos de una tensión sexual que casi podía palparse, no habían cruzado palabra durante todo el viaje.

Brock detuvo el vehículo a la sombra de un impresionante gomero.

–Tengo una manta –dijo tras dar un trago a su bebida–. Podemos sentarnos en ella, si quieres.

–Muy bien.

–Bueno, dime –le instó Brock cuando ya se habían sentado y se disponían a dar cuenta de los sándwiches.

–No vas creértelo –empezó a decir Shelley.

–A estas alturas puedo dar crédito a cualquier cosa, Shelley –le dijo tras dar un bocado a su sándwich.

–Eula está en el pueblo. Me la encontré esta mañana y me dijo que tenía una copia del testamento que destruyó Maitland. La hizo en el despacho de tu abuelo cuando el abogado se lo dio para que lo metiera en un sobre.

—Me parece que tuvo una idea estupenda. El único problema es que el maldito papel no estaba firmado —objetó Brock.

—Pues no vas a creértelo, pero Eula jura que sí lo estaba. Dice que fue testigo de la firma de tu abuelo.

Al oír aquello, Brock concentró toda su atención en lo que estaba diciendo Shelley y abandonó su tono burlón.

—¿Y por qué no ha salido a la luz? ¿Por qué no lo ha contado Eula?

Shelley permaneció un momento en silencio, y después se colocó uno de sus rizos de fuego detrás de la oreja.

—No ha leído la fotocopia, Brock. No tuvo tiempo. Se apresuró a esconderla por seguridad. Lo que pasa es que...

—No me lo digas —gruñó—. No sabe dónde.

—Está en algún lugar de la casa, Brock —dijo Shelley, que acababa de darse cuenta de lo bien que conocía Brock a Eula.

—¡Pobrecilla! Puede ser como buscar una aguja en un pajar. Además, haría falta saber si ese testamento nos aporta algo nuevo.

—Apostaría cualquier cosa a que sí —dijo Shelley.

—Si pudiéramos descubrir dónde lo ha escondido... —Brock juntó las manos—. Tendremos que rezar para que lo encuentre. Shelley, ¿qué crees que podremos descubrir en ese documento?

—Sobre todo que Maitland mintió, y que lo tramó todo con Frances si, como aseguras, es su amante.

—Lo es.

–Bueno, pues entonces ambos son culpables de Dios sabe cuántos cargos de extrema seriedad –dijo Shelley con vehemencia.

–La gente está dispuesta a hacer cualquier cosa si hay mucho dinero por medio –aseguró Brock con expresión torva.

–No creo que Philip estuviera al corriente.

–¿Otra vez vas defender a ese bastardo? –preguntó Brock enfadado.

–Voy a tener que decirte que vayas a lavarte la boca con jabón, como me dijo mi padre ayer –dijo Shelley con tristeza al recordar a su familia.

–Shelley, tendrás que encontrar las fuerzas suficientes para quitarte de encima a tu familia.

–¿Y tú la tuya qué? –se desquitó–. Es peor que la mía.

–Te doy la razón, pero dime, ¿existe alguna posibilidad de que te convenzan para que te cases con Philip?

–Ninguna. A lo mejor hago un viaje para pensar en mi futuro –dijo Shelley mientras, tumbada en la manta, contemplaba el azul del cielo a través de las hojas de los árboles que les daban sombra. Incluso bajo los gomeros, el calor resultaba sofocante–. Me encantaría darme un baño –dijo, limpiándose el sudor de las sienes. No sólo se sentía acalorada por el sol, sino también por la pasión abrasadora que la consumía.

Brock se levantó y la sujetó por las muñecas.

–¿Y por qué no?

–Pero no tenemos bañadores –objetó Shelley.

La tensión sexual que había entre ellos era tan fuerte que casi podía palparse.

Brock se echó a reír.

–No se ve un alma por aquí, Shelley. Puedo asegurarte que no hay nadie en muchos kilómetros a la redonda. Ya he visto tu hermoso cuerpo y tú ya has visto el mío. De hecho, todavía no he podido quitarme esa imagen de la cabeza. Mira cómo brilla el agua –la apremió–. Está tan invitadora... Me encantaba bañarme desnudo cuando era un adolescente. Podemos dejar la ropa sobre las rocas y bañarnos juntos. Creo que hay momentos mágicos que no pueden dejarse escapar. ¡Vamos! –la animó al verla dudar tan ruborizada.

–¡Oh, Brock!

–¿A qué viene tanta timidez? –le preguntó, y le acarició la mejilla con cariño.

–Porque es mi manera de ser. Soy tímida –le dijo, excitada al ser consciente de que Brock conocía su cuerpo tan íntimamente–. De... acuerdo –dijo, y dejó que Brock la levantara–. Pero, ¿qué pasará si viene alguien?

Brock la apretó contra sí.

–Nos sumergiremos bajo el agua hasta que se vayan.

–De acuerdo. Dame un minuto –dijo, respirando profundamente.

–Por supuesto –le respondió Brock, mirándola con una intensidad que provocó que le hirviera la sangre.

CAPÍTULO 10

V ENGA! –dijo Brock cuando alcanzó la otra orilla caminando por el agua.

Shelley estaba todavía donde él la había dejado,
debajo de los árboles, como una figura etérea vestida
con su vaporoso conjunto de color amarillo. Tal vez, si
se frotara los ojos, desaparecería, y volvería a quedarse
solo otra vez. Solo para el resto de su vida. Se había
enamorado locamente de ella. Para él, Shelley era una
mujer única, completamente distinta a todas las demás.

La vio echar a correr descalza por la arena, chapotear
en el agua cristalina, sin preocuparse de que se le mojara
la falda. Brock se fue quitando la ropa poco a poco, para
poder contemplarla a gusto. Shelley se quitó primero la
camiseta de tirantes, y después la falda. No lo miró de
inmediato, pero Brock sabía que se había ruborizado. Lo
siguiente que se quitó fue el sujetador, seguido de unas
diminutas braguitas. Brock se estremeció. Le pareció
frágil y voluptuosa a la vez, como un melocotón, con su
cabello rizado de un rojizo dorado, despeinado y cayéndole sobre la espalda. El sol incidió sobre la diminuta
flor rojiza de su cuerpo, que él recordaba muy bien haber saboreado. La vio agacharse para poner la falda al
sol, y después se apresuró a entrar en el agua.

–¡Estamos locos! –le gritó.

Brock pensó que era verdad que estaba loco. Loco por
Shelley. Le llevó apenas unos segundos llegar hasta donde

se encontraba ella. El sol acarició su cuerpo mojado, esculpiendo los músculos de su pecho, hombros y nalgas.

Al verlo acercarse a ella, tan espléndidamente masculino, tan poderoso, Shelley sintió una presión enorme en la boca del estómago. Podía adorar a ese hombre. Buceó un rato para sacudirse ese pensamiento, y no sacó la cabeza hasta que llegó Brock a su lado.

−¡Ya te tengo! −dijo Brock, y la atrajo hacia él, sintiendo el excitante impacto de su cuerpo resbaladizo contra el suyo. Con suavidad, fue recorriendo todas sus curvas−. ¿Qué tal estás? ¿Estoy haciéndotelo pasar mal?

−¡Sí! −susurró Shelley, sin apartar los ojos de él.

Brock bajó la cabeza y se apoderó de los labios femeninos, sin sorprenderse al notar la inmediata respuesta de Shelley, que le correspondió con otro beso apasionado.

Brock notó cómo ella iba excitándose cada vez más. Se metieron bajo el agua, sin dejar de besarse. Ninguno parecía capaz de resistirse al otro, atrapados ambos en un deseo abrasador.

Para Shelley todo resultaba nuevo y desbordante, con un cierto peligro añadido. Nunca se había sentido más ella y, al mismo tiempo, tan poco dueña de sí misma. Era suya, de Brock. Nadaban un poco, y enseguida volvían a abrazarse y besarse apasionadamente.

Hasta que llegó un momento en que el juego amoroso alcanzó una tensión, una urgencia difícil de soportar para ambos.

−Te necesito −le dijo Brock con los ojos brillantes de deseo.

Estaba lista para él. Notó cómo los músculos pélvicos se le tensaban y relajaban preparándose para recibirlo. Brock la levantó en alto. Era tan pequeña, tan perfecta para hacer el amor con ella... Se sintió conmovido por el brillo de confianza que le mostraron sus ojos.

El sol incidió sobre sus cuerpos, desnudos en el jardín del Edén. La luz dorada y el viento seco ya habían empezado a secarles el pelo y la piel.

No había marcha atrás posible. Se deseaban tanto que estaban dispuestos a olvidarlo todo.

Después, saciados el uno del otro, Shelley se quedó dormida, sintiéndose segura en los brazos de su amante.

Al oír el chillido de Shelley, Brock sintió que casi se le desgarraba el corazón. Era el grito de alguien aterrorizado y angustiado.

–¡Shelley! –la llamó. La apretó contra sí, pero Shelley se revolvía en sus brazos. No parecía ella cuando abrió los ojos.

–Sólo ha sido un sueño. Estás a salvo. Tu grito casi me para el corazón –le dijo Brock, mientras le apartaba el pelo de la cara.

Shelley intentó recuperar la calma, pero el corazón le golpeaba el pecho con tanta fuerza que hasta le hacía daño.

–Sean –consiguió decir después de un rato–. Estaba soñando con Sean. Nunca había sido capaz de recordar aquel día con claridad –dijo Shelley, apretándose más a Brock–. Sólo a mamá gritando. Amanda dijo que yo lo había empujado...

Al oír aquello, Brock se puso furioso.

–Tu hermana es una zorra muy cruel –dijo con los dientes apretados–. Apostaría la vida a que tú no tuviste nada que ver con aquel triste suceso.

–Y ganarías, porque, por fin, he conseguido recordarlo. Amanda nos había dejado solos y Sean empezó a sentirse enfermo. Le dije a Sean que se sentara en la hierba hasta que regresara con Amanda. Mi hermano

quería marcharse a casa, y tal vez debería haberlo llevado entonces, pero mamá siempre decía que teníamos
que estar con Amanda, aunque ella siempre trataba de
evitarnos. Corrí a buscarla, pero cuando me di la vuelta,
mi gemelo había desaparecido. Nunca pensé en el agua,
porque a Sean no le gustaba y nunca se acercaba a ella.
Yo sabía nadar, pero él no. Y hacía tanto calor...

Mientras hablaba, empezó a llorar.

—Desahógate —le pidió él acunándola en sus brazos.

—Sean murió —dijo angustiada, pero no fue un accidente. Entre Mandy y yo lo dejamos ahogarse.

—Eso no fue así, Shelley —le dijo, mirándola profundamente—. Dios lo llamó a su lado.

Eula insistió en regresar con Brock en el todoterreno, en vez de esperar a que fuera a buscarla Philip con
el helicóptero.

En el bar del pueblo, los tres habían repasado uno por
uno lo sucedido el día en que había muerto el anciano.

Pero Eula, muy preocupada por ello, era incapaz de
recordar dónde había escondido la fotocopia del testamento manuscrito.

—Podría haber jurado que lo había metido en el enorme jarrón chino, pero no está allí.

—¿Puede ser que alguien lo haya descubierto? —preguntó Shelley—. Desde luego, si ha sido la madre de
Philip lo habrá destruido.

—El señor Kingsley lo firmó —insistió Eula—. No sé
lo que mandó escribir en ese testamento, pero estoy segura de que lo firmó. Si Maitland declara lo contrario,
miente. Por supuesto es mi palabra contra la suya... y
supongo que será más fácil creer a un importante abogado que a una pobre vieja.

Shelley y Brock pensaron que lo que necesitaban era un milagro.

Cuando Brock llegó a Mulgaree, había un gran revuelo, porque nadie encontraba las enormes llaves que cerraban las dobles puertas del mausoleo familiar, y el entierro sería a la mañana siguiente.

–Pues dispara a la maldita cerradura –sugirió Brock, al que todo el asunto del mausoleo le parecía horrible.

–Puede que al final sea lo que tengamos que hacer –le dijo Philip desesperado–. Me pregunto qué habrá pasado con las llaves. Son lo suficientemente grandes como para que no puedan perderse. Tal vez me equivoque, pero juraría haberlas visto en el cajón superior de la derecha de la mesa del despacho del abuelo. Tal vez lo sepa Eula.

Pero Eula no lo sabía . Además, estaba demasiado ocupada maldiciéndose a sí misma por no ser capaz de recordar. Se preguntó por qué había estado tan segura de haber metido el testamento en el jarrón chino.

–Sé que has visto a Shelley en el pueblo –dijo Philip–. ¿Se encuentra bien?

–¿Y por qué no iba a encontrarse bien?

–Algo extraño está pasando –le confió Philip–. Llamé a la casa y hablé con Amanda. Dios, no me gusta nada esa chica. ¿Por qué está alojada Shelley en el pueblo?

–Tal vez porque ya no puede soportar más a su familia –dijo Brock sin rodeos.

–Quiero que asista al servicio religioso.

–Yo no. Déjala en paz.

–Estás un poco malhumorado, ¿no te parece? –le dijo Philip.

–¿Malhumorado? ¿Acaso te parece que no tengo motivos? ¡Por el amor de Dios, Philip, cállate! Si no podemos encontrar las llaves tendremos que descerrajar la puerta de un tiro.

Al final, tuvo que hacerlo Brock. Una vez abierta la puerta, no entró de inmediato. Parecía no soportar la idea de tener que entrar.

–Te esperaré aquí –le dijo a Philip.

–Entra conmigo, por favor. Este lugar da miedo.

–Fue idea tuya –le recordó Brock con ironía–. Aún puedes impedir que entierren al abuelo aquí. Sabes perfectamente qué deseaba. Tengo la impresión de que fue él quien escondió las llaves. No quería que nadie entrara.

–Y nadie lo hubiera hecho, pero él falleció.

Estaba tan oscuro en el interior, que tuvieron que encender una linterna. La tumba de Aaron Kingsley, de mármol blanco, como el suelo, se encontraba en el centro del mausoleo, debajo de la cúpula.

–Supongo que deberíamos rezar algo –dijo Philip, y su voz resonó en la cripta.

–Si tú lo dices... No creo que vayas a ayudar mucho a tu padre con eso.

–Este lugar me preocupa –gimió Philip–. Huele como si hubiera estado cerrado durante miles de años. ¿Crees que fue el sentimiento de culpa el que llevó al abuelo a construirlo? Después de todo, nunca trató bien a mi padre. Bueno... ni a ninguno de nosotros –miró a Brock, pero no lo oyó contestarle, y se preguntó por qué.

Brock, que había avanzado hacia la tumba, al llegar a ella había caído de rodillas, y se encontraba en aquel momento agachado sobre algo que había detrás de la tumba de Aaron Kingsley.

—¡No...! –gritó con tanto dolor que Philip se sobrecogió.

—¿Qué es eso, Brock? –le preguntó Philip, que, conmocionado por lo que acababa de ver, dio un traspié y estuvo a punto de caer al lado de su primo.

Enseguida se dieron cuenta de a quién pertenecía aquel esqueleto. Y de quién había sido el autor del agujero que tenía en el cráneo, provocado por un disparo.

Philip, presa del terror, se dio la vuelta y echó a correr hasta que alcanzó la salida, pensando que el corazón iba a salírsele del pecho.

—¡Cómo he podido considerar a ese demonio mi abuelo! –exclamó para sí.

En el interior del mausoleo, Brock, con los ojos cerrados, se puso a rezar con un fervor que creía perdido hacía mucho tiempo. Se echó a llorar pensando con alegría que su padre no los había abandonado a su madre y a él. Había estado en Mulgaree todo el tiempo.

—¿Y qué vamos a hacer? –le preguntó Philip muy pálido cuando lo vio salir de la cripta–. Es tu padre, ¿verdad?

—No puede ser nadie más –le respondió Brock apretándose las sienes con las manos–. Incluso aunque no hubiera llevado puesto ese medallón de plata que le dio mi madre para que lo protegiera, lo habría reconocido. ¡Espero que ese maldito viejo esté ardiendo en el infierno! –exclamó Brock, furioso.

—No tengo palabras para expresarte cuánto lo siento –le dijo Philip–. Jamás podremos compensarte por lo sucedido. Somos una familia maldita.

—Eso parece –dijo Brock.

—¿Qué ocurrirá cuando lo hagamos público? –preguntó Philip–. No me atrevo a confiárselo a mi madre, y además, no me gustaría que lo supiera Maitland. Este asunto podría dañar seriamente el nombre de nuestra familia.

–Déjame tiempo para pensarlo. Kingsley está muerto, así que la justicia no puede tocarlo, pero lo que sí tengo claro es que no vamos a enterrarlo en el mausoleo. Le dirás a tu madre que has cambiado de opinión.

–Lo que tú digas, Brock. Haré lo que tú me digas. Además, no quiero tenerlo ahí con mi pobre padre.

–¿No se lo dirás a nadie?

–¡Dios mío, no! –respondió Philip, estremeciéndose–. ¿Por qué iba a querer hacerlo? Esto es obra del diablo. Tampoco quiero Mulgaree –dijo muy afectado–. Puedes quedártela. Firmaré los documentos necesarios.

–Yo tampoco la quiero. Si pudiera, quemaría la finca.

–Y yo te ayudaría. Podríamos vender. Y quedarnos con la mitad de lo que saquemos cada uno. El abuelo debe de haber pensado que era Dios. Me parece increíble que haya sido capaz de hacer algo así.

De repente, Brock lo vio todo con claridad.

–Lo hizo por celos. El abuelo estaba celoso de mi padre. La quería sólo para él, y ella traicionó sus deseos casándose con un hombre que no era de su agrado. Seguro que planeó su muerte desde el día de la boda.

–No sé si seré capaz de andar después de lo que he visto –dijo Philip–. Pero tengo que cancelar el entierro de mañana. Brock, perdona que te haga una pregunta tan delicada en este momento, pero, ¿qué piensas hacer con los restos de tu padre?

–Lo enterraré como Dios manda, probablemente en secreto –dijo Brock, que necesitaba tiempo para pensar.

–Y a mi padre también. ¿Por qué no destruimos este sitio horrendo? –dijo Philip, que al ponerse de pie notó que le temblaban las piernas–. Todo el mundo lo aborrece.

–Estaría encantado de hacerlo, pero antes tenemos que concretar algunas cosas. En cuanto a Kingsley, creo que lo mejor será incinerarlo y deshacernos de las cenizas. Cancela el entierro. No quiero a ese miserable aquí.

–¿Qué estás diciendo, Philip? ¿Que no va a haber entierro? –preguntó Frances mirando a su hijo, atónita.

–Brock y yo hemos decidido que sea incinerado.

–¿Y desde cuándo llegáis Brock y tú a ningún acuerdo? –preguntó sin disimular su ira.

–No te metas, Frances –dijo Brock con tono autoritario–. Ya está todo arreglado. No queremos enterrarlo en Mulgaree.

–Pero era su casa –protestó Frances–. No lo entiendo. Ya sabéis que el mausoleo me parece un lugar horrible, pero en todo caso quien tiene que tomar la decisión es Philip. Es el heredero.

–Primero tendrás que probar que ese es el único testamento que firmó el abuelo. Eula está segura de que vio al viejo estampar su firma en el documento. Espera, Frances –dijo al ver que se disponía a intervenir–. Eula no es idiota. Tu problema es que subestimas a la gente. La mandaron llamar como testigo, y vio la firma. Lo jurará ante un tribunal.

–De todos modos, no quiero ser el único heredero –intervino Philip, muy pálido–. No estoy hecho para llevar las riendas del imperio Kingsley, y tú lo sabes, madre. Lo único que quiero es casarme con Shelley.

–Ya, lo que ocurre es que ella está locamente enamorada de tu primo, estúpido –dijo Frances sin ocultar su furia y lo decepcionada que la había dejado su hijo.

Philip miró a su primo. Llevaba la derrota escrita en el rostro.

–Eso no es cierto... ¿Verdad, Brock?

–¿Por qué no se lo preguntas a ella? –se limitó a responderle Brock.

–¿Lo ves? –le dijo Frances, con el rostro enrojecido por la ira–. Ya te lo advertí. Te ha quitado a tu chica.

–Tendré que oírselo decir a ella primero –respondió Philip, abatido.

–Te lo dirá –respondió Brock–. Ahora, Frances, vete diciéndole a tu novio que haga las maletas. Creo que los dos vais a necesitar un buen abogado.

Shelley acababa de llegar a Wybourne, decidida firmemente a abandonar a sus padres, cuando recibió una llamada de Brock anunciándole su inminente llegada.

–¿A qué viene? –preguntó su padre alarmado–. Debería ser Philip quien viniera. Te exijo una explicación.

–Papá, tienes que dejar de empeñarte en que me case con Philip. Todo ha terminado. Estoy harta de hacer cosas para complacerte. Me he pasado la vida intentándolo, sin conseguirlo. Estoy enamorada de Brock.

Patrick Logan se echó a reír, como si su hija hubiera dicho algo absurdo.

–Perdona, ¿pero qué puede hacer ese don nadie por ti? Creo que está sin blanca.

–Estás insultándome, papá –le respondió Shelley con dignidad–. No lo quiero por su dinero.

–Ya, porque eres una estúpida romántica. Tienes el balón en tus manos, pero vas a dejarlo caer. Que yo recuerde, Brock Tyson era todo un donjuán. ¿Por qué crees que va en serio contigo? Además, seguramente es como su padre. Te recuerdo que abandonó a su mujer y a su hijo.

–Más bien desapareció –dijo Shelley–. Rex Kingsley era un monstruo. Estoy segura de que tiene que ver con su desaparición –afirmó con convencimiento–. Ese debe de ser Brock –dijo, aliviada al oír un helicóptero.

–¿Y qué piensas hacer? –le preguntó su padre.

–Lo que él me pida –se limitó a decir Shelley, dirigiéndose hacia la puerta.

–No te muevas, jovencita –le gritó–. Todavía tengo derecho a decirte lo que tienes que hacer. Esta es mi casa, y mientras estés en ella harás lo que se te diga.

Shelley se volvió para mirarlo con la barbilla levantada y una expresión decidida en el rostro.

–Lo siento, papá pero, tras pensarlo mucho, he tomado la decisión de empezar una nueva vida. Podría decirte lo que sucedió aquel terrible día en que perdimos a Sean, porque he conseguido recordarlo, pero sólo conseguiría haceros sufrir más. Estoy segura de que seréis más felices sin mí.

–¡Vuelve, Shelley! –le ordenó su padre con los dientes apretados, tratando de que su voz sonara más amable–. Hablaré con ese joven.

–No esperes encontrarte a un pusilánime como Philip –le advirtió Shelley.

Tras conversar con el padre de Shelley, Brock se la llevó en el helicóptero hasta un lugar alejado de la casa, y le contó lo que había descubierto en el mausoleo.

–¿Qué vas a hacer? –le preguntó asustada–. ¿Quieres vengarte?

–¿No lo desearías tú? –le preguntó muy tenso.

–Estoy esperando todavía a que se me calme el corazón –se limitó a decirle–. Tienes que estar sufriendo mucho.

Brock tardó un momento en contestarle, todavía traumatizado por lo que había visto.

–Siento pena y horror al mismo tiempo, aunque en cierto modo se me ha quitado un peso de encima. Ahora sé que mi padre no nos abandonó. Seguramente se enfrentó a Kingsley y sufrió las terribles consecuencias. A lo mejor le dijo a mi abuelo que se marchaba, llevándonos a mi madre y a mí con él, y por eso lo mató. El viejo tenía un terrible carácter, y además había odiado a mi padre desde el principio.

–¿Sólo lo sabéis Philip y tú? –le preguntó Shelley.

–Y ahora tú. Tienes que saberlo todo acerca de mí. Lo bueno y lo malo. Dentro de mí existe una voz terrible que me recuerda que tengo sangre Kingsley.

–No dejes que eso te destroce la vida, Brock. Yo no tengo ni la menor duda acerca de tu capacidad para amar. No tienes nada que ver con tu abuelo. El viejo vendió su alma al diablo.

–Ojalá el diablo lo tenga en este momento con él –dijo Brock, con violencia.

Brock miró hacia las cumbres color púrpura pensativo.

–Philip me ha dicho que quiere renunciar a dirigir Mulgaree. Imagino que todavía está conmocionado.

–Yo también seguiría todavía conmocionada. Debe de haber sido terrible para ti haber encontrado a tu padre de esa manera. Me hubiera gustado estar contigo.

Estaban sentados debajo de un árbol, Shelley con la cabeza apoyada en el hombro de Brock, deseando con todas sus fuerzas transmitirle todo su apoyo.

–Estás aquí ahora –le dijo con gratitud.

Shelley se sintió muy conmovida por sus palabras.

–¿Pero no complico yo más las cosas?

–Shelley, ahora mismo todo son complicaciones, pero gracias a ti no me he vuelto loco. De hecho, creo que no te merezco y que debo solucionar muchos problemas antes de que podamos compartir nuestras vidas.

Ahora mismo no sé qué hacer. Debería denunciar el fraude testamentario, pero los abogados son muy caros.

–Siempre estaré a tu lado, si tú así lo deseas. Aunque sólo sea como amiga. No quisiera que te sintieras obligado hacia mí, que pensaras que no puedo vivir sin ti, que me tiraría por un puente si encontraras a otra chica.

–¿Lo harías? –preguntó él, sonriendo por primera vez.

–No.

–¿Qué harías entonces? –le preguntó, apoyando los labios en su sien.

–Sé que me hundiría, pero me marcharía, y nunca llegarías a enterarte.

–¿A dónde ibas a ir que no pudiera encontrarte? –le retó con los ojos brillantes.

–Siempre suponiendo que, cuando las cosas se estabilicen, quieras encontrarme –respondió ella.

–¿Sabes que estás diciendo muchas tonterías?.

–¿Ah, sí? –preguntó Shelley, insegura de que lo que tenían pudiera durar.

–Creía que ya lo sabías –le dijo Brock con voz tensa.

De repente, Shelley no pudo reprimir las lágrimas.

–Shelley, ¿estoy haciéndote daño? –le preguntó alarmado, apretándola contra su cuerpo–. Si hay alguien que me importa en este mundo, esa eres tú.

–¿De verdad pretendes que me lo crea? –le preguntó Shelley mirándolo fijamente a los ojos.

–Déjame mostrarte cuánto me importas –le dijo, y la tendió en la arena.

Eula estaba llorando amargamente en la cocina de Mulgaree. Frances la había despedido, tal y como se esperaba, recordándole que había recibido una generosa suma de dinero de la herencia de Kingsley, que le permitiría vivir de una manera holgada si no lo derrochaba. Pero, de repente, se hizo la luz en su cerebro.

No había escondido el testamento en el jarrón chino, como había pensado en un principio, sino en la caja china lacada en rojo y con adornos dorados. Se dijo a sí misma que el cerebro era un músculo muy extraño.

–A lo mejor ahora recuerde también dónde escondí el broche de oro de mi madre –murmuró para sí.

En cuanto Shelley y Brock cruzaron la puerta, Eula corrió hacia ellos para comunicarles la buena noticia.

Ya había leído el testamento, donde Kingsley dejaba a Brock como único heredero de Mulgaree. Ni siquiera le había dejado a ella ningún dinero, pero no le importaba, porque estaba segura de que Brock la mantendría a cargo de la intendencia de la casa.

Brock miró a la sirvienta con precaución. No quería llegar a ninguna conclusión precipitada.

–¿Qué es lo que pasa?

Eula tartamudeó un poco de la emoción.

–Lo he encontrado, Brock.

Brock sujetó la mano de Shelley con fuerza.

–¿Y?

–¡Te lo ha dejado todo a ti!

Brock y Shelley la miraron con incredulidad. Les costaba creer lo que estaba diciendo Eula.

–Pero, ¿y Philip y Frances? –preguntó Brock.

–Ni los menciona siquiera –le susurró Eula, tapándose la boca con la mano.

Brock ya no pudo esperar más.

–Tengo que verlo –dijo Brock, entrando en la casa sin soltar a Shelley de la mano, demostrándole así cuánto la necesitaba y la quería–. ¿Dónde está?

—Está en la cocina —dijo Eula, que corría detrás de ellos.

—Entonces, ¿a quién amas? —le preguntó Brock a Shelley de repente, mirándola fijamente a los ojos.

Shelley lo miró radiante. Podía verse a sí misma vestida de novia, y se sintió muy feliz.

—¿Me amas? —volvió a preguntarle Brock. Shelley estaba tan emocionada que era incapaz de hablar—. Vamos, Shelley, dilo. «Te quiero, Brock Tyson, aunque seas un hombre muy difícil. Te amo y quiero pasar el resto de mis días contigo». Júralo, Shelley. De repente, me aterra la idea de perderte.

Shelley se puso de puntillas y se abrazó al cuello de Brock, emocionada.

—Brock Tyson, esto no me lo esperaba, pero estoy encantada. No puedo creerme que, por fin, haya podido encontrar el amor. Claro que te amo. Nací para amarte, y te amaré hasta que exhale mi último aliento.

—¡Y en la eternidad! —le pidió Brock, apretándola contra su cuerpo apasionadamente. Ambos eran conscientes del compromiso que acababan de adquirir el uno con el otro.

—¡Vamos, bésala! —dijo Eula, sonriendo contenta de que aquellos dos encantadores muchachos se quisieran tanto—. Venga, Brock, bésala. Tienes que darle un buen beso.

—Gracias, Eula —le dijo Brock—. Después, se inclinó sobre Shelley y la besó apasionadamente.

EPÍLOGO

Finca ganadera de Mulgaree, cuatro meses más tarde

SHELLEY se miró en el espejo de cuerpo entero que había en la enorme habitación. Se encontró hermosa, más hermosa de lo que nunca hubiera pensado que iba a estar en su vida, con su vestido de novia de seda color marfil, bordado con diminutas cuentas de cristal y perlas. Llevaba el pelo suelto como le gustaba a Brock.

—Brock —murmuró—. Todavía me parece increíble que me ame tanto. Es mi futuro, mi sueño, mi corazón.

En el cuello y las orejas llevaba puesto su regalo.

—Con tu piel, tienen que ser perlas —le había dicho, inclinándose después para besarle las mejillas, la boca y el cuello.

Y había escogido las mejores perlas del mundo para su futura esposa.

Aquel día, Brock y ella iban a trazar una línea entre su vida pasada y futura. La pasada, con todos sus traumas, sufrimientos e incertidumbres, había quedado totalmente cerrada. Ante ellos se presentaba un futuro compartido lleno de felicidad y sin lugar para la tristeza.

Brock podía haber echado a Frances de Mulgaree para siempre, pero el terrible descubrimiento que había hecho con su primo lo había unido mucho a Philip. Habían llegado a un acuerdo privado, por el que Philip se quedaba con una parte importante del imperio, pero era Brock quien lo dirigía. Philip trabajaba y vivía en la finca ganadera de Strathdownie, una de las más importantes del imperio Kingsley, y era un hombre diferente. Había conseguido superar ver a Shelley con su primo, aunque la joven estaba segura de que siempre se sentiría atraído por ella.

Aunque habría podido hacerlo, Brock no había presentado ningún cargo contra la madre de Philip y su amante Gerald Maitland, en su deseo de preservar el buen nombre de la familia. A Frances su hijo le pasaba una cantidad de dinero todos los meses, pero le estaba totalmente prohibido poner los pies en Mulgaree. En cuanto a Maitland, lo habían obligado a dejar su bufete de abogados con la excusa de que necesitaba un descanso. Los dos obedecieron. En muchas familias algunos asuntos debían permanecer en secreto. Sin embargo, tenía que hacerse justicia, aunque fuera de una manera privada.

Shelley había invitado a su familia a la boda y Amanda era una de sus damas de honor. No había podido privarlos de algo que sabía que estaban deseando presenciar.

Con motivo de la boda, la casa de Mulgaree había sufrido una impresionante transformación. Un pequeño ejército de decoradores había trabajado intensamente bajo la coordinación de Shelley. Para ella había sido como cumplir un sueño, sobre todo cuando el equipo de decoradores había valorado su trabajo hasta el punto de ofrecerle un empleo en su empresa.

Se sintió halagada, pero no aceptó porque ella quería que todas sus fuerzas se centraran en ser la mejor compañera, amiga, esposa y madre para Brock.

Shelley siempre le había consultado todas sus decisiones respecto a la reforma de la casa, obteniendo siempre la misma respuesta.

–Quiero lo que quieras tú. Es así de simple. Y no podría decirle eso a demasiada gente –le había dicho, apretándola después contra su cuerpo.

De este modo, de la vieja y oscura mansión Kingsley, había nacido otra nueva.

A las tres de la tarde, cuando empezó a oírse la marcha nupcial, Shelley se agarró del brazo de su padre. Aquel día, su progenitor tenía mejor aspecto del que había tenido en muchos años, e incluso el rostro de su madre parecía dulcificado y hermoso.

Desde que se había despertado aquel día, Shelley se había sentido muy cercana a su gemelo, Sean. En su interior algo le decía que siempre estaría con ella.

Su padre le apretó la mano. No le había pedido perdón, ni le había dicho que la quería, pero a Shelley no le hacía falta. Se daba cuenta de que, a través de la presión de sus fuertes manos, le estaba transmitiendo todo el cariño que sentía por ella. Se detuvieron en el umbral.

Shelley vio al fondo del gran salón donde iba a efectuarse la ceremonia de la boda a su apuesto novio esperándola y, al lado, a sus acompañantes. Todos ellos de elevada estatura y herederos de las fincas ganaderas más importantes de Australia. Descendientes de los primeros colonos que se establecieron en el inmenso Outback.

Con cada paso que daba, Shelley sabía que se acercaba más a Brock que, muy elegante con su chaqué, estaba haciendo un tremendo esfuerzo para no darse la vuelta y mirarla.

Una sonrisa iluminó el hermoso rostro de Shelley.

Una nueva vida empezaba para ella, y estaba dispuesta a afrontar el reto.

En el corazón de Australia
Margaret Way

En busca de la felicidad

La pequeña ciudad de Koomera Crossing era el refugio perfecto para Laura Graham. Después de huir de su pasado, no tardó en sentirse como en casa, gracias sobre todo a su guapísimo vecino, Evan Thompson.

A Evan le estaba resultando muy difícil mantenerse alejado de Laura. Su aparente inocencia y su evidente belleza amenazaban con ablandarle el corazón...

Recuperando la felicidad

Christine iba de camino a casa, el hogar del único hombre al que había amado: Mitch Claydon.

Mitch recordaba a Christine con rabia; le había pedido que se casara con él, pero ella había preferido vivir lejos de Koomera Crossing. Después de tanto tiempo y, a pesar de sus intenciones, Mitch tenía que admitir que Christine seguía tan bella como siempre...

Un futuro feliz

Brock Tyson se había marchado de Koomera Crossing sin saber que Shelley Logan estaba enamorada de él y que no había olvidado aquel beso robado que habían compartido.

Ahora Brock había regresado para reclamar una herencia y un romance no entraba en sus planes... hasta que vio a Shelley, que se había convertido en una mujer impresionante.

CHRISTIE RIDGWAY
LOCURA DE UNA NOCHE

La tímida bibliotecaria Emily Garner necesitaba vivir un poco. Y aquel reencuentro casual con su amor de la infancia, Will Dailey, le hizo ver que las Vegas era el lugar perfecto para un fin de semana salvaje. Tan salvaje, que de hecho sólo recordaban vagamente que se habían casado.

Will no había visto a Emily durante años… ¡Y ahora era su mujer! Seguía siendo como la recordaba, la fantasía de cualquier hombre, pero él se había pasado los últimos diecisiete años agobiado por las responsabilidades familiares, y ahora lo único que deseaba era disfrutar de la vida despreo-

N.º 471

cupada de un soltero. No quería estar atado a la dulce, hermosa y deliciosamente inocente Emily… ¿O tal vez sí?

KAREN TEMPLETON
CORAZÓN AL DESCUBIERTO

Thea Benedict estaba a punto de decirle a su ex amante, Johnny Griego, que estaba embarazada cuando la hija adolescente de Johnny se le adelantó con el mismo notición. Thea sabía que Johnny no era el tipo de hombre con quien se podía soñar con un final feliz. Además, él estaba preocupado por el embarazo de su joven hija. Sin embargo, contra todo pronóstico, ¡el ranchero le pidió que se casara con él! Thea debería haber adivinado que lo hacía impulsado por su sentido de la obligación, y ella tenía su propio concepto de lo que era casarse por amor…

JAZMÍN

CARA COLTER
LO QUE TODA MUJER DEBE SABER

J.D. Turner no podía permitir que Tally eligiera un compañero sin antes saber todo lo que podía haber entre un hombre y una mujer. Sobre todo si aquella belleza iba a criar a su pequeño. Por eso había decidido enseñarle personalmente lo que era el verdadero amor.

LISSA MANLEY
CRÓNICAS DE SOCIEDAD

Anna Sinclair era una joven de clase alta que trataba de convertirse en diseñadora de vestidos de novia, pero su vida amorosa era un auténtico desastre. Por eso decidió disfrazarse y empezar de nuevo en otro sitio; eso sí, evitaría cualquier tipo de romance. Entonces apareció el guapísimo empresario Ryan Cavanaugh para hacerse pasar por su novio en una fotografía... y Anna no tardó en quedar rendida a sus pies. Ryan llevaba mucho tiempo tratando de creer en el verdadero amor y, gracias a aquella mujer, estaba incluso considerando la posibilidad de casarse.

N.º 576

LIZ FIELDING
LA BODA DEL MILLONARIO

El millonario Richard Mallory llevaba toda la vida rodeado de mujeres tan bellas como poco adecuadas. Y justo cuando había desechado la idea de conocer a la mujer perfecta, se la encontró... en su cama. Parecía alguien diferente; sincera, inocente... ¿Qué demonios hacía en su dormitorio?

Ginny solo trataba de hacerle un favor a una amiga. Se suponía que aquella mentirijilla la sacaría del apuro, pero la metió en otro peor. Ahora tendría que pasar el día entero con el guapísimo empresario...

DESEO
PEGGY MORELAND

EL MEJOR HOMBRE

A Rory Tanner le encantaban las mujeres, pero Macy Keller era una excepción desde que había llegado a la ciudad amenazando la reputación de su familia. El instinto de protección hizo que Rory prometiera controlar a la misteriosa Macy. Fue entonces cuando descubrió la belleza salvaje que lo mantenía despierto todas las noches con escandalosas fantasías... Macy había acudido hasta Tanner's Crossing a buscar sus raíces, pero no pudo resistirse a los encantos de aquel *cowboy* de ojos azules. Rory Tanner era un seductor nato que parecía empeñado en descubrir sus secretos.

N.º 546

PECADOS DEL AYER

Hacía ya años que Whit Tanner había metido a Melissa Jacobs en su cama y en su corazón, pero después ella se había casado con su mejor amigo. Ahora la bella viuda luchaba por criar a su hijo sola, y el honor de los Tanner obligó a Whit a ayudarla.

Melissa Jacobs debía pensar en su hijo y proteger su futuro. Pero en cuanto vio a Whit Tanner, se dejó atrapar por su ternura y descubrió que lo deseaba con toda su alma. No podía evitar preguntarse qué habría pasado... y qué pasaría cuando él descubriera su secreto.

BIANCA.

MAISEY YATES
EXTRAÑOS EN EL ALTAR

La princesa Isabella estaba convencida de tres cosas:
Por nada del mundo quería casarse con el jeque al que la habían prometido.
El hombre que debía escoltarla hasta el altar ocultaba algo más de lo que mostraba su duro aspecto.
Tras besar a ese hombre, no volvería a ser la misma.

CHRISTINA HOLLIS
EL NOBLE FRANCÉS

Gwen había ido a Francia a perseguir su sueño como chef. Pero ni siquiera toda su determinación pudo conseguir que se resistiera a la intensa mirada de Etienne Moreau… Después de una noche de pasión, Etienne quiso convertirla en su amante, pero Gwen se sintió indignada con la oferta.
Tal vez Etienne pensara que podía comprarlo todo con su dinero, ¡pero ella no estaba a la venta! Sin embargo, ninguno de los dos contaba con algo inesperado…

N.º 480

KATE HEWITT
OSCURAS EMOCIONES

A Sergei Kholodov le asombraba la inocencia de aquella turista a la que había ayudado, pues a él la vida lo había transformado en un hombre cínico y amargado. Detestaba el tremendo efecto que tenía sobre él, y por eso Sergei tomó la fría decisión de dejar a un lado sus emociones…
Pero Sergei volvió a aparecer un año después. No había podido borrar a Hannah de su memoria y creía que quizá pudiera olvidarla por fin si pasaba una noche más con ella. O quizá quisiera más y más…

¡YA EN TU PUNTO DE VENTA!

BIANCA

ANNE McALLISTER

DUDAS DEL PASADO

Sophy y George Savas habían estado felizmente casados…
hasta que Sophy había despertado y se había dado cuenta de
que su matrimonio era un engaño. Desde entonces no había
mirado atrás… hasta el día en que se enteró de que su marido
estaba gravemente herido y su mundo se tambaleó.

Aunque George era terco y orgulloso, ahora quería la ayuda de Sophy.
Sabía que ella no iría a su lado de
buen grado, así que la contrató para
que fuera su esposa el tiempo que la
necesitara. Pero jugar a la familia feliz
era peligroso…

N.º 481

UNA NOCHE PARA EL RECUERDO

Nicholas Savas era alto, moreno y
demasiado guapo como para poder
confiar en él.
Para proteger a su alocada hermana
pequeña de su magnetismo sexual,
Edie se interpuso y fue ella quien cayó en sus redes.
A Nick le fascinó la desafiante y hermosa Edie, todo un reto y
una tentación a la que conseguiría arrastrar desde el salón de
baile hasta su dormitorio.
Pero una noche con Edie Tremayne no fue suficiente. Ni una,
ni cien.

DESEO

De secretaria a provocadora...

A LAS ÓRDENES
DE SU MAJESTAD

JENNIFER LEWIS

N.º 227

Cuando su jefe se convirtió en rey de un país lejano, Andi Blake lo siguió encantada. A pesar de su entrega, Jake Mondragon nunca se había fijado en ella, hasta que Andi perdió la memoria y olvidó que no debía arrojarse a sus brazos. Sorprendido a la vez que encantado por el comportamiento de su secretaria, el rey aprovechó la amnesia para llevar a cabo un plan perfecto. La haría pasar por su prometida para alejar a las pretendientes y demás entrometidos. Pero cuando Andi recuperó la memoria, se encontró con un dilema: poner fin a la estrategia de Jake o esperar un final feliz de cuento de hadas.

BIANCA.™